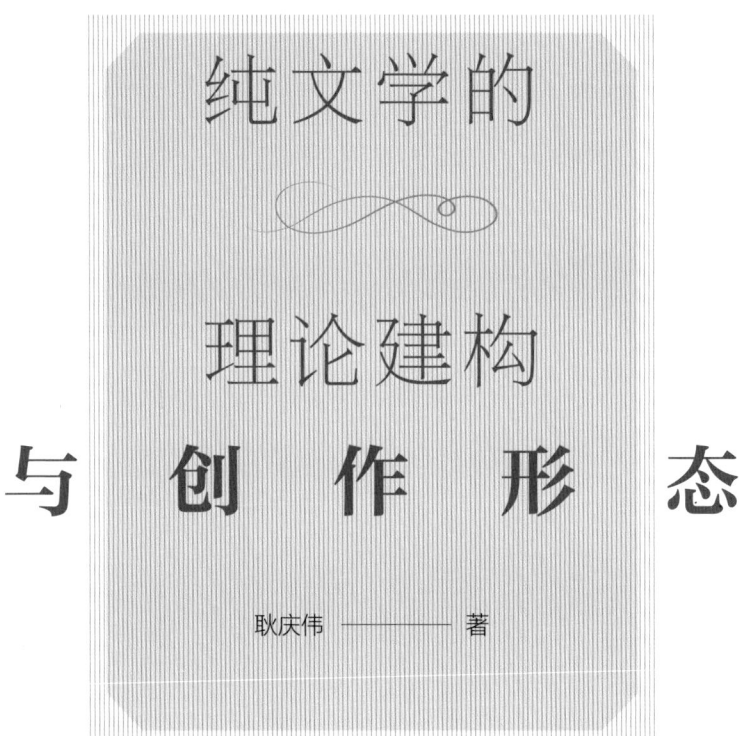

# 中国现代纯文学的理论建构与创作形态

耿庆伟 著

社会科学文献出版社
SOCIAL SCIENCES ACADEMIC PRESS (CHINA)

# 序　言

耿庆伟《中国现代纯文学的理论建构与创作形态》一书即将出版，他请我写序，我因做过他的导师，也感到义不容辞。写序既要序人也应序书，那我就先序一下他的人吧。庆伟是北方大汉，但做事为文似乎又都显出南人的气质。他出身苏北农家，具有宅心仁厚的天性。从与他的闲聊中，觉得他对家人非常关爱，对早已分家的弟弟妹妹常常慷慨地给予，对我这位老师，更是执弟子之礼。他2014年考入我的门下，多年来，我们结下了深厚的师友情。闲事不必提，我就说说他给我的两次惊喜吧。一是他当年入学考试时，英语成绩很高。他属于大龄考生，这类考生专业基础较好，但往往卡在英语成绩上。当年武大的博士生入学考试还是以英语定生死。我觉得他年龄偏大，这方面肯定竞争不过应届生。结果那一年他在我名下的考生中英语分最高，出乎我的意料。二是入学以后，他连续两次拿到国家奖学金。博士生拿国奖，主要靠C刊发文章拿积分，拿一次已属不易，连续拿两次更难。这对我来说，自然也是惊喜。愿他今后在专业上多给我惊喜。

庆伟现在要出版的这本书，是在博士学位论文的基础上修改而成的。当年，我考虑到他在硕士阶段学的是文学理论专业，又有较好的知识结构，给他定下了这个选题。他如期完成了论文。这部修改后的书稿大约是国内学界第一部较系统地讨论中国现代纯文学的专著。"纯文学"的概念和话题在20世纪以来的中国语境中其实有点复杂。好在庆伟在书稿的第一章进行了区分。他认为20世纪80年代的纯文学呼吁是一次文学去政治化行动，90年代提出纯文学的任务是抗议文学的俗化，21世纪初再提纯文学则是反思纯文学本身的问题，现代纯文学的概念是文学追求审美自治的产物。他侧重讨论的是 20 世纪 20~40 年代的纯文学问题。就我的观点来说，除了可以避开 80 年代以后的那些"纯文学"论述以外，可以从发生学的起点上展开对纯文学的讨论。中国古代其实是一个经史子集皆"文"的"泛文学"时代。进入 20 世纪以后，我国引入了西方现代化以后的"Literature"概念，从此中国进入了文学的纯、杂分立时代。"纯文学"只提诗歌、小说、戏剧和美文，其余的序跋、传记、书信、日记等实际上皆归入了杂文学或非文学。民国时期，许多学者正是从与"杂文学"对照的意义上使用"纯文学"概念的。庆伟的讨论重点则可以说是纯文学中的"纯文学"，即侧重讨论了"纯诗""诗化小说""美文""唯美剧"四种创作形态，对其来龙去脉、概念内涵、理论与创作实践之间的差距等进行了较深入的探讨。虽然已有不少学者单独发文论析过这些理论与创作形态，但把它们合在"纯文学"概念大系统中进行讨论的论著还不多见。从这个意义上说，庆伟的书稿有学术价值。当然，有待细致辨析和深入讨论的问题也还不少。

我曾经不大乐意给他人写序，主要是觉得序要写好不太容易。另外，杂事太多，无法静心写序。拙著也从不向师友索序，怕给他们添麻烦。对于自己的学生，我还有一层心意是想让他们不要急着出书，要把书稿打磨好。我认为一部真正的好书才值得去写序。现在为庆伟的书写序，实为我此生第一序（他序）。

金宏宇于珞珈山
辛丑年（2021）秋

# 目　录

绪　论 ································································· 001

**第一章　纯文学：理论视域·历史回顾·现代语境** ·············· 010
　第一节　纯文学的域限 ········································· 011
　第二节　中国古代文学观念演变中的纯杂分立 ··············· 021
　第三节　中国古代文学观念渐趋纯化的辩证理解 ············· 028
　第四节　中国现代纯文学观的形成 ···························· 044

**第二章　离合于审美与功利之间的现代纯诗写作** ·············· 066
　第一节　西方纯诗理论与中国现代新诗写作的因缘际会 ······ 066
　第二节　中国现代纯诗理论的诗性建构 ······················· 085
　第三节　现代语境下纯诗理论的变异及纯诗诗人的诗学转向 ·· 104

**第三章　徘徊于时代边缘的诗化小说** ····························· 122
　第一节　关于诗化小说的文学界说 ···························· 122
　第二节　诗化小说在融欧化古中的艺术创新 ·················· 133
　第三节　诗化小说边缘写作的内在悖论 ······················· 150

**第四章　现代美文的发展及合法性危机** ·························· 176
　第一节　现代美文的发生及理论建构 ·························· 177
　第二节　从美文的源流看现代美文写作的诗学追求 ··········· 190
　第三节　散文小品的分化及美文写作的危机 ·················· 203

第五章　由美与爱的歌唱转向写实的现代唯美剧 …………… 214
　第一节　唯美主义与中国现代戏剧的遇合 ………………… 215
　第二节　浸染唯美主义色彩的中国现代戏剧 ……………… 234
　第三节　由唯美走向写实的中国现代戏剧 ………………… 263

结　语 ………………………………………………………… 275

参考文献 ……………………………………………………… 280

后　记 ………………………………………………………… 289

# 绪　论

## 一　选题的缘起与意义

21世纪伊始，以《上海文学》杂志为中心掀起了一场关于"纯文学"的讨论，李陀、薛毅、张闳、蔡翔、葛红兵、南帆、韩少功、吴炫等纷纷撰文发表自己关于"纯文学"的见解。评论家普遍对纯文学创作充满焦虑情绪，不满于纯文学的形式主义、技术化倾向，批评纯文学创作缺乏介入现实的精神，主张消解"纯"与"不纯"的对立。在文学陷入生存困境时，这样的讨论显然有积极的意义，有利于促进文学的健康发展。总的来看，焦点问题还是"文学与时代"的关系问题，评论家们普遍有感于文学游离于时代，批评纯文学没有参与到"当前的社会变革"中来。"文学与时代"的关系问题是20世纪中国文学的一个旧话题，但这次重提显然有别于以往，这次是针对文学过于自律、纯粹的批评，以往的讨论则是反思非文学因素对纯文学的过度侵犯。不论动因为何，这样的问题在20世纪文学史上不断地被提及，可见是一个非常重要的学术问题，对这个问题进行深入讨论非常有必要。遗憾的是，他们捡拾的却是些"被遗弃的语词"："干预"／"介入"[①]。任何有文学常识的人都不会否认"介入"是中国现代文学的重要传统，"纯文学"也从未放弃对社会现实生活的介入，"审美"就是政治无意识的代名词，文学介入功能的发挥是多方面的。如果说纯文学是"一种完全以它自己为目的的类型"，它的政治性就在于反政治，

---

[①] 刘小新：《"纯文学"概念及其不满》，《东南学术》2003年第1期。

因为"它的自律性中就包含着最大的政治负荷"。[①] 另外,忽视电视、网络、电影等电子媒介的崛起对传统印刷媒介的冲击,将文学的危机归因于纯文学观念本身就有些失之简单。重新用充满政治色彩的"介入"来要求文学,盲视后现代场景中文学性对社会生活方方面面的渗透,难免会"引起人们诸多猜疑和不安"。[②] 这场讨论留下了很多疑点,对一个历史性的纯文学概念不加反思地进行跨时空的使用,以致有些结论显得武断。由于讨论主要集中在当代文学领域,缺乏对现代文学领域丰富纯文学资源的关注,以至于连"'纯文学'概念的具体产生时间"都未进行"专门的考证"。蔡翔认为"纯文学"概念的出现大致可以确定在 20 世纪 80 年代初期[③],俞小石也将"'纯文学'的提法"追溯至"新时期开始时的 20 世纪 70、80 年代之交"[④],这样的随意划分是站不住脚的。虽然我们不能完全认可纯文学讨论中形成的结论,但他们的反思行为却为进行现代纯文学研究提供了宽广的理论视野,如果不将目光只锁定在当代文学的视域中,而是放眼 20 世纪的文学发展,则会打开一片全新的研究天地。

在中国古代文论史上虽没出现"纯文学"概念,但形成了注重审美自律的文学观念。在现代文论史上,"纯文学"已经是个相当常用的术语,对这一文学事实存而不论则有失学术的严谨,也让结论疑点重重。另外这场讨论缺乏对"纯文学"内涵的界定,就不加区分地将偏重"宣传性和社会性"的伤痕文学、反思文学、改革文学,主张"形式至上"的现代派小说、先锋小说、新历史主义小说、新写实主义小说,注重"高雅趣味"的严肃文学等有"很多差别"的文学类型统统纳入纯文学的范畴。[⑤] 将某些精英文学排除在纯文学的范畴之外固然有些残忍,现实的情况却是,如伤痕文学、反思文学、改革文学等确实与"五四"时期的问题小说有过多的相似之处,中国现代作家也是在反思"问题文学"创作缺陷的基础上来提高文学的艺术性的,所以将诸如伤痕文学、反思文学等某些文学潮流不视

---

① 〔英〕特里·伊格尔顿:《美学意识形态》(修订版),王杰、付德根、麦永雄译,中央编译出版社,2013,第 210 页。
② 张闳:《文学的力量与"介入性"》,《上海文学》2001 年第 4 期。
③ 蔡翔:《何谓文学本身》,《当代作家评论》2002 年第 6 期。
④ 俞小石:《"纯文学"观念需要反思》,《文学报》2001 年 2 月 22 日,第 1 版。
⑤ 韩少功:《好"自我"而知其恶》,《上海文学》2001 年第 5 期。

为纯文学并不是什么重大的学术失误。相反，不加反思地扩大纯文学的疆域，让纯文学几乎等同于普泛意义的文学，才会消解"纯文学"概念的积极意义。事实上，在20世纪八九十年代的文学期刊上很难发现关于"纯文学"的表述，也缺乏纲领性的"纯文学"宣言，更没有形成一场目的明确的纯文学运动。作家们纷纷标新立异，自树旗帜，却很少有评论家将此期间创作的各种文学称为纯文学，甚至几乎没有哪位作家称自己为纯文学作家，更没有出现像周作人、沈从文、梁宗岱、田汉那样的"旗手型"纯文学作家。反观中国现代文学，不但有关于"纯文学"的理论表述，而且还出现"纯诗""纯散文""纯小说"等以"纯"字打头的创作文本。本书通过鲜活的文学知识，梳理出纯文学概念的来龙去脉以及意义变迁，有助于形成对纯文学的理性评价，通过考察现代纯文学作家的文学实践来形成对纯文学的价值确认，澄清对纯文学的模糊认识。

在现代文学境域下一直存在对纯文学的呼吁和清晰的纯文学发展线索，翻阅文献资料，我们很容易找到关于"纯文学"的论述。早在1905年，王国维就在西方文学观念的影响下提出"纯文学"的概念，并形成自己的超功利美学观。此后，鲁迅、陈独秀、刘半农、朱自清等人也都使用"纯文学"概念来分析文学现象，阐述自己的理论主张。一些文学史家也用纯文学的概念来进行文学史的建构，凌独见的《新著国语文学史》、胡怀琛的《中国文学史略》、谭正璧的《中国文学进化史》、胡云翼的《新著中国文学史》、刘麟生的《中国文学史》、刘经庵的《中国纯文学史纲》等文学史著作皆秉承纯文学的理念进行文学史的叙述。在"纯文学"的旗帜下，现代文学史上先后出现过"纯诗""纯散文""纯小说""唯美剧"等衍生概念，尽管这些概念有些流传开来并被反复使用，有些提出后影响不大而出现一些替代性表述，但所指对象及意义空间基本确定。如"美文""小品文""随笔"等概念都在特定时间范围内先后出现，称呼虽不同，但都是和"纯散文"具有重合意义的概念。现代文学作家不是为了标新立异，将这些概念作为标语、口号使用，而是自觉将其转化为创作实践，并形成了以这些概念为创作取向的作家群体。

在创作领域，纯文学的写作汇成了一股强大的潮流，形成了一支支颇为壮观的纯文学作家创作队伍。在诗歌领域，出现了穆木天、王独清、梁宗岱、戴望舒、徐迟等纯诗作家，形成象征派、现代派、九叶诗派等新诗流派，纯诗作家成为中国现代诗坛上一支不可或缺的重要力量。在散文领域，周作人发表《美文》，提倡创作具有审美趣味的"言志"小品文。应和周作人的理论倡导，延续周作人开辟的美文传统，王统照、徐志摩、梁遇春、林语堂等散文名家纷纷创作"不涉政治"的小品文，在1933年形成"小品文年"。在小说领域，出现了废名、沈从文、萧乾、师陀、萧红、汪曾祺等以艺术性见长的纯小说作家，向文坛奉献了《边城》《果园城记》《呼兰河传》等诗化小说精品。在戏剧领域，田汉、余上沅、陈楚淮等剧作家醉心于"为戏剧而戏剧"的创作理念，以具有高度艺术性的唯美剧装饰过于荒凉的中国剧坛。这些作家皆在理论上标榜文学的纯粹，追求文学的艺术性，试图远离政治，进行纯文学的创作实践。在文学论争领域，关于纯文学的讨论一直是个聚讼纷纭的话题，典型的有王国维的文学自律说与梁启超的功利文学观的冲突，创造社的"为艺术"派与文研会的"为人生"派的论争，左翼文坛针对自由人、第三种人的"文艺自由"论等展开的论战。在中国现代文学史上，出现了一批在政治上坚守中间立场，在艺术上追求审美独立的作家和理论家，纯文学在理论和创作领域皆有重要斩获，并在抗战爆发前达到顶峰。

由于近代中国社会政治危机、文化危机时有爆发，全社会都将注意力集中在启蒙救亡上，文学也义无反顾地参与到民族国家解放中来，作家用焦虑的眼睛追随着时代的风云变幻，进行革命历史叙事和民族国家叙事。在现代中国，纯文学虽未上升为主导性的文学创作潮流，但它的发生与受挫、经验与教训、开放与偏执都是中国现代文学史乃至文化史上的重要一环，也是中国文学走向现代性的醒目标志，但在现代文学研究中，对这一创作现象一直没有给予应有的重视，缺乏对现代纯文学的系统研究是个不小的遗憾。梳理现代纯文学在现代中国的迁衍流变，总结中国现代纯文学创作的经验教训不仅有必要，而且有意义。

## 二 研究现状概述

笔者在阅读相关纯文学研究论文的过程中形成一个基本印象：关涉纯文学主题的研究成果并不少，有些论文虽未明标"纯文学"的字眼，但显然应该归入纯文学的研究范畴。本书所涉的五个论题也有相关的研究成果，有些论题还是现代文学研究领域的热点话题，不袭成说，自成体系是本书研究的最大挑战。但先见的论述并非不存在研究空白，"推动学术的发展可以通过发现过去未知的东西来实现，也可以通过把已经说过的话加以检验，重新评价和综合来实现"[①]，否则文学研究的创新就无从谈起。总的来看，纯文学研究领域的成果主要以学术论文的形式出现，至少未见有研究者将纯诗、纯散文、纯小说、唯美剧等子论题统归在纯文学的母题之下进行系统研究。建立一个纯文学研究的知识体系是一件非常有意义的事情，即便不能，哪怕搭起一个纯文学的知识框架也是为现代文学研究尽了绵薄之力。

在当代文学研究领域，关于纯文学的研究比较充分，也比较热闹。2001年，李陀的访谈录《漫说"纯文学"》引发了一场关于纯文学的讨论，也让纯文学的概念进入评论家的视野，他们纷纷著文表明对纯文学的看法。张闳在《文学的力量与"介入性"》中认为当下的纯文学写作拒绝向现实发言，缺乏描述历史图景的能力，事实上已经沦为"享乐主义文化之一部分"。韩少功的《好"自我"而知其恶》认为"纯文学"概念中"自我"过于"封闭和自恋"，缺少对"世界的投入"。葛红兵的《介入：作为一种纯粹的文学信念》认为90年代以来的纯文学的介入性减弱了，成了"不介入的文学"。这些论文主要是针对当代文学的创作现状而发的议论，论文篇幅普遍不长，类似学术随笔，在未对纯文学的历史演变脉络进行认真梳理的情况下，就不约而同地将纯文学视为一种逃避现实的文学。吴炫的《文学的穿越性》、蔡翔的《何谓文学本身》、南帆的《空洞的理念——"纯文学"之辩》、张炜的《纯文学的当代境遇》、贺桂梅的《"纯文学"的知识谱系与意识形态》《文学性："洞穴"或"飞地"——关于文学自足性问题的简略考察》等也是与这场讨论密切相关的较重学理性的论文。张颐武的《"纯文学"的讨论与"新文学"的终结》、刘小新的《"纯文学"概念及其不满》、毕绪龙的《"纯文学"讨论迷思》等文对"纯文学"的论争进行了总结，分析了纯文学论争的意义，并对论争进行了反思。由于当代文学领域的纯文学问题不是本书的论述中心，在此不做赘述。

在整个现当代文学领域，并没有关于纯文学研究的专著和博士学位论

---

[①] 朱光潜：《悲剧心理学》，三联书店，2005，第19页。

文，有些著作虽以纯文学命名，却并未系统地论述纯文学。陈晓明的《不死的纯文学》分析了纯文学的历史困境及超越困境的可能性，涉及当代文学的某些重点和难点问题，但并不是严格意义上的纯文学论述，似乎只有一个论题涉及纯文学，其他多属文化现象分析。毕光明、姜岚的《纯文学的历史批判》是一部文本分析集成，文本分析亦多集中在当代文学部分。据笔者有限的阅读视野来看，至少不见使用"纯文学"这一名称命名并以"纯文学"为言说对象的学术专著，客观上说，这是现代纯文学研究的空白之域。但必须承认，在现代文学领域，关于纯文学的研究虽没有当代文学领域那么热闹，但扎实的研究成果比较多，部分研究成果可参见参考文献部分。本书倾向于史料分析，主要聚焦于现代作家的纯文学创作和相关论者对于"纯文学"的见解，重在通过对研究对象原生态材料的把握来开展自己的研究，最主要的目的还是详细论述纯文学的理论实践及其在现代中国的困境。由于涉及史料较多，这些史料在论文的主体部分已标明出处，并阐明了主要观点，在绪论部分就不再一一进行列举和阐述。现仅将与本书论述问题相关并对本书写作提供灵感的研究成果列举如下。在文学思潮研究方面，主要有解志熙的《美的偏至：中国现代唯美—颓废主义文学思潮研究》、马睿的《未完成的审美乌托邦：现代中国文学自治思潮研究（1904~1949）》、薛家宝的《唯美主义与中国现代文学》、胡有清的《中国现代文学中的纯艺术思潮》等。这些论文和专著一致认为在现代文学的主潮之外一直活跃着一股纯文学思潮，并对之进行了认真的梳理，对于这股思潮，学者们用不同的术语进行了详细描述，并论述了这股思潮的具体体现及对中国现代文学发展的意义。在纯诗研究方面，有刘继业的《新诗的大众化和纯诗化》、高蔚的《"纯诗"的中国化研究》、陈太胜的《走向诗的本体：中国现代"纯诗"理论》、贺昌盛的《现代性视阈中的汉语"纯诗"理论》、曹万生的《30年代现代派对中西纯诗理论的引入及其变异》等。在纯小说研究方面，主要有凌宇的《中国现代抒情小说的发展轨迹及其人生内容的审美选择》、吴晓东的《现代"诗化小说"探索》、解志熙的《新的审美感知与艺术表现方式——论中国现代散文化抒情小说的艺术特征》、靳新来的《诗化小说与小说诗化：中国现代小说的一种文体观照》等。在纯散文研究方面，主要有解志熙的《美文的兴起与偏至——从纯文学化到唯美化》、郜元宝的《从"美文"到"杂文"——周作人散文论述诸概念辨析》、裴春芳的《美文·美术文概念的兴起》、王锺陵的《中国白话散文史论略——对"美文"的探索》等。在唯美剧研究方面，主要有解志熙的《"青春，美，恶魔，艺术……"——唯美—颓废主义影响下的中国现代戏剧》、朱寿桐的《田汉早期剧作中的唯美主义倾向》、洪宏的《唯美而激越的"情绪表现"——论向培良的戏剧创作》、夏骏的《论王尔德对中国话剧发展的影响》等。这些论文从文体着手论证了纯文学思潮的具体存在形式及创作实绩，在中国现代文学史上，有大量的作家追求文学艺术的独立性，致力于文学的纯化，在文学政治化的年代身体力行地进行纯文学的创作实践。本书在尊重现有研究成果的基础上，努力拓展现代纯文学的研究深度和广度，将一些纯正的文体置于纯文学的视角进行历史性审视，了解中国现代纯文学创作的可能性及限度，解析纯文学在现代中国的理论实践、创作困境以及现代作家对纯文学理想近乎悲壮的坚持和放弃。

## 三　研究方法

对丰富的现代纯文学知识进行学术化的梳理是非常困难的事情，但也不是不可为的事情。本书建立在充分的文本依据和扎实的理论依据之上，突破以往研究视角的限制，以史料说话，通过恰当的归纳挖掘现代文学中丰富的纯文学资源，丰富人们对现代文学多样性面貌和多种发展可能性的认识。现代文学史料众多，散见于不同的理论文本和创作文本中。纯文学作家创作队伍庞大，创作成果丰厚，但缺乏长久坚持，一以贯之的纯文学作家几乎没有。有些作家在某一时期创作了具有纯文学色彩的作品，但后来发生了明显的创作转向；有些作家虽然标榜纯文学，但缺乏有事实理据的文本支撑。需要说明的是，本书虽然将某些作家划入纯文学的队伍，但可能只涉及其文学思想的部分内容或某一时期的文学观点，并不是对他们创作全貌和理论成果的整体评价，绝不是把他们化约为纯文学作家，恰恰相反，本书的研究目的是丰富对现代作家创作多元化的认识，所以并不影响其他论者从其他视角对他们进行再解读，也不能以此判定某位作家仅是纯文学作家而非其他。本书的写作尽量选取既有理论思索又有创作实践的作家，尽量选取具有文学史意义的作品和具有方向性质的作家展开论述，捋出一条清晰的现代纯文学发展脉络，从而有效地论述本书设计的论题。

本书不可能面面俱到，难免会挂一漏万，但也并非杂乱无章，漏洞百出。笔者以文学与时代的关系为叙述主线，将分散的纯文学知识整合为一个有机的论述主体。经过体系化建构和文学史料的整理，将现代文学史上的纯文学内容进行系统整理和理性爬梳不仅可行，而且有必要，只要贯彻正确的研究方法，就可以开展深入的学术研究。为此笔者在研究中努力贯彻三条原则。

一是坚持论从史出，史论结合。丰富的史料积累是学术研究中论从史出的依据。笔者为完成此研究论题，收集了大量的材料和相关研究论文，具备研究该论题的基本条件，能够将本书写作建基于丰厚的史料。本书写作中，尽量避免使用非当事人的文献资料，用史料说话，保证研究的客观性，用史料论述问题，保证结论有案可稽。史料虽多，但不是罗列文学史实和文学现象，而是将敏锐的问题意识贯穿其中。本书写作尽量避免大段的引文，而是找关键词、寻关键点、捕捉关键论据，做到史论结合，坚定不移地对问题做出判断，不求绝对公允，但求对问题有深入认识。在厘清文学观念和文体概念来龙去脉的基础上形成对某一论题的整体认识，以求通过有理有据的史料梳理和严谨的学术阐释建构起中国现代纯文学的知识谱系。

二是宏观研究与微观研究相结合。本书的主题是"中国现代纯文学的理论建构与创作形态"，不可能在未知"纯文学"为何物的情况下就匆忙进入主题。在本书第一章的宏观研究中从理论视域、历史回顾、现代语境等三个方面就纯文学的理论表述、中国古代文学观念的演变、现代纯文学观念以及纯文学观念的历史演变等理论性命题展开分析论述，从而将具体的问题论述建立在充分的理论依据上，确保论述的有理、有据，也不必在展开具体论述时再去费力地阐释纯文学的相关理论。在进入正文的具体论述时，由于"纯文学"的资产过于丰富，不可能将所有关涉对象都进行条分缕析的重点阐述。本书在各章的宏观论述部分概括了纯文学文体创作的整体状况，然后再选择重点作家和理论家进行具体阐述。在"纯诗"部分选择了穆木天、梁宗岱和李健吾，这三位可能不是纯诗创作中最有成就的作家，却是最具代表性的人物。依据同样的选择标准，在"纯散文"部分选择了周作人、林语堂，在"纯小说"部分选择了沈从文、师陀、萧红，在"唯美剧"部分选择了田汉、白薇等进行重点论述。宏观研究与微观研究的结合既能保证不将战线拉得太长,又能将所论述的问题解释清楚;既能获得感性认识,又能获得理性认识。

三是在坚守研究边界的基础上进行动态考察,将现代纯文学研究置于开放性的框架中。纯文学的概念本来是含糊不清的,从未形成一个明确的不容置喙的定义,也未获得一个稳定的本质,在不同时代、不同民族、不同论者那里亦有各种不同的解释。中国现代纯文学始终处于某种未完成的状态,有些作家在提出纯文学的理念后就匆忙转向,有些作家想坚持纯文学的理想却又有心无力,最后在犹豫不决中改变方向,有些作家虽对纯文学理想进行了顽强的坚持,但在时代的冲击下,也不断地放宽对纯文学的要求。"纯"与"不纯"很难有一个确定的标准,一时"纯"还是一直"纯"都值得思索。面对这样的研究对象,进行任何武断的推论都可能漏洞百出,研究成果也会随之遭到质疑。"片面的观点总是很容易作出错误的结论,尤其是在精神生活的领域里,任何事情都和无数别的事情有千丝万缕的联系,孤立的原因和孤立的结果都只是一些纯粹的抽象概念。"[①] 因此需要充分关注纯文学概念的历史演变和中国现代纯文学的动态演进特征,在保持研究边界的同时也要具有一定的理论包容性和视野开放性,只有这样才能发现纯文学在不同时期的理论意义和实践意义。研究不能拘执于一种理解、一种判断,更不能为了理论建构而削足适履,本书的论述方法是批判的、综合的,说是中庸的亦无不可,但本书的结论却是在仔细分析研究具体文学文本、理论文本、历史文本的基础上形成的。

---

[①] 朱光潜:《悲剧心理学》,生活·读书·新知三联书店,2005,第326页。

# 第一章
## 纯文学：理论视域·历史回顾·现代语境

纯文学观念的萌生与中国文学不独立的史实密切相关，文学的不独立制约了纯文学的发展，牺牲了文学自由生长的权利。朱光潜认为中国人"尚文"，不注重文的"美"，过于强调文学"益于世道人心"的效用，"全部中国文学后面都有中国人看重实用和道德的这个偏向做骨子"阻碍了"纯文学的尽量发展"。[①] 纯粹美在古代被社会视为一种危险的存在，需要接受道德、宗教、政治、伦理等的规训，从而消解掉了其对社会正向发展所产生的潜在解构作用。在中国，历代统治者对文学的美刺作用非常敏感，正统的文艺理论家对文学的抒情性也持抵触态度，立场强硬的干脆拒绝私人性、个体化的抒情。为了规避纯粹美的冲击，历代都将之纳入主流话语的表达系统中，以在政教意识形态缺失的情况下，保持文学的雅正姿态，让文学更好地发挥政治教化作用。孔子所谓的"兴于诗，立于礼，成于乐"即要求诗歌、音乐背负起沉重的政治、道德责任，服务于现实的人伦秩序、统治秩序；传统的"温柔敦厚""无邪"的诗教观突出文学的雅正意识，使其不能损害世道人心，威胁统治秩序，鲁迅所说的"强以无邪，即非人志"[②] 即是对这种文学观的概括；《毛诗序》指出抒情要符合"发乎情，止乎礼义"的标准，允许抒情，但必须在政教伦理的叙事范围内进行，适可而止，以强固政治秩序为目的，不能走到邪路上去。古代文

---

[①] 朱光潜：《文艺与道德（一）：历史的回溯》，载郝铭鉴编《朱光潜美学文集》（第一卷），上海文艺出版社，1982，第 100~102 页。

[②] 鲁迅：《摩罗诗力说》，载鲁迅《坟》，万卷出版公司，2014，第 41 页。

学理论家以"载道""征圣""宗经"来规范文学,虽解释不同,但文学基本难逃诠释政治合法性的宿命。中西皆然。"就大概说,从古希腊一直到十九世纪","文艺寓道德教训"也是"欧洲文艺思想中一个主潮"。[①]"虽国之美污,意之高下有不同,而术实出于一。"远在古希腊时期,柏拉图就认为"诗人乱治,当放域外",在他看来,文学对于国家的稳定是个潜在的危险,需要"设范以囚之"。[②] 不论是中国的孔子还是西方的柏拉图,这些先圣哲人都不约而同地认同政治理性对文学的引导作用,以文学归依于政教伦理为价值追求,认为否则文学就会成为一种有害的或不必要的存在。

随着文学观念的进步和文学地位的提高,文学的独立要求文学卸下政治、道德、伦理的负担而保卫自身的纯粹性。大概在 19 世纪,真正意义上的现代文学观念在西方破茧而生,并逐步成为占统治地位的文学观念。西风劲吹下,中国传统的载道文学观发生了结构性的解体,中国迎来了现代文学发展的新气象。西方文学观念为中国现代纯文学观念的确立提供了支援意识,在与传统文学观念的对峙中,现代纯文学观最终取替了传统载道文学观的统治地位。文学观念的演变勾勒了文学发展的历史,在深入正题前,我们首先应该在厘清中国文学观念古今流变的基础上洞晓传统文学观念的内弊,在现代与传统的对比中揭示现代纯文学观念对传统文学观念的否定性作用以及对中国现代文学的建设性作用。

## 第一节　纯文学的域限

文学观念纷繁复杂,每个人都可以给出自己的理解,那么这众多的理解又是如何产生的呢?理解"纯文学",首先要弄清何谓"文学"。"文学"是个古老而又常新的词语,文学含义的具体所指往往需视历史语境而定,无法在范畴义域完全古今一律。今天汉语语境下的文学概念和历史上的文学理解确有很大不同,不同时代的不同学者都会基于自己的立场来评

---

[①] 朱光潜:《文艺与道德(一):历史的回溯》,载郝铭鉴编《朱光潜美学文集》(第一卷),上海文艺出版社,1982,第106页。

[②] 鲁迅:《摩罗诗力说》,载鲁迅《坟》,万卷出版公司,2014,第41页。

说文学，立场不同，文学的观点自然千差万别。但研究的对象相同也会形成某种趋同的认识，这就为我们解说文学提供了某种可能性。

## 一 文学理解的变动性

究其实质，没有任何文本是属于文学的，因为"没有内在的标准"来"担保一个文本实质上是文学性的"。即便找到这个"内在的标准"也没用，人们将某个文本视为文学文本并不直接取决于文本的自身特征，还要看外部对文学的评价，而奢望所有阅读主体对文学的"惯例"达成一致几乎不可能。[①] 文学是一种奇怪的建制——"倾向于淹没建制的建制"[②]，特定时代的特定人群会出于某种特定理由对文学观念进行建构或解构。文学的自身属性和外部规定性构成了解释"什么是文学"的两种主要力量，它们之间的张力关系塑造着运动性的文学观念。作品虽是进行"文学的定义"的根据，但作品是会"随时代演变随时代堆积的"。"因演变而质有不同，因堆积而量有不同"，"量"与"质"的不同都会影响到解释"什么是文学这一问题"。不同的时代，有不同的关于文学的理解，即使是同时代的不同学者也可能给出不同的"关于文学"的解释。比如我们说"文学是抒情的"，但是"宋代说理的诗，18世纪英国说理的诗，似乎也不得不算是文学"。再比如说文学跟"别的文章不一样"，但"在中国的传统里"，连"经史子集都可以算是文学"。关于"什么是文学"，"答案很多，却都不能成为定论"。[③] 给出一个完美的文学定义几乎没有可能，症结在于文学虽"没有固定的客观的标准"，但读者也"不能完全凭主观的抉择"将毫无文学趣味的菜单、病历、车票等当成文学作品。说文学"完全没有客观的标准"好像也不对，文学中的确存有某种共性的东西，"犹如食品的甜酸"有评判标准，"文章的或美或丑"究竟容许"公是公非的存在"。说"完全可以凭客观的标准"好像也有问题，萝卜青菜各有所爱，"一般人对于文艺作品的欣赏"存在"许多个体的差异"[④]，不同个体的审美偏好让艺术也能宽容地接纳诸如创新、个性等发酵剂般的特性。德里达、朱自

---

[①] 参见〔法〕雅克·德里达《文学行动》，赵兴国译，中国社会科学出版社，1998，第39页。
[②] 〔法〕雅克·德里达：《文学行动》，赵兴国译，中国社会科学出版社，1998，第4页。
[③] 朱自清：《文艺常谈》，中华书局，2012，第1页。
[④] 朱光潜：《谈文学》，北京大学出版社，2013，第35~36页。

清、朱光潜等人的困惑代表着学者们定义文学的困惑，对文学与非文学进行清楚的划界是十分困难的，也许永远无法以其昭昭建构起一个臻于圆满的文学概念。

我国作为文学大国，文学创作的历史悠久，具有"文学之趣味"的著作又何止"千万卷"，但由于缺乏纯文学的观念，文学只能混迹于学术著作之中。现今之所以无法产生《荷马史诗》和《庄子》，就是因为只有在文学、历史、哲学、神话等知识混沌不分的文化土壤中，才会产生这样包罗万象的作品，但现在又有谁去质疑《荷马史诗》《庄子》的文学身份呢？西方现代文学观念的引入，让我们用"西方文学的镜子"来审视中国的传统文学，从而"改变了中国过去对文学因袭的看法，不再把载道的古文和一些骈体文看作是文学的正宗，使小说、戏剧和各种体裁的诗歌在文学史上获得主要的地位"。"人们读了欧洲十八十九世纪著名的长篇小说"后，在"对比之下"才认识到《红楼梦》《儒林外史》等文学名著的"社会价值和艺术价值"。在诗歌和戏剧身上也是"同样的情形"，"人们用西方文学这面镜子"发现了如"李煜、李清照等人的词"以及"元代的戏曲和散曲"等"过去被轻视或被忽视的艺术精品"。① 分化性是现代知识的重要特点，现代学术尊重知识的差异性和文化的多样性，承认不同的知识有不同的价值，文学知识理应在全部知识体系中占有自足性的位置。纯文学观念是西方现代文学观念输入中国导致中国传统文学知识分化的产物，中国传统知识体系既独尊儒学又提倡儒道互补，但长期以来都是儒学一元化的知识体系，儒家经典是划分知识等级和认定知识合法性的唯一依据，作为载道之具的文学亦以论证儒学的正义性为己任，"载道"自然成为文学家最为看重的胜业。"譬如杨雄的诗赋，文字较为逸秀，在文学上看来，自然比他的《杨子法言》一书好些，但相传因侧重'文以载道'的缘故，便看重《杨子法言》了。"② 现代知识分化的一个直接后果就是动摇了儒学的权威，作为知识之一种的儒学不再享有凌驾于他者的风光，文学即便不去攀附儒学，也有独立存在和发展的自信。

---

① 冯至：《新文学初期的继承与借鉴（1984 年）》，载《冯至学术论著自选集》，北京师范学院出版社，1992，第 220～221 页。
② 沈雁冰：《什么是文学——我对于现文坛的感想》，载唐金海等编《茅盾专集》（第一卷下册），福建人民出版社，1983，第 1094 页。

日月山河，譬如朝露。变是世界的本质，文学同样如此，我们称为文学的东西并不具有一个恒一的内涵和范围，时至今日，我们的文学仍处于变化的状态。"一时代有一时代之文学"，指的就是文学的历史性问题，即文学的范围和内涵因时而变。在古代属于文学的东西，在现代则可能被视为非文学，而在古代被视为非文学的东西，在现代则可能成为文学不可或缺的内容，乔纳森就认为"文学也许就像杂草一样"①。文学的概念是在历史中被建构起来的，文人的产生也是一种历史的现象。郭绍虞指出范晔在《后汉书》中列出《文苑传》是为那些"毕力为文章，而其他无可表见的人"而设的，"使其有学问自可表见，则尽可列之《儒林传》中，何必别立名目呢？大抵自楚以后，而后世有专工于文之人，自东汉以后，而后史有专以文名之传；自晋以后，而后书有专重于文之集；自南朝以后，而后著录有专载集部名目"。② 随着社会历史的变动，文学也在不断改变自己的面目，不同的文学观念背后有不同的历史境域。

## 二 文学观念的时代性

传统文学观念强调"文以载道"，"五四"时期确立了以"审美"为核心的文学定义，"革命文学"兴起后，文学的意识形态属性再次凸显，20世纪40年代，唐湜、袁可嘉等人则提出了"关于文学"的跨学科解释。中国的现代文学经历了从载道文学、纯文学到社会学概念的文学再到文化学概念的文学的意义转移。文学的独立是时代的产物，也是一项现代的授权。没有现代学术分治思想做后盾，文学无法讲述自身。古代文化并无"分业之说"，在我国，经学包举一切，"一切学问"皆被纳于文。欧洲也不例外，一切"物理、心理、政治、道德之理论"悉数归于"哲学"。③王国维认为，"西人数千年思索之结果"基本上与"我国三千年前圣贤之说"相同。④ 现代文学观念无法容忍传统文学知识的混杂状况，亟须在现

---

① 〔美〕乔纳森·卡勒:《文学理论入门》，李平译，译林出版社，2013，第23页。
② 郭绍虞:《文学观念与其含义之变迁》，载张燕瑾、赵敏俐丛书主编，赵敏俐选编《20世纪中国文学研究论文选·通论卷》，社会科学文献出版社，2010，第188页。
③ 黄远庸:《晚周汉魏文钞序》，载黄远庸《黄远生遗著》，华文书局，1928，第182页。
④ 王国维:《致沈曾植（十通）》，载房鑫亮分卷主编《王国维全集》（第十五卷），浙江教育出版社，2010，第69页。

代文学观念的观照下系统梳理传统文学知识。在传统杂文学观念下，中国古代有很多关于文体的分类，而在现今的文学分类体系中，文学主要包括散文、诗歌、小说、戏剧等四大样式，文学四分法就是用现代西方文学分类标准来甄选文学作品的结果。正如用中国传统的"六经"无法规范后世的文学一样，用一个后起的理论去裁剪、解释先前的文学也是不科学的。就其内涵和外延而言，现代意义上的纯文学概念中的文学性与传统文学概念中内蕴的文学性已经有很大的不同。传统文学（杂文学）和纯文学使用的是两套不同的价值标准和话语体系，解决的是两种不同的文学目标。传统的文学概念的任务是将文学与其他社会文化活动区分开来，纯文学概念的任务是将文学与非文学区分开来，是对文学概念的再次提纯和升华。

不同时代有不同的纯文学解释。"一部文学史，如果你能细心读，就可以发现这一现象是古已有之，而且差不多是历代都有。"如《诗经》有"十五个国家的风谣"，却没有"楚风"，楚国的歌谣没有"名之为诗"，后来王逸编"楚国文学选集"，将之别立文类为"辞"，"诗与辞的区别，就是纯文学与垃圾文学的区别"；在汉代文人的文学观念里，"《诗经》体的四言句法为诗"是"纯文学"，"楚辞体的五七言句法"却是"垃圾文学"；唐宋元时期，唐代的传奇文，宋代的话本小说、讲史、词话，元代的戏文、杂剧也都不是"纯文学"；1917年新文学运动初起时"创作的文学作品"也被以林纾为代表的一大群文人斥为"引车卖浆之流"的"垃圾文学"。[1] 无论多么完美的文学定义都会随着文学的演变而更替，文学的发展不断地冲击先前的文学概念。以为存在一种称为样板的纯文学——一种由古今中外所有人群共同分享的文学通货，只能是一种错觉。再怎么标准的纯文学作品都只能是向理想文学的一次逼近，却永远无法抵达。伊格尔顿认为，"从'文学'的一切"中分离出"一些永恒的内在特征"就像"试图确定一切游戏所共有的唯一区别性特征一样"是"不可能"的，文学就根本不存在"什么'本质'"。[2] 南帆认为文学并不存在"某种亘古未变的本质"，也不要想从中提炼出"永恒的文学公式"，应该在各种相对的

---

[1] 施蛰存：《纯文学·严肃文学·垃圾文学·痞子文学》，载施蛰存著，刘凌等编《施蛰存学术文集》，上海人民出版社，2012，第213~214页。
[2] 〔英〕特雷·伊格尔顿：《二十世纪西方文学理论》，伍晓明译，北京大学出版社，2014，第8页。

关系中来"定位文学"。①纯文学既然无法自证,就必须依靠对比的方式来区别于非文学,根据对方的立场来呈现自身的内容,换言之,何为纯文学不取决于其自身,而取决于参照物,要在一个以视角和关系构成的文学网络中来理解何为纯文学。从古到今,文学的参照物不停地发生改变,文学的地位、性质、功能等也相应发生改变,这决定了文学绝不可能保持一个恒定不变的范式,作为文学家族主要成员的纯文学怎么可能保持一尘不染的纯真本色呢?纯文学的标准因一种话语与另一种话语的差异性关系而存在,而一种话语可能由于使用者的阶级、地域、性别、地位等不同而产生内部差异。文学性并不是一种永远给定的特性,一个特定社会的任何文学作品只要经过"文化权威们"的认定就"可以算作文学作品"。②理论家和批评家喜欢假道阐述"文学是什么"来暗输他们认为最重要的批评方法,当批评家希望贯彻自己的批评理论时就必然地将对文学本质的理解引向自己所期待的认识视野,让文学来承载自己的理论成果。这样的做法说明不同的文化群体有不同的文学标准,但都无法给出一致的"关于文学"的解释。

　　文学随时代的变迁而发生变化,在文学问题上持一种本质主义的立场注定无法解释纯文学。从短小的诗歌、勾栏瓦肆里的说书、民间戏曲乃至卷帙浩繁的长篇小说中找到一种囊括一切文学类型的本质特征显然是不可能的,我们根本无法将林林总总的文学经验收纳在一个固定的本质之内,即便真的找到也是毫无意义的,何况文学的历史演变到今天都没有终止。"文变染乎世情,兴废系乎时序",文学并不具备永远给定的客观性,只有具体的历史的文学性,文学研究也不是一成不变地研究一个稳定明确的客体,文学在不同的时代会出现不同的话语表述,谁也不能狂言文学经典会永远卫冕成功,谁也不能保证古希腊艺术"魅力永驻"。伊格尔顿就认为,如果文学的历史发生"足够深刻的变化",未来将会完全颠覆已有的关于文学的知识,那时,连莎士比亚的作品也将"可能只是完全不可理解地陌生"。假如预言成真,莎士比亚将会被历史所吞没,他的作品"也许不会

---

① 南帆:《论纯文学——在常熟理工学院"东吴讲堂"上的讲演》,《东吴学术》2010年第3期。
② [美]乔纳森·卡勒:《文学理论入门》,李平译,译林出版社,2013,第23页。

比今天的很多涂鸦更有价值"。①

## 三 文学标准的相对性

长期以来，人们一直试图寻找某种区别性特征对文学与非文学进行分界，但同样也能轻易地找到反证推翻原先的努力。文学能想象，历史也能想象；文学有修辞，哲学同样讲究修辞；文学文本重情感，一些历史性文本同样富有情感。如斯达尔夫人用"想象的作品"指称文学，可人们发现像《资本论》（马克思）、《进化论》（达尔文）、《理想国》（柏拉图）之类政治学、社会学文本也充满大量的虚构和想象，却没人将之视为文学作品，而像中国的《史记》《汉书》之类的缺乏虚构的历史性著作却成了文学作品。考察文学的变迁不难发现，一部文学作品可能是作为历史、思想乃至哲学著作开始其生命的，但后来却被归入文学的行列，如诸子百家著作、《史记》、《汉书》、《荷马史诗》等；或者它有可能首先是作为文学作品而存在的，但后来地位陡升为经学著作而受到广泛重视，甚至作为历史、思想著作被阅读，如"诗三百"成为《诗经》就是儒家思想经典化的结果。恩格斯就认为巴尔扎克的小说《人间喜剧》中所提供的东西，甚至比"当时所有职业的历史学家、经济学家和统计学家"所提供的"还要多"。② 纯文学问题的实质是关于标准的问题，而文学的标准却是建构的结果。判断作品是不是文学需要接受标准的检验，在标准的检阅下，有些作品被纳入文学的怀抱，而有些作品因不符合标准成为文学的遗弃物。同时也必须看到标准是武断的也是片面的，但标准又是必不可少的，没有标准就失去了甄别文学作品的尺度。比如《诗经》产生的年代早于文学概念的出现，设若没有文学的标准，它是永远无法成为文学的。正如伊格尔顿所言，"教养可能比出身重要得多。问题也许不在于你自何而来，而在于人们怎样对待你"③。文学的独立本是文学发展到一定历史阶段的产物，"纯

---

① 〔英〕特雷·伊格尔顿：《二十世纪西方文学理论》，伍晓明译，北京大学出版社，2014，第11页。
② 〔德〕恩格斯：《致玛·哈克奈斯（1988年4月初）》，载江苏五院校编写《马克思 恩格斯 列宁 斯大林 文艺论著选读》（增订本），江西人民出版社，1981，第267页。
③ 〔英〕特雷·伊格尔顿：《二十世纪西方文学理论》，伍晓明译，北京大学出版社，2014，第8页。

文学"这一概念具有历史的给定性,它的产生远远落后于"文学"这一概念。它是"文学"概念的内涵不断扩容而外延不断窄化的结果,文学承载体量的过于庞大,引发人们对文学这一概念阐释能力的怀疑,为了让文学能够更好地凸显自身的特征而将非文学的部分尽可能地清除出去,不能未加反思地和非历史地任性使用"文学"概念。

中国古典文献中最早记载"文学"这一概念远在先秦时期,孔门四科首见"文学"一科,但语意驳杂,内涵不清,"后世虽有文学之科目",但"性质与今略殊"。[1] 晚清以后,随着文学特别是小说地位的提高,文学被作为一种启蒙救国的现代知识而得到强调和着重发展,西方意义上的纯文学观念才在知识界流行起来。在文学的观念问题上,西方的状况与中国差不多,如今日英国人引以为傲的莎士比亚曾因为创作的是非主流的戏剧而被排斥在正统文学家的行列之外,俄国的屠格涅夫出版自己的处女作时,他的母亲写信告诉他不要做写小说这么无聊的事情。这种情况的发生是因为,在19世纪以前,小说、戏剧是不具备文学资格的。人们对文学的认识取"大文学"的标准,几乎不把小说、戏剧当文学,却把哲学、历史等非文学文本视为文学。这是一种世界性的现象。如英国批评家亚诺德(1822~1888)就认为文学是"一个广大的词",可以用来指称"用文字书写或印刷在书籍上的一切东西"。[2] 周小仪在《文学性》一文中指出"文学"一词早在14世纪就已经出现,但在1900年前后才形成现代意义上的文学观念。乔纳森·卡勒指出,文学的最初含义指涉一切文本材料,1800年之前,欧洲语言中的literature是指"'著作',或者'书本知识'",被用来专指具有审美性想象性的特殊文本是由法国批评家斯达尔夫人于1800年在《论文学与社会建制的关系》一书中首先确立的。[3] 在当代,西方的文学研究又开始进行语言学和文化学的转向,时间流逝,人们"关于文学"的定义也同样发生变化。文学观念的演变和对文学认识的转变清晰地表明,直到今天都没有形成一个"关于什么是文学"的固定看法,更不存在某种先验的"文学性","任何东西都能成为文学",同样任何"毫无疑问的文

---

[1] 黄人编辑《普通百科新大辞典》,国学扶轮社,1911,第106页。
[2] 〔日〕本间久雄:《新文学概论》,章锡琛译,商务印书馆,1927,第3页。
[3] 〔美〕乔纳森·卡勒:《文学理论入门》,李平译,译林出版社,2013,第22页。

学"也"能够不再成为文学"。① 文学本质的难于确定，中西俱然。即便如此，一些文学研究者依然热心于为文学寻找一个普适性的标准，在他们心目中，只要有足够的耐心，文学的终极本质最终必将降临，这种本质主义的追求就是一种典型的形而上学，文学的历史已经证明文学并不存在某种亘古未变的"文学性"。在中国，从"辞章之学"向"文学"的跨越是知识重构的结果，认为存在理所当然的纯文学概念是错误的。澄清了文学的观念误区，并不代表我们不需要一个关于"什么是文学"的观念，对于文学研究而言，如果没有明确的文学观念，文学研究就无法展开。中国纯文学观念的产生就是有感于古代文学观念的驳杂，在比附西方文学观念的基础上提出的。在载道观念盛行的中国，纯文学的提出有效地消解、颠覆了传统经世文学观的话语霸权而建立起一个全新的知识谱系，引发文学观念的变革，带来了文学创作的新时代。

从先秦散文到唐宋诗词再到明清小说，"文章之革故鼎新"不仅记录着文学创作轨迹的演变，而且见证了文学观念的不断建构。"向所谓不入文之事物，今则取为文科；向所谓不雅之字句，今则组织而斐然成章。"② 文学不断收纳新出现的文体，在"次等的亚文学类型"被"经典化"的同时，也在不断地剥离一些非文学的内容，文学的发展更新着文学的观念，文学观念只有与时俱变才能行使文学批评的权利。一时代亦有一时代之纯文学标准，纯文学的问题完全是视角的问题，人们认识纯文学是基于传统杂文学的视角。"纯文学"是一个不断发展演变的历史性概念，在不同历史文化语境中，由于取法的标准不同，对同一时代的不同文学理论家、不同时代的同派别文学理论家都可能出现不同的表述，古代文论家所认定的非文学未必就不具有现代纯文学的元素。当我们用现代纯文学的标准进行历史回眸时，其实就是使用现代纯文学的标准去规范此前的文学，当然无法得到期待视野中的关于纯文学的知识，所以对问题的讨论必须建基于具体的历史语境，绝对不能以僵化的或后起的概念为标杆去度量整个历史长河之中的所有文学。

---

① 〔英〕特雷·伊格尔顿：《二十世纪西方文学理论》，伍晓明译，北京大学出版社，2014，第10页。
② 钱锺书：《谈艺录》（补订本），中华书局，1984，第29~30页。

随着历史的演变，中国纯文学的观念往往因时而异、因人而异，不能用现代学术界关于"纯文学"的讨论来框定文学的纯度。尽管古人没有使用纯文学的字眼，但并不代表其创作就不是纯文学，指称不明也不代表时人没有关于纯文学的标准。伊格尔顿在文学问题上的见解就颇有启示性，他认为，"在学术机构中，许多被作为文学加以研究的作品就是为了要被看做文学而被'构造'出来的，但却也有很多作品并不是这样"[1]。在现代文学观念尚未出现的时代，具有鲜明"文学性"色彩的文学作品早已存在，在中国古代的典籍中，就处处可见"文学性"的身影，甚至在中国文学发展的每一个历史阶段几乎都出现过具有纯粹艺术性的文学经典。在杂文学观念的笼罩下也一直涌动着纯文学观念的暗河，从先秦的老庄哲学、魏晋时期的文学自觉至晚明的"独抒性灵"都清晰地表明传统文学思想的内部赓续着文学独立的脉络。中国传统文学中一直存在具有纯文学色彩的文学作品，但在中国古代却一直没有形成"为艺术而艺术"的审美主体论。过于看重道德伦理在文学中的地位，忽略了文学作为一种精神文化的个性，自然无法将文学从众多的精神因素中独立出来；同时，缺乏恰适的理论对中国传统文学中的审美内质进行抽象的概括，导致其长期寄居在载道说的框架内。在传统文化内部崛起的以审美为最高本质的文论尚无法集聚起足够的理论能量去抗衡居于主导地位的载道文学观的霸权，或者说，当时审美独立的发展程度尚处于与载道文学观念争取话语空间的初级阶段。一旦政治需要文学发挥政治意识形态的功能，文学独立的脚步往往就戛然而止。在以文治国观念的影响下，古代文人从未有意识地去质疑传统文学观念的错误，如曾国藩就曾注意到文学本身的特点，提出古文"不宜说理"的看法，可却没有勇气将说理文排斥在文学之外；刘熙载在《艺概》中提出了"文，心学也"这一主体性突出的美学命题，却又明确声明"六经，文之范围也"。过分拘执于传统文学观念，让他们不敢正视自己已经模糊感受到的审美体验，而是设法去冲淡和掩盖，使之合轨于传统文学观念的规范。

在中国古代杂文学的观念体系中，始终存有纯文学的位置，但由于文

---

[1] 〔英〕特雷·伊格尔顿：《二十世纪西方文学理论》，伍晓明译，北京大学出版社，2014，第8页。

学观念的变迁和时代的不同，现代意义上的纯文学显然迥异于中国古典文学中的纯文学因素。文学没有古今，各类文学共同的母体都是文学，古今文学观念无论如何变化，其间始终存在剪不断理还乱的内部联系。用一种纵贯古今的文学观念串联起中国几千年来的文学史本身就不合实际，用今人的成见来描述已逝的历史已经埋藏着歪曲、虚构历史的巨大风险，用现代的纯文学观念去度量过往的文学自然难以挑选出完全符合规范的纯文学作品。任何试图寻找一个四海皆通、历代适用的共享标准从而一劳永逸地界定纯文学概念的内涵与外延的行为都是刻舟求剑，讨论纯文学必须把"纯文学"看成动态的、弹性的历史概念。对中国纯文学知识的梳理不会也根本不可能达成一个统一的纯文学标准，但通过考察文学的知识谱系却可以清晰地梳理我国纯文学的体系内涵与演变轨迹，借助现有的各种理论话语拨开历史、哲学、道德等对文学的笼罩，不断加深和丰富对纯文学的理解，深化对中国纯文学的研究，让文学永放光明。

## 第二节　中国古代文学观念演变中的纯杂分立

"作为一种游戏的形式，艺术既是进步同时也是退化，它把我们提升到高于压抑性实践的神圣的瞬间，但也只是把我们带回到孩子气地忽视工具性内容的水平上去。"[1] 要讲清楚中国现代纯文学观念的兴起，就必须了解中国传统文论中最早出现的文学观念以及文学观念的历史变迁过程。也许初始形态的文学观念和现代意义上的文学观念没有多少共同之处，但它却构成了中国文学观念的体系之根，影响制约着中国文学观念的演进方式和方向，使我们不至于将现代纯文学观念完全归于现代意识的产物，从而忽略中国古代所蕴藏的丰富纯文学思想资源。中国古代文学创作繁荣，在中国古典文论中很早就出现了"文学"一词，这一词语虽古今通用，用法上也有部分重合，但其内涵与外延却相去甚远，意义已经大相径庭。以历史主义的眼光深入探求文学概念的迁移流变，才能厘清中国现代纯文学观确立的完整过程。

---

[1]〔英〕特里·伊格尔顿：《美学意识形态》（修订版），王杰、付德根、麦永雄译，中央编译出版社，2013，第337页。

## 一 元文学概念及其影响

"文学概念"在中国古代的演变过程既是一段"文学史",也是一段"文化史"。在殷商时期"文"和"学"并不是合体出现的,而是两个"各自独立的概念",明确的"文学"概念并未产生。[①] 不过对殷商甲骨文的考古发现,"文"这个概念不仅存在着,而且被"普遍使用着"。[②] 后来,随着经济文化的发展和词义的不断演进,"文"渐次获得社会的、道德的、文化的、审美的和意识形态的内涵,并最终实现了与"学"的结合。

在先秦时期,孔子几乎不加解释地提出"文学"一词。相较于现代学科分类体系中的文学概念,那时没有文、史、哲的区分,文学与学术缠绕在一起,是一种大文学观念,尚未形成独立的形态。狭义的文学观念被包蕴在大文学观念的范畴之中,"文学"的含义是混沌而广泛的,几乎等同于今天所谓的学术文章。在《论语·先进》中,孔子以列举的方式来表述文学,形成了后来的以"德行"、"言语"、"政事"和"文学"为内容的所谓"孔门四科"的通行说法。以文学来指称子游、子夏的学术专长,是"文学"这一词语的初始意义域,并成为后来学者阐发文学概念的最初语境。撇开词义变化的因素不谈,出现关于"文学"的表述并不代表一定出现与这一词语相匹配的内容。不管孔子所说的文学与今日文学概念的分歧有多大,其都构成了文学观念的滥觞和后世文学的基本论域。对孔子"文学"的元理解分歧向来较大,取法宋人邢昺"文章博学"的注疏,"文学"大致包括我们通常所说的文学作品和学术著作,覆盖了纯文学文本和非文学文本。孔子时代的元文学概念模糊了文学与非文学的界限,自然没有特别关注文学自身的特质,与以西方文学的经验系统为基础的现代文学概念存在巨大的差异。鉴于儒家思想的长期统治性地位,孔子关于文学的表述仍对我国古代的文学创作产生了极为深远的影响,在一定程度上塑造了中国文学的体貌和风格,关于中国文学观念的理念性因素都可以从这一原初含义中找到线索。在这种泛文学观念指导下,文学作品没有被清晰界

---

[①] 冯天瑜:《历史文化语义学与文学观念发生史的建构——读王齐洲〈中国古代文学观念发生史〉》,《江汉论坛》2014 年第 2 期。
[②] 王齐洲:《中国文学观念的符号学探原》,《中国社会科学》1999 年第 1 期。

定，文学表现的内容也没有确定的范围，从古代流传下来的文学典籍也不是标准的文学作品。我国的第一部诗歌总集《诗经》的思想内容大多与政治、民风有关；最早的散文总集《尚书》基本上是诸侯和朝臣的活动记录，内容多涉内外朝政、国家法令、军事文书等；《左传》《国语》《战国策》等虽是叙事散文，但大多是"记言、记事"的产物；诸子散文更是诸子百家发表政见、激言雄辩的记录。

## 二 文学的功能分化及审美意识的自觉

至于两汉，"'文学'虽仍含有学术的意义，但所谓'文'或'文章'……颇于近人所称'文学'之意义相近了"①。两汉时期由于缺乏对知识的分类，"文学"一词的使用相当混乱，存在语意泛化的弊病。司马迁在《史记·太史公自序》中便说："汉兴，萧何次律令，韩信申军法，张苍为章程，叔孙通定礼仪，则文学彬彬稍进。"文学几乎成了一个大箩筐，律令、军法、章程、礼仪都被当作文学来看了。其实真实的情况还不仅如此，"文学"的含义在保留古义的情况下还有所增加。在汉武帝实行"罢黜百家，独尊儒术"的政策后，儒学兴盛，儒生地位提高，"文学"开始成为"儒生""儒学"的代名词。如"叔孙通者，薛人也，秦时以文学征，待诏博士"（《史记·刘敬叔孙通列传》），再如"赵绾、王臧等以文学为公卿"（《史记·封禅书》），这两处所说的文学指的就是儒学。"贤良茂陵唐生，文学鲁国万生之徒六十有余人咸聚阙庭"（《汉书·公孙刘田王杨蔡陈郑传》），文学用在此处就是指代儒生的。另外文学还被用来指称官职，如《汉官六种·汉官》中记载："卫尉……文学三人。"如果说文学在中央指的是公卿的属官，那么在郡国则指的是太守的属官，如《汉书》中记载，"隽不疑……治《春秋》，为郡文学""韩延寿……少为郡文学""盖宽饶……明经为郡文学"。甚至文学还作为一门选拔人才的考试科目被使用，如《汉书·东方朔传》中记载，"征天下举方正贤良文学材力之士"。在不同的语境中，文学有不同的意义。陈钟凡就认为："汉魏以前，文学界域至宽，凡以文字著之竹帛，不别骈散，有韵无韵，均得称之为文也。"②

---

① 郭绍虞：《中国文学批评史》，百花文艺出版社，2008，第5页。
② 陈钟凡：《中国文学批评史》，江苏文艺出版社，2008，第2页。

魏晋南北朝时期，由孔子发端的"正统文学观念的核心"内涵虽未发生根本性改变①，但以提供审美娱乐为主的写作活动却逐渐从广义的文学范畴中独立出来，出现了以文章之美为追求的观念自觉。"较两汉更进一步，别'文学'于其他学术之外，……更有'文'、'笔'之分……始与近人所云纯文学、杂文学之分，其意义亦相似。"②追求文艺的审美性虽不始于魏晋，但"将美文看作是一种文学工艺品，始于扬雄的《法言·吾子篇》"③。由此看来，魏晋时期的文学观较前代确实已发生很大的改变，甚至可以说进入了中国文学史上的"文学自觉时代"。一是对文学的认识日益深入并出现了专门讨论文学问题的文论家，他们对文学问题的分析至今闪射着不朽的理论光辉。光以"文"命名的文人著述就包括曹丕的《典论·论文》、陆机的《文赋》、刘勰的《文心雕龙》、萧统的《文选》等。曹丕的论述有"离开六艺而注重纯文学的倾向"，文学不再是附庸风雅的雕虫小技，乃是"经国之大业，不朽之盛事"，这种提法充分肯定了文学自身的存在价值，具有"艺术至上主义的倾向"④。曹丕在翻转文学弱势地位的同时肯定文学的审美价值，能"就文论文"，以"文艺批评家的立点"来评骘文学名家和文学作品⑤。他对文章的体裁风格和写作要求做出明确的规定，开始讲究文章写作的文采之美，指出"奏议宜雅，书论宜理，铭诔尚实，诗赋欲丽"。他关于"诗赋欲丽"的文体特征的论断更是标志着传统道德论文学观的转变，文学不再是囊括一切东西的大杂烩，文学观开始走向审美中心论，现代意义上的文学品质已经得到强调。在鲁迅看来，这简直就是中国最早的"为艺术而艺术"的一派⑥。二是文学逐渐从当时其他学术部类中独立出来，从形式上获得了与经学、史学并驾齐驱的地位。如南朝宋文帝在京师设立儒学、玄学、史学及文学等四馆，明帝增设阴阳科合成五科。这种转变一方面表明文学的内涵得到强化而文学的外延进一步收缩，另一方面表明文学的地位得到了统治阶级的公开承认，进一

---

① 王齐洲：《中国文学观念论稿》，湖北教育出版社，2004，第60页。
② 郭绍虞：《中国文学批评史》，百花文艺出版社，2008，第5页。
③ 彭亚非：《中国正统文学观念》，社会科学文献出版社，2007，第220页。
④ 刘大杰撰，林东海导读《魏晋思想论》，上海古籍出版社，1998，第134~135页。
⑤ 郑振铎：《郑振铎古典文学论文集》，上海古籍出版社，1984，第8页。
⑥ 鲁迅：《魏晋风度及文章与药及酒之关系》，载洪治纲主编《鲁迅经典文存》，上海大学出版社，2004，第96页。

步确立了文学有别于其他学术的独立性。萧统所编的《文选》按照"事出于沉思,义归乎翰藻"的审美标准将经、史、子三家之作排除在外,"昭明所选"盖"必文而后选","经""史""子"皆"不可专名之为文"。从审美角度选取作品,"必沉思翰藻"始以"入选也"①,入选对象主要是那些具有明确审美效果、能够显示文人才艺的作品,从而将文学作品与章奏之类的应用文区别开来。其"打破了汉人尊经的思想",彰显了时人相对成熟的文学观,有力地推动了"纯文学运动"。②南朝刘宋时期的范晔在《后汉书》中为文学家立传,首立《文苑传》,将《文艺列传》和《儒林列传》并立,进一步表明了文人地位的提高。三是六朝人以"文""笔"之别来区分文学与非文学,体现了对"文"的审美性追求。六朝人突出"文"的审美性质,把"无韵的、说理的"文字称为"笔",把"有韵的、情感的"文字称为"文","文"就是"后来所说的纯文学"③,自此中国传统文学观念中出现了一个狭义文学的范畴,后世文人在文章写作中都必须正视文本中的美文因素。文、笔之分使"美文文学观前所未有地成为了文学历史舞台上的一个主角"④,狭义文学大有取代广义文学的势头,但尚不足以抗衡广义文学。

## 三 文学的独立与"载道"的冲突

大体说来,经过两汉与魏晋南北朝的演进,文学观念"渐归于明晰",特别是六朝时期,纯文学的势力比较大,文人不拿道德来装点门面,诗文创作较少经学气和道学气,几乎走上文学独立的道路。可在隋唐和北宋两个时期,文学观念偏向复古,"又与周、秦时代没有多大的分别"⑤。唐宋时期,虽然文学创作名家辈出,佳作纷呈,成就辉煌,但是文学观念偏于保守。时人菲薄六朝文学光说漂亮话,缺少道德教训,"不是说它'采丽竞繁,兴寄都绝',就是说它'绮丽不足珍'"。"宋朝学者偏重理学,往

---

① 黄侃:《文心雕龙札记》,华东师范大学出版社,1996,第8页。
② 朱光潜:《文艺与道德(一):历史的回溯》,载郝铭鉴编《朱光潜美学文集》(第一卷),上海文艺出版社,1982,第101页。
③ 柯汉林:《关于文学观念的当代变革的思考》,载《当代文艺学:探索与思考》,高等教育出版社,1987,第21页。
④ 彭亚非:《中国正统文学观念》,社会科学文献出版社,2007,第218页。
⑤ 郭绍虞:《中国文学批评史》,百花文艺出版社,2008,第5页。

往疑文学害道。程颐的《语录》里有这一段：'或问作文害道？程子曰，害也。凡为文不专意则不工，专意则志局于此，又安得与天地同其大也。《书》曰："玩物丧志。"为文亦玩物也。'这番话和欧洲中世纪教会攻击文艺的主张，几同一鼻孔出气。"[1] 他们为了恢复文道一贯，"力反前朝所为"，无论是元稹、白居易发起的新乐府运动，还是韩愈、柳宗元等古文大家掀起的"文以明道""文宗散体"的古文运动，都是如此。他们重"道"轻"文"，轻视"文""笔"之别，"以笔为文，文学之界说又复漫漶"，"学者不以声律采藻相矜尚，而以平易奇奥为古文也"[2]。其后宋儒更明确地主张"文以载道"说，让文学承担起意识形态叙事的任务。在文学创作方面，强调文学与政教的关系，撤退至汉儒"六义"的传统。中国的正统文学是以"六经"为范本的，言必学经，阐发六经的微言大义成了历代文治文化的一个组成部分。阮元就说："自唐、宋、韩、苏诸大家以奇偶相生之文为八代之衰而矫之，于是昭明所不选者，反皆为诸家所取，故其所著者，非经即子，非子即史，求其合于昭明所谓文者鲜矣。"[3] 南宋时期真德秀步趋理学家之旨编《文章正宗》以抗衡《文选》，"取消了两汉的'文学'与'文章'分别和六朝的'文'、'笔'之分，'文学'、'文章'、'文辞'或'文'的概念回复到周秦时期，泛指各种文字著作和文化典籍。此后遂成定论，一直延迄清末"[4]。如清代桐城派提倡义理、考据、辞章三项合一，缺一不可，其理论核心——义理就是所谓的儒家之道，并无新鲜之处，主要还是强调文学的政教作用，将文学作为政治的附庸而忽视了文学自身的价值，对文学政教意识形态宣谕功能的重视必然影响纯文艺性的文学追求。

在中国传统文化语境下，狭义的文学范畴一直是广义文学范畴的一个组成部分，并一直处在广义文学范畴的覆盖之下，二者从未实现真正的分离。"文学"主要是在学术、学问、文章层面上展开的，是一个包括经学、史学、辞章学、典故学等在内的很宽泛的概念，文学挣脱传统文学观念的

---

[1] 朱光潜：《文艺与道德（一）：历史的回溯》，载郝铭鉴编《朱光潜美学文集》（第一卷），上海文艺出版社，1982，第 101~102 页。
[2] 陈钟凡：《中国文学批评史》，江苏文艺出版社，2008，第 3 页。
[3] 黄侃：《文心雕龙札记》，华东师范大学出版社，1996，第 9 页。
[4] 祁志祥：《中国文学与美的关系的历时考察》，《人文杂志》2013 年第 8 期。

束缚而独立出来是在西学东渐的背景下进行的。在黄遵宪、王韬、郑观应等晚清开明知识分子介绍西方学术文化的著作中首先出现了作为学科分类范畴的"文学"。1898年，京师大学堂的创办为确立文学在学术体系中的地位提供了契机；1902年，在张百熙主持颁布的《钦定京师大学堂章程》中文学成为独立的学科。在林传甲和黄人编写的文学史教材中，文学观念开始逐步向西方现代文学观念靠近。根据中华民国政府教育总长蔡元培的建议，在1913年公布的《大学规程》中，文学正式成为与哲学、历史学、地理学并立的文科门类。随着文学教育体制的确立，文学观念朝着更加西化的方向发展，五四新文化运动后，具有现代意识的纯文学观被人们广泛接受，并逐渐成为搭建中国文学史书写框架的理论基点。

综上所述，文学概念随着历史的变迁不断演进，古人对文学的认识并没有统一的结论。一种认识通常强调了文学某一方面的特征，并没有完全指出文学的全部内涵。不同理论家在不同的历史境遇中对文学做出不同的表述，文学研究的对象也在不断发生变化。在古代，大一统的杂文学观占主导地位，不过人们对文学的认识却是不断深化的。如陆机在《文赋》中将"文学作为一个独立的课题来讨论"，开创了中国"独立的文学批评"。[1] 文体发展虽有曲折，但总体上从芜杂走向明确。早期的"文学"泛指一切文字著作，魏晋南北朝开始，文学成为以诗赋为核心的主要文体，注重作品的文学性。随着唐宋古文运动的兴起，散体古文跃升至文坛的中心地位，但文学概念仍失之宽泛。由于文体分类的发展，晚近的文学开始特指诗、词、曲、赋、小说、戏曲等专门文体。在中国古代，"文学"是广义的、文化的，并没有获得独立的审美品质，即便到近代，纯文学的观念也并未深入人心。如近代的章太炎对文学的认识仍不脱杂文学的观念，他从文字学家的立场出发，提出"文学者，以有文字著于竹帛，故谓之文；论其法式，谓之文学"[2]。其弟子黄侃在《文心雕龙札记》中也认为，"经、史、子、集一概皆名为文，无一不本于圣"[3]。这些都是中国传统文化系统中关于文学本义的论述，文学几乎包括了中国古代文化的一切人文

---

[1] 朱自清：《文艺常谈》，中华书局，2012，第12页。
[2] 章太炎：《文学总略》，载陈伟文编《国学与近代国文研究》，漓江出版社，2011，第3页。
[3] 黄侃：《文心雕龙札记》，华东师范大学出版社，1996，第14页。

领域。中国文学内部也一直存在文学与学术分化从而实现文学独立的呼声，不过这种独立之声过于微弱，未能影响整体的文学格局，只能在"载道"松弛的情况下偶尔突破政教文学的雷池。异质的文学性追求一旦威胁和挑战正统的政教文学，政治或社会就会加紧对文学的管束，再次将纯文学纳入政教话语系统，文学的独立也会消弭于无形。先秦的老庄之文、魏晋的文学自觉、晚明的"独抒性灵"都是文学独立的明证，却从未成为主导性的文学观念。文学观念的更新和文明的转型密不可分，中国传统文学观念的现代性变革却是西方文化冲击的结果。1840年的第一次鸦片战争不仅将中国社会拖入了苦难的深渊，深刻的民族危机也让国民从迷梦中惊醒，开始清醒地审视世界，吸收外来文明。梁启超和王国维就是在这一历史背景下通过吸收借鉴外来知识来构建自己的文学观念的。梁启超先后提倡诗界革命、文界革命、小说界革命，特别是小说界革命影响甚巨，大大抬升了小说的文学史地位，建立起全新的政教文学观。王国维举起纯文学的大旗，强调文学自律，全面开启了文学从传统文学观中的脱轨之路，此后关于文学的观念才逐步走上由混沌到明确、从驳杂到纯净的转型之路。"没有晚清，何来五四？"梁、王的开拓之功不容忽视，但中国文学观念的真正现代性转换却是在"五四"一代骄子的手中最终完成的。

## 第三节　中国古代文学观念渐趋纯化的辩证理解

纯文学是个明显矛盾的概念，只有通过辩证思维才能更好地理解它。通过梳理中国传统的"关于文学"的观念演变不难发现，"文学"一词意义宽泛而且含混，传统的关于文学的界定非常笼统，内涵不明，外延开放，不加区分地将一切文字文本都指认为文学，传统的文学观念是泛文学观。在对文学的功能定位上，强调文学的功利性和工具性价值，无论是儒家的"诗教"观念，还是道家的"文言之美"，都将文学置于一个超乎它本身的价值立场和知识体系中，唯独忽视文学自身的本体价值和独立地位。一些溢出传统文学观念规范的审美性、文学性追求常因无法相融于"载道"而处于压抑和被贬斥的处境。文学的本质并不在于表达一些哲学、历史和道德命题，意识形态价值的赋予只能造成文学本体被遮蔽，文学要凸显自身的文学性，就需要撇开与政教的复杂关联。虽然在以传统杂文学为主导的文学观念下没有抽离出现代意义上的纯文学概念，但在古代文学思想中一直存在将文学与非文学区分开来的努力。在文化统治的薄弱处，一些异质的文学观念也不断突破传统文论的话语缝隙而现身，以诗、词、曲、赋为代表的富有文采和抒情风格的文学文类就体现了人们在特定时期对文学的理解和审美认识的水平。

## 一 纯文学与杂文学的相对性

杂文学是纯文学存在的条件，纯文学只有通过杂文学这一介质才能凸显其特征。"文学跟非文学并没有划然的界限。好比每一种颜色有深有淡，等级很多，在无数等级的中段，是深是淡，只有在对比之下才辨得清。"[①] 纯文学并非一个先验性的理论范畴，也不天然存在纯文学的理想样式，它更像是一个学术神话，需要他者来证明它的存在不是幻觉。如果缺少"异质性因素"，纯文学则"什么也不是"，也没有存在的意义，最终只能"消失在稀薄的空气之中"[②]。现代纯文学概念更多是基于对传统文学之杂的不满而仿造的一个比附性概念。朱自清就说过英国有"知的文学和力的文学的分别"，而纯文学和杂文学的分目似乎是日本人根据"德来登"的说法而"仿造的"[③]，新文化运动的倡导者胡适干脆不同意纯、杂文学的分法。尽管这是一个经不起学理分析的文学概念，但似乎并没有人想到要取消它的存在，每当文学出现危机时，纯文学的提法都能满足人们对理想文学样态的审美期待，换句话说，纯文学是为了满足我们对文学的需要而做出的一种契约性认定，纯文学的建立往往需要在与他者的辨异中彰显。纯文学的高贵血统在于玷污它的那些东西，没有被伤害，就无法彰显自身，在一定意义上说，纯文学拜杂文学所赐。杂文学这个"捣蛋鬼"影响了纯文学的纯粹，正是杂文学的存在成就了纯文学的迷人魅力，没有杂文学的存在纯文学就失去了载体。纯文学在不同的历史阶段有不同的对立面，在20世纪初，我们针对传统文学之杂提出纯文学；80年代，我们针对现代文学的

---

[①] 叶圣陶：《关于小品文》，载周红莉编《中国现代散文理论经典》，苏州大学出版社，2008，第221页。

[②] 〔英〕特里·伊格尔顿：《美学意识形态》（修订版），王杰、付德根、麦永雄译，中央编译出版社，2013，第336页。

[③] 朱自清：《文艺常谈》，中华书局，2012，第4页。

政治化又提出了纯文学；90年代，我们针对市场经济条件下文学的俗化，再一次亮出纯文学的"金字招牌"。不同的时代有不同的文学需要，纯文学知识也在经历着一种历时性的演变。纯文学的认定也是历史的产物，是处于特定历史知识网络中的一种关系性的存在，关系性构成了文学理论之轴上一个根本的区分刻度。与学术文章混融的先秦文学观相比，魏晋六朝的文、笔之辨是一次纯文学的理论之旅；而与唐宋时期的载道文学相较，晚明小品表现出来的性灵之光则显得更加纯粹；正是同时期梁启超的功利文学观主导文坛，王国维的纯文学才更能体现出独特的理论价值。文学的特征无法自我确证，需要在与其他知识的比较中获得自身的本质规定性，并以自身的特殊性彰显与其他知识的区分度。纯文学的确立始终需要一些相关的对立范畴作为参照，需要借助历史、社会、道德、哲学等他者知识系统而得到认定，没有其他知识的发展成熟，文学独立是难以想象的。正如魏晋六朝时期出现了文、笔之分才有后世的文学自觉一样，纯文学一旦缺少假想的对手就必将失去存在的根基。文学特征的凸显正是因为文学承担了他种知识应该承担的功能而不堪重负，需要将文学独立出来才能让其获得健康发展，纯文学从杂文学的概念体系中抽身也是基于文学自身发展的需要。

从根本上说，纯文学建立在二元对立的理论框架之上，文学与非文学、纯文学与杂文学、文学与政治等之间的对立增加了纯文学存在的理由，如没有这些参照性对象，纯文学就没有存在的理由。换言之，如果任何文学都是纯文学，纯文学的独特性何以彰显？纯文学作为一种概念和文学理想被单独提出来，只能从侧面说明纯文学面临非纯文学的威胁，导致自身品性被遮蔽，非纯文学的压力已经严重威胁纯文学的地盘，不加以重视文学本身必将湮灭。正是在纯文学的理论视野下，我们在反身回顾中国文论中文学观念的变迁时，才发现中国的古代文学是一种杂文学。"五四"时期，在传统与现代、东方与西方的知识框架下才将中国古代文学安放在一个与现代文学观念相对立的位置上，引发了一场文学观念的革命。缺少现代意识的纯文学知识和视野是无法进行这种有效区分的，人们置身于以杂文学为常态的文学观念语境中是无论如何也无法洞悉传统观念的漏洞和问题的。现代纯文学观念是现代学术分治的产物，是文学与科学、道德、宗教、艺术等知识系统分治的结果。朱希祖在《文学论》中就曾指出，

"吾国之论文学者，往往以文字为准，骈散有争，文辞有争，皆不离乎此域"。西方学术输入中国后，其"繁赜的分析"让中国学术界大开眼界，中国从而仿效西方"建设学校，分立专科"，取法其治学之术"整理吾国之学"，从此迈出了"文学离一切学科而独立"的步伐。① 在中国古代，文学与哲学、历史、政治混杂不清，文类分类烦琐芜杂，审美与实用相混杂，文学作品具有多元文化融合的特征。《诗经》融诗、乐、舞于一体；《史记》既是"史家之绝唱"的史学著作，又是"无韵之离骚"的文学著作；《庄子》既是想象宏富的文学作品，也是充满理性思辨的哲学著作；《颜氏家训》虽不是"文学书"，但其中的文章"写得很好"；《水经注》是讲"地理的书"，里面的文章也"特别好"②；《西厢记》既可以作为戏曲表演的剧本，又是供人反复诵读的文学名篇；明清四大长篇小说更是熔历史、哲学、宗教、神话和说书艺术等于一炉而成为传世经典。

建基在杂文化特征上的文学理论贯彻了杂文学写作的观念，如作为古代文学理论经典之作的《文心雕龙》论述的范围就极为广泛，涉及经、史、子、集。张少康就认为《文心雕龙》不仅是一部"文学理论、文章学著作"，而且是一部"古典美学、文学史和文化史著作"。③ 长期以来，古人对文体的分类缺乏科学的界定，导致文体分类的标准差别很大，文体互渗的现象比较常见，究竟有多少种文体谁也说不清。南朝梁代刘勰在《文心雕龙》中将文体分为 81 种，北宋姚铉在《唐文粹》中分文体为 22 种，南宋吕祖谦在《宋文鉴》中将文体分为 45 种，明代的吴讷在《文章辨体序说》中将文体分为 59 种，同是明代人的徐师曾在《文体明辨序说》中更是将文体分为 162 种（含所附 41 种）。我们说古代文学是杂文学，并不是说古人不尊重艺术规律，不追求文学的艺术特质。主要的原因在于古人的观念中缺少今日纯文学的观照视野，模糊了文学与非文学的界限。另外古人社会身份的混杂也容易造成文学、文章的混杂，古代虽有《诗经》《离骚》等诗歌，但不能说孔子、屈原等就是现代意义上的"作家"。古代文人奉行"学而优则仕"，诗文创作大多出自"士大夫之手"，"士大夫配

---

① 朱希祖：《文学论》，《北京大学月刊》第 1 卷第 1 期，1919 年。
② 周作人：《中国新文学的源流》，江苏文艺出版社，2007，第 19 页。
③ 张少康：《刘勰的文学观念——兼论所谓杂文学观念》，《北京大学学报》（哲学社会科学版）2000 年第 4 期。

合君主掌握着政权，做了官是大夫，没有做官是士，士是候补的大夫"。①"仕学合一"让他们既是政治家又是文学家，因此他们往往在非文学的写作中使用文学的笔法，或者是使用非文学的笔法从事文学写作。如历史上有名的《出师表》《陈情表》《与陈伯之书》《讨武曌檄》等都是政治论文，但谁又能否认这些文章的文学性呢？古人所讲的"文"比较接近于我们所谓的"文章"，古人所谓的"文章"不仅包括诗、词、文、赋，而且包括奏、论、传、颂等应用性文字。中国古代优秀的文学作品恒河沙数，中国古代优秀的作家不胜枚举，文学创作不可能不遵循艺术规律。受限于特定的时代，古代文学创作的主体基本上是庙堂士族和在野文人，文学是他们入仕的重要敲门砖，文学创作必然将"道"摆在优先位置。现代文学创作的主体则是文人，文人与文学乃至与国家的关系发生了根本性的变化，写作成了外在于自身的他物，享有更多自由。传统的崇雅抑俗的心理作怪，诗文独尊，小说戏曲是小道，让传统文人不敢正视小说、戏曲等新兴文学样式。金圣叹看中《水浒传》的文学地位，也是将《水浒传》腰斩后的结果，经过腰斩的《水浒传》才符合封建正统观念。古人心目中的文学与今人理解的文学大为不同也就不足为怪了。古代虽是杂文学体制，但古人追求文学艺术性的脚步从未停止，追求文学独立性的愿望一直没有熄灭。中国历代虽无从事文学评论的专门学者，"然古人对于文艺，欣赏之余，未尝不各标所见，加以量裁"②。古人非但不拒绝文学的艺术性，而且非常强调格律、炼字、骈偶、文采等文学技巧性因素。只要稍有文学常识，谁也不会否认魏晋以后文学观念的显著变化。宫体诗、花间词、西昆体诗等对艺术美的追求也已到呕心沥血的地步，只是由于各种社会问题和统治者的利益诉求，文学自觉的观念时有起伏。

## 二　载道与言志的交替

杂乃文学之本质属性，《周易·系辞下》有言："物相杂，故曰文。"五彩杂错才有文采斐然，铁板一块何来文学园地的绚丽多姿？伊格尔顿就认为文学虽作为一个"普遍性的定义"而被提出来，但事实上它却"具有

---

① 朱自清：《文艺常谈》，中华书局，2012，第12页。
② 陈钟凡：《中国文学批评史》，江苏文艺出版社，2008，第8页。

历史的特定性"。① 被称为"文学"的文本会随着不同社会集团价值标准的变化而变化,因而不能用一个纯化的标准阉割文学的多质多义,先验地锚定文学的永恒本质必然会屏蔽文学观念的动态演变过程,亦不符合文学创作求新求变的客观规律。事实上,文学始终处于动态发展过程中,变是常态,不变是异态。《周易·革卦》中有条"象"辞:"君子豹变,其文蔚也。"意思是说豹子的颜色即便再美丽,也需有变化,有变化才会色彩斑斓、魅力独具。因此对文学的考察应着眼于变化,一旦标准固化,文学的生命也就走上死亡之路。文学并没有一成不变的定义,《左传》《国语》《战国策》在今天被视为文学作品,可在其产生的年代却是历史学著作。从前不是文学现象的,在某一时代可能会成为文学现象,反过来,从前是文学现象的,在某一时代可能就不是文学现象了。

从古代文学观念的变迁史来看,古人早已意识到杂文学观念的不科学性,一直不满于纯、杂不分的文学样态,努力尝试用各种方式将文学与非文学区分开来,从泛文学中提纯出属于文学的特质,因而中国古代的文学观念一直处于变动不居的未完成状态。但文学毕竟不是作家个人的志业,作家是社会中人,各种外在力量一直对文学进行巧妙的征用和不尽的索取。文学作为政治上层建筑,外在的社会思潮、统治阶级的文学观念必然深深地影响文学独立的脚步。如宗教曾在特定的历史时期发挥意识形态的作用,而文学"混在宗教之内"并和宗教一起教化民众,后因"性质不同"而分化出来,但"原来的势力尚有一部分保存在文学之内,有些人以为单是言志未免太无聊"。在这种情况下,文学成了一种工具,一种能够将"道"这种"更重要的东西"更好地表现出来的工具。② 周作人借鉴古代文论中"言志"和"载道"的说法,认为中国古代的文学史内部交织着"言志"和"载道"两种潮流,进而形成"言志"和"载道"两种不同的文学发展传统。必须加以说明的是,周作人此处使用的"言志"与形而上的"载道"属于不同的命题,更强调作家的主体意识,或者说"言志"近于"缘情",偏重于个人的情感和趣味,将"志"几乎等同于"情",重

---

① 〔英〕特雷·伊格尔顿:《二十世纪西方文学理论》,伍晓明译,北京大学出版社,2014,第9页。
② 周作人:《中国新文学的源流》,江苏文艺出版社,2007,第17页。

在传达作者私人性的思想感情，是对载道文学观过多负载公共性内容的反省和纠偏，与传统文学观念中的"言志"本义并不一致。在他的意识中，"载道"和"言志"是两种不同的审美范畴和价值体系，借用他本人的话来解释就是，群体的载道是"言他人之志"，个人的言志是"载自己之道"。① 两种文学潮流的并立撕扯共同塑造着中国传统文学的面貌，影响着古代文学观念的衍变，在大多数时期，二者能够和平共处的机会并不多，虽未明言，但两者之间存在人所共知的价值等级地位。载道是主宰，言志是辅助，载道是主道，言志是支流。"文艺总是一件严肃的事情，总有一个道德目的。"② 数千年来，文学一直被奉为"经国之大业，不朽之盛事"，具有建构意识形态的神圣职责，始终是统治阶级意识形态（主要是儒家思想）载体的"最佳选手"。文学家在政治上"春风得意马蹄疾"的时候，往往表现为一脸严肃的坐而论道者、道德说教者、政治教化者、庙堂之忧者的形象。只有在处江湖之远时，其才会充分释放潜藏的文学才能，书写言志意味浓厚的文学佳作。陶渊明归隐田园谱写出优美的田园诗，柳宗元被贬创作出意境优美的山水游记，韩愈最有名的《送李愿归盘谷序》也是在他"忘记载道的时候偶尔写出的"，苏轼失意时留下旷古绝今的千古名篇。周作人同时分析了两种文学潮流交替出现的时代背景和人文环境，认为政治环境的松紧影响着文学独立的节奏。春秋战国时期由于没有绝对统一的政治力量来约束文学，各派思想自由争鸣，文学发展相对独立。在汉代，儒家思想定于一尊，文学陷入载道的路子，文学创作不如"晚周"。魏晋南北朝时期，统一政治局面的时间很短，文学又重获解放。在唐朝，社会比较统一，文学又走上载道的路子，"好的作品"较少。宋朝的情况和唐朝相类，也是偏向载道一途。但元曲的出现是文学观念的一次反动，它将文学"从旧圈套中解脱出来"。明朝的前后七子否定"元代以至明初时候的文学"，在文学主张上倾向"复古"，到了公安派、竟陵派又对这股复古思潮"揭了反叛的旗帜"。减去"西洋的影响"，"胡适之先生的主张"基本上是"公安派的思想和主张"，就是他的"八不主义"也不及

---

① 周作人：《自己所能做的》，载鲍风、林青选编《周作人作品精选》，长江文艺出版社，2003，第240页。
② 朱光潜：《悲剧心理学》，生活·读书·新知三联书店，2005，第282页。

"独抒性灵,不拘格套"说得"更得要领",五四新文化运动和公安、竟陵两派发动的"那一次文学运动"很有些"相像的地方","新文学的基本观念是'言志'的"。① 在文学史观问题上,林语堂"本周作人《新文学源流》","名曰'言志派'"②,他在《论文》中指出西洋和中国近代文学的基本走向是"由载道而转入言志"③。周作人的文学源流论述虽然无法完整呈现中国传统文学历史发展的复杂本相,也被论者认为是一种循环论的文学观,但大体上反映了中国古代文学演变的基本状况,能够自圆其说。他注意到中国文学史上"载道"与"言志"两种文学力量之间的冲突对抗,论证了一条一直存在却被不断打压的反抗性抒情文学演变脉络,是对传统文学史观念的一次解构和再建构,其意义不亚于胡适对"白话文学正宗说"的发现。他在质疑胡适进化论文学史观的基础上阐述自己的文学史观,从纯文学的角度来看,他推崇文学自主的言志一派也有明显的现实立意,是一次对数千年来讲究文学意识形态询唤功能的宏大叙事文学观的最有力解构。

## 三 杂文学观念下的纯文学追求

从来就不存在一个被古今中外所有人都认可的纯粹文学观念,不同时代、不同国度、不同人群都拥有各自的文学观念和纯文学见解。一般来说,政治家的文学观都是比较重视政治教化的,但也需仰仗文学性的装饰来达到最佳的意识形态叙事效果,文学家的文学观相对贴近文学本身,但也并非完全否决政治家的文学政教叙事功能,让政治家和文学家共享一种文学观念似乎有点不现实。中国古代长期受儒家思想的统治,依存于这种政治文化背景的文学更多的时候成了载道的工具,经世的文学观由此成为中国文学中的主导性文学观念。尽管中国古代文学在大多数时期是偏于政治教化的,但也并非完全拒斥文学审美,在政教叙事中始终没有尽弃文学性追求。中国古代有载道之文,但也不乏情感四溢、展示文采风流的词曲,即便有些用来"言志""载道"的政教文本也不乏才情横溢的优秀之

---

① 周作人:《中国新文学的源流》,江苏文艺出版社,2007,第19~27页。
② 钱基博著,傅道彬点校《现代中国文学史》,中国人民大学出版社,2009,第447页。
③ 林语堂:《论文》,载李晓明主编《林语堂散文》,吉林文史出版社,2002,第105页。

作。一些诗、词、文、赋俱通的大文学家更是善于用不同的文体驾驭不同的写作内容，游刃有余地发抒儿女情长、流连自然胜景、谈论国家政治。在文学选本中，既有收集"雅正之作"的《文选》，又有辑录男女情爱游戏文学的《玉台新咏》；在创作原则上，既奉行现实主义，又不排斥浪漫主义。传统的文论并不是完全没有注意到一些文本的审美特质，只是在西方纯文学话语输入之前，对诗、词、曲、赋等文学文本中内蕴的审美特征缺少一个科学的命名。如以现代文学观念来辨识中国传统文论、解读中国传统文学作品就会发现，中国古代的审美思想非但不贫弱，反而很强旺，致力于开拓出"大象无形"的审美境界，一些重要的文学理论家深得审美的"个中三昧"，非常重视文学的情感性和语言艺术性。在文论史上，"缘情绮靡"的文学观更是占据着相当重要的位置，与"文以载道"文学观几乎平分秋色，成为支撑中国传统文论大厦的两根最重要支柱。

作为艺术门类的文学，审美是文学的本质所在，也是文学活动的目的。文学的审美侧重人的情感表达，用情感架起人与人之间沟通的桥梁，大多文论家通过对文学中情感因素的强调，将文学与非文学区分开来，从而确立纯文学的观念。王国维在《文学小言》中认为文学的"二原质"是"景"和"情"，在《屈子文学之精神》中提出诗歌是"感情之产物"。鲁迅认为文学"主要是指由语言来表达想象力和情感"[1]，在《红星佚史·序》中，他和弟弟周作人就以"学以益智，文以移情"的标准将学术与文学的关系区分开来。[2]"益智"与"移情"的分野成为区分文学观念杂、纯的判断原则，情感的审美表达往往成为衡量文学作品价值高低的重要指标，也是文学之为文学的最关键要素。在杂文学观念流行的古代社会，文人往往集文学家、政治家、思想家于一身，他们抒发"兼济之志"时主张"为时而著""为事而作"的政教文学观，但在表达"独善之义"的"闲适诗"中也充盈着情深意切的儿女情怀，"诗者，根情"，"感人心者，莫先乎情"。[3] 他们对偏离主流的尊情主张非但不排斥，而且对作

---

[1] 鲁迅：《门外文谈》，载《鲁迅全集》（第六卷），人民文学出版社，1973，第99页。
[2] 陈平原、夏晓虹编《二十世纪中国小说理论资料》（第一卷），北京大学出版社，1997，第252页。
[3] （唐）白居易：《与元九书》，载严杰编选《白居易集》，凤凰出版社，2014，第271~282页。

为文学主要质素的"情感"有深刻的见解。《尚书·舜典》中早就提出了"诗言志"这一重要的文学命题。《毛诗序》说:"诗者,志之所之也,在心为志,发言为诗。"意思是说诗是意志的表达,但意志是从心里发出的。现代学者也揭示了"志"中隐含的情感性因素,朱自清对"志"的解释是诗歌能够表现赋诗者的意志、思想、情感或抱负;周作人在《中国新文学的源流》中认为"诗言志"就是"言情";闻一多通过对先秦古籍中"志"的用法的考证,认为"志"具有"情"的含义。这样看来,诗言志具有表达感情和传达意志两种含义,"志"是意志和感情的结合,"言志"并非只有政治教化,"志"中也有丰富的"情",可见"言志"说同样重视情感的作用,我国诗歌从来就具有言志抒情的文体特征。针对儒家对文学功利主义的征用,晋代的陆机在《文赋》中就提出"诗缘情而绮靡"的文学主张,鼓励作家尊重个人的感情抒发,将那些被礼教排斥的私情、私欲纳入文学的表现范围,引导文学向抒情化的方向发展,为文学摆脱政治的束缚走上独立之路打开了天地,但文学的缘情之路并没有完全洞开。

朱自清在《诗言志辨》中对"志"的含义进行比较详细的考辨,指出不可将言志与载道完全混淆起来,但同时他在古代文论和文本的话语缝隙中看到志与情关系的复杂缠绕,看到古典文论的缘情传统。由于诗言志的传统过于浓厚,六朝人还没有胆量完全抛开"志"的概念,只能通过将"诗言志"进行改造来影射"缘情说",以言志为口实来拓展诗情空间。《宋书·谢灵运传》中的"志动于中"就是《毛诗序》的"情动于中",刘勰《文心雕龙·明诗》中的"感物吟志"指的就是吟"七情"。在古代文论中经常会发现,志和情"原可以是同义词",言志就是"表现情意,自见怀抱","缘情作诗"和"陈志献诗"殊途同归。① 朱自清的《诗言志辨》让我们以全新的眼光审视"诗言志"的传统,认识到在我国文学中一直潜藏着一个不息的诗缘情的诗歌传统。在王国维看来,我国的文学艺术中一直就有鲜明的审美倾向,但由于文学被用来过多地传达政治理想,这种轻文学重政治道德的倾向损害了纯粹文学,使文学艺术失去了原本正常存有的"美丽精神",从而导致我国"哲学、

---

① 朱自清:《诗言志辨》,湖南人民出版社,2010,第7~29页。

美术不发达"。①

《楚辞》的出现改变了诗、乐、舞等混沌不分的艺术状态，也使屈原成为中国第一位专业诗人。屈原重视情感、情意的表达，"惜诵以致愍兮，发愤以抒情"的情感定位标志着言情理论正式登上文学的历史舞台，开启了中国诗歌以言情审美为主的骚情传统，从此诗缘情和诗言志一起成为中国传统诗学的核心命题。纵观整个中国古典文学的发展史，固然抒情解释不了所有的文学现象，但文学表现了政教伦理统治下中国人的感情生活却是一个不争的事实，中国传统文论中也充满从情感方面解释文学的理论。如先秦的《礼记·乐记》、汉代的《毛诗序》、魏晋六朝的《文心雕龙》《文赋》等都大量论述了文学的情感问题，充分地肯定了情感对于文学的价值和意义。如刘勰的《文心雕龙》"体大虑周"，秉持的是一种杂文学观念，但它仍是中国乃至世界文学理论史上一部杰出的文学理论著作。刘勰比较深刻、系统地阐述了文学创作的基本规律，对文学的艺术特征的认识也相当透彻。他设《情采》一篇即已表明文学创作应追求文采之美，"情者文之经，辞者理之纬"，即是强调感情和语言这两个核心要素在文学创作中的地位和作用。《神思》篇对超时空的艺术想象和艺术思维是"神与物游"过程的分析都比较注重文章写作的本质属性，涉及文学创作的思维方式、情感本位等许多重大理论问题。晚唐司空图的"韵味说"断然抛开了长期以来形成的文、史、哲不分的杂文学观念，只谈诗歌，其审美批评也抛开政治教化，将"韵外之致""味外之旨"作为衡量诗歌文本的审美标准，其理论被称为"诗歌美学"。晚明之际，压抑的情感又开始蓬勃而出，尊情的文学潮流弥漫于整个文学界和思想界。在思想界，异端思想家李贽提出"童心说"，主张写"出于童心"的"天下之至文"，表现"绝假纯真"的自然人性；公安"三袁"倡言"独抒性灵，不拘格套"，猛烈抨击当时文坛上的拟古风气。在文学界，吴中才子唐寅以狂放的文风冲击着传统礼教和审美规范；汤显祖"尊情抑理"，以"为情作使，劬于伎剧"的思想概括自己的戏曲创作；冯梦龙热情鼓吹以"情教"代"礼教"，积极描写市井小民的情感生活，表现情意和谐的人生理想。言志抒情的表现

---

① 王国维：《论哲学家与美术家之天职》，载王国维著，乔继堂选编《王国维散文》，上海科学技术文献出版社，2013，第6页。

论文学思想不断浮出历史的地表,汇成一股燎原之势。

　　优秀的作品就是用最适宜的语言完美地表达思想感情,人们一般将文学定义为"语言"的艺术,这一定义虽然宽泛,但毫无疑问语言是文学最重要的构成因素,是情感艺术化的工具,是文学形式的最核心要件。文学语言不像历史、哲学、社会学语言那样追求严谨准确,而是一种特殊的语言组织。相对于其他知识生产活动,作为情感与语言综合体的文学更加讲究语言的"艺术性"。在西方文学理论中,尤其是形式主义文论中,语言是开展文学批评活动时最重要的考察对象,无论是谁,只要讨论文学的本质,作为文学形式核心构件的文学语言研究就是绕不过的门槛。著名学者陈伯海认为"缘情绮靡"和"沉思翰藻"构成了中国文学的"文学性"的两个质素,其中"翰藻"和"绮靡"都指"文辞优美",是"能文的重要表现"。[1] 重视文采本是古代文学作品的题中应有之义,"凡所谓文,必相错综,错而不乱,亦近丽尔之象"。《说文解字》将"文"释为"错画也",《广雅·释诂》称"文,饰也"。"连属文字,亦谓之文",从文字到文章就开始追求"韵言",为便于文章传颂,"初始之文"就开始注重"藻韵",显示了与"语言稍异"的文本特征:"'直言曰言,论难曰语',区以别也。"[2] 中国古代文学家和评论家很重视文章书写的形式规范和形式美,总结出对仗、平仄、格律、骈偶等带有规律性的文学形式,用"文"彰显文字的独特性。这些形式的追求构成了文学与经、史、子的重要区别,文学有与非文学不一样的文本要求和类型。古人在从事文学活动、开展文学批评时就非常注重文学的语言艺术特色,并提炼出关于文学语言的艺术标准。孔子说:"言而无文,行之不远。"《论语·雍也》讲"文质彬彬",意思是说要用富有文采的语言来表达质朴自然的内容。在魏晋时期,人们已经自觉地将文学视为"独立于政教人伦之外"审美性的纯语言艺术。曹丕在《典论·论文》中提出"诗赋欲丽",要求文学作品辞藻华丽;陆机在《文赋》中提出"赋体物而浏亮",就是追求文学作品的美感形式;在《文选》中,萧统确立的选文标准是"沉思翰藻""综辑辞采",也是

---

[1] 陈伯海:《文学史与文学史学》,北京大学出版社,2012,第68~70页。
[2] 鲁迅:《汉文学史纲要》,载华山编《鲁迅作品精选·理论》,中国文史出版社,2002,第248~249页。

注重用优美的辞藻来书写精美的文本。贾岛的"僧敲月下门"、王安石的"春风又绿江南岸"等妙句都是古人推敲炼字的结果。"吟安一个字，捻断数茎须""灵丹一粒，点铁成金"等佳话都生动地说明了古人对文字功夫的重视。即便是明清科举的八股文，虽然内容干瘪、了无生气，但形式华丽、结构完整、文繁词丰，恐怕连唯形式论者也要叹为观止吧。

　　文学植根于情感，情感的表现依赖于形象的语言。本书选取情感和语言作为考察对象主要是基于现代学者在定义现代纯文学概念时，大多从这两个视角来定义文学。文学意识的自觉主要体现为情感的自觉和形式的自觉，尤其是语言的自觉，胡适就将文学革命的宗旨概括为"国语的文学，文学的国语"十个大字。通过古代文学作品和文论对情感和语言的重视，我们不难发现传统文学中纯文学因素的存在，虽然处于主导地位的载道文学观过于庞大限制了纯文学的发展，但文学的车轮依然坚定地前行。在与载道文学观的冲突碰撞中，纯文学思想通过不断挑战载道文学观而谋求自己的独立地位，从与"德行""言语""政事"并提的学术文化演变为魏晋南北朝时期的"文、笔之辨"，纯、杂文学的并存格局开始浮上文学的地平线。此后虽然几经反复，纯文学观念还是得到文人的重视，逐渐促成以审美为本质的语言艺术从文献著述的汪洋大海中艰难蜕变，文学知识的疆域画出了不断收窄的变化曲线。古代文学观遵循内在理论不断地变迁，基本的发展脉络是从工具论向自身回归，由杂到纯逐渐演进。文学的现代含义与现代知识的转型密切相关，在现代性的知识重组尚未完成之时，纯文学知识尽管已经成为一种显在的知识，却始终无法形成现代意义上的纯文学观，在杂文学观依然占据主导地位的时代，小说、戏曲等纯文学文类也没有获得独立的文学地位，文学也未被视为一项以自身为目的的独立事业。文学外延宽是因为文学要借助与非文学联结以争取自己的地位，只有扩大自己的覆盖范围才能显示文学无所不包的力量。一旦文学的地位得到巩固，无须借助他者也可自立门户，文学必然要彰显自身的独特价值地位，确立自己的审美边界。文学毕竟要和社会发生千丝万缕的缠绕，其他因素必然也会跨入文学的边界，学科互渗、分化才能带来学科的进步，纯文学几乎是个无法完成的美学任务。

## 四　现代纯文学的意义域

综上所述,"文学"并非一个恒定不变的概念,其内涵和外延不断地发生变迁。甲骨文中的"文"是"文身"的"文",《论语·先进》中的"文学"类似于今天的人文知识,古代所谓的"词章之学"大致和今天的文学概念相当,但主要偏重形式。直到1905年王国维才在德国古典美学的启示下提出"纯文学"概念,现代意义上的作为"诗歌、散文、小说、戏剧"总称的文学不过一百多年的历史。纯文学概念是历史发展到一定时期,随着人们观念的转变和认识的提高而归纳出的"何谓文学"的观念,并不是此前不存在纯文学,事实上,"纯杂文学之表现"早已存在,只是缺乏理论上的"明确之区分"。[①] 在中国,纯文学概念不是自明的,而是"别求新声于异邦",没有外来知识的影响,纯文学这个具有现代性意义的概念不会凭空产生。纯文学概念是现代性的文化现象,我们理解的纯文学也是现代话语场中的纯文学,是与现代文学的变革密切相关的纯文学,其与当代文学领域中的纯文学有内在的联系性,但也有时代的差异性。纯文学主要是作为一种应对文学困境的策略提出的,文学发展到一定的阶段后,遇到了再发展的瓶颈,如果不能有效地解决这一问题,则会严重地阻碍文学的发展。20世纪80年代的纯文学呼吁是一次文学去政治化行动,90年代提出纯文学的任务是抗议文学的俗化,21世纪初再提纯文学则是反思纯文学本身的问题。现代纯文学概念是文学追求审美自治的产物。传统文学政治与文学、道德与审美合一,混杂不清,纯文学概念的提出有助于剥离史学、哲学、政治学等对文学的多重缠绕,形成自觉的文学意识。"纯文学"的提出并不能一蹴而就地给出具有样板意义的纯文学作品,中国的现代纯文学的"纯"是相对意义上的"纯",与西方的纯文学相比也许不太正宗,各个作家和理论家的作品纯度和理论纯度也有高低之别,但在文学观念的基本面上却是大体接近的,都追求文学在社会生活中的相对独立性和纯粹性。

现代文学意义域中的纯文学至少包含以下三个层次的含义。一是文学的独立文化价值。中国传统文学往往是美善相兼但倾向于善,而善又与政

---

[①] 童行白:《中国文学史纲》,大东书局,1933,第1~2页。

治扯上千丝万缕的联系,导致文学成为统治者进行政治意识形态控制的便利工具,中国古代文学与政治、伦理、道德等相糅合,让艺术丧失"独立之价值",处于政治道德附庸地位的文学自然不是"纯粹美术"(引者按:纯粹文学)。[①] 现代纯文学观念是在抗衡"文以载道"观念基础上形成的,在价值取向上抛弃了传统功利主义文学观,确立文学自身的主体性,反对将文学作为"忠君爱国、惩恶扬善"的载道容器,也反对将文学作为宣传政治、道德的手段。文学即使与政治、道德发生联系,也必须在维护"自身的审美之维"基础上释放艺术的"政治功能"和"政治潜能","直接的政治性"越强的艺术作品反而越会"弱化自身的异在力量"。[②] 文学作为一种专业,摆脱了与历史、哲学、道德纠缠的胶着局面而具有自己特定的知识范畴,不再影子般地附属于他物,可以独立于政治利益和道德教化之外。文学不同于历史、哲学、道德等,非文学的因素也不是文学的题中应有之义,而只是为了帮助人们更好地认识文学,文学即便失去历史、哲学、道德的庇护依然有其独存的文化价值。整个传统文学并非与纯文学决然对峙,在中国传统文学知识体系中,虽然文以载道的功利主义文学观长期占据统治性地位,但文学的长期演化过程也累积了丰富的纯文学资源,为现代文艺美学和中国新文学的发展提供了重要的借鉴,如纯诗对传统文学理论中的"兴"与西方的"象征"之间联系的发现,现代美文对晚明小品文的汇通联系,诗化小说对古典意境理论的拓展等。

二是文学范围的狭义化和文学的审美化。现代纯文学是相较于传统的杂文学而言的。首先,其在文体上克服了传统文学文类混杂的存在状态。实用性文体即便具有审美价值也不应成为文学研究的中心,不应为了全面而将一切文类都收进文学,而应突出文学文本与一般文字文本的区别,致力于纯正文体的写作,在外在形态上指向诗歌、散文、小说、戏剧等语言艺术产品。在将文学与其他文字著述区分开来的基础上,纯文学作家又对不同文学样式的性质和特征进行了进一步的探索。象征派诗歌的音乐之美、小说的诗意、小品文的闲适笔调、戏剧的"纯形"等都是对不同文体

---

① 王国维:《论哲学家与美术家之天职》,载王国维著,乔继堂选编《王国维散文》,上海科学技术文献出版社,2013,第6页。
② 〔美〕赫伯特·马尔库塞:《审美之维》,李小兵译,广西师范大学出版社,2001,第192页。

的艺术性强调。其次,在文学内容上强调以审美为主。限制或否定在文学中传输政治、道德话语并不等于让文学完全不涉世事,纯文学作家反对的是有意为之,"有道德的教训"的文学作品不失为好的"文艺作品",而"专讲道德而没有美"则"永不会成为文学作品",关键在于作品本身是否"有美的成分","合了美的条件"。① 按照心理距离说,艺术不应为了过分独立自主而完全抛弃功利性,也不应蜕变为功利性的利器。在承认文学与政治对立的前提下强调文学的相对独立性,适当游离"艺术上的功利主义",不能为了直接服务于既定的政治目的和其他功利性活动而牺牲掉文学自身的品质,追求文学的无所为而为,无目的的合目的,不能将文艺用作"宣传的利器"及"糊口之饭碗"。"纯全以功利主义为前提"的创作隔离了"文艺的精神",是"文艺的堕落"。② 最后,中国现代纯文学不是指1917年至1949年间所有的文学实践,这一概念既有肯定性的一面,同时也有排他性的一面,暗含着"美在形式"的艺术命题。其在文学观念上崇尚"唯美""唯艺术","不是我们所要求的人生的艺术品",追求文学的形式美,强调形式相对独立性,"以美为主","以造成纯粹艺术品为艺术惟一之目的"。③ 所谓的"纯粹文学"不过是整体文学"山顶上的一小部分",对中国社会影响最大的力量也不是"纯粹文学"。④ 就现代文学视域而言,"纯诗""纯散文""纯小说""唯美剧"都是纯文学理念大树上开出的最美丽的花朵。这样的文类划分、内在定性和形式要求虽然缩小了文学的范围,部分遮蔽了中国古典文学的优秀传统和现代文学创作实践,但却保证了文学的审美性、人文性和科学性。

三是文学观念的现代性。"现代性工程"是人类社会面临的共同问题,作为后发现代化国家,中国现代化的启动往往需要借助西方的知识背景来获得支援意识,政治经济上如此,文学观念上亦如此,异域思维推动了现代文学观念美育自觉的步伐。中国现代纯文学的发生虽有深厚的传统美学

---

① 舒舍予:《文学概论讲义》,北京出版社,1984,第50页。
② 郭沫若:《论国内的评坛及我对于创作上的态度(摘录)》,载饶鸿竞等编《创造社资料》(上),知识产权出版社,2010,第14页。
③ 仲密:《平民文学》,载沙似鹏编著《中国文论选·现代卷》(上册),江苏文艺出版社,1996,第117页。
④ 周作人:《中国新文学的源流》,江苏文艺出版社,2007,第4~5页。

积淀，中国文化传统也积累了丰富的审美本位、艺术独立的文学观念，但文以载道的传统文论话语却拒绝接受这些闪耀着理论光芒的艺术精神，文学观念由古典向现代的转型很难依靠自身的调整功能和转换机制完成。西方经验的"中国化"是中国文学现代化的一个基本思路，传统文学观的结构性解体是在西方现代文学知识输入中国后才真正发生的。20世纪初，西方文学和美学知识的传播激活了传统文化中沉睡的审美经验，促进了中国现代纯文学观的形成。传统文学观念的历次内部修补调校并未彻底动摇中国传统的杂文学观和"征圣""宗经"的功利文学观，要想从根本上改变板结的传统文学观念，"别求新声于异邦"成为中国知识界的必然选择，异域文学观念的异质性不断刷新人们头脑中的既成思维，西方视角的获得让传统文论不断偏离"文以载道"的本土框架，颠覆了人们对文学的认识。中国文学融入了一种与世界文化对话的语境，也让中国文学成为世界文学的一员。按照对西方现代文学形式和体裁的理解，中国完成了对中国文学的文类形式的划分，真正具有现代性意义的散文、小说、诗歌、戏剧观念得以形成，没有对西方文学观念的吸收借鉴不可能出现具有现代性的中国新文学。梁实秋认为外来的文学观念不仅改变了"我们对于文学的见解"，而且将"中国文学根本的改了模样"，如果说"我们本来的文学观念"是"文以载道"的话，那么"现在的文学观念则是把文学当作艺术"。[①] 中西文学观念的对比改变了时贤对文学的看法，不再动辄将灵感的触角伸向远古来寻求文学变革的动力，域外的天地开阔了他们的文学视野，推动了传统文学观念的现代转型，文学的格局发生了根本性变化，西方文学观念由此成为构建现代文学观念体系的重要理论基石。

## 第四节  中国现代纯文学观的形成

中国文学向来是以诗文为正宗的杂文学体系，随着科学发展和学术进步，中国学人已不满足于在传统文学理论框架内思考文学问题。"纯文学"观念在现代的崛起在很大程度上是源于对传统文学观念的不满及对文学发

---

① 梁实秋：《现代中国文学之浪漫的趋势》，载徐静波编《梁实秋批评文集》，珠海出版社，1998，第38页。

展方向的一种前瞻性思考。推动传统杂文学观念向现代纯文学观念转型的关键人物是王国维，在同一时期，周氏兄弟在文学功用问题上也与王国维有相似的见解。他们对文学的阐释在功利文学观占主导地位的晚清文坛注定是一种寂寞的存在，理论的超前并不符合现代中国对文学实用价值的渴望，但他们对于文学的理解却昭示着一种真正具有现代性的文学观念的萌生，从而对中国现代文学产生了持久而广泛的影响，为中国现代纯文学观的建立输送了最初的养料。继王国维和周氏兄弟之后，一些文学理论家在文学定义、文学史书写、古典文学再评价等方面发动构造新的文学知识谱系的行动，这些关于文学知识的思考成为现代纯文学观念历史性现身的重要表征。

## 一 纯文学概念的提出及超前的寂寞

文学含义的窄化是大势所趋，从晚清开始，中国学人就开始寻找文学除经国致用以外的独立价值，但真正从理论上进行纯文学观念建构的是王国维，也可以说，中国现代的纯文学之思是由王国维率先启动的，在他的《静庵文集》中"可能"最早出现了"纯文学一语"。[①] 1905年，王国维在《论哲学家与美术家之天职》一文中认为传统的功利主义文学观导致了"美术之无独立价值"和"我国哲学美术不发达"，为论证文学的合法性，他力主文学与审美的非功利性。王国维在分辨现代意义上的文学与传统文学观念下的文学之间差异的基础上首次使用"纯文学"这一术语，界定了纯文学的基本含义，并在吸收西方美学观念和文学思想的基础上建构起纯文学的观念体系。王国维首先将文学的本体确定为摒弃政治教化职责的"游戏的事业"，如同"婉娈之儿"通过做种种游戏来发泄其"势力"，人在成年以后，不再满足于"小儿之游戏"，则通过摹写、咏叹"自己之感情及所观察之事物"，"以发泄所储蓄之势力"。[②] 在王国维看来，文学创作与"博弈、田猎、跳舞"等嗜好并没有本质的区别，并不是来自外部的要求，而是源自作家内心深处无法抑制的情感冲动。单凭不以"载道"来论

---

[①] 梁实秋：《纯文学》，载梁实秋《雅舍杂文》，武汉出版社，2013，第199页。
[②] 王国维：《文学小言》，载徐洪兴编选《王国维文选》，上海远东出版社，2011，第191~192页。

文学这一点来说，他的侧重点和标准就迥异于先前的文论，从根本上将文学从"载道"的重轭中解救出来，由载"政教之道"的容器变成人性的需要和人生的一部分，从而将文学的艺术目标确立为表现人生。正是在此意义上，王国维指出"诗歌者，描写人生者也"，"诗之为道"以"描写人生为事"，即使是"模山范水，流连光景之作"也是以"描写自己之感情为主"[①]，表现人生是文学的主要内容，揭示人性是文学的本质。

王国维依托现代性的知识秩序和学科分类体系，将文学从传统的经史子集丛林中挑选出来而与科学、史学并置——求真的科学、史学是客观的，具有功利的目的，纯粹的文学是主观的，是超功利的——从而在理论上将文学从对经史的依附中剥离出来。文学独立学科地位的获得正是文学挣脱陈旧文学观念捆绑，进入新的发展阶段的关键。王国维对文学的解释明显有别于晚清占主导地位的功利文学观，他认为文学既不具备救世的能力，也不承担新民的责任，将文学从表现抽象的"天道"变成了摆脱功利的纯粹知识，指出受"利禄"支配的"餔餟的文学"和投合世风的媚俗的"文绣的文学"绝非"真正之文学"。崇高风格是"伟大心灵的回声"。没有"高尚伟大之人格"就没有"高尚伟大的文学"，那些"汲汲于争存"的个人根本不具备"文学家之资格"。作家有"职业的文学家"和"专门之文学家"两种，前者"以文学为生活"，后者"为文学而生活"。[②] 真正的文学家超脱于世俗的名利，以纯粹的方式描写自然，表现人生，传达情感。遗憾的是传统文学历来从属于政治，凡文学家"无不欲兼为政治家"而"自忘"文学"独立之价值"，往往借文学寄托"忠君爱国劝善惩恶之意"，甚至"戏曲、小说之纯文学"也往往将"惩劝"作为创作的主旨，导致纯粹的美术著述得不到重视，这也是我国"美术"不发达的原因之一。[③] 在王国维的心目中，"纯粹美术"具有独立于"政教伦理"之外的自在价值，为了追求"哲学美术"的发达，保持文学的纯洁，纯粹的艺术

---

[①] 王国维：《屈子文学之精神》，载徐洪兴编选《王国维文选》，上海远东出版社，2011，第197~198页。

[②] 王国维：《文学小言》，载徐洪兴编选《王国维文选》，上海远东出版社，2011，第191~196页。

[③] 王国维：《论哲学家与美术家之天职》，载王国维著，乔继堂选编《王国维散文》，上海科学技术文献出版社，2013，第5~6页。

应该完全与功利绝缘，成为一种纯粹的生命活动，追求文学的独立性要去除"政治及社会上之兴味"的纠缠。在具体的学术研究上，他用西方近代文学观念研究中国古代小说、戏曲，小说、戏曲属于通俗文学的范畴，在中国传统文学观念中皆被视为不登大雅之堂的末技，王国维在《宋元戏曲考》《〈红楼梦〉评论》等学术著作中高标独树，高度评价传统小说、戏曲，公开抬高它们在文学史上的地位，在文学的内部翻转了传统文论的观念体系，将"以诗文为正宗的杂文学观念转变为重视小说戏曲的纯文学观念"[1]。

文学活动不仅仅是一种审美活动，它还掺入了许多非审美的因素，在追求民族独立的时代，文学独立的要求并非什么举足轻重的大事。王国维的文学观追求审美超越性，强调纯文学的独立价值，但忽视了文学功能的多向性，完全偏向了超功利的一极，远离了汹涌时代潮流的文学，只能沦为一种理论上的假想，自然违于启蒙、救亡的时代精神。按照经世致用的传统文学标准，王国维的文学观远离人生，放弃承担文学的社会功能而全力维护文学的独立价值，矫枉过正地强调审美的纯粹性自然不具备文化上的合法性。其倡导的艺术自律促进了文学的解放和自由，比较符合文学自身的规律，一旦时过境迁，社会拥有了更宽广的文化空间后，王国维追求审美超越和艺术独立的文化精神就显现出强大的生命力。王国维的文学观对于文学挣脱儒家政教伦理的束缚而获得自治具有重要的理论意义，但纯文学的光环始终无法掩盖其理论的脆弱和解释具体文学问题时的无能为力，无法代表当时文学的主流方向。其文学观虽以鲜明的近代特点区别于传统文论，却无法从根本上摆脱中国传统文论引力场的束缚，经世文学观的巨大能量让文学无法剪断与现实的联系而自由飞翔，同时中国社会也缺乏纯文学发展壮大的人文环境和社会环境。从学理上看，王国维的文学观符合文学的价值本性，但在学理上站得住脚的理论未必在现实中有效，一种文学观念的影响效应不仅取决于文学本身，更受制于非文学因素的袭扰。纯文学只有凭借社会的宽容才能自我实现，一旦堕入衰败的现实，一系列外在律令就会侵蚀文学自身的纯粹，从而使纯文学无法保全"纯粹"之躯。

---

[1] 王飙主编《中国文学通史·近代文学》，江苏文艺出版社，2011，第 558 页。

王国维的纯文学理想有点生不逢时，对于深陷民族危机的近代中国来说，救亡图存才是时代的绝对主题，文学必然也要服务于时代的主题，人们更强调文学的启蒙和舆论动员功能。文学的独立需要一个优裕的环境，纯文学思潮在论证自身的合法性的时候亦要考虑现实的维度，沉浸于审美独立的文学远离了社会现实，无法直接发挥洗刷民族屈辱、救人民于苦难的即时功能。王国维站在纯文学的立场，批评功利主义文学观，倡导文学的"无用之用"，既背叛了传统的诗教，又远离了文以救国的启蒙时代，确实显得有点不合时宜，加之王国维的文章大多发表在一些不知名的杂志上，自然没有引起时人广泛的重视，其文学影响也没有梁启超大。梁启超指点江山、激扬文字、鼓吹"政治小说"时，整个文坛上谴责小说和宣传革命、变法的文学作品更是流行一时，整个社会都在谈论变革、抗争、革命，固守纯文学观念的王国维却鼓吹文学的"游戏精神"以助人从抗争里解脱出来。在一个抗争的时代发出与时代主潮相反的声音，纯文学观念在强大的时代主潮面前黯然失色，来自王国维的关于文学"可爱玩而不可利用"的呼吁迅即被淹没在时代的洪流中，以至于没有人注意或者干脆忽视他的存在。他对文学独立的强调和悲剧性坚持"徒以议多违俗，物论骇之，寻遭禁绝，不行于世"，他最后只能投湖自杀。① 究其实，文学的现代化不是孤立的，它需要服务于时代和社会，那些"可信而不可爱"的层面确能满足人们对文学的理想需求，追求单纯而澄澈的文学理想固然让人肃然起敬，但忘记世事艰难而偏执于一端的非功利主义态度也决定了其文学思想的影响有限。时代流转后，当人们能够冷静反思文学自身存在的问题时，王国维文学思想的价值才进入人们的视野。

在梁启超启蒙主义文学观影响下走上文学道路的鲁迅也与王国维有很多"相同的地方"。② 作为中国现代纯文学观的形成过程中的一位关键性人物，他拓展了王国维的文学审美之思，真正将文学从其他文化部门中分离出来，确立了审美现代性的文学观念。对于鲁迅的文学观，人们很自然地将其《摩罗诗力说》中的"诗歌之力"论与梁启超的"熏浸刺提说"联

---

① 钱基博著，傅道彬点校《现代中国文学史》，中国人民大学出版社，2009，第272页。
② 郭沫若：《鲁迅与王国维》，载陈平原、王风编《追忆王国维》，生活·读书·新知三联书店，2009，第138页。

系起来，公正地说，两人确都主张"文学救国"，不过鲁迅对文学的认识更理性。周作人曾论及鲁迅与梁启超文学观的差异。他认为，梁启超的《论小说与群治之关系》对鲁迅确有"影响"，鲁迅的文学观中有梁启超文学思想的影子是很自然的，不过后来鲁迅改变了对于"小说的性质和种类"的看法，大致来说就是"由科学或政治的小说渐转到更纯粹的文艺作品"，虽然也重视文学的功用，不过不再看重"文学之直接的教训作用"。[①]在文学观念上，鲁迅更倾向于强调文学自身的审美特性。他在《摩罗诗力说》中阐述的文学独立观念和论述方式与王国维极为相似，从文学理论的角度，他肯定了王国维"纯文学"概念的积极意义，赞同文学的独立价值，指出作为"美术之一"的文章，就其功用而言，是审美的艺术，与"个人暨邦国之存，无所系属，实利离尽，究理弗存"，判断纯文学的标准不在"利"与"理"，因此文学的独立只有卸下政教功利加诸文学的社会责任，才能获得与科学、伦理等并驾齐驱的地位；就其效果而言，摆脱了一切实用的功利，"益智不如史乘，诚人不如格言，致富不如工商，弋功名不如卒业之券"。[②] 如果说王国维为了审美独立性完全放弃文学功利性，那么鲁迅的深刻之处则在于不仅肯定文学的本质属性，而且没有否认文学的非本质属性。

鲁迅坚守文学的独立性，提防文学被工具化，但没有完全放弃文学的社会关怀，他着眼的是如何以审美方式进行思想改造和精神重建，从而实现社会人生和民族国家的重建。鲁迅进一步发挥了王国维的纯文学观的积极内涵，沟通了文学与社会、审美与人生的同一与内在联系。他的文学之思注重文学内蓄的思想力量和艺术精神，矫正王国维建立在悲剧人生观基础上的价值取向，认为文学不仅止于一种安慰。他理解的人生内容也远比王国维丰富，是一种积极的"反功利主义"，"文章之职与用"可以"涵养人之神思"，具有启迪人生的功效。人不仅有物质的需要，也有精神的需求，文学不能用来吃喝，谓之无用，但对于人的精神需求来说，文学的作用则不亚于"衣食、宫室、宗教、道德"，文学具有涵养情思和灵魂的大用。[③] 鲁迅的论述不仅谈及文学对人类精神境界的提升作用，而且论及

---

[①] 周作人：《关于鲁迅之二》，载张菊香编《周作人代表作》，黄河文艺出版社，1987，第317页。
[②] 鲁迅：《摩罗诗力说》，载鲁迅《坟》，万卷出版公司，2014，第43页。
[③] 鲁迅：《摩罗诗力说》，载鲁迅《坟》，万卷出版公司，2014，第44页。

文学对功利主义的制衡作用，文学发挥着戒备"文化偏至"的作用。在《拟播布美术意见书》中，他反对美术"沾沾于用"，却认为可以借"美术之力"达到"表见文化""辅翼道德""救援经济"等"不期之成果"。[①] 在同一时期，周作人在对文学的认识问题上也有和鲁迅类似的见解，他沿着文章"不为他物所统"的文学非功利思路，批驳"以文章为生计之具""著者用以成名"等极端功利主义观点，主张文学独立，但同时又指出"文章虽非实用，而有远功"。文章的使命在于"裁铸高义鸿思""阐释时代精神""阐释人情""发扬神思"等，可以达成"不用之用"的功效。[②] 周氏兄弟以文学的"无用"来反证文学的"大用"，辩证地指出文学虽不具备吃喝穿等形而下的实用功能，但却具备涵养人性的大用。他们反对文学附属于政治的工具论，但并不反对文学对社会和人生的精神价值，在激进革命主义的浪潮中重视发挥文学的审美特性，表现出强烈的精神层面上的文学功利性。文学的功利性体现在超越性，利用文学塑造人性，超越世俗现实，提升国民素质，提振国民士气，使"沙聚之邦"转为"人国"，达到富国兴邦的究极目的。他们的文学观启示了既重视文学的艺术性，也不放弃文学的社会性的"为人生"派，实现了文学的审美理想和文学的社会批判的统一。

周氏兄弟在西方近代文学观念的影响下提出了有别于中国传统文学观念的主张，将文学的审美关怀和社会关怀初步统一起来，以文艺重建国民精神、塑造完善人格，进而改造社会，振兴民族，形成了新文学观的雏形。但是周氏兄弟的文学观念尚不明晰，以致传统文学观念没有从根本上被撼动。王国维、鲁迅等虽然提出用游戏之文、美术之文取代载道之文，但"载道之文"并没有像"五四"时期那样被激烈批判，即王国维、鲁迅等的纯文学观绕过了批判的程序，载道之文虽显颓相，但雄风犹在。在急于追求文学直接用世的时代，他们的文学观只能是个人的呼吁，在当时并没有引起广泛的影响，他们恍如置身于荒原，"既无赞同，也无反对"。启蒙救亡的诉求远胜于纯文学的追求，在尚未形成充分接纳纯文学观念的条

---

① 鲁迅：《拟播布美术意见书》，载鲁迅著，顾明远解读《鲁迅作品里的教育》，福建教育出版社，2013，第99页。

② 周作人：《论文章之意义暨其使命因及中国近时论文之失》，载杨扬编《周作人批评文集》，珠海出版社，1998，第14~27页。

件时，倾向于审美的纯文学在 20 世纪初是难以引起巨大反响的，作家的艺术追求必然面对社会的冷遇。宏大社会叙事延宕了纯艺术的脚步，正如鲁迅在《呐喊·自序》中所说，创作须"听将令"，"小说与艺术的距离之远"也就不难想象了。后来鲁迅转向抄写古碑，周作人则做些介绍外国文学的工作。直到五四新文化运动，他们所积蓄的理论能量终于全面爆发。鲁迅、周作人早期崇奉的纯文学观并没有在现实中得到始终如一的贯彻，他们不再坚持纯粹的审美性，放松了对功利侵入文学的警惕，文学的"无用之用"为文学介入现实预留了丰富的想象空间，直至提升为对文学的功利性利用。鲁迅在《我怎么做起小说来》的创作谈中就明显强化了文学干预现实的实践意图，他主要通过国民性改造实现文学的政治关怀，进而弱化了"美育教化"的审美关怀。周作人也用"人的文学"倡导替换对文学功利性的拒斥，成为五四新文化运动的理论先驱。在现代思想史上，尤其是五四新文化运动这一历史时期，周氏兄弟的纯文学追求终于与时代的启蒙思潮相会、融合，求真的学术情怀让他们重视文学自身的美学价值，国运衰败的社会现实让他们勇敢肩负起文学启蒙大众的责任，他们实现了审美与功利的协调互动，创作出大量文学价值和审美价值完美融合的艺术精品，建构了既重文学的独立价值又重文学的社会使命的新文学观。"五四"以后，文学开始过多地介入现实政治斗争，"文学为人生"的社会关怀被革命作家和左翼作家所继承和发挥，而文学的审美关怀却不断弱化直至最终隐失。

## 二 纯文学意义的文学定义

关于文学本质的探讨不仅是对文学进行解释的基础和逻辑起点，而且是五四新文化运动的重要组成部分。"五四"时期是我国传统文学观念的转型期和现代文学观念的建构期，中国现代文学的发生建立在对传统文学观念否定的基础上，文学革命的爆发就是一场对传统文学观念的宣战。在"五四"时期，虽然没有形成一个以纯文学为标榜的理论流派，也未出现专门探讨纯文学并卓然独立的专门学者，但一些具有纯文学意识的论述已屡见于时人的理论文章中，种种理论之思充分说明 20 世纪初王国维和鲁迅等人倡导的纯文学观念已经不知不觉地内化为一种时代的知识氛围。在西方文学思想的哺育下，"五四"学人通过不断否定传统文学知识来更新自己的文学观念，传统文学观念的失语召唤新的文学知识来弥补传统文学知识的裂缝。在这个旧的知识秩序已然崩溃而新的知识秩序尚未形成的真空期产生了对文学进行重新定义的时代要求,以厘清文学的范围,划分"文学"与"非文学"、"文学"与"文字"、"文学之文"与"应用之文"等的边界,建立新的文学知识秩序。中国现代知识界提出了有别于传统的"关于文学"的定义,"如何定义文学"成为"五四"乃至20世纪二三十年代文坛的主要学术问题。

　　文学的内在本质是想象和情感,"抒情"成为"纯文艺"的标志。[①] 在中国文学发展史上,言情的文学观念早已显示出对于载道文学的超越意识,为纯文学的写作提供了话语空间,构成了中国现代纯文学写作的诗性之源。中国古代的文学作品中并不匮乏丰盈细腻的情感,只是由于载道文学观长期占据支配性地位,间或有人提出抒情,也无法对载道文学观构成真正的挑战,情感的自由表达受到束缚。人们认为抒情境界狭小,几乎产生不了益于世道人心的效果,诗情未能开辟出更高的人文境界和更宽广的人文视野,情感在文学作品中的体现一直处于被抑制的状态。儒家文学观念要求情感表达反映伦理意识,导致情感在中国人的生活中似乎有"偏枯的趋势"。"五四"文学新锐在重情感的西方文学观念的影响下,"要求解放,要求自由",逐步打破重重的"礼教的桎梏",扑倒了"监视情感的理性"。[②] 延展情感在文学创作中的作用,立场鲜明地用情感来丰富文学的内涵,确立理想文学应有情感的特性,体现了鲜明的纯文学意识。胡适在新文学的发端理论——《文学改良刍议》中亮出的第一条要义就是"言之有物",要求文学具有真挚的感情和高远的思想。在回答钱玄同"什么是文学"的问题时,他认为文学要"达意达得好,表情表得妙",并从作品自身的艺术特质出发,为"好""妙"设定了"明白清楚""动人""美"三个基本条件,而这三个条件的核心指向则是"表情达意"。[③] 胡适的文学定义基本划清了与载道文学观的界限,也"最切实用",但"这种界说还不够"。[④] 随着

---

① 李泽厚:《美的历程》,生活·读书·新知三联书店,2014,第90页。
② 梁实秋:《现代中国文学之浪漫的趋势》,载徐静波编《梁实秋批评文集》,珠海出版社,1998,第40页。
③ 胡适:《什么是文学》,载朱正编选《胡适文集》(第一卷),花城出版社,2013,第192页。
④ 朱自清:《文学的一个界说》,载张烨主编《朱自清散文全集》(下),中国致公出版社,2001,第731页。

外来文学观念的不断引入,新文学倡导者开始倾向于从中西对比的角度来定义文学,廓清中国传统的文学观念,建立现代性的"关于文学"的知识。罗家伦秉持科学求实的精神,通过查阅大量的资料,在细致梳理分析古今中外文学观念的基础上,批判传统文学定义标准失当的问题。他征引韩德等西方学者的观点,将文学归纳为"人生的表现和批评",认为文学必须具有"最好的思想""想象""感情""体裁""艺术",并能够"集采众长",使"人类普遍心理都觉得他是极明了,极有趣"。① 与胡适相比,罗家伦关于文学的定义更严格,也更触及现代纯文学观的核心。郑振铎在比较文学与其他艺术门类的基础上确立了文学的独特性,拥护"主情说",认为文学作品应该兼具内容和形式之美,不仅要表现"思想之高超与情感之深微",而且要用"美丽与精切"的文字去表现,文学"是人们的情绪与最高思想联合的'想象'的'表现',而它的本身又是具有永久的艺术的价值与兴趣的"。② 他不仅给出了一个比较精确而又全面的关于纯文学的解释,而且将这种纯文学观运用到古典文学研究中并取得不俗的成绩。周作人也有类似的见解,而且叙述更简洁,他认为文学是情感的表现,文学创作就是作者"用美妙的形式"来传达"独特的思想和感情",从而让读者在阅读文学作品过程中"得到愉快"。周作人的文学定义既强调了文学外在的"美妙"的形式特征和内在的感染读者的情感特征,又不回避文学中包含的理性思考,他所说的"愉快"不仅仅指"哈哈一笑"。③ 总括以上论述不难看出,文学的抒情主义已经逐渐凝聚为"五四"新文学先驱的共识,从文学本体论来看,情感似乎成了文学的灵魂;从文学发生学来看,文学起源于作者的情感反应;从接受学的角度来看,作家的任务是将情感艺术地传达给读者,从而激发读者的情感反应;从文学的价值论来看,文学是否有丰富饱满的情感决定了文学创作的成败。"情感之于文艺"的作用"有时竟超过意义"④,甚至成为判断文学作品优劣的一个标准。

---

① 罗家伦:《什么是文学?:文学界说》,《新潮》第 1 卷第 2 期,1919 年。
② 郑振铎:《文学的定义》,载郑振铎著,文明国编《郑振铎自述》,安徽文艺出版社,2013,第 373~375 页。
③ 周作人:《中国新文学的源流》,江苏文艺出版社,2007,第 2 页。
④ 刘半农:《关于译诗的一点意见》,载海岸选编《中西诗歌翻译百年论集》,上海外语教育出版社,2007,第 12 页。

"文学的本质是始于感情终于感情",文学家要表现"自己的感情",创作的目的是引起读者的"感情","作家的感情愈强烈愈普遍,而作品的效果也就愈强烈愈普遍。这样的作品当然是好的作品"。①

情感在文学中地位的凸显影响了人们对于文学的认识,但并非认为传统文学缺乏情感。传统文学同样尊崇情感、性灵,不过那些情感的表达和性灵的抒发并不是真正属于个人的,往往体现着士人或隐士的某种精神优越感。"五四"知识分子对文学的理解是现代性的,凸显文学的表情达意功能,改变了人们观照文学的传统视角,让卸下载道观念重负的"纯文学"更轻松地去传达情感。对于"什么是文学",五四新文化运动的健将们提出了自己的看法,各人的答案可能不尽相同,但都不约而同地从情感的角度对文学进行定位,将抒情内化为文学的本质几乎成了所有艺术独立论者的普遍诉求,以至于"现代中国文学,到处弥漫着抒情主义"。② 文学与情感问题构成"五四"时期文论的主线,无论是写实主义还是浪漫主义都以抒情为圭臬。中国现代纯文学观念强调文学与个性、情感、想象的联系与五四新文化运动中蕴藏的浪漫主义激情有很大关系,"五四"时期不仅引入了在19世纪席卷欧洲的浪漫主义文学思潮,而且将浪漫主义文学重视情感表现的理论一并带入中国文学界,文学的表情功能旋即被中国现代作家发扬光大。这种"主情"的文学观在以创造社为代表的浪漫主义作家身上表现得尤为明显,郭沫若认为,诗、小说、戏剧等三种纯文学样式,诗最能体现"文学的本质",而"小说和戏剧是诗的分化",情感就是文学的生命,"文学的原始细胞"是"纯粹的情绪的世界","文学的本质"就是用"一定的节奏"表现这"情绪的世界"。③ 他从文学与生命的关系这个命题出发来理解文学的本质,提出了"生命底文学"的主张,"广义的文学"就是"Energy 底发散",在"物"方面表现为"声、光、电热",在"人"方面表现为"感情、冲动、思想、意识",而"狭义的生命底文

---

① 郭沫若:《革命与文学》,载中国社会科学院文学研究所现代文学研究室编《"革命文学"论争资料选编》(上册),人民文学出版社,1981,第 7 页。
② 梁实秋:《现代中国文学之浪漫的趋势》,载徐静波编《梁实秋批评文集》,珠海出版社,1998,第 39 页。
③ 郭沫若:《文学的本质》,载中国社会科学院科研局组织编选《郭沫若集》,中国社会科学出版社,2005,第 370~374 页。

学"便是去纯真地表现"感情、冲动、思想、意识"。在郭沫若的诗学宇宙中,情绪占据着核心的位置,"由纯粹的主观产出"的"狭义的文学"①提法体现了郭沫若对文学本质的理解具有鲜明的主观浪漫主义色彩。对于情感在文学创作中的地位,同样接受日本浪漫主义文学思想影响但偏于消极浪漫主义的郁达夫有和郭沫若几乎完全相同的见解。他认为"艺术的最大要素"是"美和情感",如果说美是艺术"外延的"要素,那么情感则是艺术"内在的"要素,"美与情感"犹如艺术的"灵魂血肉",二者互为表里,缺一不可。②

"言学术者必先陈其义界,方能识其旨归。"③ 研究中国文学史"不可不知何谓文学"④,"什么是文学"在"研究文学上底诸问题之先"就"摆在我们面前"⑤。一些著名的学者在他们撰写的文学史著作中也试图为文学下一个科学的定义,这一时期的文学史著作中出现了以纯文学观念为依据来定义文学的趋势。他们基本上在"绪论"中首先界定文学的内涵和外延,并以此确立文学史的研究对象,框定论述的范围,然后通过下定义的方式厘清新旧文学的界限,但在各异的论述中同样体现着对情感在文学中地位的推崇。如谢无量《中国大文学史》的首章就是"文学之定义",在概括古人关于"文"的解释以及西方学者关于文学定义的基础上,他指出文学有"广义"和"狭义"之别,狭义文学具有"主情感"精神属性和"不朽之盛美"的审美特征。⑥ 惜乎"古来文学之定义"的印痕很难从其大脑中完全清除掉,也就谈不上将纯文学观贯彻到文学史的写作中去,他所认定的文学范围比较广泛。尽管如此,他的文学观还是比较现代的,虽然没有将狭义文学观运用到文学史写作实践中去,但对"广义文学"和"狭义文学"进行区分的行为就是对旧文学观念的质疑。随着纯文学观的扩散、文学学科独立性地位的确立,在20世纪二三十年代的文学史写作

---

① 郭沫若:《生命底文学》,载刘锡庆主编《中国写作理论辑评·现代部分》,内蒙古教育出版社,1992,第14页。
② 郁达夫:《艺术与国家》,载饶鸿竞等编《创造社资料》(上),知识产权出版社,2010,第53页。
③ 陈钟凡:《中国文学批评史》,江苏文艺出版社,2008,第1页。
④ 钱基博著,傅道彬点校《现代中国文学史》,中国人民大学出版社,2009,第1页。
⑤ 胡行之:《文学概论》,乐华图书公司,1933,第1页。
⑥ 谢无量编《中国大文学史》,中州古籍出版社,1992,第3页。

中，载道文学观退居其次，学者们普遍倾向于从情感的维度来定义文学，将表现情感作为文学的标志性特征，一切关于文学的讨论也都指向情感性这一新的"北极"。凌独见在《新著国语文学史》中认为文学是"人们情感、想象、思想、人格的表现"。[1] 胡怀琛在《中国文学史略》中认为"文学属于情"。[2] 谭正璧在《中国文学进化史》中认为"文学是属于情感的"。[3] 胡云翼在《新著中国文学史》中认为狭义的文学"诉之于情绪而能引起美感"。[4] 刘麟生在《中国文学史》中认为狭义文学就是"有美感的重情绪的纯文学"。[5] 钱基博在《现代中国文学史》中认为"狭义的文学"就是"美的文学"，在内容上要求"情感丰富"。[6] 随着论者将情感作为判断文学的标准，载道文学观失去了其在文学中的主导地位，纯文学观开始取而代之。"文学的定义"不再成为问题，30年代的学者就很少像以前那样去费力讨论"什么是文学"。1935年，刘经庵在《中国纯文学史纲》中认为真正的文学应该"描写人生，发表情感，且带有美的色彩，使读者能与之共鸣共感"，在文学研究中，"治文学的人"应当"舍广义的而取狭义的"，这样才不致"侵占别的学科的园地"。[7] 在现代学者的努力下，纯文学观迈着坚定的步伐大步向前，不断地从边缘走向中心，学者们已经自觉将纯文学观作为贯穿论著写作的内在逻辑，重视文学的抒情审美功能，以纯文学的眼光对文学进行全新的解释。

为"不可知的学问之一种"的"文学这东西"下一个科学的定义确实"很难"，至今"也没有定论"。[8] 谢无量、胡适、周作人等关于文学本质的再定义都算不上比较科学的概括，这种再定义还会继续进行下去。不过从现代学者关于文学的界说中可以清晰地发现，文学已经明显收缩杂文学观圈定的历史边界，杂文学虽然也具有文学性，但范围广泛，内容上经、史、子、集无所不包，"纯文学"则以艺术性和情感性取胜，所属文类主

---

[1] 凌独见编纂《新著国语文学史》，商务印书馆，1923，第8页。
[2] 胡怀琛编著《中国文学史略》，梁溪图书馆，1924，第1页。
[3] 谭正璧编著《中国文学进化史》，光明书局，1932，第9页。
[4] 胡云翼：《新著中国文学史》，北新书局，1932，第5页。
[5] 刘麟生编著《中国文学史》，世界书局，1932，第1页。
[6] 钱基博：《现代中国文学史》，世界书局，1935，第1页。
[7] 刘经庵编著《中国纯文学史纲》，北平著者书店，1935，第1页。
[8] 周作人：《中国新文学的源流》，江苏文艺出版社，2007，第2页。

要有诗歌、散文、小说、戏剧。文学观念的转变引起文学研究范围和内涵的变化，现代纯文学观已经参与到对文学的解释中来，现代知识分子普遍推崇情感和想象元素在文学中的核心地位，并用缘情的文学观从事文学史的著述，这也是对纯、杂文学观念进行区分的一个重要指标。按照现代文学对文章的分类标准来看，一般认为文学是主情的，而科学、哲学是主知的，由此形成主情的文学之文与主知的应用之文的知识分野。尽管一些应用之文可能也具有浓厚的主情和审美色彩，在纯文学和非文学之间存在一个广阔的中间地带，但现代学者一般还是倾向于将文学之文确定为现代意义上的纯文学，认为追求审美独立的文学才是文学的正统。在儒家经学体系内，以儒家经典对知识进行分级，在儒家知识谱系内，文学必然依附于政教伦理，常为载道而自觉失身，弱化文学本身应具有的审美特征和独立品质。在现代文学观念中，审美独立、艺术本位的狭义文学最终上升为正宗的文学定义，并成为文学与非文学的区别性标准，意味着文学可以独立于政教伦理之外而自行其是，即便与社会人生、时代精神发生联系，也必须遵循艺术的内在规律。

## 三　纯文学观念支配下的文学史书写

纯文学观念的深入和文学独立地位的确立对中国文学史的建构产生了极大的影响，为学者从学科角度解说文学提供了扎实的理论基础，促使中国的文学史书写发生了一系列全新的变化。新文学观念的普及迫切需要以文学史的方式来重构文学的秩序并确立合法的话语体系，文学史的书写不是笼统地梳理旧文学的知识谱系，而是在现代文学观念的指导下对传统文学进行全新认识和对陈旧观念进行解构。因为"旧的文艺观念不打翻"，"新的文学"必然遭到"反对"和"误解"，所以"我们所谓新文学运动"不但要建设"新文学观"，而且还要"重新估定或发现中国文学的价值"。[①] 文学观念的变化最明显地体现在文学史的书写上，西方现代纯文学思想在不断颠覆中国传统文学观念的同时已熔铸为文学史书写的知识前提和参照样本，许多学者正是借助舶来的文学观念进行文学史的资料剪裁和

---

① 郑振铎：《新文学之建设与国故之新研究》，载《郑振铎全集》（第三卷），花山文艺出版社，1998，第437~438页。

体系构建的。由于受传统文学观念的濡染太深和对中国传统文学知识过于尊重，林传甲、黄人、曾毅等学者撰写的文学史著作仍固守广义"文学"立场，涉及的内容比较广泛，但他们却是较早接触西方近代"文学"观念的一代人，在进行文学史建构时也参考了西方的文学观念，现代纯文学意识已经隐现于他们的文学史著作中，并部分内化为具体的写作实践。在20世纪初，中国的文学史写作就是从仿效外国开始的，林传甲1904年编撰《中国文学史》就开始主动参照日本笹川种郎的《中国文学史》写作体例，可惜的是他过于株守中国正统的文学观念，没有将笹川氏的写作理念很好地应用到文学史写作中，仍将传统的经、史、子、集等划入文学的范畴，也没有让元、明以来的小说、戏曲等通俗文学样式进入这部中国最早的文学史。黄人的文学史观有了明显的进步，用纯文学的标准评述历朝文学现象，其与林传甲同时同名的著作体现了文学史写作上的创新，即主动关注历代文学史中出现的新兴文体，热情推崇小说、戏曲等通俗文学并将之写入文学史。曾毅的《中国文学史》虽然也论述了"与文学有蜜（密）切关系之文典、文评之类"以及"经学、史学"，但基本能够遵循"以诗文为主"及"词曲、小说为从"的写作体例。①

在"五四"以前，文学史的编写者深受传统文学观念的影响，大部分文学史的论述范围宽泛，往往将文学史写成国学史，也有些文学史家接受了西方的文学观念，但由于缺乏对传统文学观念的反思，在内心深处仍走不出传统文学观念的窠臼。如林传甲的《中国文学史》对新兴文体小说、戏曲存而不论，写出的文学史主次不明；黄人的《中国文学史》虽然论及戏曲与小说，可也不加区分地将制、策、金石碑帖等非文学收入其中；谢无量的《中国大文学史》更是扩大文学的涵盖范围，"纯文学"虽然进来了，却仍然保留着"非文学"，在具体论述中，重点也没有放在真正的纯文学作品上。朱自清就批评"早期的中国文学史"缺少"见"和"识"，内容庞杂，像"具体而微的百科全书"。② 这几部文学史著作将纯文学揽入文学的怀抱，但并没有将非文学清除出去。其沿袭了太多中国传统的文学观念，传统与新创并存，带有文学史书写过渡期的痕迹。从具体内容来

---

① 曾毅：《中国文学史·凡例》，载曾毅撰《中国文学史》，泰东图书局，1915，第2页。
② 朱自清：《朱自清古典文学论文集》（上册），上海古籍出版社，1981，第13页。

看，著者在建构文学史时虽然主要依据的是传统的"文"的概念，但在很多方面已开始尝试借鉴西方的文学观念和构史体系，开创了中国文学史书写的崭新气象。这些变化清楚地表明，在西方文学观念的影响下，中国传统文学观念的现代转化已悄然启动，西方的纯文学观成为文学史建构中不可缺少的因素和外在参照，假以时日，必将促进中国现代文学观念的全面转型。

"五四"时期是文学知识转换的重要时期，这种知识转换主要以西方文学观念为价值判断的基准来展开对中国传统文学观念的批判，从而确立纯文学在文学知识秩序中的合法席位。在"五四"学者的理论视野中，传统文学观念作为负面的形象处于被替代的位置，但这并不代表中国传统的"关于文学"的知识都是错误的，而主要在于中国传统文学知识很难实现与西方文学观念的自然衔接。中国是个文学大国，创造出很多堪称经典的优秀作品，沉淀了很多实用并被广泛运用的"关于文学"的知识，只不过许多"关于文学"的知识有悖于西方的现代文学观念。如古代的"文学"一般指"文章"和"学术"，但在传统的"文以载道"观念支配下，古代文人从来没有对文章著述是否皆为文学进行过质疑。古代文学中学术与文章混杂不清，就是比较接近今天"文学"概念的"文章"内涵也不单纯。中国传统的关于文学的编撰是百科全书式的，经、史、子、集无所不包，内容芜杂，文学虽被收纳其中，却以别集的形式列于经、史、子之后，真正的文学脉络多被淹没，这样的卑微身份和分类标准显然不能和现代学者心目中文学应有的显赫地位相匹配。直到"五四"前后，人们才主动告别传统的文章观念，逐步接纳西方的纯文学观念，进一步明确了文学的本质。参照近代欧美的文学分类标准将真正的文学文本从浩瀚的"文章"海洋中分解出来，改变了过去"杂货铺式"的罗列文学的写作形态，渐渐汰去了音韵、文字、训诂等非文学的范畴，将文学的体裁主要锚定在诗歌、散文、小说、戏剧上。

中国传统文论中并没有关于"文学"与"文章"的概念区分，周作人所谓的"文章"就是"文学"。他采纳美国人宏德的说法，依据是否"具情思、能感兴、又美致"把文章分为"纯文章"与"杂文章"，将接近于现代文学观念的"诗赋""词曲""传奇""韵文""散文""说部之类"等划为"纯文章"，将"其他书记论状诸属"划为"杂文章"。在近代文学史上，周作人关于"纯文章"与"杂文章"的划分较为完备地论述了纯、杂文学的疆域，直到今天依然散发着理论的光芒。①"五四"时期，在《文学革命论》《答胡适之》《答沈藻墀》等文中，陈独秀以其一贯的激进提倡唯美的纯文学，借助西方文学观念将具有应用价值的"应用之文"排除在"文学"的大门之外，将文章分为"文学之文"和"应用之文"。相对于传统的泛文学观念，陈独秀的这种区分窄化了文学疆域，将文学的独立意识带入了文学的定义之中，显示了将"应用之文"排除在文学之外的用意。陈独秀对文学范围的划分缺乏自觉的文学意识，在言说中语焉不详。刘半农就认为陈独秀所谓的"应用之文"和"文学之文"的二分法存在问题，不同意将"应用性"作为划分文学范围的标准，认为将应用文排除在文学的范围之外会遮蔽应用文的文学价值。他择取周作人"纯""杂"文学划分的理论成果，"取法于西文"，将"文学"界说为"无精神之物"的"文字"（language）和有"精神之物"的"文学"（literature）两类，将科学著作等"应用之文字"归入"文字范围"，认为其绝对不属于文学的范围，而"诗歌戏曲、小说杂文"具有"永久存在之资格与价值"，是纯粹的文学，同时他还承认在这两端之外存在广阔的中间地带。刘半农的《我之文学改良观》是划分文学和非文学的重要理论文献，关于"诗歌戏曲、小说杂文"的文体划分是中国现代文学文体四分法的较早论述。作为文字学家，他辨别了"文字"和"文学"的不同属性和特征，明确划定了文学的范围，把文学作为一个自立的写作领域，坚决反对"应用之文"侵略"文学之范围"②，从而在理论上维护了文学的独立，兼顾了文学范围的狭义化和文学品质的审美化。较之于周作人，刘半农的理论见解并没有根本性的突破，仍然采用二元对立的思维方式来界定文学，查钊忠就质疑，《文学革命论》和《我之文学改良观》的题目虽都是"文学"，却将文学分为"文字"和"文学"，似乎有点欠妥。③但刘氏关于"文字"与"文学"的划分表明作者重视文学自身的审美性和文学的独立价值，基本澄清

---

① 周作人：《论文章之意义暨其使命因及中国近时论文之失》，载杨扬编《周作人批评文集》，珠海出版社，1998，第24页。
② 刘半农：《我之文学改良观》，载鲍晶编《刘半农研究资料》，知识产权出版社，2011，第89~91页。
③ 查钊忠、钱玄同：《通信：新文体》，《新青年》第6卷第1号，1919年1月15日。

了"文学"与"文章"的概念。在纯文学观念日渐深入并被人们逐渐接受的"五四"时期，刘半农关于文学范围的划分获得了知识界的普遍认同，产生了明显的社会效应，甚至被其批评的陈独秀都承认其所界定的"文学范围"即"余所谓文学之文"，与"鄙见不甚相远"，从而使陈独秀论述中的含糊不明之处落到实处。[①]

经过五四新文化运动的洗礼，特别是受到纷至沓来的西方思潮的影响，现代纯文学意识在20世纪二三十年代文学史家们的文学史写作中生根发芽，并最终结出丰硕的果实。文学史的写作最终敲掉传统文学观念的坚硬外壳脱身而出，从纯文学视野来界说文学意味着文学论述范围的纯粹化和文学内容的文学性，经过刮垢抛光后的文学史不断趋向明朗确定。与文学观念的变革相适应的文学史书写模式将一些过去难登大雅之堂的小说、戏曲正大光明地安放进文学的殿堂，不仅让小说、戏曲在中国文学史叙述中异军突起，而且让其占据非常重要的篇幅，从而最终将中国文学史变成描述诗、文、小说和戏曲的文学史。20世纪二三十年代出现的几部文学史著作大都在西学框架下划分文类、组织作品，结束了文章一统天下的文学格局，文学的范围开始聚焦于诗词、小说、戏曲、散文等几种主要的纯文学样式。凌独见在《新著国语文学史》中重点研究了"诗词""戏曲""散文""小说"等所谓的四大文体。[②] 胡怀琛秉持纯文学的观念，在《中国文学史略》中将文学史论述重心放在"戏曲""小说""诗歌"上。[③] 谭正璧在《中国文学史大纲》中认为"真正的文学作品"只有文学色彩较强的"唐传奇""宋词""元明的戏曲""明清的小说"。[④] 胡云翼在《新著中国文学史》中认为"诗歌""辞赋""词曲""小说"才是"纯粹的文学"，散文中部分"美的散文和游记"也可归入其中。[⑤] 刘麟生在《中国文学史》一书中谈到文学研究什么问题时，直接回答"当然是研究纯文学"。[⑥] 到了1935年，刘经庵编著的《中国纯文学史纲》以纯文学的视野

---

[①] 水如编《陈独秀书信集》，新华出版社，1987，第154~155页。
[②] 凌独见编纂《新著国语文学史》，商务印书馆，1923，第8页。
[③] 胡怀琛编著《中国文学史略》，梁溪图书馆，1924，第1页。
[④] 谭正璧：《中国文学史大纲》，光明书局，1935，第3页。
[⑤] 胡云翼：《新著中国文学史》，北新书局，1932，第5页。
[⑥] 刘麟生编著《中国文学史》，世界书局，1932，第9页。

将"诗歌""词""戏曲""小说"等"中国的纯文学"确立为自己的研究对象，甚至连"散文"都"略而不论"，在他看来，"所谓古文"也含有"传统的载道思想"。①

文学范围的重新厘定虽使文学丧失了大片领土，遮蔽了中国传统文学的特殊性，影响了对中国文学优秀传统的把握，但也让文学研究成为真正现代意义上的人文科学。小说、戏曲等被传统文化轻视的文体进入了文学殿堂，成为文学研究的热点，中国文学研究的天地焕然一新，出现了一批在学界影响深远的学术论著。如《宋元戏曲史》（王国维）、《中国小说史》（范烟桥）、《白话文学史》（胡适）、《中国小说史略》（鲁迅）、《中国小说史纲》（张静庐）、《乐府文学史》（罗根泽）、《诗史》（李维）、《词曲史》（王易）、《中国骈文史》（刘麟生）、《中国散文史》（陈柱）等。以上学术专著表明现代文学史家具有清醒的纯文学史写作自觉，是现代学者从纯文学视野进行文学史建构的最有力佐证，也是现代学术中研究纯文学的经典之作。经过20世纪二三十年代学人的开拓，文学的定义终于在混乱中走向明朗，文学的立场逐渐迈出传统文学观念的泥淖，悄然靠近西方的纯文学观念。在西方文学观念的坐标下，他们不仅充分肯定了传统文学样式中的诗、词、文的成就和文学史地位，而且不断发掘文学历史上很少被注意甚至被忽略的小说和戏曲，使之成为此后中国文学史反复叙述和重点讨论的内容。在文学史叙述中，他们基本上否定了体系庞杂的文学史编写体例，运用更能揭示文学艺术特性和文学发展规律的纯文学观念来确定文学的研究对象和论述范围，体现了文学史观的巨大进步。

## 四　纯文学视野下的中国传统文学再评价

文学观念的自觉影响了对文学价值规范的重新审定，文学观念的现代转化引发了人们对传统中国文学的重新评估。传统的载道文学观是以文学的教化作用为价值取向的，文是手段，道是主导。从19世纪末开始，裘廷梁、梁启超、狄葆贤等晚清资产阶级改良派已经洞悉封建文化的落后和传统文学观念的弊端，注重发挥小说、戏曲等通俗文学样式对于开启民智、变法维新的积极作用，但文学服务于政治的先在定位让文学无法从根本上

---

① 刘经庵编著《中国纯文学史纲》，北平著者书店，1935，第1页。

改变其工具定位。王国维发现了文学自身的价值,但又将文学隔绝于时代,理解得过于狭隘。直到"五四"时期,文学的功利性与审美性才实现了有机统一,中国传统文学观念发生了结构性解体。在反传统的时代大潮下,"五四"新文学作家愤怒声讨传统文学时,也从传统文学资源中寻觅适合阐扬其文学主张的思想资源,服务于新文学建设的现实目标。

纯文学观的确立不仅是传统文学观念转型的归宿,而且是文学评价标准的转换,深刻影响了人们对于古典文学的看法。外国文学观念的输入改变了"我们对于文学的见解",导致文学价值"大大的更动"。以前承认"四书""楚辞"是"文学",现在把《红楼梦》、"孟姜女唱本"也当作"文学",文学观念和文学评价标准的变化动摇了"已往的四千年来的文学"在中国文学史上的地位。[①] 随着西方纯文学观念成为思想界和文学界的共识,西方标尺成为确定中国文学意义的终极权威,在纯文学的观念视野下,中国传统的文学创作因观念的转变而获得不同的理解。"五四"学人站在文学现代化的角度对中国传统文学进行价值评估,胡适、陈独秀首倡义旗,率先发难,钱玄同、刘半农等人相互呼应,发动了对传统文学的总攻。在文学评价标准的调适中,纯文学观念理所当然地成为他们清理和反思传统文学观念的重要参照,一些地位显赫的文学作品和重要作家受到贬低,"桐城谬种""选学妖孽"成为指称传统文学的象征符号,一些不被重视乃至被排斥的作家、作品、文学现象被"五四"学人拉进文学史。胡适在1919年就针对中国学术思想没有"条理"、缺乏"头绪"、"系统"紊乱等问题提出"整理国故,再造文明"的口号,用西方文化标准来重新估量中国传统文化遗产。[②] 在《〈建设理论集〉导言》中,胡适认为进步的文学史观对传统的文学观念的冲击无疑是一场哥白尼式的文学革命,在"新的文学史观"烛照下,不但"何、李的假古董不值得一笑",就连"公安竟陵"也成了"扭扭捏捏的小家数了","宇宙古今之至美"变成了"选学妖孽,桐城谬种"。[③]"桐城派的古文""《文选》派的文学""江西

---

① 梁实秋:《现代中国文学之浪漫的趋势》,载徐静波编《梁实秋批评文集》,珠海出版社,1998,第38页。
② 胡适:《我所不理解的生活》,国际文化出版公司,2013,第194页。
③ 胡适:《〈建设理论集〉导言》,载刘运峰编《1917~1927中国新文学大系导言集》,天津人民出版社,2009,第19页。

派的诗""梦窗派的词""《聊斋志异》派的小说"等传统文学也是了无"生气"、无价值的"假文学""死文学",文学革命的目标就是要创造"国语的文学,文学的国语"。① 陈独秀在《文学革命论》中赫然标举"三大主义"的宏论,以不容辩解的决绝态度宣布新旧文学之间存在势不两立的矛盾,并重新认识和评价几千年来的中国传统文学,完全颠覆了传统的以经学为正宗、雅颂为典范的古典文学秩序。在这篇文章中,他猛烈批判了汉赋作家、明代前后七子以及桐城派,认为《国风》、《楚辞》、唐代传奇、元明剧本、明清小说等才是传统文学中最有生命价值的部分,为了建立起现代文学观念下的文学评判标准,他几乎完全颠覆了古典文学的价值评判体系。

文学观念的更新重构了文学史的结构版图,表面上看似缩小了文学的范围,但在深层次上却矫正了传统文学观念中缺乏现代学科分类体系的流弊,弄乱了靠传统文学知识体系支撑的文学图像,真正确立了文学的学术坐标,将非文学文本移出了文学史。重新认定文学的体裁,让小说、戏曲等通俗文学样式进入文学史的中心位置,文学史的边界发生了整体位移,文学的地图被重新规划。"五四"以前的古典文学研究一直以诗文为主导,小说、戏曲难登大雅之堂。20世纪初,在林传甲、黄人等的文学观念中,文学还是一个包含经史子集、文字训诂等的广义概念,梁启超提出"小说界革命",人们开始认识到小说所潜藏的巨大作用,促进了小说的研究。1912年,王国维在《宋元戏曲考》中提出了迥别于传统的对于元曲的价值判断,谓"元曲为中国最自然之文学"。② 从字面来看,这一论断与梁启超称小说为"文学最上乘"并无二致,但其出发点却根本不同。梁启超从救国的功能出发,强调小说的教化功能;王国维将戏曲置于纯文学发展的巅峰,是从文学表现人生的现代文学观念出发而得出的判断,奠定了戏曲作为纯文学的历史地位。"五四"学人在纯文学观念指导下开展的古典文学研究开辟了文学研究的新方向,彻底改变了小说、戏曲的卑下地位。1917年,胡适在《文学改良刍议》中提出"一时代有一时代之文学"的观念,

---

① 胡适:《建设的文学革命论》,载朱正编选《胡适文集》(第一卷),花城出版社,2013,第39~40页。
② 王国维:《王国维戏曲论文集》,中国戏剧出版社,1984,第85页。

不仅认为文学包括楚骚、汉赋、唐诗、宋词等文体，而且将小说作为明清时期的代表性文体，显示了文学观念的进步。在《吾国历史上的文学革命》中，他为小说和戏曲正名，称道用"俚语"创作的小说、剧本是中国"第一流之文学"。[1] 在进化论文学观念的指导下，他花费大量时间整理和研究古代民间小说，如《水浒传》《西游记》《儒林外史》《红楼梦》《醒世姻缘》等，其研究成果代表了现代文学观念指导下的古代文学研究的新高度。1920年，鲁迅在北京大学讲授中国小说史，让小道末技的小说登上了大学的讲坛，他在1923年出版的《中国小说史略》共28篇，明清小说就占了15篇。后来，鲁迅又在纯文学观的指导下，创作了《唐宋传奇集》《古小说钩沉》《中国小说的历史的变迁》等研究古代小说的专著。在20世纪二三十年代，小说、戏曲研究取得了突出的成就，出现了一批研究小说、戏曲的专家。在20年代，光郑振铎一人就发表了20多篇关于小说、戏曲的研究论文，其《插图本中国文学史》是一部"旨在对中国古典文学重新进行理论阐释的重要著作"。[2] 此外还有《中国戏曲概论》（吴梅）、《中国小说研究》（胡怀琛）、《唐人小说》（汪辟疆）、《元明散曲小史》（梁乙真）等，以上这些研究成果确立了小说、戏曲在中国文学研究领域的中心地位，拓展了文学研究的范畴，是用现代文学观念指导古典文学学术研究的新思考，改变了古典文学研究的旧格局，奠定了小说、戏曲等文体在未来文学结构布局中的显赫地位。

---

[1] 姜义华主编《胡适学术文集·新文学运动卷》，中华书局，1993，第4页。
[2] 〔美〕刘禾：《跨语际实践——文学，民族文化与被译介的现代性（中国，1900—1937）》，宋伟杰等译，生活·读书·新知三联书店，2002，第333页。

# 第二章
# 离合于审美与功利之间的现代纯诗写作

纯诗是一个源自西方象征主义的诗学命题，中国现代新诗史上的纯诗运动正是西方纯诗理论在中国语境下的延伸和变形。新月诗派过于偏重追求各种具体诗艺细节，如"技巧的周密和格律的谨严"，不敢沾染"惑人的新奇，夸张的梦，和刺激的引诱"，也没有从象征主义的高度明确地倡导纯诗。但该派喜欢"'醇正'与'纯粹'"，体现了"为诗而诗"的艺术态度，显示了追求诗的纯粹性的艺术倾向。① 1924 年，新月诗人朱湘以"天用"为笔名在《吹求的与法官式的文艺批评》中提出过"纯诗"这一术语，但由于他没有对纯诗概念进行更深层次的思考，所以在当时的影响并不大。学界在谈到纯诗问题时更多地将功劳记在穆木天的身上。1926年，穆木天在《创造月刊》创刊号上的《谭诗——寄沫若的一封信》一文将纯诗与西方象征主义诗歌联系起来，公开提倡纯诗。自此以后纯诗追求成为诗界共识，对中国新诗的现代化持续产生重要的影响。尽管特定的时代背景和政治文化让中国新诗的纯诗化历程困难重重，但诗界对诗歌纯粹性的追求却一直未曾止息，甚至直接影响着中国新诗创作的艺术质量。

## 第一节　西方纯诗理论与中国现代新诗写作的因缘际会

中国现代新诗的发展离不开对西方文学观念的择取，波德莱尔、马拉

---

① 陈梦家：《〈新月诗选〉序言》，载杨匡汉、刘福春编《中国现代诗论》（上编），花城出版社，1985，第 147~150 页。

美（也译作"马拉梅"）、瓦雷里（也译作"瓦莱里"）等人的"纯诗"理论符合现代新诗发展的内在需求。在新诗追求艺术性的创作道路上，中国现代诗人将西方先进的纯诗理论与中国优秀的诗歌传统进行融会贯通，将中国新诗引向纯诗化的发展道路，并以开拓性的理论创新和扎实的创作实践抬升了现代新诗的整体创作水平。

## 一　引进纯诗理论符合中国新诗发展的内在需求

　　白话新诗站稳脚跟后，面临由"白话化"向"诗化"、由"散文化"向"纯诗化"转型的历史要求。诗歌纯化提上历史议程后，西方纯诗理论在中国现代诗坛的惊艳现身符合中国新诗追求艺术精进的内在需求，"为诗而诗"的艺术精神符合新诗发展的审美期待。"五四"白话新诗是在争议之中破茧而生的，质疑之声一直多于信服之论。诗是中国文学中最坚固的堡垒，胡适选择"诗"作为文学改革的突破口是非常困难的，"作诗如作文"的主张一经提出就遭到激烈反对。新古典主义者梅光迪对此更是"不以为然"，认为自有诗文以来，诗文"截然两途"，"诗之文字与文之文字"已"分道而驰"，"诗之文字"问题"实无讨论之余地"，"改良诗之文字则可"，"若仅移文之文字于诗"则"不可也"。[①] 由于五四新文化运动立足于中国社会文化整体性变革的需求，胡适的诗歌改造理论适应了"五四"时期除旧布新的需要，故其仍凭借不完善的新诗理论和不完美的创作全面攻陷了传统诗词的千年王朝。他发动的"诗体大解放"让白话诗挣脱了文化传统的束缚，使诗歌贴近了现实人生，为新诗的成长开辟了广阔的天地。不过其理论由于忽视了诗歌语言与日常语言乃至诗与文的差异，在冲破旧诗规范的同时缺少对新诗规范的意识自觉。片面强调对旧规范的"破"，虽破得比较容易，却对更重要的新诗形式的"立"缺少建树。严重忽视诗的文学性，虽然除掉了新诗的镣铐，收入了"白话"，却放走了"诗魂"，初期白话诗人以打破旧诗相号召，创作出来的却是散文化的诗歌。破旧的任务完成后，中国文学尤其是诗歌的发展绝对不能始终停留在这种散文化的阶段，需要让诗回归到"诗"那里去。

---

① 梅光迪：《致胡适信四十六通·第三十一函》，载罗岗等编《梅光迪文录》，辽宁教育出版社，2000，第159~160页。

在白话诗抛弃了传统诗的文言、格律和辞藻等形式障碍后，如何证明白话诗是"诗"成为一个迫切的问题。许多有识之士开始思索诗歌纯化的问题并给出一些切要的意见。1920年，李思纯在《少年中国》上发表了《诗体革新之形式及我的意见》一文，认为"诗的本体"包括"诗的精神"与"诗的形式"两个不可截然分开的方面，"断莫有不重精神而形式能肖的，也莫有不重形式而精神能完的"，而白话新诗写作对诗歌艺术性的重视明显不够，太"幼稚"，太"单调"，也太"漠视音节"。① 在时人多关注诗歌内容改革的语境下，李思纯选择形式改革这个领域来探讨新诗出路确有先见之明，他对新诗形式诗化的讨论直接开辟了一条从艺术方面特别是音节方面来反思、矫正初期白话诗弊病的路径。早期白话诗人的论述中虽然也提及音节问题，不过"音节"还是一个比较笼统的概念，注重的只是"自然的音节"。② 在新诗初创期，由于摆脱旧诗写作规范束缚非常艰难，一些切近诗歌创作规律的见解并不能引起人们足够的重视，只有在时过境迁后才显示出探索者的可贵。在李思纯提出音节问题的随后几年里，诗的"音节"逐渐成为一个显著的话题。1923年，"新格律运动的前驱"（朱自清语）陆志韦在诗集《渡河》的序文中指出自由诗的"极大的危险"就是"丧失节奏的本意"，认为"有节奏的天籁才算是诗"。③ 在陆志韦探求的基础上，20世纪20年代中期之后，新月派的徐志摩、闻一多、刘梦苇、饶孟侃、朱湘等先后著文发表对新诗格律的看法，致力于为新诗创格。中国新诗史上掀起了一场注重新诗艺术美的"新格律诗"运动，促进了中国新诗由散文化向纯诗化的过渡。遗憾的是格律诗派在为新诗确立了格律的外壳后，过度注重新诗的外在形式，其所追求的形式"三美"只不过是新诗追求的一个方面，没能将新诗的本体建设推向深层次，更缺乏象征派的宏阔视野，结果成了新诗纯化道路上的中介物。徐志摩认为，诗歌归根结底是用最合适的词语来表现情感，"单讲外表的结果只是无意义

---

① 李思纯：《诗体革新之形式及我的意见（选录）》，载沙似鹏编著《中国文论选·现代卷》（上册），江苏文艺出版社，1996，第167页。
② 胡适：《谈新诗——八年来一件大事》，载杨匡汉、刘福春编《中国现代诗论》（上编），花城出版社，1985，第10页。
③ 陆志韦：《我的诗的躯壳（节选）》，载许霆编《中国现代诗歌理论经典》，苏州大学出版社，2008，第151页。

乃至无意义的形式主义",会娴熟地"运用白话",会从外形上"切齐字句",会巧妙地安排内在的"音节",并不代表就可以见到诗的"影儿"。一首诗好比"人身",字句是"外形",音节是"血脉",诗感才是"心脏的跳动"。[1] 就此看来,徐志摩的自我批判确实击中了格律诗派的要害,并说明格律诗的形式探索未触及白话诗问题的根本,可惜的是徐志摩英年早逝,未能将格律诗派的形式主义运动进行到底。中国现代诗歌要想日臻完美必须吸收新的养分,从而保证新诗在打破旧诗镣铐时能够灵魂齐全。真正对白话自由体诗的危机进行理论清算的应是以象征主义为理论资源的纯诗论者。

对中国早期白话新诗过分强调"白话"而不注重"诗"的不满几乎成为 20 世纪 20 年代诗坛的共识,对早期新诗缺陷的忧虑促使现代诗人和批评家思考如何构建真正意义上的白话新诗。新诗理论家切实感到建立新诗理论规范有其必要性,剥离诗歌运动和外在新文化运动的联系、促进新诗建设由"白话"向"诗"过渡、白话新诗对诗歌本体的遗忘为以象征主义为理论之基的纯诗运动在中国的发展创造了"空白点"。俞平伯说"白话诗的难处"在"诗"而不在"白话",他对新诗发展走向的思考异于胡适的形式诱惑,认为"做诗的人"绝不能以"形式上的革新"为满足,而是要注重"精神和形式两面的革新"。[2] 俞平伯在整体上声援胡适的白话新诗,但也著文提出白话诗存在质量危机,他对白话新诗的反思启发了人们对于新诗艺术规范的探索。梁实秋也呼吁提升新诗的"质",指出白话诗运动不能过于"侧重白话",而忽略了"诗的艺术和原理"。他认为徐志摩、闻一多诗的观念虽是"外国式的",却是"用中文来创造外国诗的格律来装进外国式的诗意",为此他主张"明目张胆地模仿外国诗",但对"音节能否采取外国诗的"持怀疑态度。[3] 周作人指出新诗"象是一个玻璃球",缺少"一种余香与回味",在他看来,"象征"可以纠正早期新诗过

---

[1] 徐志摩:《诗刊放假》,载杨匡汉、刘福春编《中国现代诗论》(上编),花城出版社,1985,第 133 页。
[2] 俞平伯:《社会上对于新诗的各种心理观》,载杨匡汉、刘福春编《中国现代诗论》(上编),花城出版社,1985,第 25~26 页。
[3] 梁实秋:《新诗的格调及其他》,载杨匡汉、刘福春编《中国现代诗论》(上编),花城出版社,1985,第 142~143 页。

于清楚明白的问题。① 周作人提倡象征主义艺术，指引了另一种反拨新诗弊端的艺术方向，为中国诗坛出现比较典型的纯诗派预热了氛围。被周作人提携过的李金发指出艺术"不顾道德"，它的唯一目的是"创造美"。② 他倡导"为诗而诗"，在纯诗诗学的视域下评说国内诗坛，认为诸如康白情的"草儿在前鞭儿在后"、胡适的"牛油面包真新鲜，家乡茶叶不费钱"等诗句过于直白，缺少诗味，让人读了感到"肉麻"。③ 中国早期新诗成就与缺陷共存，但对诗歌本体建设的忽略无疑是个巨大的缺憾。诗歌的艺术性问题关系着新诗能否成立，重视诗歌语言暗示性、音乐性等和意象营造的象征诗派的出现合乎新诗发展的艺术要求和历史逻辑。

自"五四"新诗革命以来，人们对真正的诗的追求一直进行着，期望在理论上划清诗与非诗的界限，不过一直没有提出纯诗的概念。人们对诗歌的认识基本停留在胡适的"作诗如作文"的理论层面，在创作中也未能全面走出《尝试集》的阴影。留日的穆木天和留法的王独清在创作象征主义诗歌的作诗实践中，开始了对"纯粹诗歌"的探索和理论建构，共谋如何划清诗歌与散文的界限。他们正式提出用西方象征主义的"纯诗"来改善中国新诗艺术的薄弱之处，提高中国新诗的审美现代性，推动中国新诗向象征主义的道路上发展。穆木天的《谭诗——寄沫若的一封信》就是在西方文学观念的影响和反思中国新诗创作经验教训的过程中形成的，他的纯诗理论为中国作风的象征诗的出现奠定了坚实的理论基础。他的纯诗理论在一定程度上适应了"新诗艺术自身的发展"，体现了"五四"以来"诗的自觉意识的觉醒"，促进了"新诗观念上的一个飞跃"。④ 从文学本身的"全与美"的立场出发，纯诗论者以西方象征主义的美学尺度对白话自由体新诗进行了深刻的反思和严厉的清算，对胡适、郭沫若的新诗观念和美学原则发起了正面挑战。穆木天《谭诗》的副标题是"寄沫若的一封信"，可见其对新诗的反思就是直接针对郭沫若的诗歌创作的。他认为，郭沫若将诗变成自然情感畅快宣泄的一种实验，妨碍了诗情的内敛和诗意

---

① 周作人：《〈扬鞭集〉序》，载杨匡汉、刘福春编《中国现代诗论》（上编），花城出版社，1985，第130页。
② 李金发：《烈火》，《美育》创刊号，1928年10月。
③ 李金发：《文艺生活的回忆》，载李金发《飘零闲笔》，（台北）侨联出版社，1964，第5页。
④ 钱理群等：《中国现代文学三十年》，上海文艺出版社，1987，第175页。

的含蓄，从纯粹诗歌的标准来看，《女神》也只能算是"外意识的产物"。"作诗如作文"的"胡适主义"剥去了诗的想象光彩和人性情感，导致新诗散文化，"给散文的思想穿上了韵文的衣裳"的作诗法严重地破坏了诗美。他痛恨"中国人现在作诗，非常粗糙"，过于清楚明白的创作主张违背了"诗是要暗示"的艺术宗旨。他认为胡适是中国现代新诗运动的"最大的罪人"，胡适的"作诗须得如作文"的艺术主张更是背弃了诗歌创作含蓄朦胧的艺术要求，导致许多诗人认为分行的文字就是诗，让中国诗歌至今停留在《尝试集》这样的艺术水准上。其后果则是严重忽视诗歌与散文、诗与非诗的差异，无法让人们在区分散文与诗歌的文体差异中维护好诗歌的独特性，给中国造成"一种 Prose in Verse 一派的东西"，创作出来的作品都是一些"不伦不类的东西"。[①] 王独清热情响应穆木天的"纯诗"呼吁，批评"中国现在的诗人粗制滥造，不愿多费脑力"，缺乏"真正诗人底精神"，不愿用心去创作一些"异于常人的趣味"的"纯粹的诗"。在这种情况下，诗人变成了一些"迎合妇孺的卖唱者"，从技术上说，"所产生出来的诗篇"都是些"不伦不类的劣品"。他提出的解决之道则是用"Poèsie pure"（法文"纯粹的诗"）来救治"中国现在文坛审美薄弱和创作粗糙的弊病"。[②] 穆木天、王独清等对"纯粹的诗歌"的提倡是有现实用意的，他们在创作实践中感到"五四"以后提升新诗艺术的迫切需要，力主用异域的象征主义诗潮来疗治文坛审美薄弱和艺术粗糙的弊病。在诗歌艺术发展的轨道上，将中国新诗从胡适"作诗如作文"的误区引向象征主义的纯诗世界，代表了中国现代新诗艺术流变的正确方向。

与穆木天对白话新诗创作的义愤填膺和愤怒声讨不同，纯诗论的集大成者梁宗岱对白话新诗的批评显然更注重学理性和辩证性。他从中国现代新诗发展史的角度肯定了白话新诗的历史贡献，认为中国新诗在"短短十几年间"取得了"惊人的进展"。如郭沫若《湘累》中的几首诗"纯真""凄婉动人"，刘延陵的《水手》"单纯"而又"鲜气扑人"，徐志摩的

---

[①] 穆木天：《谭诗——寄沫若的一封信》，载杨匡汉、刘福春编《中国现代诗论》（上编），花城出版社，1985，第 98～99 页。

[②] 王独清：《再谭诗——寄给木天、伯奇》，载杨匡汉、刘福春编《中国现代诗论》（上编），花城出版社，1985，第 106～109 页。

《落叶小唱》、冰心的《繁星》《春水》和宗白华的《流云》也是"很好的诗"。如果从纯诗的标准来看，新诗的整体创作状况显然并不能令人满意，"《诗刊》底作品"最多能让"我们惊服作者底艺术"①，用梁宗岱的话来说，只能算是"瓶花"。设若从"生花"（艺术的最高境界）的高标准来看，新诗"距离最后成功还很远"，原因在于新诗提倡者把新诗运动"看做一场革命"，一种"玉石俱焚的破坏"。②问题是"一切解放或革新都不免矫枉过正，所以也带来了不少的另一方面的专制。……在诗一方面，贬责押韵尤其是步韵为汩没性灵的工作"。"艺术性"是梁宗岱诗学体系中的核心概念，也是他进行文学批评的重要尺度。在他看来，新诗的最大危机在于"一般作者忽略它底最高艺术性"③，由于抹杀了"诗的真元"，所以以新诗的艺术成就来衡量，白话新诗运动不仅是"反旧诗的"，简直更是"反诗的"。胡适的白话诗立志打破旧诗规范，却完全失去了标准，郭沫若的自由体诗注重披露自己，也没有注重文艺本身，现代诗坛上充塞着内容"浅薄"、形体"紊乱"（或者简直无形体）的自由诗。④对于白话诗重白话不重"诗的艺术和原理"而导致的艺术粗劣，梁宗岱认为"白话文学运动底中心"应该由"白话"向"文学"转向，作家不能把"最赤裸的白话"当作"文学表现底工具"，而是应尽力去创造最能表现自己的"个性"、体现自己"特殊的感觉""特殊的观察""特殊的内心生活"的文字，从而创作出"以白话做基本工具"的丰富而又深厚的"新时代底文学"。⑤梁宗岱的论述充分表明，中国新诗在确立了白话语言写作的基本前提和注重自我表现的抒情主义后，开始追求新诗的艺术性，这样的路径转型符合新诗发展的历史逻辑。

---

① 梁宗岱：《论诗》，载梁宗岱著，卫建民校注《诗与真》，中央编译出版社，2006，第30~36页。
② 梁宗岱：《新诗底纷歧路口》，载梁宗岱著，卫建民校注《诗与真》，中央编译出版社，2006，第175页。
③ 梁宗岱：《试论直觉与表现》，载李振声编《梁宗岱批评文集》，珠海出版社，1998，第231~235页。
④ 梁宗岱：《新诗底纷歧路口》，载梁宗岱著，卫建民校注《诗与真》，中央编译出版社，2006，第175~177页。
⑤ 梁宗岱：《文坛往哪里去——"用什么话"问题》，载《诗情画意：梁宗岱散文随笔选集》，中央编译出版社，2010，第52~55页。

## 二　纯诗诗学符合中国新诗现代化的方向

中国的新诗运动是一场融入世界先进诗歌潮流的革命运动，吸收西方诗歌理论的养分是促进新诗现代化的最重要环节。新诗开拓者只有具备开放的胸襟才能充分接纳国外新近的文学思潮，从而跟上现代世界诗歌潮流的脚步。随着中国白话新诗创作蔚然成风，新诗现代化的重中之重就是整体提高中国新诗的艺术水准，而促进中国新诗现代化的睿智之举则是译介西方相关的诗歌观念和最新的艺术现象，通过接触外国民族的文艺让中国新诗获得最先进的艺术滋养。朱自清在《论中国诗的出路》中就认为译介外国诗歌是中国新诗文体建构的重要环节，翻译外国诗是"革新我们的诗的一条大路"，可以让"不懂外国文的人"或"懂外国文的人"有所"参考或仿效"。引进异域资源不仅可以为中国新诗提供文体借鉴，而且可以帮助中国新诗增加诗体。① 20世纪20年代后期是中国白话新诗的转型升级期，梁宗岱认为翻译毫无疑问是"辅助我们前进的一大推动力"，"创作，理论和翻译"是提升中国新诗创作的重要手段，这一点可以从英国诗歌发展的历程中得到验证。作为"欧洲近代史中最光荣的一页"的英国诗，其"现行的诗体"几乎都是从外国（法国或意大利）"移植过去的"，国外诗歌发展的经验证明"翻译"是中国新诗获取养料、丰富新诗创作的最重要来源。② 在新诗运动初起的20世纪20年代，向外国诗体借鉴成为新诗革命的主要途径，自由诗派借鉴西方自由体诗，小诗派借鉴日本的俳句和泰戈尔的短诗，新月派借鉴西方的古典诗体。随着对新诗现代性探寻视野的拓展，西方象征主义的纯诗理论开始进入新诗理论家的接受视野，他们通过借鉴异域纯诗理论来改变新诗建设理论的匮乏，弥补中国新诗艺术性的缺失。取法于域外文学观念的共识为纯诗理论在中国的译介提供了最合适的接受土壤，西方的纯诗理论与中国新诗发展的内在需求之间的遥相呼应促进了纯诗理论与创作在现代中国的兴起。

中国新诗的现代化最初是以象征主义的艺术形式出现的，在象征主义

---

① 朱自清：《论中国诗的出路》，载蔡清富等编选《朱自清选集》（第二卷），河北教育出版社，1989，445页。
② 梁宗岱：《新诗底纷歧路口》，载梁宗岱著，卫建民校注《诗与真》，中央编译出版社，2006，第179页。

理论东移的过程中，西方纯诗理论已开始逐步进入中国现代诗坛。胡适的"八不主义"的文学主张就受到意象主义诗歌运动的启发，而意象主义诗歌运动则是象征主义诗潮在英美的变异。在1920年，中国诗坛就出现了向西方象征主义进行借鉴的呼声，以矫正中国新诗"单调""幼稚""漠视音节"的流弊。李思纯在《少年中国》上撰文提出从欧诗范本和旧体诗词中汲取营养，以建设新诗形式，从而创作出"深博美妙复杂的新诗"。① 他的这一倡议得到了当时在法国留学的少年中国学会成员田汉、周无、黄仲苏、李璜等的响应，代表性的论文有田汉的《恶魔诗人波陀雷尔百年祭》、李璜的《法兰西诗之格律及其解放》、周无的《象征主义》等，他们主办的刊物《少年中国》成为"五四"时期译介外国文艺作品尤其是法国象征主义诗歌的重镇，可以说"当时没有任何一家期刊能如《少年中国》那样"重视"法国诗歌、法国象征主义诗歌"。② 在这些论文和译作中，法国象征主义的代表性诗人波德莱尔、魏尔伦、马拉美等的诗歌理论开始在中国传播，域外象征主义诗歌理论的译介培育了中国现代作家对西方纯艺术观念的兴趣，为中国现代诗坛接受纯诗理论孕育了最初的氛围。除了《少年中国》，《小说月报》《创造季刊》《语丝》等杂志对西方象征派的诗歌理论和创作亦有介绍。《少年中国》《小说月报》等杂志对法国象征主义的介绍清楚地表明中国诗坛对西方的象征主义诗人及象征主义诗艺已经有明确的理解，并开始自觉地以西方纯诗的标准为参照来反观中国的新诗创作，不过他们主要着眼于新诗的语言形式问题，尚不具备系统介绍象征主义诗歌观念的条件。

周作人对象征主义的兴趣对于扩大象征主义在新诗界的影响至关重要。1921年，周作人在《新诗》一文中认为旧诗的改造很不彻底，"到现在实在只能说到了一半"，"语体诗的真正长处"还没有充分发挥出来，"辛苦苦开辟出来的新诗田"却已经"半途而废的荒芜了"，导致新诗的根基并不"十分稳固"。③ 他在对白话新诗感到失望的同时，将目光转向了对

---

① 李思纯：《诗体革新之形式及我的意见（选录）》，载沙似鹏编著《中国文论选·现代卷》（上册），江苏文艺出版社，1996，第167页。
② 金丝燕：《文学接受与文化过滤——中国对法国象征主义诗歌的接受》，中国人民大学出版社，1994，第127页。
③ 周作人：《新诗》，载杨扬编《周作人批评文集》，珠海出版社，1998，第99页。

外国诗的译介,尤为推崇西方诗歌创作中注重"含蓄""暗示"的艺术特征。1920年,周作人开始接触法国象征主义并翻译法国后期象征主义诗人果尔蒙的《死叶》,这篇具有唯美形式和情调的象征主义"纯诗"中文译作给中国诗坛留下了关于纯粹美艺术趣味的良好印象,同时也使周作人产生了对西方象征主义诗艺的浓厚兴趣。此后他致力于建构西方象征主义的纯艺术思想与中国传统诗歌艺术精神的联系,以求用象征主义的手法创作出具有民族风格的纯粹诗歌。在1922年的《论小诗》中,周作人就说"诗的效用本来不在明说而在暗示"[①],在1923年的《日本的小诗》中,他仍然强调诗歌"重在暗示而不在明言"[②]。周作人关于诗歌应该朦胧、含蓄、暗示的诗美观念非常接近象征主义纯诗的审美原则。在《勃来克的诗》中,他认为可以采用"象征"之道达到"含蓄""暗示","艺术用了象征去表现意义"能时时提醒"幽闭在我执里面的人"知道"自然本体也不过是个象征","将一切物质现象作象征观",意义也自然"广大深远"。[③] 1926年周作人发表了《〈扬鞭集〉序》,在这篇一千多字的短文中,他第一次在中国传统诗歌美学的范畴中认识象征主义,注意到西方的"象征"和中国古代的"兴"之间的相似性。作为一种表现技法,中国古代"兴"的写法"或可以说是象征","象征"这一"诗的最新的写法"虽是19世纪中期以来出现的"外国的新潮流",不过在中国却是"古已有之"。换言之,象征主义是一种新的创作手法,是一种被象征主义文学思潮推向更高层次的创作美学。他以敏锐的洞察力指出,如果将"外国的新潮流"与"中国的旧手法"成功融合,用外来影响美化"中国文学固有的特质",或可产生"真正的中国新诗"。[④] 从象征主义诗学体系中衍生出来的纯诗概念自然强调暗示、象征的创作手段,追求含蓄的审美效果,"暗示"更是创作具有神秘美和朦胧美的"纯诗"的最佳艺术手段。周作人对"象征"的推崇切中象征主义的艺术精髓,虽然未提出明确的"纯诗"概念,但西

---

① 周作人:《论小诗》,载杨扬编《周作人批评文集》,珠海出版社,1998,第91页。
② 周作人:《日本的小诗》,载杨扬编《周作人批评文集》,珠海出版社,1998,第284页。
③ 周作人:《勃来克的诗》,载张明高、范桥编《周作人散文》(三),中国广播电视出版社,1992,第9页。
④ 周作人:《〈扬鞭集〉序》,载杨扬编《周作人批评文集》,珠海出版社,1998,第222~223页。

方象征主义的纯诗理论却是他借镜的主要资源，他的理论阐发在随后的新诗创作实践中得到了诗界的广泛回应。从一定意义上可以说，周氏的言论是倡导纯诗理论的先声，其诗学论述推动象征主义诗风在中国新诗界的蔓延的同时，也间接体现了其对西方纯诗理论的智性思考。

随着日趋频繁的文学理论译介和中国留学生的大量出访，中国的思想文化界以更宽广的艺术视野接纳西方的象征主义。通过吸取外国诗歌的艺术营养来推进中国新诗的现代化在20世纪二三十年代已成为一种普遍的文化取向，为纯诗理论和纯诗创作提供了肥沃的艺术土壤。活跃在诗坛的著名诗人几乎都是西方象征主义的响应者，穆木天在法国象征派诗学的影响下提出纯诗理论，李金发、王独清、梁宗岱曾在留学法国期间接受象征主义，戴望舒、施蛰存、徐迟、李健吾等对西方象征派也有很深的了解。西方的纯诗运动和纯诗理论为中国现代诗歌创作敞开了一片灿烂的星空，中国现代诗人通过对西方纯诗理论的大量译介和诗歌实验将中国现代纯诗理论建设和纯诗写作不断推向深入。

李金发是现代诗坛上最早自觉进行象征主义诗歌创作的代表，其成就集中在象征主义诗歌创作中，其象征主义诗学实验还是比较超前的，虽也发表一些诗论，但主要还是一些创作体会和关于自我表现的创作观，实际涉及象征主义诗歌理论的经典论述并不多。从一定意义上说，1926年之前中国诗坛并没有关于象征主义文学的大量译介，甚至有些译介还显得比较混乱。如茅盾就在《我们现在可以提倡表象主义的文学么》一文中认为象征主义就是表象主义，即便是发表时间稍后于《谭诗——寄沫若的一封信》的周作人的《〈扬鞭集〉序》也是将浪漫主义与象征主义混为一谈的，总的来说，象征主义引进中国的初期几乎没有"关于民族象征诗的自觉的建设性的理论思考"[①]。真正"以自身的诗人素质和审美选择而走近象征主义，自觉地进行新诗理论先锋性探索的，应当是穆木天"[②]。法国象征主义对中国新诗产生实际影响虽始于李金发《微雨》的出版，但较早对象征主义诗歌有深入研究的应数穆木天的毕业论文《阿尔贝·萨曼的诗歌》，穆

---

[①] 孙玉石：《中国象征派诗歌理论的奠基者——重读穆木天的早期诗论》，《吉林师范学院学报》（哲学社会科学版）1989年第3期。
[②] 孙玉石：《中国现代诗学丛论》，北京大学出版社，2010，第437页。

木天公开表明其象征主义诗歌观的则是《谭诗——寄沫若的一封信》。该文和王独清的《再谭诗——寄给木天、伯奇》于1926年3月同时刊登在《创造月刊》第1卷第1期上,这两篇文章较为深入地研究了西方的象征主义诗人和象征主义思潮,比较准确地阐发了欧美象征主义诗人关于纯诗的理论,并对中国新诗的创作提出了许多建设性意见,他们的理论探索预示着中国现代诗论家对西方象征主义的介绍正式进入理论联系实际的构建中国象征主义诗学话语的阶段。1926年7月1日,穆木天在《创造月刊》第1卷第5期上再次发表论述法国象征主义诗歌先驱——艾弗瑞德·蒂·维尼的论文《维尼及其诗歌》一文。该文的发表表明穆木天开始自觉运用纯诗理论来分析评价具体诗歌创作,他认为维尼是一个"纯粹的诗人",创造了一个"纯粹诗歌的世界",维尼的诗歌创作超越了一般的浪漫主义诗人那样表现"冲动的感情"的阶段,而是"把感情化成一种思想,他的思想自成一种象征","把他的哲学的思索"具体化成了"史的戏曲的内容","把他的思想象征化起来,化成了一种实在的世界"。[①] 毫无疑问,穆木天在中国化的象征主义诗学体系的话语建构中扮演了奠基者的角色,他的系列文章就是他的纯粹诗歌观的精辟阐述。

  中国现代诗坛前有李金发的纯诗实践,后有穆木天、王独清等对纯粹诗歌的公开呼吁,另外还有周作人等新文学泰斗对纯诗的大力支持,中国现代的纯粹诗歌之路越走越宽,对于西方纯诗理论的译介也在中国掀起了一个高潮。穆木天、王独清等对西方纯诗理论的引进主要是结合中国新诗发展状况所进行的阐发和论述。穆木天主要在日本东京大学法国文学科学习时通过日文和法文的翻译而接触到法国的象征主义纯诗理论后,开始进行从浪漫主义向象征主义的转变,但他对象征主义纯诗虽有精到论述却并不系统,而且在经过短暂接受后又匆忙转向。李金发、穆木天、王独清等初期象征派诗人主要介绍的是法国前期象征派诗人及诗歌理论,缺乏对西方象征主义的全面了解。真正对法国象征派诗人和象征主义诗潮进行深入研究并卓有成效的还是梁宗岱、戴望舒、朱自清、李健吾、朱维基、卞之琳、朱光潜、曹葆华等人。他们不仅系统介绍法国象征派诗歌理论,而且

---

[①] 穆木天:《维尼及其诗歌》,载陈惇等编选《穆木天文学评论选集》,北京师范大学出版社,2000,第36~37页。

吸收借鉴的主要是法国后期象征派诗论和作品，比初期象征派更接近世界诗歌发展的最新潮流。如施蛰存就曾经说过戴望舒对"魏尔伦和波德莱尔"没有多大兴趣，他选中的是"果尔蒙、耶麦等后期象征派"。①

梁宗岱、戴望舒等人以相当的自觉意识翻译了大量的西方纯诗理论经典文献和象征主义作品，为中国现代纯诗理论的建设提供了丰富的艺术养料和理论资源。1926 年，朱维基译介的《诗的原理》发表在《火山月刊》上，将爱伦·坡的"为诗而诗"的纯诗观念呈现在中国读者面前。1927 年底，中国新诗纯诗阵营的两个代表性人物朱自清、李健吾在《一般》月刊上合译了英国学者布拉德雷在牛津大学的重要演讲《为诗而诗》，该文是理解英国纯诗运动的经典文献。1933 年底开始，曹葆华在《北平晨报·学园》的副刊开设"诗与批评"专栏，提倡"象征"与"纯诗"，刊登李健吾、卞之琳、何其芳等诗人的创作，同时系统译介了西方的现代诗论，如墨雷的《纯诗》、雷达的《论纯诗》、艾略特的《论诗》等。1937 年，他将这些诗论结集为《现代诗论》在商务印书馆出版，此书是中国现代新诗史上对纯诗理论的一次最详尽、最全面的展示和普及，对中国新诗现代派、象征派的发展起到了重要作用。任何一个讨论中国纯诗理论的人，都会把梁宗岱作为西方纯诗理论在中国传播的最重要代表，他对纯诗理论的了解比同时代人都要深入，而且有创造性的发挥。早在法国的时候，梁宗岱就接受了西方纯诗理论，并和瓦雷里有很深的交流，将瓦雷里创作的充满隽永哲理和诗性美感的诗篇如《水仙辞》《年轻的命运女神》《幻美集》等介绍给中国读者。从 1928 年开始，梁宗岱发表一系列关于纯诗的论文，一以贯之地维护诗歌的纯粹性，并在《骰子底一掷》《法译〈陶潜诗选〉序》《歌德论》等文章中阐释纯诗理论。

## 三 纯诗运动与中国诗歌传统的内在呼应

中国新诗的现代化是在东西文化的交汇碰撞中诞生的，几乎所有创作白话新诗的先锋人物都接受过西方诗歌艺术的滋养，在由传统向现代的转型过程中，中国新诗留下了或深或浅的国外诗歌影响的痕迹。中国现代的

---

① 施蛰存：《〈戴望舒译诗集〉序》，载刘凌选编《施蛰存散文》，浙江文艺出版社，1999，第 291 页。

纯诗写作主要源于19世纪后期法国象征主义对中国现代诗人的触发，但不能就此说"新诗"是"中文写的外国诗"。[①] 因为客体文化很难完全冲破主体文化的坚硬结构，只有激活母体文化中沉寂的因素才能使之焕发生机。中国现代诗人无论如何借力西方经验，西诗源泉都只能成为新诗写作的参照，不可能成为中国诗歌的内在生命。如废名，他虽谙熟西方文学，但他的诗几乎看不出外国诗歌的影响，他的诗论几乎全部来自对古典诗歌传统的参悟，却达到与西诗精神的暗通。中国新诗必须切合中国传统文化精神才能站稳脚跟，纯诗与中国传统诗学的内在呼应是纯诗理论获得现代诗人青睐的主因，象征主义与中国古典诗歌传统的血缘联系为西方象征主义争取到了中国诗歌领域的居留权。在新诗发生期，白话诗人就注重从传统诗歌中寻觅资源来作为新诗写作的借鉴。如胡适的"作诗如作文"的主张就是在总结中国诗史特别是宋诗的创作经验的基础上提出的，他从诗词白话化的角度肯定了比较散文化的苏辛诗词。不过他对诗歌传统的发现更多的是出于证明白话诗渊源有自的理论诉求，并没有想从传统诗歌资源中寻求诗歌创作艺术的自觉意识。周作人最早从审美效果上发现中国固有的"兴"和西方诗中"象征"的相通性，并认为走中西"融合"之路才能创造出"真正的中国新诗"。闻一多认为创造中国新诗不能光做"纯粹的外洋诗"，还要尽可能"保存本地的色彩"，这样才能创造出"中西艺术结婚后产生的宁馨儿"。[②] 受传统文化影响较深的废名从冰心、卞之琳、林庚等新诗人的"诗的创造性"中看到了"古代诗人的创造性"，在新诗中"发见"了旧诗的"生命"，从而将中国现代新诗的写作灵感与晚唐诗词传统关联起来。[③] 从周作人、闻一多、废名等人对中国新诗出路的探求中不难看出，他们在理性反思"五四"激烈反传统的偏颇时已经敏锐意识到吸收民族诗歌遗产的重要性。在寻求新诗的发展道路上，向西方学习虽是一条捷径，但只有做到中西诗艺的融合才能创作出艺术纯正的中国现代新诗。

一种思想的传播和影响往往是不同步的，思想灼见化成理论创作自觉

---

① 梁实秋：《新诗的格调及其他》，载杨匡汉、刘福春编《中国现代诗论》（上编），花城出版社，1985，第141页。
② 闻一多：《〈女神〉之地方色彩》，载中国现代文学馆编，刘殿祥编选《闻一多文集》，华夏出版社，2000，第249页。
③ 冯文炳：《谈新诗》，人民文学出版社，1984，第138页。

尚需后来者的薪火相承。真正主张从传统诗歌中寻求艺术借鉴并将之贯彻于新诗创作实践始于象征派诗人，他们吸收了西方象征主义的理论后，在中国传统诗歌中发现了纯诗写作的先声，于是积极向中国传统诗歌资源寻求源头活水。最先将法国象征主义艺术手法介绍到中国的李金发由于古典文学修养并不高，长于模仿，短于创新，欧化的创作痕迹过于明显。但他却有融汇中西诗歌艺术的艺术眼光，为努力拓宽中国新诗发展的艺术航道，他用不成功的艺术实践启示了中国新诗的正确发展方向。在充分领悟象征主义思想精义的基础上，他认识到西方诗歌与中国古典诗歌亦有很多相通之处，打通两者之间的内在联系或许可以打开新诗创作的新局面。在《食客与凶年》的"自跋"中，他认为"东西作家"有"同一之思想，气息，眼光和取材"，因此不能一味模仿西洋诗歌，只有糅合西方诗歌和民族诗歌传统的"根本处"，才能在创作中"沟通""调和"中西诗艺。[①] 沿着李金发思考的历史踪迹，穆木天、王独清等人在创作象征诗的实践中对李金发的"融合论"进行了进一步的阐发，正式将纯诗理论与中国古典诗歌传统联系起来，注重挖掘中国传统诗歌审美艺术中含蕴的现代性因素，以求实现中西诗歌现代意义上的审美融合。穆木天、冯乃超在日本谈论诗歌理论时，就主张"国内的诗坛"的创作应该追求"民族彩色"，这样才能将诗歌建筑在扎实的民族土壤中。穆木天认为，在古代的诗人中，"李白是大的诗人"，"李白的世界是诗的世界"，"读李白的诗"有"一种纯粹诗歌的感"。[②] 他创作的具有象征主义氛围的诗集《旅心》虽然浸染着"朽水腐城，decadent 情调"，但底色却是民族的，所撷取的意象如落花、薄雾、稻香等大多是中国传统文化中的诗歌意象，属于公共象征的范畴。与此同时，他努力开发传统诗歌意象的象征主义内涵，将个人之忧、失恋之苦和身世之慨、故国之思、无尽乡愁交织在一起，这种托幽情于空灵山水、寄感慨于废墟古钟的创作技法明显体现了一个异国游子诗歌创作中的民族底色。冯乃超、王独清、李金发等象征派诗人的创作虽普遍存在欧化的毛病，不过在意境追求、语言锤炼、词句对仗等方面还是体现了一定的

---

[①] 李金发：《食客与凶年·自跋》，载《李金发诗集》，四川文艺出版社，1987，第 435 页。
[②] 穆木天：《谭诗——寄沫若的一封信》，载杨匡汉、刘福春编《中国现代诗论》（上编），花城出版社，1985，第 99 页。

民族性追求，也未完全沉溺于唯美主义。冯乃超曾自述侨居日本期间就有"接近中国古典文学的机会"，阅读了许多"诗词文集文选的古书"，深受中国古代诗歌的濡染。① 他的许多诗歌如《梦》《现在》等不仅注重押韵，而且诗行排列大体整齐，不仅有音乐的韵律，而且具有"建筑美"的外形。冯乃超对诗歌节奏的注重和对韵律和谐的追求都表明，他除了学习西方象征派诗艺，还在形式上主动择取传统诗歌讲究对仗、押韵的艺术特征。冯乃超的诗作往往浸染古色古香的韵味，甚至一些形象的选择既有西方象征诗的含蓄、暗示，又有一望可知的民族诗歌色彩。如《红纱灯》中红纱的古灯就是具有民族特色的物件，再如《残烛》一诗是典型的象征诗，但文本中逐光扑火的飞蛾这一核心意象却自有民族艺术的兴味和色彩。

与初期象征派既学习西方又返归传统的思路相一致的还有梁宗岱。他认为，"正当东西文化之冲"，学人既不能老套地坚持"中学为体西学为用"，也不能盲目地完全"模仿西洋"，正确的态度是尽量"吸取，贯通，融化"东西两种文化。这种融贯东西的文化态度让梁宗岱能够以足够的民族自信，用法国的象征主义诗学来重释中国古典诗学传统，为中国新诗理论"开辟一个新局面"。② 他以象征主义探入中国古典诗学体系，在象征主义的诗学框架下重释中国古典的诗学概念，从中复活和西方象征主义诗学观念相通的民族文学传统。他用中西互证的方法提出的"象征即兴"说延伸了周作人、朱自清、朱光潜等人对象征主义的诗学思考，从而沟通了中国"比兴"理论和西方象征诗论的内在联系，使中国具备了西方的象征主义诗学生根发芽的土壤。他认为象征和"《诗经》里的'兴'颇近似"，并将作为创作方法的"象征主义"与作为修辞手法的"象征"区分开来。他指出《文心雕龙》中"依微以拟议"这几个字最能道出"象征底微妙"，其中的"微"将表面上"似乎不相联属"的二者变为"一而二，二而一"的关系。同时袭用王国维的"有我之境"和"无我之境"的说法来阐释象征主义的主要特征，认为象征的最高境界是"景即是情，情即是

---

① 冯乃超：《我的文艺生活》，载冯乃超文集编辑委员会编《冯乃超文集》（上卷），中山大学出版社，1986，第305页。
② 梁宗岱：《论诗》，载梁宗岱著，卫建民校注《诗与真》，中央编译出版社，2006，第48页。

景"的"无我之境",用梁宗岱自己的话来说即是一种"心凝形释,物我两忘"的境界。① 梁宗岱对中西诗学内在联系的再阐释让原本属于西方诗学体系、理论范畴的纯诗概念获得了中国传统诗学精神的内在支持,不仅直接激活了中国传统诗学的某些范畴,而且客观上促进了中国现代诗人对纯诗理论的接受和理解。

梁宗岱在对新诗发生期歧路的反省中认识到激活文化传统的重要性。"我们底新诗"已经如"传说中的流萤般认不出它腐草底前身了","新诗底提倡者"对旧诗"玉石俱焚的破坏"不仅是"反旧诗的",而且是"反诗的"。"一切过去的成绩"不独是"新艺术底根源",并且是"航驶和冒险底灯塔",所以一般文艺革命家用来"攻击旧诗的种种理由"是不能成立的。梁宗岱在对白话诗人的做法进行质疑的同时并没有急于与传统修好,而是对旧诗传统保持理性的批判,他承认"旧诗底形式自身已臻于尽善尽美",不过"太单调太少变化了","旧诗底文字是极精炼纯熟的",不过已经"失掉新鲜和活力"。在"新诗底纷歧路口",新诗的造就和前途取决于"我们底选择和去就",成为"欧美近代的自由诗运动"的"一个支流"固然是"捷径",但也是个"无展望的绝径","我们底运动"应该树立一个"远大的目标"。② 在这样的影响焦虑和理论视野下,梁宗岱超越了抑中扬西的浅薄之见,从司空图的《诗品》、严羽的《沧浪诗话》中寻求话语支撑来阐释西方的纯诗超验理论,多次以屈原、陶渊明、李白、王维等诗人的创作来验证中国古典诗歌所达到的高度,认为有些诗歌创作甚至已经臻于纯诗境界。从中西诗艺的比较中,他认为"我国旧诗词中纯诗并不少",如"马拉美酷似我国底姜白石",他们之间有很多相似之处。在诗学观念上,"同是趋难避易";在诗艺上,同样注重"格调与音乐";在诗境上,"同是空明澄澈",甚至都"癖爱"使用"清""苦""寒""冷"等字眼。③ 从以上论述中我们不难发现,西方视野让他能够吸收异域芳香,

---

① 梁宗岱:《象征主义》,载梁宗岱著,卫建民校注《诗与真》,中央编译出版社,2006,第71~73页。
② 梁宗岱:《新诗底纷歧路口》,载梁宗岱著,卫建民校注《诗与真》,中央编译出版社,2006,第175~179页。
③ 梁宗岱:《谈诗》,载梁宗岱著,卫建民校注《诗与真》,中央编译出版社,2006,第97~100页。

中国学者的民族自信让他回顾民族的文化传统，从传统诗论尤其是晚唐、南宋诗论中发现其和现代纯诗理论的契合点，让自己的诗论能够超越古今中外的畛域。他主张既不能尽弃传统，也不能完全依靠吸收传统因素，更不可完全西化来解决新诗危机，关键还是中西融汇。问题是如何承继"二三千年光荣的诗底传统"，怎样"无愧色去接受这无尽藏的宝库"，从而创作出既合世界潮流又保有民族特色的诗歌精品。① 梁宗岱在西方现代性的他者面前深切怀念传统文化这一"故乡"，思考如何在继承古典诗歌传统的基础上创作具有民族特色的中国现代新诗，既是对胡适放大新诗旧诗鸿沟做法的纠错，也是对中国现代派新诗所蕴藏的古典诗学传统的艺术洞见。其论评"无形中配合了"以戴望舒为代表的现代派的诗歌创作实验，为现代派诗人创作出既富有现代性特点又融合古典传统的优秀诗作进行了理论辩护，推进了新诗创作"向具有中国特色的现代化纯正方向的迈进"。②

中国"纯粹的诗的世界"的追求始于李金发等的象征主义诗歌实验，早期的象征派诗人在吸收象征主义诗歌养分的时候缺乏自我创造的主体精神，模仿超过了消化，没有找到西方象征主义与中国新诗的契合之处，也没有很好地融合中国传统诗歌的审美精神，因而失却了公共的审美效应。但他们的诗歌实践启发了现代派的新诗创作，以戴望舒为代表的现代派诗人在总结李金发等人创作经验教训的基础上拒绝了对西方象征主义的单一倚重。他们一方面继续强化诗歌的现代意识，另一方面自觉借鉴中国古典诗歌传统，凸显东方文化的诗性特点。如《现代》主编施蛰存提出的纯诗宣言就体现了用审美现代性来变革古典诗歌的愿望，他认为不是有了白话的工具、自由诗的情绪、格律诗的外形以及象征主义的表现手法就一定是"纯然的诗"。他认为，"纯诗"一是坚持诗本位，"《现代》中的诗是诗"，二是体现现代性，《现代》中的诗是"纯然的现代的诗"，为此提出了集现代的"生活"、"情绪"、"辞藻"和"诗形"等于一体的纯诗观。施蛰存将现代性的理念与纯诗外形相结合，是对新诗理论的一次重构，把新诗的"新"落在诗质的"现代性"上。这个洋溢着现代性气息的"现代派"诗

---

① 梁宗岱：《论诗》，载梁宗岱著，卫建民校注《诗与真》，中央编译出版社，2006，第34页。
② 卞之琳：《人事固多乖：纪念梁宗岱》，《新文学史料》1990年第1期。

歌流派也并没有放弃对传统诗歌遗产的继承,"现代诗"的理念并不排斥文言,只不过"《现代》中有许多诗的作者"采用"比较生疏的古字"或"'文言文'的虚字"的目的并不是"有意地'搜扬古董'",而是"采用了这些字"来"表达一个意义,一种情绪,或甚至是完成一个音节"。① 现代派在诗艺上接受法国象征派诗歌和以艾略特为代表的现代主义诗潮影响的同时又积极继承晚唐五代的"纯粹的诗"的传统,注重对中外诗艺的融合,在对西方现代性思潮的借鉴中寻找与中国传统诗学相吻合的审美观念,并在融合中进行创造性转化的诗歌实践。正是这种意识自觉让他们的作品既有来自欧美的现代意识又散发着传统诗歌精神的现代折光,极大地改变了初期象征派诗对传统的远离和艺术传达上的"晦涩难懂"。现代派致力于营造既有象征性又有鲜明美感特征的诗歌意象,追求一种介于"表现"与"隐藏"之间的朦胧诗感,让诗作变得更富有余香和意味。戴望舒精通法文,译过许多法国诗歌,对西方的象征主义诗歌理论也很熟悉,而他的诗作"倾向于把侧重西方诗风的吸取倒过来为侧重中国旧诗风的继承"②,苏汶就认为他的诗歌具有"象征派的形式,古典派的内容"③。细心的读者也能从他的诗歌中品味出中国古典传统诗词的流风遗韵,如《夕阳下》的开头两句"晚云在暮天上撒锦,溪水在残日里流金"就明显是化用李清照《永遇乐》中的"落日熔金,暮云合璧"的成句,《寒风中闻雀声》的悲秋伤逝主题则沟通了现代人的愁苦与古人的幽深情怀之间的联系,《流浪人的夜歌》同样"深深感染了晚唐之音"。而将古典韵味与现代气息完美融合的诗作当数《雨巷》。该诗在艺术手法上明显借鉴了魏尔伦,但诗的意境却是中国古典式的,甚至升华运用了"丁香空结雨中愁"的典故,全诗读起来俨然是这一古典名句的"现代白话版的扩充或者稀释"。在用典时又吸收了西方象征派的手法,赋予诗中的"我"、姑娘、雨巷等意象丰富的象征意蕴,营造出哀怨、忧愁、朦胧而又优美的意境。除了戴望舒的诗作,林庚、卞之琳、何其芳等现代诗人的诗作中也可以看到古典

---

① 施蛰存:《文艺独白:又关于本刊中的诗》,《现代》第4卷第1期,1933年11月1日。
② 卞之琳:《〈戴望舒诗集〉序》,载高恒文编《卞之琳作品新编》,人民文学出版社,2009,第124页。
③ 苏汶:《〈望舒草〉序》,载王永生主编《中国现代文论选》(第一册),贵州人民出版社,1982,第140页。

诗词的影响。卞之琳喜欢表达"我国旧说的'意境'",早期诗作中出现过"晚唐南宋诗词的末世之音",显露过李商隐、姜夔等人的古典诗词"风味的形迹"。[①] 林庚也"拿白话写着古诗",表面上看,他的"四行诗是崭新的新诗",但从深处探测,则露出"古旧的基础了"。[②] 何其芳在《梦中道路》中也自诉阅读过晚唐五代时期的"精致的冶艳的诗词","蛊惑于那种憔悴的红颜上的妩媚"[③],深厚的古典文学修养让其诗作充满十足的古典文人气息。戴望舒及其他现代派诗人,在西方现代派诗人那里接受了现代诗歌的纯诗理念,再以之反观中国传统的古典诗歌,从中发现两种诗学之间的内在的一致之处,找到中西诗学的融合点,抬升了中国现代派诗歌的整体艺术水平,并为后来诗歌的发展与诗学的深化提供了有益的启示。

## 第二节 中国现代纯诗理论的诗性建构

在新诗草创期,胡适倡导"诗体大解放",鼓吹诗歌"该怎么做,就怎样做",可以不用在意"格律""平仄""长短"[④],"诗体大解放"造成中国新诗严重的散文化倾向。当新诗在20世纪20年代初站稳脚跟后,不久就出现了对中国现代新诗散文化倾向的反感及对其进行反拨和调整的要求。用纯诗理论来矫正新诗散文化是其中最具系统性、建设性并一以贯之的诗论,形成了与现实主义和浪漫主义诗论长期对抗的阵势。在《抗战与诗》一文中,朱自清认为"抗战以前新诗"经历了"从散文化逐渐走向纯诗化"的发展历程,即从自由诗派经由格律诗派和象征派再到现代派的演进轨迹。朱自清"纯诗化"的"纯诗"概念应该包括格律诗派的诗,有别于象征主义诗学体系中的"纯诗"概念。鉴于格律诗派并不以纯诗作为诗学理想,而初期象征派和现代派皆在理论上受益于纯诗理论,格律诗派称不上自觉意义上的中国纯诗派,但却体现了一定的纯化倾向。新诗创作当

---

[①] 卞之琳:《〈戴望舒诗集〉序》,载高恒文编《卞之琳作品新编》,人民文学出版社,2009,第122~128页。
[②] 戴望舒:《谈林庚的诗见和"四行诗"》,载戴望舒著,凡尼等编《戴望舒作品精编》,漓江出版社,2004,第192页。
[③] 何其芳:《梦中道路》,载林志浩编《何其芳散文选集》,百花文艺出版社,2007,第52页。
[④] 胡适:《谈新诗》,载夏晓虹选编《胡适论文学》,安徽教育出版社,2006,第101页。

事人朱自清对新诗发展历程的总结说明，在我国现代诗史上确实存在一股纯诗化潮流，纯诗理论促进了中国现代新诗的发展，并将中国新诗引向以"抒情为主"的"老家"。[①]

## 一 初期象征派的纯粹诗歌观念

"纯诗"是西方象征主义诗学的一个核心概念，是诗论家对诗歌的一种最高理想，通向一种遥不可及的神秘之域。我国诗人在吸收西方象征主义理论的过程中引进"纯诗"理论，但过于纯粹、绝对、玄妙、完美的纯诗世界毕竟有点理想化，无法从根本上解决中国新诗面临的整体危机。中国纯诗理论家在引进纯诗理论的过程中对之进行了去神秘化，为我所用地借鉴西方的纯诗理论来构建具有民族特色的中国现代诗学体系，确立中国新诗的诗学本位，从而真正实现新诗的现代化。1926年3月，创造社的穆木天、王独清同时发表了《谭诗——寄沫若的一封信》《再谭诗——寄给木天、伯奇》，在中国现代诗坛拉开了中国新诗从散文化创作到纯诗化追求的序幕。在《谭诗——寄沫若的一封信》这篇重要的纯诗诗学理论文献中，穆木天呼唤"纯粹的诗歌"，追求"纯粹的诗的感兴 inspiration"，明确"诗与散文的清楚的分界"，将"纯粹的表现的世界"留给诗歌。"纯诗"一词的出现表明穆木天已经具有自觉的诗歌本位意识，其文学史意义和王国维的使用"纯文学"一词一样，成为中国文学知识现代性转变过程中的一个具有里程碑意义的文学事件。纯诗理论的中国化之旅直触"五四"后中国新诗缺乏诗的观念、诗歌创作散文化以及诗与散文不分的内在症结，推动了中国新诗审美形态从粗糙凌乱到细腻精致的转型。穆木天的诗论不再驻留于诗艺层面的形式探索，而是深入思考诗歌内在生命本体，从内容和形式的统一上寻找构建中国现代纯诗的路径。他认为艺术的本源是人内在生命的实现，这一提法从理论上将诗歌从对物质生存和社会政治的依附中独立出来。在他看来，诗主要是属于内心世界的东西，"诗的世界"是"深的大的最高生命"的"反射"，是无法靠人的理性思维企及的"不可知的远的世界"。在穆木天的诗学视野里，诗的世界虽神秘却是存在

---

[①] 朱自清：《抗战与诗》，载蔡清富等编选《朱自清选集》（第二卷），河北教育出版社，1989，第283页。

的，它存在于"人们神经上振动的可见而不可见可感而不可感的旋律的波"，存在于"浓雾中若听见若听不见的远远的声音"，存在于"夕暮里若飘动若不动的淡淡光线"，存在于"若讲出若不讲出的情肠"。与郭沫若直抒胸臆地表现"内生命"的浪漫主义诗观相比，穆木天更强调诗人的"潜在意识"与"内生命"的联系，他指出"诗的世界是潜在意识的世界"，即人的内心世界及其活动远离与社会现实紧密联系的表象的"人的生活"。这种世界不仅存在，而且可以具象化，能够用象征主义的艺术方法来表现人的潜在意识和内心情感的活动。如《苍白的钟声》一诗中，作者以"苍白的""荒唐的""缈缈的""软软的"古钟声响来暗示性地抒写人的"内生命的深秘"和外宇宙的苍茫。诗人是通灵者，他的灵魂能够与那个深邃而遥远的世界产生共鸣，聆听到那"不死的而永远死的音乐"。穆木天的诗论明显具有西方象征主义诗学的神秘主义色彩，这种玄而又玄的审美境界就是"诗的暗示"所能达致的艺术效果，在艺术上则是通过象征主义赋予这个"无限的世界"以具体的形式。因为读"象征运动以后的诗，你总觉有无限的世界环绕在你的周围"，能够在"有限的律动的字句"中读出"内生命的深秘"和"无限的形而上学的感"。

穆木天主要从诗的形式观和"诗的思维术"两个方面勾画了其心目中纯粹化诗歌本体的解剖图。在结构方式方面，穆木天克服了格律诗派只追求形式的片面性，强调"内容与形式是不中分开"，要保持形式的纯粹性必须有内容要素的支撑，即诗的内容与诗的形式应一致，用"雄壮的形式"去表现"雄壮的内容"，"清淡的内容"配以"清淡的形式"，这样才能保持"思想和表思想的音声"、诗歌的音律形式和万物的持续性律动，以及诗的律动的变化与思想内容的变化之间的内在一致性。针对新诗形式方面的东鳞西爪的散漫和杂乱无章，穆木天申明自己的"诗之物理学的总观"，就是要求诗是"一个有统一性有持续性的时空间的律动"。所谓"诗的统一性"就是"一首诗""表一个思想"，"一切的音色律动"构成"一种持续的曲线"，"一个有统一性的诗"应该是诗人统一的内心冲动的体现，反映着诗人"统一性的心情"，象征着诗人"内生活的真实"，深刻传达出诗人深层的情绪流动。"诗的持续性"紧承"诗的统一性"，指的是"心情的流动的内生活"的"动转"和"它们的象征"的持续性。他甚至主张，为了确保诗歌情绪的持续律动和诗的审美效果完美传达而废掉"句读",因为句读会截断诗歌的情绪,让"句读在诗上废止"可以增强诗的"朦胧性"和"暗示性",如《泪滴》《苍白的钟声》等诗就是通过废止句读实现诗歌统一性和持续性相结合的好诗。在思维方式方面,他认为"诗道之大忌"是"先当散文去思想,然后译成韵文"。为此,他召唤"诗的思维术"或"诗的逻辑学"来追寻诗性境界,他的"思维术"就是"直接作诗的方法",即用"诗的思考法"去思想,用"诗的旋律的文字"去写诗。借用西方象征主义诗人"直觉观"来说,所谓"诗的思维术"就是强调诗对世界的独特性感知方式,诗人拥有领略"象征的森林"的能力,能够在直觉性的诗歌思维中体会人与万事万物的交相感应,领悟到宇宙的神秘和生命的玄机,使诗能够艺术性地把握世界,揭示世界的秘密,其要旨具体体现为"暗示"和"表现"两个方面。他用说明和表现的差异来厘清诗歌与散文的差别:散文的"思考法"是按自然的顺序、生活的逻辑进行的;"诗的思考法"则不遵循客观的线性逻辑,而是遵循主观的心理逻辑。思维方式的不同必然造成散文组织法和诗歌组织法的差异。"诗的章句构成法"超越"散文的组织法",不能用"散文的文法规则去拘泥他",应该"用诗的文章构成法去表现"。两种不同的思维方式指向两种不同的世界,诗歌的世界是心灵的世界、理想的世界,散文的世界是生活的世界、现实的世界。"说明是散文的世界里的东西",而"诗是要暗示的","人的生活"让"散文担任",把"纯粹的表现的世界"留给"诗歌作领域"。[①] 穆木天对暗示这一艺术表现手法的推崇表明,他不仅超越了传统的情景交融的艺术思维方式,同时也打破了胡适为诗歌创作所确立的明白清楚的美学规范,将是否暗示作为衡量诗歌创作成功与否的一个审美标准,接近了西方象征主义诗歌的契合论的诗学观念。

与《谭诗——寄沫若的一封信》同时及稍后,王独清、冯乃超、李金发、姚蓬子等初期象征派诗人继续对纯诗理论展开探索。在《再谭诗——寄给木天、伯奇》中,王独清主要从诗歌的外在结构和内在构成两方面对穆木天的纯诗理论进行了补充和修正。他别出心裁地指出,"理想中最完美的'诗'"="(情+力)+(音+色)",在这个纯诗公式中,"(情+力)"

---

[①] 穆木天:《谭诗——寄沫若的一封信》,载杨匡汉、刘福春编《中国现代诗论》(上编),花城出版社,1985,第 94~101 页。

是指浪漫主义的诗学内容，但最重要的则是用来表现纯诗意蕴的象征主义艺术形式方面的"（音+色）"，最难的是两者的成功融合，使"语言完全受我们控制"。他把"色""音"感觉的交错称作"色的听觉"或"音画"，实际上指的就是通感。古今中外的诗人都成功地运用过通感，但直到法国象征主义出现，才将通感用来作为沟通人与万物、洞察宇宙奥秘的手段。如波德莱尔就认为人与自然相互感应，在自然这座"庙宇"里，"芳香、色彩与声音在互相应和"。[1] 王独清仿效"法国象征派诗人"的手法，将"色"与"音"放在文字中，努力创造出一种"静"中寻"动"、"朦胧"中寻"明了"的"音画"效果，并认为这种象征主义的"通感"世界就是"真的'诗的世界'"。[2] 王独清非常重视音乐性在纯诗中的地位，他的《我从 cafe 中出来》做到了"相当可以满意的程度"，《玫瑰花》《威尼市》《但丁墓旁》等诗，音乐与色彩交织，注重"音节的制造"、"情调的选择"、"字数的限制"和"情调的追求"，形成"音画"诗般的艺术效果。他对诗的音乐性和色彩感的艺术追求十分接近法国的象征派，如波德莱尔就非常注重诗歌与音乐的关系，"节奏的安排和韵律的装饰（几乎是音乐性的）"能够让诗"具有一种迷人的、随意支配感情的力量"，最完整的作品"在其最后的完成中将是一种完美的音乐"。[3] 马拉美也非常重视诗歌的音乐性，并且喜欢用音乐来比附诗歌，用歌手来评价诗人，诗人"对于对象的观照"以及"由对象引起梦幻而产生的形象"就是"歌"，应该"给自己的诗配上音乐"。[4] 在魏尔伦看来，"音乐，永远至高无上"[5]，他的诗学第一原则是"音乐超于一切，没有聪明，没有机才，没有修辞，惟有音乐常存在"[6]。王独清同样认同表现形式对于诗歌内容表现

---

[1] 〔法〕波德莱尔：《应和》，载《波德莱尔诗选》，苏凤哲译，花山文艺出版社，1997，第13页。
[2] 王独清：《再谭诗——寄给木天、伯奇》，载杨匡汉、刘福春编《中国现代诗论》（上编），花城出版社，1985，第103~107页。
[3] 〔法〕波德莱尔：《理查·瓦格纳和〈汤豪舍〉在巴黎》，载《波德莱尔美学论文选》，郭宏安译，人民文学出版社，1987，第563~564页。
[4] 〔法〕马拉梅：《关于文学的发展》，载伍蠡甫等编《西方文论选》（下卷），上海译文出版社，1988，第258~260页。
[5] 〔法〕魏尔伦：《诗艺》，载黄晋凯等主编《象征主义·意象派》，中国人民大学出版社，1989，第241页。
[6] 苏雪林：《论李金发的诗》，载中国现代文学馆编，刘纳编选《苏雪林代表作》，华夏出版社，1999，第275页。

的重要性,批评一些新诗作者在形式方面的粗制滥造,不过他的态度显得更宽容,不像穆木天那样过分强调诗歌形式的纯度。他认为诗形"固不妨复杂",但"必须完整",形式"很重要",应该根据内容择取合适的形式,不仅限于一种固定的格式,"一种形式要是不足用时"甚至可以"并用"两种形式。他"费了莫大的苦心"创造"诗歌底形式",为"中国底诗歌"创出"一些复杂的、多样的"而且比较成功的形式,如他的《动身归国的时候》所取的诗形就是"散文式的诗与纯诗式的"。[①]

## 二 梁宗岱的纯诗观

早期象征派诗人的纯诗化努力尽管取得了一些成绩,但总的来说,20世纪20年代的纯诗运动影响并不大。正如李健吾所说,"李金发先生领袖的一派"有"过分浓厚的法国象征派诗人的气息,渐渐为人厌弃。于是天下廓清了,只有《诗刊》一派统治"。[②] 李金发作为象征派诗歌的先驱,其贡献在于将象征主义的创作原则引入中国新诗,穆木天、王独清、冯乃超等人主要为中国现代新诗贡献了纯诗理论,他们分工协作,从实践与理论上将象征主义诗歌发展成为20世纪20年代诗坛上的一支重要力量。不过在李金发、穆木天等人创作象征派诗歌、实践象征主义诗论的时期,格律化运动才是新诗创作的主要倾向,诗艺的主要任务是为新诗创格,所以象征诗派并没有被诗界广泛关注。另外纯诗理论多袭"异国的熏香",与传统诗论差别较大,每有论述必称西方象征主义。李金发身居海外,"平生最钦佩法国的魏仑(P. verlaine)",题材和形式选择都与中国新诗的民族传统相去甚远。他在内容上多书写外国的风景,记叙异国的情事,往往喜欢在诗中插入外国文字,所描写对象和植根土壤的异域性使他的诗歌天然地带上了一种"移人的异国情调"。[③] 穆木天步着法国象征派文学的潮流,盲目地、不顾社会地走进了"象征圈里",爱好象征派的诗歌并在"象征主

---

[①] 王独清:《再谭诗——寄给木天、伯奇》,载杨匡汉、刘福春编《中国现代诗论》(上编),花城出版社,1985,第110页。
[②] 李健吾:《鱼目集——卞之琳先生作》,载李健吾《咀华集·咀华二集》,人民文学出版社,2005,第59页。
[③] 苏雪林:《论李金发的诗》,载中国现代文学馆编,刘纳编选《苏雪林代表作》,华夏出版社,1999,第275~279页。

义诗歌的氛围气中"创作了诗集《旅心》。① 王独清的纯诗追求带有浓重的唯美色彩，他号召诗人做像"Baudelaire"（波德莱尔）、"Verlaine"（魏尔伦）、"Rimbaud"（兰波）那样的"唯美的诗人"，忽视本民族的诗歌传统，认为在诗篇中加入外国文字不但能增加一种"exotic 的美"，而且可以使诗"有变化及与人刺激诸趣味"，甚至长诗《动身回国的时候》就有一节是"法文诗"。② 开拓者的脚步已经踏上纯诗化的道路，其影响必将随着诗艺探索的深入而扩大，早期象征诗派借助舶来的诗歌理论拯救中国的新诗创作确为中国新诗的发展指明了努力的方向。问题在于对异域营养的过分倚重在一定程度上使他们淡忘了中国新诗的民族传统，所用的装饰不得体违背了中国读者的审美欣赏习惯，让他们的诗歌成为令人费解的"笨谜"。

后来者的成功是建立在探索者的幼稚基础之上的。穆木天等早期象征派诗人的主要贡献在于首先提出了纯诗理论，提倡创作不求他人理解的象征诗，且身体力行地进行纯诗创作的尝试，多少使诗人摆脱原先白话诗人所承担的诗教者角色而专注诗本身。他们的理论文章中尽管比较多地提及马拉美、魏尔伦等人，却忽略了纯诗理论的集大成者瓦雷里，这说明他们对西方纯诗理论的理解尚不完整，盲视法国象征主义诗歌潮流的最新进展，属于片段式的。对纯诗理论的介绍也不系统，《谭诗——寄沫若的一封信》《再谭诗——寄给木天、伯奇》原本不过是随性而发的信，谈不上对纯诗理论的精到分析和独到见解，穆木天本人自陈《谭诗——寄沫若的一封信》是一段"杂碎的感想"③。不积细流，无以成江河，《谭诗——寄沫若的一封信》和《再谭诗——寄给木天、伯奇》对纯粹诗歌的倡导是对新诗发展方向的一种预言，这两篇文章成为中国新诗理论由浪漫主义向象征主义转型的重要标志。可以说，如果没有穆木天、王独清等人在翻译、创作、理论方面的先行，就不会有 20 世纪 30 年代现代派诗歌的水到渠成。

---

① 穆木天：《我的文艺生活》，载陈惇等编选《穆木天文学评论选集》，北京师范大学出版社，2000，第 411 页。
② 王独清：《再谭诗——寄给木天、伯奇》，载杨匡汉、刘福春编《中国现代诗论》（上编），花城出版社，1985，第 109~110 页。
③ 穆木天：《谭诗——寄沫若的一封信》，载杨匡汉、刘福春编《中国现代诗论》（上编），花城出版社，1985，第 95 页。

从理论渊源上来看，早期象征派诗歌源出于法国初期象征主义，而现代派诗歌则主要受惠于法国后期象征主义。对于法国象征主义来说，前后期象征主义的界限并非判然有别，中国现代派诗歌与早期象征主义诗歌在理论上是同源的，或者说中国现代派诗歌是对早期象征派诗歌的一次继承与革新。纯粹诗歌理论是对新月诗派的新诗理论的一种超越，随着格律诗派的流弊不断暴露，穆木天、王独清的纯诗理论则适时填补了新诗理论建设的历史空白。梁宗岱、施蛰存、戴望舒、李健吾等人对纯诗理论的探索则进一步促进了纯诗理论的中国化，使纯诗理论成为新诗建设的最重要理论资源。在纯诗理论的护航下，中国现代纯诗写作也终于由一股股潜流汇聚成浩大的诗潮，并迅速在新诗坛占有一席之地。纯诗写作潮流助推了纯诗理论的建设，现代派诗人的重要代表梁宗岱的纯诗理论进一步扩大了穆木天等人的纯粹诗歌的理论内涵，较为系统地从现代主义的层面阐释西方的象征主义诗歌理论，让西方的纯诗理论服务于中国的新诗建设。

  梁宗岱在留法期间就和西方纯诗理论的集大成者瓦雷里交往频繁，大量的理论阅读以及与纯诗理论家的近距离接触让他具备了阐释西方象征主义诗歌理论的资本，从而成为中国诗界系统介绍瓦雷里及西方纯诗理论的最合适人选。回国之后，他积极投身于中国新诗的建设事业，和戴望舒一起主编《新诗》，与萧乾共同主持《大公报·文艺副刊》旗下的《诗特刊》，深厚的文学理论修养和现代派诗歌创作体验让他对纯诗问题的思考比穆木天等更具体、更深入，理论阐发更具体系。那么梁宗岱心目中理想的纯诗究竟是什么呢？从 1934 年开始，梁宗岱在《谈诗》《象征主义》等系列论文中系统地阐释纯诗理论，主张纯艺术追求。"所谓纯诗，便是摒除一切客观的写景，叙事，说理以至感伤的情调，而纯粹凭借那构成它底形体的原素——音乐和色彩——产生一种符咒似的暗示力，以唤起我们感官与想像底感应，而超度我们底灵魂到一种神游物表的光明极乐的境域。像音乐一样，它自己成为一个绝对独立，绝对自由，比现世更纯粹，更不朽的宇宙；它本身底音韵和色彩底密切混合便是它底固有的存在理由。"[①]

  梁宗岱诗学中的理想诗体至少包括三个层次。一是纯粹的艺术形式。

---

[①] 梁宗岱：《谈诗》，载梁宗岱著，卫建民校注《诗与真》，中央编译出版社，2006，第 100 页。

梁宗岱纯诗理论的提出主要基于对新诗创作现状的厌烦，具有明确的现实针对性，强调诗歌文体的独立和纯粹，主张将散文的因素摒弃在诗歌之外，认为纯诗可以不依赖于其他因素而获得完全的自律。"形式是一切艺术的生命"，作为"最高的艺术"的诗是以形式自足而成为诗的，不可能"离掉形式而有伟大的生存"，"形式"占据着诗歌创作本体的地位。[①] 他辩证理解诗歌中内容与形式的关系，认为诗虽不排斥内容，但思想、情感、道德、伦理等内容因素一旦出现在诗中就必须进行充分的赋形，将之"化炼"到与音乐色彩不能分辨的程度，诗的世界是"纯粹的抒情世界"，是为诗而诗。"经验""学问""思想"固然能够"扩大诗底领域"，然而这些"不肯受诗艺地支配"的内容也会破坏诗的纯粹性。如果要把"顽固的杂质"熔铸为诗，就需要更大的"想象力"和"组织力"，让"摄入诗里的纷纭万象"各安其位、各得其所，将之都"化炼到极纯和极精"的程度，这样才能创作出"最完全的诗"。按这样的纯诗标准来看，"五四"白话诗人显然"还没有获得这对于新材料的无上的驾御和控制"的能力。[②] 新诗中到处散布着"写景"、"叙事"、"说理"以及"感伤的情调"等原本属于散文表现的内容，使诗失去了自己的本质，要维护诗歌形式的纯粹性就必须"摒除"非诗的杂质，给诗穿上音乐和图画的衣裳，就像"月光底银指"将"浑浊的池水"点成"溶溶的流晶"。可以说，现代诗论中内容与形式的二分在梁宗岱的纯诗构想中已经浑然一体，"深沉的意义"妙合无痕地附丽在"芳馥的外形"上，如同"太阳底光与热之不能分离"。[③]

二是具有宇宙意识的审美境界。梁宗岱的纯诗目标不仅追求语言表达形式、审美传达方式和艺术表现效果等技术性问题，更追求深层次的象征主义哲学意蕴。他认为艺术能够启示"宇宙与人生底玄机"，透过尘世间的事实和具体事务去触及永恒的形相。在纯诗境界中，人泯灭了主我与客我，放弃了理智和意识，沉入一种近乎玄想空虚的无意识状态，而外部世界的一切，诸如一朵花、一片风景、一种动作也在审美主体的静观中显示

---

① 梁宗岱：《新诗底纷歧路口》，载梁宗岱著，卫建民校注《诗与真》，中央编译出版社，2006，第176页。
② 梁宗岱：《屈原》，载李振声编《梁宗岱批评文集》，珠海出版社，1998，第163~185页。
③ 梁宗岱：《保罗梵乐希先生》，载李振声编《梁宗岱批评文集》，珠海出版社，1998，第10~12页。

出幽深的秘密,这是一种"我们在宇宙里,宇宙也在我们里"的陶然境界。① "纯诗"能够超度读者的灵魂到一种"神游物表的境域",让读者在"美感的悦乐"中聆听到诗中的"宇宙底精神",参悟到"宇宙和人生底奥义"。"一切伟大的诗"能将读者带入一个"比现世更纯粹,更不朽的宇宙",所以真正的诗人需要"纵任想象,醉心形相",渲染出"宇宙间的万紫千红"。"宇宙意识"构成了梁宗岱"纯诗"理论的核心,所谓宇宙意识就是用意象来表现思想和情感,借用"最鲜明最具体的意象"来暗示"最幽玄最缥缈的灵境"。② 开阔的宇宙意识让中国新诗摆脱了境界狭小的格局,实现了眼前景、心中情和万象宇宙的联通。"譬如,一片自然风景映进我们眼帘的时候",我们不能像现实主义者那样客观地"摹拟"自然风景,也不能像浪漫主义者那样直接地"摹拟我们底心情",而是应该"把我们底心情印上那片风景去"。③ 他认为李白与歌德两人都能通过"一首或一行小诗"展示出一个"旷邈,深宏,而又单纯,亲切的华严宇宙"。歌德用不为"人事所范围"的天才体察"日月星辰""一草一木","从破碎中看出完整,从缺憾中看出圆满,从矛盾中看出和谐"。而李白则依靠"诗人底直觉",乘着"庄子底想像的大鹏",从"海风吹不断,山月照还空"的庐山瀑布中感受"造化底壮功",在"相看两不厌"的敬亭山下获得与宇宙同体的和谐,从而亲吻宇宙"幽寂亲密的面庞"。④

三是纯诗的创作状态。梁宗岱的"纯诗"理论非常重视诗人创作过程的"纯粹性",这种"纯粹性"的渴望主要表现为梦境与现世、音韵和色彩、感官与想象的并呈交织,即宇宙意识的实现。作为纯诗境界的必备条件的宇宙意识究竟如何实现呢?梁宗岱由此将象征主义的玄秘感、音乐性、色彩感都推向了极致,用象征之道或曰"契合"来一点点地暗示纯诗的境界,在"颜色,芳香和声音底密切的契合"中,"我们从那近于醉与

---

① 梁宗岱:《象征主义》,载梁宗岱著,卫建民校注《诗与真》,中央编译出版社,2006,第82页。
② 梁宗岱:《谈诗》,载梁宗岱著,卫建民校注《诗与真》,中央编译出版社,2006,第96~114页。
③ 梁宗岱:《象征主义》,载梁宗岱著,卫建民校注《诗与真》,中央编译出版社,2006,第71页。
④ 梁宗岱:《李白与哥德》,载梁宗岱著,卫建民校注《诗与真》,中央编译出版社,2006,第119~121页。

梦的神游物表底境界"进入"一个更大的光明",在那里,"我们不独与万化冥合",浑然忘我于无限、永恒,而且"意识到我们与万化冥合"。① 总之,纯诗境界既是触手可及的,又是变幻莫测的,可以凭借语言这一富有音乐性和象征色彩的"形体的原素",唤起"感官与想象的感应",制造出一种"符咒似的暗示力",达到一种含而不露、秘而不宣的审美效果。一些大诗人可以感受到纯诗的召唤。"王摩诘底诗"虽然整首诗"不着一禅字",却能将我们引入"一种微妙隽永的禅境";"寒山,拾得底诗,满纸禅语,虽间有警辟之句,而痕迹宛然",像这样过分雕琢的诗"怎么能够深切动人"?② 梁宗岱认为"梵乐希(瓦雷里)底诗"用文字来"创造音乐",已经达到"最纯粹"的"艺术底境界",能够将"意义"完全"濡浸和溶解在形体里面",读者可以在"云石一般的温柔,花梦一般的香暖"的惬意文本阅读中不时悟到随"声,色,歌,舞"等一起翩然而至的"深沉的意义"。③ 梁宗岱的纯诗观念彻底划清了诗歌与散文的文体界限,指明了纯诗建设的审美路径,张扬了纯诗的审美艺术能量,从而将"东方象征诗、现代诗本体观念的建设"带入了"一个新的自在的层面"。④

## 三 李健吾的纯诗批评实践

排除"任何非诗歌杂质的纯粹的诗作"是诗歌实际写作中"难以企及"的一种"理想状态","这种纯质的感情"或许只能"存在于各种精神之中"。⑤ 在一首首诗中也很少有"字字句句都是诗而毫无杂质者",因为那"感人肺腑的言语"通常"伴随着别的成分",纯诗境界虽具有一定的可能性却是一种虚拟性的存在。⑥ 穆木天、王独清的"纯粹诗歌"主要

---

① 梁宗岱:《象征主义》,载梁宗岱著,卫建民校注《诗与真》,中央编译出版社,2006,第83页。
② 梁宗岱:《谈诗》,载梁宗岱著,卫建民校注《诗与真》,中央编译出版社,2006,第114~115页。
③ 梁宗岱:《保罗梵乐希先生》,载李振声编《梁宗岱批评文集》,珠海出版社,1998,第11~12页。
④ 孙玉石:《中国现代主义诗潮史论》,北京大学出版社,1999,第480页。
⑤ 〔法〕瓦莱里:《论纯诗》(一),载潞潞主编《准则与尺度——外国著名诗人文论》,北京出版社,2003,第6页。
⑥ 〔美〕M. H. 艾布拉姆斯:《镜与灯——浪漫主义文论及批评传统》,郦稚牛、张照进、童庆生译,王宁校,北京大学出版社,2015,第158页。

体现为一种意向性的追求，是用来反拨诗歌散文化之弊的工具，虽然提倡纯诗，但具体的诗歌写作与纯诗要求隔有遥远的距离。他们对纯诗的首倡指引了中国新诗纯诗化的发展方向，不过由于缺乏对纯诗理论的透彻了解，兴趣也不在创作出纯文学意义的纯诗上，所以谈不上对纯诗理论的系统化阐释。梁宗岱对西方象征主义的学理性介绍和经典化阐释使"象征主义底后身"——纯诗理念真正成为中国现代新诗建设的理论资源。他借助西方的象征主义开展文学批评，重释以屈原、李白等诗人的诗作为代表的中国传统诗歌艺术，沟通西方现代诗和中国传统诗的联系，促进了象征主义诗论的中国化和民族化，从而将现代中国的纯诗理论推向一个新的高度。但梁宗岱过于偏重理论建设，且主要是对法国象征主义（尤其是瓦雷里纯诗理论）的借鉴，缺乏对中国新诗创作中象征主义因素的跟踪关注，其纯诗理论主要体现为一种主观化的诗学理想，而不是对汉语新诗实际创作经验的提炼和概括。正是在梁宗岱的缺失处，李健吾以出色的纯诗批评实践将中国现代纯诗理论推向前进，使中国的现代纯诗写作产生巨大的场域效应。如果说梁宗岱是以纯诗理论见长的话，那么李健吾则是纯诗批评的成功实践者。梁宗岱纯诗观的主要价值在于纯诗理论的阐释，少量的文学批评也主要是用纯诗理论来批评鉴赏古典诗歌，致力于探寻古典诗歌中的纯诗元素来构建自己的纯诗理论体系，较少泼墨于现代新诗批评。缺乏客观文学现实支撑的纯理论显示不出应有的理论锋芒和现实效用，所以理论意义大于实践意义。与梁宗岱的理论建构不同，李健吾的纯诗批评实践则将西方的纯诗理论与中国新诗的创作实践紧密结合，真正促进了现代新诗对纯粹诗歌境界的探索。他的纯诗批评理论主要表现在《咀华集》《咀华二集》这两部著作的有关篇章中，他对纯诗理论的贡献主要体现在对戴望舒、卞之琳等"前线诗人"的纯诗写作艺术成就的发掘以及具体诗歌文本的评骘中。从一定意义上可以说，李健吾是中国新诗纯诗理论建设中一个不可或缺的人物，其纯诗理论也是新诗纯化链条上的一个关键环节。他在实践层面运用和发展纯诗理论，呼唤和呵护纯诗写作，让纯诗理论具备了丰厚的文学现实依据，纯诗的种子由此牢牢扎根在现代中国的诗学土壤中。

关于文艺批评，朱光潜将之大致分为"导师式的"、"法官式的"、"舌人式的"和"印象主义的"等四类，他本人表示倾向于"艺术的、主观的"印象派的批评（或"欣赏的批评"）。就批评理论的本质来说，李健吾的文学批评近于朱光潜所说的"饕餮者"的"欣赏的批评"。① 他用印象批评法评论当时活跃于诗坛的诗人的现代派诗，运用自己的读诗印象潜入作家作品的世界，实现与杰作在灵魂深处的奇遇，称赞卞之琳、李广田、何其芳等诗人的创作，将他们称为"前线诗人"。他非常注重对作品的审美评论，强调审美主体的艺术独立性，在《〈爱情的三部曲〉——巴金先生作》《〈边城〉——沈从文先生作》等文中一再强调批评不是"判断""指导""裁判"，而是"鉴赏"，批评家不是"法庭的审判"者，而是"科学的""公正的""分析者"。② 一个"聪明人"要"承认任何人绝对的存在"，极力"避免学究的气息"，不做绝对否定性的断语，"只把自己的见解看做印象"。③

印象主义批评源于印象画派，在19世纪末和20世纪前30年盛行于欧美诸国，是唯美主义的余波。印象主义批评是一种审美批评，提倡为批评而批评，甚至认为批评是"至高尚至完美之艺术品"。④ 它突出审美主体的阅读印象，批评者不受制于作者的原意或前人的见解，也不提倡对作品进行烦琐的考证，而是自由表达自己的审美感受和阅读发现，让"自己的灵魂"在杰作中"探险"。⑤ 在中国现代文学批评史上，李健吾是对印象式批评发挥得最为充分的批评家，受唯美主义"为艺术而艺术"观念影响的印象批评法让他获得从纯艺术的角度来考察纯诗写作的视角，也使他的诗歌批评成为"独立的艺术"。在论述作家和艺术家的关系时，他指出"根据生料和他的存在"，一个作家能够"提炼出自己的艺术"，一个集"学者"与"艺术家"角色于一身的批评家也负有同样的创造使命。他要拥有一颗"创造的心灵"，能够"运用死的知识"从作家的"艺术"和"自我的存在"中提炼艺术，提高自己的鉴赏水平，完成"批评的使命"。⑥ 他强调批

---

① 朱光潜：《"灵魂在杰作中的冒险"——考证、批评与欣赏》，载朱光潜《谈美》，生活·读书·新知三联书店，2012，第160~163页。
② 李健吾：《咀华集·咀华二集》，复旦大学出版社，2005，第2、24页。
③ 李健吾：《现代中国需要的文学批评家》，载郭宏安编《李健吾批评文集》，珠海出版社，1998，第19页。
④ 梁实秋：《王尔德的唯美主义》，载刘福春、李广良分卷主编《回读百年：20世纪中国社会人文论争》（第二卷上），大象出版社，2009，第318页。
⑤ 伍蠡甫等编《西方文论选》（下卷），上海译文出版社，1988，第263页。
⑥ 李健吾：《咀华集·跋》，载李健吾《咀华集·咀华二集》，复旦大学出版社，2005，第93页。

评的艺术性,犹如诗歌、戏剧、小说等其他艺术一样,"批评本身是一种艺术"。① 正是对批评艺术的重视让他的诗歌批评成为一种独立的艺术,那一篇篇璀璨的咀华篇章本身就是精致的美文。他所评的作品被确立了"在同类中的地位",即便"没有读过所评的书",也不妨将他的诗评当作"一篇好文章来读",他的纯诗批评理念在他的诗评里获得了精彩的呈现。②

李健吾以现代性的标准和敏锐的历史眼光,通过考察卞之琳诗作《鱼目集》中的审美异动,揭示了纯粹诗歌出现的内在逻辑和历史必然性,也暗合了朱自清所说的新诗由"散文化"走向"纯诗化"的发展路向。他在历时性地梳理新诗纯粹化的行进轨迹后指出,胡适发动的白话新诗"仅只属于传统的破坏",因为"半路出家","人是半旧不新",诗也"因之染有传统的色彩"。"徐志摩领袖的《诗刊》运动"虽修正了"前期的运动",是"一种思维之后的努力",不再仅仅着眼于"破坏",而是"希期有所建设",但由于过于追求"一种人工的技巧或者拘束"的"徐志摩之流的格式",不仅让音韵格律成为诗歌创作的一种做作处理方式,而且与"现代的生活"相扞格,"即使徐氏不死,新诗的运动依然不免流于反动"。李金发领导的初期象征派"图谋有所树立",注重"意象的创造",但由于承袭过多"法国象征派诗人的气息",加之"太不能把握中国的语言文字",所以"一阵新颖"过后也"就失味了"。和李金发具有"相同的气质"却属于"不同的来源"的一群年轻人则"用心抓住中国语言文字",努力拓宽新诗发展的方向,"不止模仿,或者改译,而且企图创造"。他们追求的是"纯诗""'只是诗'的诗",不管旧诗人如何"诧异",还是新诗人如何"杞忧",他们引领新诗走近"一个旧诗瞠目而视的天地"。现代派诗人用"火热的情绪"、"清醒的理智"和丰富的"想象"做成"诗的纯粹",他们创作的是"真正的诗",是用新的形式去"感觉体味"社会人生,从而"揉合"出与"人生一致的真淳",这些诗"或者悲壮,成为时代的讴歌;或者深邃,成为灵魂的震颤"。在李健吾看来,纯诗的出现既符合诗歌内在运动的规律,也应和了时代对文学的发展要求。当诗人的

---

① 李健吾:《自我和风格》,载李健吾《咀华与杂忆》,中央编译出版社,2005,第112页。
② 朱光潜:《编辑后记》(二),载《朱光潜全集》(第八卷),安徽教育出版社,1993,第549页。

生命已经跃进到"繁复的现代",诗人的心灵世界也趋向复杂化,客观的实物呈现和粗糙的情感宣泄已经无法传达诗人精细的艺术感受力,繁复变化的现代生活必然要求诗人凭借象征性和间接性的方式来表现"繁复的时代"和"繁复的情思"。追求诗歌审美现代性的纯诗诗人告别了自由体诗的情感宣泄,也不愿用精致的形式来束缚"内在的真实",他们从"四面八方草创的混乱"奔向现代诗的"桃源"去探寻现代派诗歌的审美道路。他们"回到各自的内在"去用心聆听"人生谐和的旋律",他们"藏在各自的字句"中去深刻体会"灵魂最后的挣扎",他们"杂在社会的色相"中感触"人性的无常"。可以说,现代派诗人追求的纯诗以崭新的形式表现了"繁复的情思",用心营造各种繁复的意象来切近自己的灵魂,在"人生微妙的刹那"荟萃"中外古今",集"空时"于一体,"给你一个复杂的感觉",吻合了"繁复的时代"。李健吾敏锐把握了现代派诗歌运动所昭示的诗歌方向,认为新诗由传统走向现代是必由之路。他在诗与散文的比较中肯定了现代派诗歌的审美价值,回击了人们"诗的成效不如散文"的评价,热情洋溢地护卫纯诗写作的现代性,指出单"就'现代'一词而观,散文怕要落后多了"。对于一群具有现代意识的青年诗人来说,"形式和内容"已经"不在他们的度内",他们用"别是一番天地"的"纯诗"开辟了一个全新的诗的世界,更预示着新诗发展的"绚烂的前途"。[①]

前线诗人的先锋写作让时人感到惊悚和陌生,一些站在新诗对立面的保守派无法理解这些新诗的"内容"、"形式"以及"感觉的样式",一些新派诗人也为新诗的前途"感到悲观",惋惜这群初涉文坛的年轻人"走进了一个牛犄角"。[②] 现代派诗歌感觉方式和表现方式的巨大转变让前线诗人陷入四面楚歌、无人喝彩的困境,李健吾站在诗歌审美发展趋势的高度发表了自己具有现代意识的见解,极力为新生代诗人进行辩护,盛赞他们为新诗写作开拓了一个新天地。他认为真正的批评者不仅要"注意大作家",更应该注意"无名"作家,"真理如耶稣所云,在显地方也在隐地方

---

[①] 李健吾:《〈鱼目集〉——卞之琳先生作》,载李健吾《咀华集·咀华二集》,复旦大学出版社,2005,第58~62页。
[②] 李健吾:《〈鱼目集〉——卞之琳先生作》,载李健吾《咀华集·咀华二集》,复旦大学出版社,2005,第63页。

存在"。① 正是这种不为名家捧场，也不对无名者简单指责的批评态度，让他旗帜鲜明地维护"前线诗人"。从诗歌的现代意识出发，他阐述何其芳、卞之琳、李广田等人创作的现代诗存在的合理性。针对人们对现代诗的不理解，李健吾指出，《尝试集》与《鱼目集》之间的"决然的距离"在于彼此的"来源"、"见解"和"感觉的样式"不同，用传统诗的解诗标准来评价现代诗自然感到晦涩难懂。感情表达得清楚明白并不是象征诗的目标，我们不能缺乏"应有的同情"，"执误"地用既往的经验来"裁判另一个人的经验"，"决定诗之为诗"不仅是"形式内容的问题"，更是"感觉和运用的方向的问题"。从前的诗人"把感伤当作诗的"，现在的诗人却进行"具体地描画"，由于感觉方式的变化，即使是表现传统的"凭古吊今的萧索之感"，一个现代人的感觉样式也是"回环复杂"的。② 艺术传达方式的变化与现代生活的变化是互为表里的，正如艾略特所言，我们文明的"多样性和复杂性"让"诗人很可能不得不变得艰涩"，作用于诗人"精细的感受力"必然会"产生多样而复杂的结果"。③ 现代诗人所创作的象征诗用"一种反常的经验"激起人们的"同情和认识"，而诗中晦涩的内容往往代表"精神的反抗"、"生活的冒险"和"世界的发现"。就精神实质而言，托尔斯泰的现实主义和波德莱尔的象征主义的分歧在于"精神生活的不同"，波德莱尔的《异乡人》和胡适的《湖上》一样"明白清楚，只是《异乡人》缺乏尘世的依恋罢了"。④ 晦涩和明白清楚是相对的、有层次的，一般人认为晦涩的东西有时却成为"少数人的星光"，何其芳、卞之琳等"前线诗人"就属于这"少数人"。⑤ 他们使用"最经济也最富裕"的表现方式，获致"以有限追求无限，以经济追求富裕"的艺术效果，这种"着眼于暗示"的象征主义作品不仅颠覆了人

---

① 李健吾：《咀华二集·跋》，载李健吾《咀华集·咀华二集》，复旦大学出版社，2005，第186页。
② 李健吾：《〈鱼目集〉——卞之琳先生作》，载李健吾《咀华集·咀华二集》，复旦大学出版社，2005，第62~69页。
③ 〔英〕艾略特：《玄学派诗人》，载《艾略特诗学文集》，王恩衷编译，樊心民校，国际文化出版公司，1989，第32页。
④ 李健吾：《答〈鱼目集〉作者》，载李健吾《咀华集·咀华二集》，复旦大学出版社，2005，第72页。
⑤ 李健吾：《〈画梦录〉——何其芳先生作》，载李健吾《咀华集·咀华二集》，复旦大学出版社，2005，第85页。

们传统的审美习惯①，而且"轻轻松松甩掉旧诗"②，将初期白话新诗的写实派和浪漫派远远地抛在身后。李健吾从艺术上对现代派诗歌的认识在社会学批评流行的20世纪三四十年代无疑是空谷足音，不仅是用现代诗歌观念评价诗歌审美活动的成功范例，而且以无可辩驳的理论力量将文学的异端推向文学史的前沿地带。

李健吾没有像梁宗岱那样专门论述纯诗理论，他的纯诗理论主要是在探寻卞之琳、何其芳等"前线诗人"艺术创作足迹的基础上形成的。他在对"前线诗人"的评论中多次使用"纯诗"概念，他的诗歌批评是典型的纯诗批评，是纯诗理论在诗歌批评领域的杰出实践。通过不多的纯诗批评文字可以看出，他主要从三个方面来肯定"前线诗人"所取得的艺术成就，阐述自己的纯诗观。

一是纯诗诗人创造了一个纯粹自足的纯诗世界，诗的纯粹性几乎是象征诗派诗人和诗论家一致的美学追求，爱伦·坡所构想的纯诗的理论基点就是"为诗而诗"。李健吾通过诗与散文的分野来强调诗歌的纯粹性，他认为一首成为杰作的好诗不能沾有"过重的散文气息"，一篇含有诗意的散文"会是美丽"的，而一首含有散文成分的诗却"往往表示软弱"，套用瓦雷里的话来说就是"诗不能具有散文的可毁灭性"。③ 在诗歌批评中，他自觉地用纯诗概念来评论以卞之琳为代表的一群年轻人的诗歌，说这些诗人"回到自己的内在"，创作出"真正的诗"。那么这种真正的诗的内涵是什么？李健吾认为他们的创作已经完全超越"音韵""节奏"等外在形式的束缚，"潜心于感觉酝酿和制作"。描写景物和创制韵律已构不成诗歌的本质规定性，节奏和韵律等外部形式只是用来表现诗人感兴和情绪的工具。诗人应该按照生命本身的节奏创造"不受外在音节支配的形式"，从而呈现诗人的意识形态，他们一个共同的努力是寻找"纯诗"，"取消歌唱"。这段论述涉及的一个核心问题就是"歌唱"以及歌唱的形式，传统

---

① 李健吾：《答〈鱼目集〉作者》，载李健吾《咀华集·咀华二集》，复旦大学出版社，2005，第75页。
② 李健吾：《〈鱼目集〉——卞之琳先生作》，载李健吾《咀华集·咀华二集》，复旦大学出版社，2005，第64页。
③ 李健吾：《〈画廊集〉——李广田先生作》，载李健吾《咀华集·咀华二集》，复旦大学出版社，2005，第80页。

旧诗和现代新诗对于歌唱形式有不同的要求。传统的旧诗侧重于诗歌的外在"宣泄","属于人性不健全的无节制的快感",而卞之琳等的新诗则将"传统的酬唱"转化为内在的歌唱。现代派诗歌歌唱的是"灵魂,不是人口",是"诗本身",是与人内在的灵魂相连的"诗的内在的真实"[①],这与穆木天象征主义的纯诗理论所说的"内生活"正相契合。

二是高度评价纯诗诗人对意象的营造。象征主义诗学最基本的原则就是意象的象征性,没有意象就没有诗,更不可能有好诗。对于象征主义者来说,最主要的任务就是捕捉那个神秘的意象来构成象征,然后用象征来展示对象,暗示心灵。当人们非议李金发诗歌意象的暧昧性时,李健吾却认为李金发的最可贵之处就是"意象的创造","意象的创造"同样是"前线诗人"的"首务",可见意象是李健吾理解和评价现代派诗的一个窗口。他认为诗是"灵魂神秘作用的征象",象征艺术具有审美再造的艺术效果。浪漫主义诗歌往往对客观事物进行变形处理,但境界不够,写实派对自然景物的唯物式呈现也已无法适应诗人"内在的繁复",现代派诗歌通过虚幻、怪诞、反常等手法创作的朦胧意象带给读者超越一般生活体验的鲜活感觉。短短的一句诗却有"兜起全幅错综意象"的本领,唤起"一座灵魂的海市蜃楼",用瓦雷里的名言进行表述就是,"一行美丽的诗,由它的灰烬,无限制地重生出来"。他与卞之琳关于诗歌的论争也主要集中在对意象的理解上,如《圆宝盒》一诗,李健吾通过对"船""桥""圆宝盒""蓝天"等意象的解读挖掘出意象背后深潜的情感和思想,虽然被作者卞之琳认为"全错",这种差异化的解读也是诗坛的一段佳话,从侧面证明了象征派诗歌具有多元的意象世界。"诗人挡不住读者",这既是《圆宝盒》这首诗的"美丽的地方",也是象征主义诗歌艺术"高妙的地方"。[②] 再如对卞之琳《寂寞》的解读,李健吾也是沿着意象按图索骥的,揭示了该诗"深长的意义",让作者感到"出我意料之外的好"。[③]

---

① 李健吾:《〈鱼目集〉——卞之琳先生作》,载李健吾《咀华集·咀华二集》,复旦大学出版社,2005,第61~63页。
② 李健吾:《答〈鱼目集〉作者》,载李健吾《咀华集·咀华二集》,复旦大学出版社,2005,第76~78页。
③ 卞之琳:《关于〈鱼目集〉》,载刘西渭(李健吾)《咀华集》,花城出版社,1984,第116页。

三是现代派诗人对诗歌语言功能的独特把握将新诗的创造方向引上了与写实和浪漫相歧的另一条道路。"在创造一个诗意的世界的诸多方式中",语言是"最为复杂、最难以利用"可能也"最受尊崇"的方式,而"纯粹意义上的诗本质上却纯属语言方式的使用"。① "前线诗人"对语言进行了创造性运用,他们通过诗歌语言的磨炼来扩大词语的表意功能和诗歌的境界,一个名词就可以"点定一个世界",一个动词足以"推动三位一体的时间",诗能够象征"人类更高的可能","所有人世的潮汐"皆可容纳其中,而"宇宙一切现象,人生一切点染,全做成它的流连叹赏"。②他们"钻进言语",尽力把握语言"永久的部分",在他们眼里,语言没有"俗雅"之别,文字也没有"新旧"之分,他们运用"各自的力量"调整"猥杂生硬"的语言,打乱语言以适合自己的意思,把"文字和言语揉成一片"来扩展"想象的园地",解释"各自现时的生命"。他们"属于传统,却又那样新奇"。正因为这样的变化,李健吾提出了"诗人创造言语"的论断,指出当"一种文字似已走到尽头",一些"慧心慧眼的艺术家"潜心斗胆地依着自己的"性格"或"感觉"去实验"一个新奇的组合"。这种"新奇的组合"产生了出乎意料的审美效果,可以唤醒读者想象出"一个完美的想象的世界",启发读者产生"一种永久的诗的情绪"。"前线诗人"的创作既呈现"摔脱旧诗"的现代性,同时又"承继着民族自来的品德",既符合民族诗歌传统中"言近旨远""余音绕梁"的审美效果,又达到了西方象征主义的"初看是陈述,再看是暗示"的言语"功效"。③

李健吾诗歌世界的纯粹自足、诗歌语言的重要性以及艺术传达的暗示性等纯诗理论都和象征主义纯诗观念有内在的契合,或者说是在纯诗名义下对现代派诗歌进行的经典化阐释。李健吾对西方的纯诗理论可以说是信手拈来,而且应用得恰到好处,这充分说明他对纯诗理论有精准的把握和创造性的应用。"前线诗人"的纯诗实践和李健吾的纯诗批评清楚地表明

---

① 〔法〕瓦莱里:《论纯诗》(一),载潞潞主编《准则与尺度——外国著名诗人文论》,北京出版社,2003,第 7~8 页。
② 李健吾:《〈画廊集〉——李广田先生作》,载李健吾《咀华集·咀华二集》,复旦大学出版社,2005,第 79~80 页。
③ 李健吾:《〈鱼目集〉——卞之琳先生作》,载李健吾《咀华集·咀华二集》,复旦大学出版社,2005,第 64~67 页。

中国纯诗写作已经取得显著的实绩，并已经出现与民族象征诗相一致的现代化纯诗观念。

## 第三节　现代语境下纯诗理论的变异及纯诗诗人的诗学转向

在中国现代新诗史上，纯诗理论的践行者普遍都有留洋的经历，在心理上倾向于接受西方的现代主义诗歌潮流。许多人回国之后，无法容忍中国新诗创作的稚嫩和理论的匮乏，纷纷开始从国外诗歌理论和创作中汲取艺术营养来矫正新诗创作的缺陷，引导中国新诗由立"新"向求"美"转型。为开辟中国新诗发展的新道路，穆木天、王独清、梁宗岱、施蛰存、戴望舒等在融汇中西诗艺的基础上构建出中国化的纯诗理论。纯诗理论诞生于西方美学思潮从古典主义、浪漫主义向现代主义过渡的历史转折期，必然带有过渡期的历史痕迹，主要体现为理论的折中色彩和二律背反性。在中国，新诗的发展不可能完全拷贝西方纯诗的目标，受西方影响的中国化纯诗理论处于"启蒙的文学"和"文学的启蒙"并存的历史尴尬期。徘徊在艺术与人生之间的中国新诗既想追求纯粹的审美境界，又要契合时代的使命，流连于理想和现实两端的中国现代诗界在领悟、接受西方纯诗理论时，难免存在立场的犹豫和理论的摇摆不定，与西方纯诗理论的暗合而又背离几乎成为中国现代诗人的共同特色。

白话新诗诞生以来，中国的新诗"一直走着'纯诗'的路"，诗人出于维护诗美的神圣目的，不断想让新诗挣脱政治的怀抱而孑然独立。现代新诗构建中国化纯诗理论的关键期却是中国大地战火四起时，纯诗写作不可避免地遭遇政治文化的渗透，外在政治律令强使诗歌弱化自身的审美功能以效力于现实的政治目的。代表新诗的正确发展方向的纯诗写作不合乎时代的要求，远离现实的纯粹化诗歌只能导致诗歌创作之路"愈走愈窄"，"剥去音律外衣的诗，瑟缩如蚕蛹；逐出说理与雄辩的诗，噤若羞涩的恋人"。[①] 朱自清也认为，随着新诗由"散文化"迈向"纯诗

---

[①] 周煦良：《介绍吴兴华的诗》，载《吴兴华诗文集·文卷》，上海人民出版社，2005，第261页。

化",新诗越来越成为沉思冥想的个体性事业,一旦完全钻进纯粹抒情的"老家","访问的就少了"。动乱的时代催逼诗歌加强与现实的联系,"抗战以来的诗"现实感明显增强,中国新诗又开始向"散文化的路"复归。① 中国的文学一直都有讲究实用的传统,诗向来占据各种文体的首位,自然应该承当更多的政治责任。随着"卢沟桥底炮声"响起,"大家底注意力都不谋而合集中在那更迫切的民族和自身底生死关头上",所有正直的中国诗人都感到在民族生死存亡之际坚持纯诗的艰难,"纯诗底努力者自也被迫而沉默他们底歌声"。② 纯诗理论的忠实践行者何其芳在《梦中道路》中开始厌弃自己曾经的"精致",将自己拼力追求的纯粹诗歌之路称为"一条迷离的道路"。③ 他以自我批评的方式总结了中国纯诗创作的不足,同时也昭示着纯诗运动在中国的暂时止歇。纯诗理念与激烈社会现实的冲突逼使纯诗追求者要么主动放弃原先的纯诗立场,要么自觉或不自觉地对纯诗理论进行换装变形以适应时代的变奏,这样的时代要求造成纯诗理论在具体的诗学践行中发生严重的错位。在"时代的号角"伴奏下,纯诗诗人纷纷扔掉"手里的绣花针",脱掉"身上的美衣裳",将诗歌的触手"伸到街头,伸到穷乡",用"活的语言"进行"民族解放的歌唱",把诗歌的世界变成"现实的疆场"。④

## 一 穆木天纯诗理论与创作的非纯粹性

中国现代几乎所有的诗学运动都具有明确的社会价值取向和针对新诗现实的策略性考虑,中国的纯诗运动也是如此,带有"先天的'非纯诗'性质"。⑤ 早期象征派诗人穆木天、王独清等人倡导"纯诗"当然是为了追求诗歌的艺术之美,但中国知识分子的现实关怀让他们根本无法放弃诗歌的社会功能,从而上演着"中国现代诗人的烦恼"。他们在引入西方原版

---

① 朱自清:《抗战与诗》,载蔡清富等编选《朱自清选集》(第二卷),河北教育出版社,1989,第283页。
② 梁宗岱:《论诗之应用》,载梁宗岱著,刘志侠校注《诗与真续编》,中央编译出版社,2006,第62页。
③ 何其芳:《梦中道路》,载林志浩编《何其芳散文选集》,百花文艺出版社,2007,第56页。
④ 冯乃超:《诗歌的宣言》,载《中国新文学大系1937—1949·诗卷》,上海文艺出版社,1990,第146~147页。
⑤ 孙玉石:《中国现代主义思潮史论》,北京大学出版社,1999,第481页。

的纯诗理论时进行了中国化的改写和内容上的置换，倾向于用至美的纯诗外形去负载厚重的现实内容。在启蒙主义占主导地位的"叙事时代"，纯粹的"为诗而诗"注定要掺杂水分，从而导致纯诗不纯和理论变形。他们从西方舶来"纯粹诗歌"这一概念其实并没有想在中国掀起探讨法国象征主义诗歌理论的兴趣，在对纯诗写作表现好感的同时也有明确的救世愿望，所以与西方的"为艺术而艺术"的文学观存在根本差异，标榜纯诗的目的是为新诗找寻一种合乎现代性规范的诗美形式从而扭转中国诗歌创作艺术粗糙的弊病。中国文学重教化的诗学传统和中国社会重重危机的现实无法为纯诗提供任性生长的时空，其自然难以超脱诗歌与中国社会政治的联结。

音乐性是纯诗的前提，音乐暗示的特质与象征主义的艺术方法内在一致，象征派诗人追求的是音乐性的纯诗艺术境界。爱伦·坡在《诗的原理》中认为"音乐"在诗歌中占有举足轻重的地位，诗"在音乐中"最能逼近"神圣美的创造"。[1] 穆木天、王独清、冯乃超等人是"倾向于法国象征派的"，也确实吸纳借鉴了法国象征主义诗潮注重音乐精神的审美理想，但在很多方面却又明显有别于法国象征派。他们颇追求音节整齐，"却不致力于表现色彩感"[2]，将西方象征主义所强调的形式感、音乐性等本体性问题下沉为一种文体意义和修辞手法的艺术表现方式。这样的改造符合他们引进纯诗的初衷，音乐精神是用来反拨诗歌"散文化"的一种审美途径，即穆木天所说的用"立体的，运动的，在空间的音乐的曲线"来取替"中国现在的诗"的"平面"、"不动"和不"持续"。[3] 王独清也认为象征派诗人之所以"注重音乐与色彩"，主要是为了"达到和现实不发生关系的目的"，因为音乐适于传达"'不明了'的或'朦胧'的心理状态"。[4] 在西方纯诗论的诗学体系中，音乐境界是象征主义诗艺的至高理念，音乐性涉及节奏、韵律等形式命题，是构成诗歌形式的一个关键要

---

[1] 〔美〕爱伦·坡：《诗的原理》，载潞潞主编《准则与尺度——外国著名诗人文论》，北京出版社，2003，第20页。

[2] 朱自清：《〈诗集〉导言》，载刘运峰编《1917~1927中国新文学大系导言集》，天津人民出版社，2009，第151页。

[3] 穆木天：《谭诗——寄沫若的一封信》，载杨匡汉、刘福春编《中国现代诗论》（上编），花城出版社，1985，第96~97页。

[4] 王独清：《如此》，新钟书局，1936，第102页。

素。音乐性作为内在于语言的一种品质和诗歌本身禀有的一种精神,在纯诗诗学视域中,更是一个本体论的范畴,音乐性可以协助语言实现诗歌的暗示性,通过追求诗歌语言的纯粹性达致像音乐一样的纯粹审美效果。穆木天所追求的音乐性主要侧重形式方面,是用来安排诗歌语言的一种技术手段,他心目中的诗是"数学的而又音乐的东西",认为应像"证几何一样"作诗。他以杜牧的《泊秦淮》来说明"证几何"作诗法的可行性,认为该诗"秩序井然","内容""写法"统一,诗境"由朦胧转入清楚,由清楚又转入朦胧",既有"思想的深化",又有情感"升华的状态",是一首"象征的印象的彩色的名诗"。[1] 在诗集《旅心》的部分诗篇中,穆木天对音乐性的追求仅停留在使用叠字叠句、取消句读及押韵等技术性层面,并不具备西方象征主义诗人那种咄咄逼人的语言穿透力以及故意打乱语序后而获得的超常感觉力。穆木天诗歌的音乐性追求与西方象征主义诗人所追求的那种通过语言音乐性来达到诗歌暗示性的艺术效果相去甚远。中国早期的象征主义诗人拒绝像西方象征主义诗人那样去倾听"先验的国里的音乐",而是转身"关上园门",将目光转回"故园的荒丘"来寻求具有可操作性的创作技法。穆木天表现"北国的雪的平原",冯乃超憧憬"南国的光的情调"[2],王独清则在"没落的悲哀"中引起"更深的故国的凭吊"[3]。他们是用中国人熟悉的节奏旋律和中国式的语言文字抒发中国人熟悉的情感,吹奏出让人们似曾相识的曲调,呈现出朦胧却不隐晦的艺术之美,达到声音、色彩、情调的和谐。他们通过这样的技术处理和艺术转化虽让纯诗写作拥有了一套切实可行的作诗术,但诗的音乐性绝非靠精巧的技术制作就可以抵达,仅追求修辞层面的形式让穆木天等早期象征派诗人对音乐性的追求仅流于诗学、美学的层面,却难以达致西方纯诗音乐性的艺术境界,"与法国象征主义将诗提高到音乐的高度"仍有"相当大的距离"。[4]

---

[1] 穆木天:《谭诗——寄沫若的一封信》,载杨匡汉、刘福春编《中国现代诗论》(上编),花城出版社,1985,第95~96页。
[2] 穆木天:《谭诗——寄沫若的一封信》,载杨匡汉、刘福春编《中国现代诗论》(上编),花城出版社,1985,第100页。
[3] 穆木天:《王独清及其诗歌》,载蔡清富、穆立立编《穆木天诗文集》,时代文艺出版社,1985,第275页。
[4] 陈太胜:《诗观与写作的悖离——穆木天的"纯诗"理论与写作实践》,《北京师范大学学报》(社会科学版)2009年第3期。

在西方象征主义那里，诗自身的完美就是它的目的。爱伦·坡认为"一首诗就是一首诗，此外再没有什么别的了"。① 波德莱尔指出"诗是自足的"，自身就是目的，"从不需要求助于外界"。② 瓦雷里用"走路"和"跳舞"来比拟"散文"和"诗"，认为散文像"走路"一样有"一定的目标"，而诗和跳舞一样"目的是在其本身以内"。③ 西方象征主义在整体上否定功利主义的艺术观，而中国早期象征派诗人显然没有全面贯彻纯粹诗歌的意愿。在穆木天、王独清的纯诗论中，他们尽管也强调诗歌的纯粹性，但字里行间却交织着不纯粹的意思表示。穆木天声称"要把诗歌引到最高的领域里去"，却没有将西方纯诗的先验性贯彻到底，而是过滤掉纯诗的神秘性色彩，中断对"艺术至上"理想的坚持，少了对超验的追问，多了对现象界的探询。因此，我们看到在《谭诗——寄沫若的一封信》和《再谭诗——寄给木天、伯奇》的结尾处，穆木天、王独清都煞费苦心地寻求诗歌的艺术追求与社会使命的平衡、诗人的创作自觉和社会良心的统一。穆木天明明声称诗在"先验的世界里"④，却硬要在此岸世界的经验场域实现存在于先验世界的"纯粹诗歌"理想。在一番耐心细致的纯粹诗学讨论之后，他不忘闲扯纯诗与国民文学的联系，防备纯诗追求与诗歌时代使命的单方超重，一下子将纯诗从"九霄云外"拉回到"人间的国里"。⑤ 由此看来，他的纯诗愿望是要建立一个承担时代使命的纯诗世界，从而让纯诗参与到建构人类社会发展的系统工程中去。

诗歌社会目的的添加充分体现了他们企图在象征主义的诗形之下潜埋文学表现社会现实的功利诉求，调和诗歌内部世界与外部世界间对立的愿望让中国象征派诗人的艺术追求与西方象征主义者对纯诗至美境界执着偏嗜的立场分道扬镳，同时也宣告了他们所苦苦追求的"纯粹的诗"理想的

---

① 〔美〕爱伦·坡：《诗的原理》，载潞潞主编《准则与尺度——外国著名诗人文论》，北京出版社，2003，第18页。
② 〔法〕波德莱尔：《对几位同代人的思考》，载《波德莱尔美学论文选》，郭宏安译，人民文学出版社，1987，第106页。
③ 〔法〕瓦雷里：《诗》，载杨匡汉等编《西方现代诗论》，花城出版社，1988，第208~209页。
④ 穆木天：《谭诗——寄沫若的一封信》，载杨匡汉、刘福春编《中国现代诗论》（上编），花城出版社，1985，第95页。
⑤ 穆木天：《告青年》，载蔡清富、穆立立编《穆木天诗文集》，时代文艺出版社，1985，第51页。

破产。"国民文学"的提出预示着作家要实现散文与诗的相通，希望中国作家创作出像巴尔扎克展示法国上流社会和陀思妥耶夫斯基发掘"俄国的悲惨生活"那样的表现"国民生活的作品"。[1] 诗歌不是通往超验天国的阶梯，而是藏在"平常生活的深处"；诗人不是通灵者，"个人的生命"能够在"生命的共感"的基础上实现与"国民的生命"的统一并实现新文学在审美品质上的升华，如果无法实现个人生命与国民生命的"交响"，"两者都不存在"。也就是说，一个人只要达到"内生命的最深领域"，发自个人心灵深处的真挚情感和国民历史脉搏的互动感应既能让国民诗歌获得坚实的个人情感依托，也能让国民的历史激活个人内心深处的情感，从而实现心灵的共感，所以"国民诗歌"与"纯粹诗歌"并不矛盾。"故园的荒丘"是美的，是需要我们去表现的，因为"它与我们作了交响"，"先验的世界"将我们引向"Nostalgia 的故乡"，而"国民的历史"却能"为我们暗示最大的世界"，在此意义上说，"国民文学的诗，是最诗的诗也未可知"。[2] 和穆木天一样，王独清虽然向往"唯美派的艺术"，但也承认纯粹诗歌"与国民文学毫无矛盾"。[3] 在写《威尼市》时，王独清就主动从"耽美的艺术"中逃离出来，把生活"一天天地转移到大众方面"。[4] 姑且不论这种理论是否正确与合理，随着时代的发展和个人价值观念的变化，他们确实已经将西方象征主义的纯诗观变异为对诗歌社会功能的强调，诗学方向与西方象征主义的分歧预设了他们日后的创作走向，在时代之火的淬炼下，纯诗意识和国民意识由统一走向了断裂，经过自我改造后的纯诗理论所夹杂的"不纯粹"最终毁掉了"纯诗"的艺术贞操。在穆木天的第一本诗集《旅心》中，在内容上虽有像《落花》《苍白的钟声》那样典型的"象征"之作，但同样也不乏像《江雪》《薄暮的乡村》《山村》之类的"写实"诗篇；在艺术上虽有部分诗歌在一定程度上实践了他的纯诗艺术主张，但其实数量并不多。这一切都清楚地表明，尽管他的诗始于模仿

---

[1] 穆木天：《写实文学论》，载陈惇等编选《穆木天文学评论选集》，北京师范大学出版社，2000，第 346 页。
[2] 穆木天：《谭诗——寄沫若的一封信》，载杨匡汉、刘福春编《中国现代诗论》（上编），花城出版社，1985，第 100 页。
[3] 王独清：《再谭诗——寄给木天、伯奇》，载杨匡汉、刘福春编《中国现代诗论》（上编），花城出版社，1985，第 110 页。
[4] 王独清：《威尼市·代序》，载王独清《圣母像前》，上海沪滨书局，1930，第 144 页。

西方的象征主义，但更多的还是进行了中国化的改造，使象征主义为其内容服务，从而导致纯诗理论在中国语境下发生程度不同的变异。1928年转向无产阶级革命文学后，他迅速成长为"为革命斗争"摇旗呐喊的时代鼓手，诗歌写作由对象征主义的梦境书写转向对现实主义创作的倾心。为此他完全否定过去，用"幻灭"来概括自己以往的"文艺生活"，悔其少作，说自己是"不要脸地在那里高蹈"，并努力用强烈的时代意识置换掉并不强旺的审美追求。第二本诗集《流亡者之歌》诗风大变，撤下诗歌艺术美的旗帜，将自己曾经倡导的诗性思维和诗歌意识弃置一边，明显趋向"客观性"写实，诗作写得"像杜甫反映了唐代的社会生活似的"。① 其诗论的现实主义色彩明显增强，他认为"在这个时代"，创作那种有好的"形式"、"音乐性"和"艺术性"的象征主义诗歌不过是浪费"青年的光阴"。② 在理论上全面清算象征主义诗论，指责象征主义是"恶魔主义""颓废主义""唯美主义""病的印象主义"，象征主义者是逃避现实的"孤立的个人主义者"。③ 他完全将象征主义与现实主义对立起来，主张诗歌密切与社会现实相联系，提倡革命现实主义诗论，认为"文学是社会的表现"，"真实的文学"须反映"现实之真实"，"作为文学中的一个分野"的诗歌自然也"不能例外"。"真实的诗人"需在其诗中表现出"该时代（最）为本质"的"独特的崇高的情绪"。从现实出发的情绪是"诗歌的根源"，如果没有"真实的崇高的情绪"，"无论怎么努力作诗，怎么苦吟，怎么用死工，是决不会作出好的诗歌的"。④ 加入中国诗歌会后，穆木天从诗歌的社会功用出发倡导诗歌大众化，要求诗人"普遍到民间去"，创作出"广泛地被民众所接受"的诗歌，为大众提供"娱乐"和"糟粮"。在他看来，那些在艺术表现上晦涩难懂的"象征诗人"的作品"离开民众有十万八千里"，因此"那种旋律的音乐"也是"与民众无

---

① 穆木天：《我的诗歌创作之回忆——诗集〈流亡者之歌〉代序》，载陈惇等编选《穆木天文学评论选集》，北京师范大学出版社，2000，第414页。
② 穆木天：《我的文艺生活》，载陈惇等编选《穆木天文学评论选集》，北京师范大学出版社，2000，第411页。
③ 穆木天：《什么是象征主义》，载陈惇等编选《穆木天文学评论选集》，北京师范大学出版社，2000，第96~97页。
④ 穆木天：《诗歌与现实》，载蔡清富、穆立立编《穆木天诗文集》，时代文艺出版社，1985，第287~289页。

缘的"①，这些铿锵有力的话语表明，他已将原本就薄弱的纯诗理念完全抛到脑后。

## 二 梁宗岱纯诗理论的实践意义

20世纪30年代，在穆木天几乎完全否定纯诗和以象征主义诗学为核心的现代派在诗坛崛起之时，坚定地扛起纯诗理论大旗的是梁宗岱。他用纯诗理论反拨新诗创作中的非诗化倾向，评价中国的古典诗歌和当时的现代派新诗创作，促进了中国现代新诗的发展。他尖锐地批评新诗运动中提出的"有什么话说什么话"之类的"理论或口号"，认为它不仅"洗刷与革除"了"旧诗体底流弊"，而且"全盘误解与抹煞"了"诗底真元"，致使散文的成分大量入侵诗歌的领域，诗的本体遭到破坏，丧失诗歌固有元素和体式的诗作几乎和散文没有区别，一些内容"浅薄"、形体"紊乱"的自由诗"充塞着""我们底诗坛"。② 梁宗岱和穆木天一样都是在区分诗与散文界限的基础上走向纯诗理论的，不过穆木天仅指出诗歌与散文需要"清楚的分界"③，至于如何分界并未给出具体的意见；梁宗岱则致力于协调诗歌内容与形式的完美统一，将诗从写景、叙事、说理和滥情的散文化风气中解放出来，重建诗歌的文体意识。他认为形式既不是"束缚心灵的镣铐"，也不是"限制思想的桎梏"，"只有凭附在最完美最坚固的形体"上的"空灵的诗思"才能达到"最大的丰满和最高的强烈"。他认为形式是诗歌的生命，"只有形式能够保存精神底经营"，"只有形式能够抵抗时间底侵蚀"，"形式是一切文艺品永生的原理"。④ 诸如此类的表述似乎让他的纯诗理论染上唯形式论的色彩，但深入探求则会发现，他对形式的关注和穆木天一样也有明确的现实针对性，偏激的言论只是手段并非目的。梁宗岱注重艺术形式不假，但并不赞成像瓦雷里那样去经营脱离内容的孤立

---

① 穆木天：《关于歌谣之创作》，载蔡清富、穆立立编《穆木天诗文集》，时代文艺出版社，1985，第290页。
② 梁宗岱：《新诗底纷歧路口》，载梁宗岱著，卫建民校注《诗与真》，中央编译出版社，2006，第175~177页。
③ 穆木天：《谭诗——寄沫若的一封信》，载杨匡汉、刘福春编《中国现代诗论》（上编），花城出版社，1985，第98页。
④ 梁宗岱：《新诗底纷歧路口》，载梁宗岱著，卫建民校注《诗与真》，中央编译出版社，2006，第178页。

形式,也没有想将"情绪和观念"(包括社会意识)完全从诗中清除掉的意思,而是要求诗人凭借深厚的诗学修养将之"化炼到与音韵色彩不能分辨的程度"。① 他认为,诗所表现的社会性内容必须经过"全人格的浸润与陶冶"②,那些"浅薄的宣传式作品"和"专供我们消遣的资料"和纯诗理念是格格不入的③,诗歌的表现内容既要建立在深刻的个人体验基础上,同时也应反映出时代精神的折光。另外他还强调不能滥用"诗体",只有"散文不能表达的成分"才有"化为诗体之必要","诗人在这方面的修养且得比平常深一层",在"入诗"时要能够为"情绪和观念"配上"诗底音乐",披上"图画的衣裳"。读这样的诗就像"食果"一样,不仅可以感到"果"的"甘芳与鲜美",而且可以获得"果"的"营养和滋补"。总之,孤立的内容、孤立的形式都不能算是真正的诗,"在创作最高度的火候里",内容和形式融洽无间地统一在一起,就像"光和热般不能分辨"。④ 这种兼顾内容与形式的形式诗学既有别于初期白话诗和自由体诗的绝对形式自由,又超越了格律诗派的用形式限制内容的局限。梁宗岱的形式论并没有完全掉入"为艺术而艺术"的窠臼。在中国新诗处于定形和不定形的纷歧路口,形式问题举足轻重。他提出诗的形式问题是想让诗歌与散文区分开来,确立"诗之为诗"的本体特征,摒弃诗中一切非诗的元素,提高新诗的艺术水准,创作出更多的"元气浑全的生花"。⑤ 梁宗岱的诗论也没有与社会现实绝缘,只是他对现实的关注与正统现实主义不同而已,他努力追求艺术化表现社会现实,最终目的仍是为新诗寻求"艺术发展的理论依据"。⑥

瓦雷里认为,在本质上"纯粹意义上的诗"纯属"语言方式的使用",是诗人用语言创造的"一个没有实践意义的现实",是一个可以"接近"却"难以企及的目标"。纯诗境界与"我们的感觉性之间又存在着隐秘的、

---

① 梁宗岱:《谈诗》,载梁宗岱著,卫建民校注《诗与真》,中央编译出版社,2006,第100页。
② 梁宗岱:《新诗底纷歧路口》,载梁宗岱著,卫建民校注《诗与真》,中央编译出版社,2006,第176页。
③ 梁宗岱:《忆罗曼·罗兰》,载《梁宗岱批评文集》,珠海出版社,1998,第153页。
④ 梁宗岱:《谈诗》,载梁宗岱著,卫建民校注《诗与真》,中央编译出版社,2006,第97~114页。
⑤ 梁宗岱:《论诗》,载梁宗岱著,卫建民校注《诗与真》,中央编译出版社,2006,第30页。
⑥ 温儒敏:《中国现代文学批评史》,北京大学出版社,1993,第279页。

难以解释的关系","它趋向于赋予我们一种幻觉的情感或一个世界的幻觉","它在我们的心灵中关闭着,而我们又被它所封闭"。① 和瓦雷里一样,梁宗岱也非常向往至高的纯诗艺术境界,他认为纯诗比"现世更纯粹,更不朽"②,"一个真正的诗人"应该永远追求"绝对"与"纯粹",去努力创造"现世所未有或已有而未达到完美的东西"③。他洋味十足地力倡纯诗写作,认为"天衣无缝,灵肉一致的完美"的诗是"全人格最纯粹的结晶",更是"作者底灵指"偶然敲击"大宇宙底洪钟"而发出的"一声逸响"。④ 从以上论述不难看出梁宗岱对纯诗境界的追求和瓦雷里的纯诗理论是相通的,他对瓦雷里的诗学观念也相当服膺,不过梁宗岱的诗学立足点却在中国的诗坛现实,所以二者的差异也是明显的。瓦雷里认为纯诗是"难以企及的目标",但梁宗岱却对法国的象征主义诗学进行了符合中国现实语境的改造,使之进入可以启发实际操作的层面。经过梁宗岱的改造,纯诗由瓦雷里所说的"难以企及的目标"变为一种可以抵达的理想诗学境界。他以"我国旧诗词"为例指出,不管是"有意与无意",纯诗的"最高境"都是"一般大诗人"所"必到的"诗歌境界。⑤

审美不仅仅是个艺术问题,还是一种与现实世界的联系方式,理论的高标总难摆脱社会现实的牵绊,精深的哲理、炫目的美感、超绝的技艺对于社会现实毕竟无能为力。中国的纯诗理论总是不经意地逸出西方纯诗的理念预设而闪射出现实主义的微光,对社会现实的关注让梁宗岱的纯诗理论不断偏离瓦雷里纯诗世界的理论航向,深刻反思诗歌与外部世界的联系。他在比较瓦雷里和歌德诗歌精神异同的基础上指出,梵乐希(瓦雷里)的"精神"大部分专注于"心灵底活动和思想底本体",探讨的对象是"内在世界"、"最高度的意识"和"纯我",与瓦雷里相反,"哥德探

---

① 〔法〕瓦莱里:《论纯诗》(一),载潞潞主编《准则与尺度——外国著名诗人文论》,北京出版社,2003,第6~8页。
② 梁宗岱:《谈诗》,载梁宗岱著,卫建民校注《诗与真》,中央编译出版社,2006,第100页。
③ 梁宗岱:《诗·诗人·批评家》,载梁宗岱著,卫建民校注《诗与真》,中央编译出版社,2006,第212页。
④ 梁宗岱:《论诗》,载梁宗岱著,卫建民校注《诗与真》,中央编译出版社,2006,第31~32页。
⑤ 梁宗岱:《谈诗》,载梁宗岱著,卫建民校注《诗与真》,中央编译出版社,2006,第100页。

讨底对象"是外在世界的"形相"。在梁宗岱看来，两人的"出发点""方法""艺术"等都"极不相同甚且相反"，但在艺术境界上却无明显的轩轾之分，由此他对精神活动的纯粹性发出了"心灵的探讨"是否能够"完全隔绝或脱离外界底景况"的疑问。① 他对两位具有不同诗歌精神的诗人均持肯定态度表明，他在坚持纯诗理论时保留了很强的现实情结，现实主义也是梁宗岱诗学体系的一部分。

在梁宗岱的诗学视野中，时代与历史并不是可有可无的虚化背景，而是诗人创作中不可或缺的元素，并对诗人的创作产生实实在在的影响。早在青年时代他就接受了现实主义文艺思想，1921年他接受郑振铎、沈雁冰的邀请加入"为人生而艺术"的文学研究会的广州分会，在诗歌创作中受到文学研究会现实主义文学观的濡染。深厚的现实主义影响让梁宗岱无法将纯诗理论贯彻到底，而是努力调校瓦雷里对"心"的绝对和"纯粹性"精神活动的过分依赖，在打通诗歌与人生联系的基础上提出关注现实的诗论命题。在《论诗》中，他引里尔克的"诗是经验"的实践来证明"经验"对于创作的不可或缺，诗人需要观察许多"城""人""物"，需要认识"走兽"，需要知道鸟儿"怎样飞翔"、花儿在清晨"舒展底姿势"，需要回忆"远路"、"僻境"和"意外的邂逅"……然后才可以希望"在极难得的顷刻"创作出"一句诗"。② 作为诗人应该具备"外向"和"内倾"的两重"视线"，"对内的省察愈深微"，"万象"愈会对你呈现"一副充满意义的面孔"，对外的认识愈"透澈"，心灵也愈会"开朗""活跃""丰富""自由"。③ 内外相成相生，现实生活与心灵世界互动，深入外在世界可以拓展心灵活动，清醒地认识内心有助于全面了解社会。因为"每个人都具有整个人类的景况"，描画个人的特性和脾气实际上就是"描写全人类的特性和脾气"，袒露个人"灵魂的隐秘"也能够启示"普遍的人生的玄秘"。④ 获取

---

① 梁宗岱：《哥德与梵乐希——跋梵乐希〈哥德论〉》，载梁宗岱著，卫建民校注《诗与真》，中央编译出版社，2006，第169～173页。
② 梁宗岱：《论诗》，载梁宗岱著，卫建民校注《诗与真》，中央编译出版社，2006，第32～33页。
③ 梁宗岱：《谈诗》，载梁宗岱著，卫建民校注《诗与真》，中央编译出版社，2006，第96页。
④ 梁宗岱：《蒙田四百周年生辰纪念》，载李振声编《梁宗岱批评文集》，珠海出版社，1998，第41页。

尽可能多的生活经验是诗情迸发的秘籍，没有生活体验就没有诗，诗人的任务则是将丰富而热烈的现实生活无迹可寻地融入自身的血液。在20世纪40年代抗战烽火的洗礼下，躲在"象牙之塔"下的现代主义纯诗运动最终不得不从精致雕琢的艺术世界中逃离出来，正如20世纪30年代的阶级斗争风雨摧毁了穆木天的纯诗世界一样，战争也改变了梁宗岱的纯诗观。在呼啸的时代面前，梁宗岱指出，"万难交集"的"中国今日底诗人"如果想在诗歌创作上"有重大的贡献"，除了注重加强"艺术底修养"外，还要到"民间去，到自然去，到爱人底怀里去……要热热烈烈地活着"。① 这样激动人心的话语和对社会现实急切介入的态度显然和提倡纯诗的艺术初衷有所背离，也正是这种背离让我们看到了一个既直面新诗创作现实而又充满社会现实质感的艺术家。

## 三　纯诗诗人在时代旋涡中的诗学转向

"纯粹诗歌"的理想无论多诱人都难以超脱激变时代的制约，民族解放战争削弱了"真正的审美的需要"在人们"精神需要的总和"中的地位，时代呼唤每个公民"为了公共的利益"去努力工作，"行动的诗"更受人们的推崇。② 民族危机让人告别"晓风残月的滋味"，作家也不能一味沉浸在"夜莺的凄唱和云雀的回翔之中"。政治焦虑改变了作家的思想意识和文学的生态，"更新的时代一定得有更新的诗人"，"大时代的浮沉"召唤诗人以笔为旗，投入保家卫国的解放事业中去。③ 在"一切力量充分发挥为抗战而服务的时期"，"从天花板寻找灵感，向醇酒妇人追求刺激的作品，早就被人唾弃，早就没落了。只有投身在大时代里，和革命的大众站在一起，歌唱大众的东西，才被大众所欢迎"。④ 纯诗诗学的退却是历史的必然，"诗歌大众化"促使每一个有民族良心的诗人开始抛弃对"纯粹

---

① 梁宗岱：《论诗》，载梁宗岱著，卫建民校注《诗与真》，中央编译出版社，2006，第33页。
② 〔俄〕普列汉诺夫：《从社会学观点论十八世纪法国戏剧文学和法国绘画〔1905年〕》，载《普列汉诺夫美学论文集》，曹葆华译，人民出版社，1983，第494页。
③ 王统照：《〈运河〉序》，载冯光廉、刘增人编《臧克家研究资料》，甘肃人民出版社，1990，第498页。
④ 严辰：《关于诗歌大众化》，载杨匡汉、刘福春编《中国现代诗论》（上编），花城出版社，1985，第406~408页。

诗歌"的迷恋以加强与公共世界的密切联系。这样的诗学要求对于本来就与时代同步的革命诗人来说是如鱼得水，而对纯诗诗人来说既是一种政治律令，也是一种艺术诱导。原先坚持纯诗追求的诗人只能自觉不自觉地调整诗与现实的关系，汰除"过去诗歌中的错误倾向"，融入诗歌大众化的诗学体系，成为"民众的代言人"和"伟大的预言者"。[①] 在大众化诗学走向诗坛主流的时代，要让纯诗诗人完全放弃纯诗情怀绝非易事，一些坚定的纯诗论者和纯诗诗人依然会以各种不同的方式曲折体现其纯诗观念。但纯诗创作的黄金时期已经过去，纯诗诗学也处于绝对的弱势地位，大多数纯诗诗人和纯诗论者只能不断压抑削弱自己的纯诗冲动以服务于抗日救亡的事业，在承担新诗时代使命的同时进行有限度的艺术探险，中国新诗从此又进入一个直接服务于现实政治的新时期。历史的巨手全面改变了中国新诗史的轨道，大众化诗歌潮流成为时代的主潮，与时代脉搏联系较弱的纯诗诗人开始在自我否定中走向与时代文学主潮保持同步的大众化诗歌轨道。在抗战爆发前，纯诗化和大众化两种诗学体系大体保持着适当的张力关系，日本的侵略以及随之而生的民族危亡意识促使纯诗诗人毫不含糊地登上团结御侮的政治舞台，用文学服务于现代民族国家。现代派诗人群所代表的纯诗审美原则遭遇了来自政治现实的巨大挑战，他们追求的纯诗观念和艺术方法不断受到现实生活和文艺大众化潮流的冲击。

　　战争其实并非诗歌革命化政治化转向的唯一外因，也有诗人主动调整的因素。如何其芳在反驳艾青的一封信里就说，"抗战对于我有着不小的影响"，战争"使我更勇敢"，使我"看见了我们这古老的民族的新生的力量和进步"，也促使"我自己不断地进步，而且再也不感到在这人间我是孤单而寂寞"的，但是"我的觉醒并不由于他"。[②] 在时代潮流的引领下，没有谁能够超脱时代潮流，诗人的创作融入时代的脚步是历史必然的选择，但时代的要求与诗人个体诗学的转变是有很大距离的，这些"身在幽谷，心在峰巅"的纯诗诗人改变艺术个性、走向现实主义本身是个艰难的

---

[①] 袁水柏：《战歌月刊》，《文艺阵地》第2卷第11期，1939年3月16日。
[②] 何其芳：《给艾青先生的一封信》，载易明善等编《何其芳研究专集》，四川文艺出版社，1986，第174~175页。

蜕变过程，所以何其芳的辩驳是有充分理据的。从个人的情况来看，远在抗战之前，何其芳诗学蜕变的痕迹就很明显了，在《〈燕泥集〉后话》《论梦中道路》等文章中他就表露了对于自己诗歌境界狭小、创作枯窘的困惑，在《柏林》等作品中，他有意识地淡化纯诗的因素，加增现实的分量。从中国新诗的发展趋势来看，纯诗诗人的诗学蜕变也并不自何其芳始，后期创造社的穆木天、王独清、冯乃超等诗人早在20世纪30年代初就已经完成从纯诗诗学向革命诗学的激进转向，后来也有许多诗人陆续拐上诗学大众化的道路。

　　从世界文学范围来看，在20世纪二三十年代欧美文学界就开始强调文学与外部世界的联系，质疑审美自主和"为艺术而艺术"的文学信条，出现了一种关注现实的创作倾向。艾略特在评价叶芝时就指出，叶芝"出生于一个普遍信奉'为艺术而艺术'的世界"，他"关心诗更甚于关心他自己作为诗人的名声或者作为诗人的形象"。但他毕竟成长在一个要求"艺术为社会目的服务的世界"，诗人的社会良知决定写作"必须是面向人民的"，所以一个真正的艺术家并不应该否认诗歌的社会功能，他在"完全诚实地追求他的艺术"的同时，也在"为他的国家和世界做着力所能及的贡献"。[1] 1939年6月，美国诗人阿奇保德·麦克里希就指出，"三十年前，公众世界是公众世界，私有世界是私有世界，这是真的；三十年前，诗就性质而论，与公众世界绝少交涉，也是真的。但到了今天，这两种情形并不因此还靠得住"。"在一个革命的时代"，诗"应该是政治改革的一部分"，"在这种诗自己的时代，它是一种需要的，有清除功用的，'文学的叛变'的诗。但它决不是能做现在所必需做的新的建设工作的诗"。[2] 麦克里希关于诗与公众世界的论述说明，在战争年代公众世界与私人世界的界限已被打破，不同民族、不同国籍的人为了共同的目标而同舟共济，文学的写作也获得一种公共性。中国的纯诗运动绝不是在纯粹的文学领域进行的，而是与当时国际政治大背景分不开的。朱自清就指出："我国诗人现在是和这些英国诗人在同一战争中，而且

---

[1] 〔英〕艾略特：《叶芝》，载《艾略特诗学文集》，王恩衷编译，樊心民校，国际文化出版公司，1989，第165～174页。
[2] 〔美〕阿奇保德·麦克里希：《诗与公众世界》，载《朱自清大全集》，新世界出版社，2012，第409～415页。

在同一战线上。"① 在时代风雨的侵袭下,纯诗诗人强化了对诗歌与民族、国家关系的认识,"共信诗是一个时代最不可错误的声音",也许"一支不经意的歌曲"就可以开出"千百万人热情的鲜花",绽成"瑰丽的英雄的果实"。② 在20世纪三四十年代,"扩大了文学里的社会性"已经成为不可遏制的文学趋势,中国和西方概莫能外,"最近百年来西洋文学里"虽有"纯诗运动"和"极端个性的尝试",但"多半的作品仍然还是根据各种社会现象来表现人生的",在中国,"文艺似乎也向着这个方向走"。③ 世界范围内的文学社会化和中国战时环境的背景形塑了新诗的面貌,新诗现代性的历史前景被重构,诗歌大众化因获得政治的确认而成为新的创作增长点,而纯诗诗学的存在根基因与时代潮流的远离而摇摇欲坠,中国现代新诗由此坚定地迈向了文学大众化的广阔天地。

　　战争虽非纯诗诗人诗学转变的唯一原因,但却明显促进了文学社会化的步伐,让诗歌创作渗入了更多的现实政治和党派的因素,也使纯诗诗人转变的数量增加了。"抗战以后,许多'纯诗人'或者觉悟转向,或者销声匿迹"④,这句话概括了抗战前后中国新诗运动的基本历史事实及纯诗诗人的创作选择。长时间的民族解放战争让纯诗运动边缘化、隐身化,纯诗理念仅在少数坚定的纯诗追求者和极少数诗歌中零星地存在。如在抗战爆发后不久,西南联大的安静校园里就有"九叶派"的几位诗人在进行纯诗的写作和思考,不过他们在创作中已经自觉地加入对社会现实的关注和对战争的反思,在纯诗诗学的倾向中融入了现实主义诗学的合理性因素,奋力追求人生与艺术的平衡,确立了"现实、象征、玄学的综合"的审美原则,开辟出纯诗诗学的另一番新境界。在战火的洗礼下,更多的纯诗诗人匆忙地告别过去,纷纷投入抗战诗歌运动的合唱。诗人徐迟曾经是一位坚定的纯诗拥趸,年轻的诗人是个"被役于爱情"的"感伤的男子",喜欢在"失眠"的夜里写些"夜之插曲"。⑤ 在《〈明丽之歌〉自跋》中,他自

---

① 朱自清:《诗的趋势》,载蔡清富等编选《朱自清选集》(第二卷),河北教育出版社,1989,第303页。
② 徐志摩:《〈诗刊〉序语》,载邵华强编《徐志摩研究资料》,陕西人民出版社,1988,第233页。
③ 叶公超:《文艺与经验》,载陈子善编《叶公超批评文集》,珠海出版社,1998,第78页。
④ 李育中:《玛耶阔夫斯基八年忌》,《文艺阵地》创刊号,1938年4月16日。
⑤ 徐迟:《〈二十岁人〉序》,载王凤伯、徐露茜编《徐迟研究专集》,浙江文艺出版社,1985,第86页。

述"被统率在《明丽之歌》的命名下"的集子是"完成我的一个梦",诗的主题是"《一天的彩绘》,《未完成的永恒证》和《静的雪神秘的雪》"。①战争打乱了徐迟的纯诗之路,使他发生了连他的好友戴望舒、路易士等都感到吃惊的诗学蜕变。他在1939年7月发表的《抒情的放逐》中认为"范围与程度之广大而猛烈"的战争"再三再四地逼死了我们的抒情的兴致",在"这世界这时代这中日战争中"仍然"鉴赏并卖弄抒情主义"是"我们这国家所不需要的"。作为"这时代应有最敏锐的感应的诗人",如果还"抱住了抒情小唱而不肯放手",就是"近代诗的罪人"。②经过理性反思后的徐迟尽管在一定程度上还难以割舍纯诗情怀,但已经开始明显偏离纯诗诗学的应有立场和基本原则。在《抒情的放逐》发表后不久,他就成为新诗大众化阵营中一个极其活跃的诗人。在1942年写作的《〈最强音〉增订本跋》中,他干脆宣布自己"已经抛弃纯诗"③,成为一名现实主义诗人和诗论家。此后,他写出了抗战时期唯一一本也是第一本研究朗诵诗的专著《诗歌朗读手册》,为朗诵诗的发展做出了重要的贡献。1945年8月,他在重庆又发表了主旋律长诗《毛泽东颂》,清晰地表明自己在行动上彻底告别了纯诗写作。与徐迟一样,戴望舒、卞之琳、何其芳、方敬等纯诗诗人也先后放弃纯诗写作,在真诚的反思和外在的批判下步入大众化诗学的阵营,用嘶哑的喉咙吟唱出一首首属于"别一个世界"的"夜歌和白天的歌"。戴望舒的《灾难的岁月》、卞之琳的《慰劳信集》、何其芳的《夜歌和白天的歌》、方敬的《受难者的短曲》等诗集,无论在艺术追求还是审美方式上都发生了明显的变化,体现了他们对抗战诗歌的新探索。

在新诗史上,诗人何其芳的转变最具代表性,他一直调整自己的诗学选择,在真诚的反思中走向进步诗学,文学史上称之为"何其芳现象"。抗战以前,何其芳坚持纯诗立场,是一个具有浓厚唯美主义倾向的诗人,虽缺乏卞之琳的"现代性",也没有李广田的"朴实",但在气质上"更

---

① 徐迟:《〈明丽之歌〉自跋》,载王凤伯、徐露茜编《徐迟研究专集》,浙江文艺出版社,1985,第93页。
② 徐迟:《抒情的放逐》,载王凤伯、徐露茜编《徐迟研究专集》,浙江文艺出版社,1985,第155页。
③ 徐迟:《〈最强音〉增订本跋》,载王凤伯、徐露茜编《徐迟研究专集》,浙江文艺出版社,1985,第104页。

其纯粹,更是诗的"。① 他追求"什么也不为"的纯粹文艺,用崭新的文字抒写"自己的幻想、感觉、情感"②,总是"依恋流连于"那个"充满着纯真的快乐"和"闪耀光亮"的"文学书籍里"和"幻想里的"世界③,用"艺术家的眼睛"和"美丽的想象"把"无色看成有色,有形看成无形"④。其诗篇就是从幻想世界里长出来的精神之花,他"踟蹰在蓝色的天空下",借助于灵感的翅膀扶摇直上,用心灵的眼睛发现"天空""爱情""人间或者梦中的美","仿佛拾得了一些温柔的白色小花朵"都是"一篇诗"。⑤ 用"一些飘忽的心灵的语言"去捕捉"一些在刹那间闪出金光的意象"⑥,用文学的幻想编织一些飘浮在空中的"辽远的东西"、"不存在的人物"和"在人类的地图上找不出名字的国土"。⑦ 抛弃了功利主义和人生的正当追求,导致何其芳诗歌境界非常狭窄,虽风情万种,却远离大地。在目睹了战争中人间的苦难和农村的衰败后,光明变成了黑暗,黑暗变得更加黑暗,何其芳的情感世界恍如从"带着零落的盛夏的记忆"进入"一个荒凉的季节"。⑧ 社会良知让他再也无法生活在梦幻的云端,"偏着颈子望着天空或墙壁做梦",社会现实摧毁了诗情,他开始从"个人的哀乐"中走出来,关心社会,关心他人,关心"人间的事情"⑨,作品的现实主义色彩明显加强。他用《送葬》"埋葬"了自己的过去,发誓再也不像"夏

---

① 李健吾:《〈画梦录〉——何其芳先生作》,载张大明编《李健吾创作评论选集》,人民文学出版社,1984,第484页。
② 何其芳:《〈夜歌〉初版后记》,载易明善等编《何其芳研究专集》,四川文艺出版社,1986,第242页。
③ 何其芳:《写诗的经过》,载易明善等编《何其芳研究专集》,四川文艺出版社,1986,第185~186页。
④ 李健吾:《〈画梦录〉——何其芳先生作》,载张大明编《李健吾创作评论选集》,人民文学出版社,1984,第486页。
⑤ 何其芳:《〈燕泥集〉后话》,载易明善等编《何其芳研究专集》,四川文艺出版社,1986,第222页。
⑥ 何其芳:《梦中道路》,载易明善等编《何其芳研究专集》,四川文艺出版社,1986,第161页。
⑦ 何其芳:《扇上的烟云》,载易明善等编《何其芳研究专集》,四川文艺出版社,1986,第223页。
⑧ 何其芳:《梦中道路》,载易明善等编《何其芳研究专集》,四川文艺出版社,1986,第161页。
⑨ 何其芳:《我和散文——〈还乡杂记〉代序》,载易明善等编《何其芳研究专集》,四川文艺出版社,1986,第238~239页。

天的蝉歌唱太阳"那样去"歌唱爱情"。在《醉吧》《送葬》中，他"嘲笑"那些"轻飘飘地歌唱着的"诗人是"无声地啮食着书叶的蚕子"，那种轻飘飘的"形容词和隐喻和人工纸花"只是些"在炉火中发一次光"的东西。通过《云》，他大声宣告再也不做"波德莱尔散文诗"中那个爱"飘忽的云"的"远方人"，从此以后也要"叽叽喳喳发议论"。① 外在现实的冲击波不仅改变了诗人的人生观，同时也改变了诗人的文学观，"现实的教训"让他不可能像过去那样"盲目地、自私地活着"，也不再坚持那种"为个人而艺术的错误见解"。② 粗粝的现实使诗人修正了原先精致的艺术观念，"厌弃了自己的精致"，悲伤于"自己的贫乏"。认识到诗歌超然于现实而"悬空的企图"是没有前途的，因为"诗"并不是一棵像"一些幻想家或逃避现实者所假定"的那样的"繁荣于空中的树"，也不是用来抒发个人哀愁的"玩具"似的东西，而是"如同文学中的别的部门"一样，是还击社会的"鞭子"，诗歌的"根株"应该"植在人间"，植在"充满了不幸的黑压压的大地上"。诗歌美学观念的剧变让何其芳的诗风开始由"画梦"转向写实，"现实的鞭子"的"鞭打"让诗人从"很温柔很平静的梦"中"完全醒来"，"用带着愤怒的眼睛注视这充满了不幸的人间，而且向这制造不幸的人类社会伸出了拳头"。③

---

① 何其芳：《预言》，中国文联出版公司，1999，第 44~51 页。
② 何其芳：《〈夜歌〉初版后记》，载易明善等编《何其芳研究专集》，四川文艺出版社，1986，第 242 页。
③ 何其芳：《〈刻意集〉序》，载易明善等编《何其芳研究专集》，四川文艺出版社，1986，227~230 页。

# 第三章
# 徘徊于时代边缘的诗化小说

中国现代小说的主潮是现实主义，追求创作的功利性和文学的时代性。以废名、沈从文等为代表的一批诗化小说作家置身于时代的旋涡之外，坚守文学的本性，听从内心的呼唤，以反潮流的姿态探索小说写作的多种可能性，孤独地走着一条远离政治风波的纯文学道路。当大部分作家热衷于表现激越的时代，描写重大的社会历史事件时，他们却在小说中体验和创作人生，以纯艺术家的态度悠然地神往于梦中的乡土，审美地观照人生，用心地抒发情感，以诗意的笔触描绘出一个个淳朴恬淡而又余音袅袅的诗意世界。诗化小说关注小说文体本身，以鲜明的形式追求、深厚的文化底蕴推动了现代小说的文体变革和观念创新，走出了一条既反叛传统又继承创新、既面向西方又保有中国作风中国气派的小说创作道路。在现实主义小说创作忙于承担社会责任之时，诗化小说却以独特的艺术魅力与现实主义的创作分庭抗礼，用五彩斑斓的美丽画面丰富着文学史的叙述，成为中国现代小说园地中一股不可忽视的艺术力量。

## 第一节 关于诗化小说的文学界说

中国传统的小说以情节叙事为主，抒情似乎为诗文所专有。"五四"以后，随着"人的文学"的命题的普及，现代小说的开拓者不断通过艺术方式的创新来描摹瞬息万变的社会生活和日益复杂的人物心理，抒情小说的创作明显增多。鲁迅凭《故乡》《社戏》等"东方的伟大的抒情诗"式的乡土小说成为中国现代抒情小说的开源者；中国现代抒情小说之父郁达夫则以直抒胸臆的情感喷发巩固了现代抒情小说的文学史地位；废名在吸收古典诗歌文体特征的基础上，引中国古典诗歌的意境入小说，创造诗意葱茏的小说世界，另辟了现代抒情小说的独特道路。他们的小说创作奠定了中国现代抒情小说的高起点，至少形成了三种各异的抒情风格。一是鲁迅开创的具有强烈现实主义精神的客观抒情小说；二是以郭沫若、郁达夫为代表的以自我表现为主的主观抒情小说；三是以废名为代表的田园牧歌式的乡村抒情的诗化小说。在风起云涌的20世纪20年代，废名的诗化小说游离于时代主潮之外，没有获得广泛的认同，但其开创的小说潮流却在随后的历史年代中成为一支不可忽视的小说力量。从20世纪20年代中后期至20世纪40年代，沈从文、艾芜、萧乾、萧红、师陀、汪曾祺、孙犁等作家以丰富多样的艺术风格扩大了现代诗化小说的题材内容，展示了现代抒情小说的艺术成就。诗化小说已成为中国现代文学史上的一个客观存在，但学界对这一创作支流并没有形成统一的意见，在许多论述诗化小说的文章中出现了对此种创作现象的不同命名。周作人最早提出"抒情诗的小说"，后来叶圣陶将之称为"散文诗的小说"，盛澄华使用了西化的"纯小说"，像"诗化小说""浪漫抒情小说""抒情散文小说""散文化抒情小说""唯美的小说""写意小说""意象小说""心象小说"等不同称呼应该也是大同小异的概念。人们对这种表面互有差异但内质连作家指向都几乎相同的研究对象有不同的理解。纷繁不一的术语表述不排除有论者的标新立异之嫌，但至少说明学界对于同一类研究对象尚未获得定义层面的统一认识。概念的模糊必然影响对研究对象的准确把握和深刻理解，因此笔者首先梳理一下诗化小说的来龙去脉及其内在本质。

## 一　周作人、废名、沈从文的小说诗化观

1920年2月29日，周作人在《〈晚间的来客〉译后附记》中首次提出"抒情诗的小说"，这是现代文学批评史上对诗化小说的初次命名。由于周作人没有示范性的"抒情诗的小说"创作，在这篇短文中他也未能系统阐述"抒情诗的小说"的外延和内涵，只是以比较文学的眼光意识到这种新出现的"抒情诗的小说"与中国传统小说的差别，表达了在中国创作"抒情诗的小说"的愿望。他的简单论述却构成了中国现代文学发生期对诗化小说的最早倡导，后来的定义基本上是在周作人理解基础上的深入，他关

于诗化小说的见解直接影响了后来学者的认识。周作人主要从三个方面来理解这种新型的小说类型。第一，他将小说与抒情诗联系起来，提出了小说诗化的设想，根据文学的性质，推定"抒情诗的小说"也具备"文学的特质"。第二，与现有的"叙事写景"小说相比，"抒情诗的小说"更有审美趣味，更重"感情的传染"，即便是"纯自然派所书写"也"仍然是'通过了著者的性情的自然'"。第三，确切地说，库普林的《晚间的来客》抒情特色并不明显，更像是一篇充满人生思考的知性散文，周作人对"抒情诗的小说"的理解体现了一位散文家的小说观，构成了小说结构散文化的源头。他以一个散文家的立场否认了传统小说过于注重严密结构和曲折离奇内容的做法，指出"抒情诗的小说""有点特别"，它不仅抛弃了传统小说必有的"悲欢离合"的内容，而且还舍掉了以往小说的"葛藤"、"扬点"与"收场"等形式。综上来看，周作人的所谓"抒情诗的小说"具有主观抒情性、去情节化、散文化和知性思考的特点。[①] 受周作人的影响，废名是实践"抒情诗的小说"的重要作者，并在"抒情诗的小说"的创作中取得了可喜的成绩，体现了周作人所说的"文章之美"。周作人也毫不掩饰对废名小说的喜爱之情，在一系列序跋中多有奖掖之意，对废名小说的评骘具化了他的"抒情诗的小说"观，在现代小说作家中找到了他心目中"抒情诗的小说"的具体文本。在《竹林的故事序》中，周作人用"抒情诗的小说"观来评点废名的小说，指出"冯君的小说"并不描写"大悲剧大喜剧"，所写的"多是乡村的儿女翁媪的事"；他的小说也不是"逃避现实的"，"特别的光明与黑暗"固然是"现实之一部"，而"平凡人的平凡生活"也是"现实"。废名的创作具有"独立的精神"，在"不是叫你拿香泥塑一尊女菩萨，便叫你去数天上的星"的中国，他却"从中外文学里涵养他的趣味，一面独自走他的路"。在《桃园跋》中，周作人指出"废名君是诗人，虽然是作着小说"，小说的写法"虽然会被人说是晦涩"，但却含蕴着"含蓄的古典趣味"。在《枣和桥的序》中，周作人肯定了废名的"文章之美"，认为废名用"简练的文章写所独有的意境"，

---

[①] 周作人：《〈晚间的来客〉译后附记》，载严家炎编《二十世纪中国小说理论资料》（第二卷），北京大学出版社，1997，第91页。

从"文体的变迁"上看更"有意义"。①综合来看，废名的小说用古典诗词的章法和意象革新了小说的文体，改变了人们对传统情节小说的评价，矫正了早期现代小说滥情和过于客观写实的不良倾向，创作出了具有"独有的意境"和"古典趣味"的"抒情诗的小说"。

在周作人"抒情诗的小说"观念的直接或间接影响下，废名走上了诗化小说创作的道路，诗化小说的审美理想几乎成为他的自觉意识。废名在《说梦》中就谈到他非常爱读周作人编选的"《乡愁》、《金鱼》"等小说，"抄本上"留下的"不少的暗号"都成了"写《竹林的故事》时预备写的题材"。对于自己来说，《河上柳》《竹林的故事》《去乡》"简直是一个梦"，虽"不免是梦，但依然是真实"。在谈到古人的影响时，他则说"有时古人只是无心的一笔，但我触动了，或许真是所谓风声鹤唳了"。②废名是一位终身致力于诗化小说创作的小说家，他是个"诗人"，其小说几乎皆以"最纯粹农村散文诗"的形式出现。③直到20世纪50年代，他谈到自己的小说创作时仍说，他在表现手法上受到了"古典诗词的影响"，同"唐人写绝句一样"去创作小说。④在具体的小说创作中废名大量穿插使用古典诗句，在长篇小说《桥》中对古典诗词名句的化用简直比比皆是。短篇小说《菱荡》中写到人在树林里走，明明听到"斧头斫树响"，可走了一圈也没有找到发声处，这简直就是唐人绝句"空山不见人，但闻人语响"的意境。废名的小说受古典诗词的影响很深，诗化色彩比较明显，内容规避社会现实，以诗化的象征传达现实，营造意境，成为诗化小说的鼻祖。

从乡村题材中提取诗意始于废名，成熟于沈从文。沈从文明确提出"用故事抒情作诗"，为了制造"散文诗的效果"，他故意将"人事哀乐、景物印象"进行"综合处理"。⑤追求小说的诗化成了沈从文小说创作的最高目的，其很多作品都具有浓浓的诗境。在他看来，不仅是小说，一切艺

---

① 周作人著，止庵校订《苦雨斋序跋文》，北京十月文艺出版社，2011，第109~118页。
② 废名：《说梦》，载吴晓东编《废名作品新编》，人民文学出版社，2009，第1~5页。
③ 沈从文：《论冯文炳》，载刘洪涛编《沈从文批评文集》，珠海出版社，1998，第205页。
④ 废名：《〈废名小说选〉序》，载吴晓东编《废名作品新编》，人民文学出版社，2009，第81页。
⑤ 沈从文：《〈沈从文散文选〉题记》，载《沈从文全集》（第十六卷），北岳文艺出版社，2002，第385页。

术"都容许作者注入一种诗的抒情","对于诗的认识"将使一个小说作者"产生选择语言文字的耐心","从一般平凡哀乐得失景象上触着所谓'人生'",能够增加"作品的深刻性"。① 他很认同废名的诗化小说创作观念,承认自己与废名比较相近。在《论冯文炳》一文中,他将自己的部分小说与冯文炳(废名)的部分小说进行对举,指出在现代中国作家中,自己的创作风格与冯文炳"最相称"。② 沈从文作为诗化小说的集大成者,和废名相比还是有很大不同的。废名"仿佛一个修士",追求"一种超脱的意境",其作品过于游离于社会现实,以诗化的意境承载抽象的观念,由于观念指涉过于玄虚,意象无法赋形于观念,许多小说成了幻想、理念的演绎,所以受众面比较狭窄,"仅限于少数的读者"。沈从文"不是一个修士",他的艺术制作"表现一段具体的生命",而这生命经过他的"美化"和"热情再现",让大多数人都"可以欣赏"。和废名一样,他的一些小说也在诗化境界中包蕴着对理念世界的思考,在《边城》《阿黑小史》一类作品中就承载着抽象的理智探索。但在沈从文的诗化小说中,观念和意象水乳交融,感觉世界与观念世界互相印证解释,"涵有的理想"也是"人人可以接受"的,沈从文的小说是"抒情的",更是"诗的"。③

## 二 萧乾、汪曾祺对诗化小说认识的深化

沈从文和萧乾有师生情谊,萧乾的第一篇小说《蚕》就是经沈从文修改后发表的,沈从文主编的《大公报·文艺》是萧乾"创作上的摇篮"。④ 萧乾不仅写作了大量的诗化小说,而且对诗化小说的理论建设做出了重要的贡献。如果说周作人的论述仅仅触及诗化小说的门径,并没有深刻领悟到诗化小说的现代性特征,以至将自然主义的左拉和象征主义的库普林等量齐观,那么萧乾则几乎到了诗化小说的堂奥,他对西方小说理论的介绍和诠释推动了20世纪40年代小说创作理论的现代化。他凭借深厚的英美

---

① 沈从文:《短篇小说——五月二日在西南联大国文学会讲》,载李宗纲编《炮声与弦歌——国统区校园文学文献史料辑》,人民出版社,2014,第129页。
② 沈从文:《论冯文炳》,载刘洪涛编《沈从文批评文集》,珠海出版社,1998,第205页。
③ 刘西渭(李健吾):《〈边城〉与〈八骏图〉》,载刘洪涛、杨瑞仁编《沈从文研究资料》(上),天津人民出版社,2006,第200~201页。
④ 萧乾:《鱼饵·论坛·阵地——记〈大公报·文艺〉1935—1939》,载鲍霁编《萧乾研究资料》,北京十月文艺出版社,1988,第65页。

文学修养梳理了西方诗化小说的历史线索，认为诗化是小说创作的新趋势，"晚近三十年来，在英美被捧为文学杰作的小说中，泰半是以诗的形式，以心理透视为内容的'试验'作品"。他又根据自己的理解将现代诗化小说细分为"一般诗的小说"和比"一般诗的小说"更"极端些"的"唯美的小说"，他认为"一般诗的小说"的文体特征是"重意境而轻情节"，而"唯美的小说"则干脆"不要情节"或者仅保留"最低限度的一点情节"线索，以便"在上面纺织作者绵密的思绪"。① 萧乾不仅提出了诗化小说的概念，而且将小说与西方的唯美主义联系起来，深化了人们对小说美学的理论认识。

至于汪曾祺，在气质上接近于废名，在文风上则学习沈从文。汪曾祺强调小说的审美意识，将诗化小说理论推向深入，丰富了对于中国现代"纯小说"的理论思考。他指出一个真正小说家的气质是"一个诗人"，至少是个诗歌爱好者，"世上尽有从来不看小说的诗人，但一个写短篇小说的人能全然不管前此与当代的诗歌么？一个小说家即使不是彻头彻尾的诗人，至少也是半仙之分，部分的诗人"。小说"离不开诗"，离开诗意的小说是不圆满的，因为诗代表了人类对理想世界的追求，也是通向彼岸世界的桥梁。人生俗世，陷溺凡尘，目睹陈规陋习，见惯恐怖愚昧，之所以没有放弃生存的勇气和人生的希望，在"凡庸，卑微，罪恶之中不死去"，就是因为承认"有个天上"，仍然坚定地相信人世间有"许多美好的东西"。对人类而言，诗维系着人类对生命的憧憬，唤醒人类对美好未来的希望，能够将人类从"堕落人间"超度出来。他向往纪德的"纯小说"，希望现代短小说"向纯的方向作去"，认为一篇理想的短篇小说是"一种思索方式""一种情感形态""人类智慧的一种模样"。为此他提出创作诗化小说的形式路径就是吸收诗歌、散文的成分，为现代小说"改一改样子"，将中国的诗化小说境界升华到像纯诗那样的理想境界。② 汪曾祺一直坚守诗化小说的创作理想，直至20世纪80年代依然初心不改，坚持认为"短篇小说应该有一点散文诗的成分"，小说家应该用写散文和写诗的方法

---

① 萧乾：《小说艺术的止境》，载《旅人行踪：萧乾散文随笔选集》，中央编译出版社，2005，第18~22页。
② 汪曾祺：《短篇小说的本质——在解鞋带和刷牙的时候之四》，载邓九平编《汪曾祺全集》（三·散文卷），北京师范大学出版社，1998，第25~31页。

写小说，如"阿左林和废名的某些小说实际上是散文诗"，为此他主张"把散文诗编入小说集"。他个人的小说就是"当作散文诗来写的"①，以《受戒》《大淖记事》等为代表的一系列乡土小说节奏回环、音韵婉转，如同一首首优美的散文诗。废名、沈从文、萧乾、汪曾祺同属京派，在文学风格上一脉相承，醉心于梦中的乡土，是与乡土写实作家不一样的"乡土作家"。他们的乡土世界是容易被人疏忽遗忘却又是最具田园风味、最得自然真趣的文情相生的诗意世界。他们在寻常人生中寻觅诗意，在世俗生活中品味人情美人性美，在乡风流俗中品味古典意蕴，孤绝地构建着各自的乡土乌托邦，以朴素淡远的审美旨趣将具有田园风的诗化小说写作推向文学的巅峰。

## 三　师陀、萧红小说中的诗化现象

废名、沈从文、萧乾、汪曾祺是诗化小说创作的中坚，他们之间存在明显的精神联系和文学思想的相通。相较而言，师陀和萧红并不是严格意义上的京派作家，但不可否认，他们在诗化小说的追求上有自己的见解，呈现出与京派诗化小说风貌不同的另一种诗化小说创作之路。如同样是写故乡，两人就和沈从文、废名不同，在沈从文、废名心中，故乡始终是一块最柔软、最纯净的诗意栖息地。而对于流浪的萧红、师陀来说，故乡虽诗意犹存，但已经衰相尽显，故乡的荒凉破败成为他们心头挥之不去的梦魇。不论萧红、师陀与沈从文、废名有多大的不同，他们都以艺术的执着创造了独属的别样的诗意世界，成为诗化小说创作的中坚。在文学上，师陀虽然"反对遵从任何流派"②，但其艺术精神却是和京派相契合的，他的《果园城记》就是典型的诗化小说。小说不仅语言富有诗意，而且行文深处处流淌着超越现实的情绪氛围。小说中的果园城是"中国一切小城的代表"，与事实的果园城"大有出入"，是作者心中的果园城。"其中的人物"和"事件"也是他"习知的"人物和事件，如《颜料盒》中的油三妹就是"我小时候一个熟人"，可又"不尽是某人的写照或某事的拓本"，

---

① 汪曾祺：《〈晚饭花集〉自序》，载汪曾祺著，范用编《晚翠文谈新编》，三联书店，2002，第328页。
② 师陀：《〈马兰〉成书后录》，载刘增杰编《师陀研究资料》，北京出版社，1984，第73页。

如油三妹吞的"不是藤黄而是大烟"。① 朱光潜认为师陀和沈从文一样"从事于地方色彩的渲染"②，沈从文绘出了美丽湘西的田园风光图，而师陀笔下的果园城和沈从文笔下的边城一样和平、优美、诗意而又渗透浓重的乡愁。著名批评家李健吾在《读〈里门拾记〉》一文中分析了师陀与京派小说作家的内在联系，他指出师陀"在艺术的刻画上"和萧乾"一样"，而在"风景的描绘上"和沈从文一样擅长，把"《湘行散记》和《里门拾记》挽在一道"证明了"我们的作家有一个相同的光荣起点"。③ 京派批评家朱光潜、李健吾都充分肯定了师陀的文学追求和创作风格，并将他放到了与沈从文并提的位置，从师陀本身的诗化小说创作来看，他和京派小说的联系是谁也无法否认的文学事实，所以他被大部分研究者纳入"京派作家"行列，将之视为一位性格独具的诗化小说作家也是学界共识。

萧红是一位"以诗来写小说的"的"小说家"。④ 她以直觉的生命体验、天才的灵性、"越轨的笔致"创造出不像小说但比一般小说更为"诱人"的诗化小说，她的小说是富有韵味的"叙事诗"，是充满别致风情的"多彩的风土画"，更是回荡悠长旋律的"凄婉的歌谣"。⑤ 她站在非功利的立场，继承中国古典乡村诗、田园诗的优良传统，抓取熟悉的东北农村生活，构筑了一个既有别于乡土写实的冷酷书写又稍异于沈从文秀丽山水的文本世界，但在小说诗化的文体选择上她与沈从文有诸多相似的地方。她的小说具有诗化的结构，在小说《生死场》中，她出格地颠覆了小说的情节，在小说与散文的融合中糅进了诗味，不叙述情节，而是悲情地书写二里半、金枝等普通农民的琐碎生活和物态化生存，娓娓诉说故土人们的悲欢离合、生老病死。《呼兰河传》虽写人事，但基本只记叙自己对人事的感觉和印象，而且各个故事之间相互独立，并没有显在的外部联系。她

---

① 师陀：《〈果园城记〉序》，载刘增杰编《师陀研究资料》，北京出版社，1984，第96～97页。
② 朱光潜：《现代中国文学》，载贺照田编《朱光潜学术文化随笔》，中国青年出版社，1998，第226页。
③ 刘西渭（李健吾）：《读〈里门拾记〉》，载刘增杰编《师陀研究资料》，北京出版社，1984，第205～209页。
④ 端木蕻良：《怀念你——萧红·序语》，载孙延林、姜莹编著《怀念你——萧红》，哈尔滨出版社，1991，第2页。
⑤ 茅盾：《〈呼兰河传〉序》，载章海宁主编《萧红全集·小说卷》（三），北京燕山出版社，2014，第259页。

深情描绘自然风景、风俗文化，呈现了小说艺术由技巧化转向生活化的变化趋势，这些因素让其诗化小说比一般的叙事小说更有感人的艺术魅力。她的小说语言高度诗化，东北方言俗语的娴熟运用让小说洋溢着浓郁的乡土气息和诗一般的节奏旋律。在《呼兰河传》中，"狗皮帽子""烟袋锅子""冰溜子""乍巴眼睛""把眼的""跑线的"等带有地方特色的词语的妙用不仅能让读者深刻地感受东北的风土人情，而且以朴素自然的本色描写不断为小说增添诗意的韵味。萧红小说充满清新质朴的意境，作者融情入景，制造出情由境生的审美情境，在小说中不时出现的北国风雪图、夏日晚霞图、乡村落日图等诗画交融的人间景致，让整篇小说充满诗意的氛围。萧红擅用象征手法，让其小说不仅充满出自女性个人生命体验的象征寓意，而且散发着清新的抒情气息，增强了小说的审美表现力。《生死场》中，二里半的山羊在小说首尾出现的时间跨度是十年，明显喻指农民死水般的生存状态，王婆家的老马出力流汗，最后还是下了汤锅，暗示着农民被榨干的命运。《呼兰河传》为故乡小城作传就隐喻人不是小城的主人，乱泥坑既是现实的生存环境，也是民族精神病态的象征。《小城三月》以早春的生意盎然开篇，却以凄凉的春景收尾，正是翠姨美好而又充满悲郁的一生的写照。综观萧红的创作生涯，不难看出，她是一位不善理论抽象而埋头创作的小说家，不以诗性标榜，但小说中却充满任何人都无法否认的浓浓诗意，在此意义上说，萧红也是一位典型的诗化小说作家。

## 四　诗化小说的"诗化"释义

"'五四'作家、批评家喜欢以'诗意'许人"，成仿吾称赞鲁迅的《社戏》"饶有诗趣"，陈西滢说冰心的小说里"常有优美的散文诗"，郑伯奇称郁达夫的小说"差不多篇幅都是散文诗"，茅盾评王鲁彦的《秋夜》的描写是"诗意的"。如此论述不胜枚举，以诗意作为小说的评价标准似乎已经成为现代批评家的鉴赏习惯，但批评家似乎并不太关心"诗趣"是"如何落实在具体作品的具体表现手法"中的。[①] 从本质上说，鲁迅、冰心、郁达夫、王鲁彦等作家的作品确实富有诗意，但他们却并不是诗化小说作家，有诗性要素的小说并不就是诗化小说。很多"五四"作家都有深

---

① 陈平原：《中国小说叙事模式的转变》，北京大学出版社，2010，第122页。

厚的古典诗文修养，也喜欢选择富有诗意的细节表达自己的主观情感，创作出了具有诗的趣味的小说，但作者的主要目的是"传达或展示真实"，"所传达的信息也可能触发情感，但那只是一种附带作用"。① 小说诗化的根本特性是表达一个情感题材，它稀释故事情节，淡化其中的人物成分，突出故事情节以外的情调、意蕴，抒情色彩鲜明。作家的兴趣中心不在外部的事件、情节，而在内在的情感，但又不同于直抒胸臆的主观抒情，而是讲究审美形式的简约含蓄，通过客观化的方式来控制汹涌澎湃的情感压力。"五四"时期，以创造社小说为代表的浪漫抒情小说比较倾向于个人情感的抒发，存在部分诗化的现象，但整体上缺少诗化小说的情调、氛围和意境，算不上真正意义上的诗化小说。鲁迅的某些乡土小说构成了中国现代诗化小说的源头，但鲁迅是现实感很强的作家，其乡土抒情小说大多反映的是乡村的贫困和农民的灵魂悲剧。作为法国象征主义诗学产物的诗化小说，主要运用象征主义的手法设置象征性的意境，进而传达一些抽象的观念，其意旨不在写实，而在追求整体的象征意义。如废名小说中的桃园世界、沈从文小说中的边城世界以及师陀小说中的果园城世界就是作者有意设置的富有象征意味的情境。废名、沈从文、师陀等作家的小说中出现的"桥""桃园""柳""白塔""碾坊""翠竹""果园城"等物象就被建构为富有深邃邈远意味的象征意象。在《竹林的故事》中，作者用竹的高洁象征三姑娘善良的品性；在《边城》中，白塔则象征着苗族传统的重义轻利价值观念。鲁迅小说中的景物描写和风俗展示在整体格调上与废名等人小说中的描山绘水、抒发闲情野趣的乡土抒情有明显的区别。萧乾在《小说》中就曾谈道，"解脱着旧诗词的窠臼"的小说并没有完全抛弃"抒情的成分"，而是将之"配合成为悦目爽心的调子"，从而让小说"向着象征主义道上奔驰"。② 鲁迅的乡土小说在回眸故乡时虽然充满记忆的芬芳，但还是难掩战斗的火花，缺乏冲淡玄远的艺术境界，理性批判远胜于感性抒情，像《社戏》《故乡》等具有诗化倾向的小说也是偶尔为之，并未成为其创作的主导倾向，所以鲁迅并不是典型的诗化

---

① 〔美〕M. H. 艾布拉姆斯：《镜与灯——浪漫主义文论及批评传统》，郦稚牛、张照进、童庆生译，王宁校，北京大学出版社，2015，第 172 页。
② 萧乾：《小说》，载傅光明编《萧乾文集·文论卷》，浙江文艺出版社，1998，第 101 页。

小说作家。

"五四"以来的小说既有"写实的",也有"写意的",废名在写意的"路径上"进行了大胆的"开辟、营造、前行",周作人是诗化小说的重要的理论倡导者,沈从文是诗化小说的巨擘,师陀、萧乾、萧红、汪曾祺、孙犁等作家的诗化小说则为中国现代诗化小说写作构筑了一道道靓丽的风景线。诗化小说作家在"哲学背景和政治倾向"上虽有"异同",但共同发力于诗化小说的创作,使小说产生不同程度的诗化和散文化现象,形成了脉络清晰的诗化传统和共同艺术个性。[①] 在文学观念上,不和时代为伍,坚守与社会现实保持一定距离的纯文学审美观。绕开简单粗粝的文学书写方式,规避具有明显政治意识形态色彩的宏大叙事,以独特的艺术形式和话语方式传达真切的个人体验和复杂的社会情绪,以擅长的艺术个性让小说弥漫浓郁的抒情氛围,以别样的乡土叙事显示中国现代小说的另一种审美选择。在创作题材上,往往回避尖锐的热门政治题材。不以直接反映喧嚣的社会现实为主,往往采取以小及大的边缘叙事,摄取乡村故土的景物风情和小城小村中的人情物事,将个人情感与时代忧思融合起来,以艺术的方式、美学的力量进行民族的精神自救和道德重塑。在革命时代深情回望自己念念不忘的家园故土,以抒情的笔法表达对乡土田园的眷恋和反思,吹奏出一曲曲和谐优美而又沾染几许感伤的乡村恋曲。废名小说具有"田园牧歌风味"(严家炎语),沈从文的《边城》是"一部 idyllic 杰作"(李健吾语),萧红的小说是"凄婉的歌谣"(茅盾语),师陀的小说也"具有牧歌风味的幽闲"(朱光潜语)。在形式特征上,注重诗与小说的结合,诗意语言是形成小说诗化风格的酵母,也是诗化小说最重要的外在特征,意境、情调、氛围是诗化小说的主要范畴,也是构成诗化小说诗性的重要质素。诗化小说作家用个性化的语言风格创造了一个物我流转、诗情画意的广阔审美空间,依靠含蓄悠远的纷繁意象创设大音希声、大象无形的艺术效果,形成意境深邃、情思无限的召唤性结构和抒情场,让读者产生融入诗界的感觉。

---

[①] 冯健男:《梦中彩笔创新奇——废名的文学生涯和小说艺术》,载艾以、曹度主编《废名小说》(上),安徽文艺出版社,1997,第 21~22 页。

## 第二节　诗化小说在融欧化古中的艺术创新

20世纪20年代的中国文坛，问题小说流行，但由于大多致力于启蒙大众、改造社会的外在目标，问题小说担负着远超文学本身的种种社会义务。有的作者由于缺乏对生活的真切体验，对于所涉及的社会问题并无真正的见解而走上盲目开药方的道路，导致部分小说缺失文学作品应有的审美品格，给读者带来不好的阅读体验。创造社的异军突起为现代小说写作注入了情感的因子，奔涌而下的激情固然有一泻千里的淋漓酣畅之快感，"但是激情做不出诗来"①，抒情的过于敞露让小说失去了回味悠长的底蕴。小说艺术品质的缺失促使新文学作家思考如何以更好的审美方式表现生活，创作出高品质的艺术作品，从而整体提升现代小说的审美境界。周作人提倡以诗化的方式去书写作家鲜活的生活体验和人生经历，诗化小说的崛起响应了周作人对"抒情诗的小说"的期待。当现实主义小说创作以鲜明的时代感和社会性弥漫于文坛时，诗化小说作家以融欧化古的气魄奋力开掘小说表现生活的多种可能性，创作出大量的艺术精品，以迷人的艺术魅力丰富着现代小说的审美表现力，成为中国现代小说园地里最美丽的风景。

### 一　诗化小说是对西方现代诗化小说的回应

中国现代诗化小说应和着西方小说创作的最新潮流，与西方小说的历史发展大体同步，符合世界小说诗化的新趋势。小说诗化在中国有悠久的传统，但诗化小说的理论深化和文体突破却与追逐西方文学观念密切相关，异域小说中的诗化现象为中国现代作家创作诗化小说提供了理论支持。在西方，小说的诗化可以说是法国象征主义运动拓出的一个支流，1893年诗人古尔蒙就指出，"小说是一首诗篇。不是诗歌的小说并不存在"，这也是关于小说诗化的较早阐述。② 象征派诗人提出的"把诗带进一切文学领域中去"的文学主张进一步促进了"诗与小说结合"，以至有论

---

① 李健吾：《福楼拜评传》，湖南人民出版社，1980，第398页。
② 〔法〕布吕奈尔等：《20世纪法国文学史》，郑克鲁等译，四川文艺出版社，1991，第37页。

者认为，1885年象征主义诗歌运动之后是"诗获得解放和赋与新意义的时期，同时也是作为当代文学特点的诗歌胜利进入小说的时期"。① 此后，小说在象征主义诗人导引的道路上实现了与诗歌的会合，现代小说的诗化倾向也成为文学的潮流。福楼拜第一个使"时代变化摆脱了对历史上的趣闻逸事和渣滓糟粕的依附"，并"第一个为它们谱上了乐曲"②，成为法国诗化小说创作的先驱。亨利·詹姆斯、乔伊斯、普鲁斯特、福克纳等意识流大家也是诗化小说的重要作家，连左拉、罗曼·罗兰等写实主义小说家也未能免俗，小说诗化现象成为西方小说界一种流行的文学风尚。西方小说的诗化运动引起了中国现代作家的普遍关注，周作人敏锐地捕捉到了西方现代小说中的形式新变，从库普林那里获得理论启示，号召中国作家创作"抒情诗的小说"。鲁迅在对俄国作家安特莱夫的评论中提炼出对于诗化小说的见解，认为安特莱夫的小说创作实现了"象征印象主义与写实主义调和"，由于"消融了内面世界与外面世界之差"而能够达到一种"灵肉一致的境地"，尤其是《黯澹的烟霭里》表现出来的"坚决猛烈冷静的态度"，让我们中国人看起来都"觉得很异样"。③ 鲁迅的这篇文章虽没明确提及诗化小说，却是分析小说诗化现象的一篇重要论文，他对安特莱夫的评论也是针对写实主义小说的肤浅叙事而发的。将安特莱夫小说与象征主义联系起来也是有道理的，安特莱夫消融"内面世界与外面世界之差"的写作几乎等同于波德莱尔契合论中所说的"给感性穿上理性的衣裳"，安特莱夫对象征主义的杰出运用极大地丰富了小说的艺术表现力，也提供了中国现代小说所缺乏的东西。鲁迅本人对安特莱夫的艺术表现手法亦多有借用，他小说中的诗化有不可清除的安特莱夫的影响因素。如果说周作人关于"抒情诗的小说"的提法预言了中国现代诗化小说的诞生，那么鲁迅的思考则指明了诗化小说的路径选择，这与后来沈从文所谓的"象征的抒情"的论述是相一致的。象征以其特有的感性特质将情节化为诗的联想，

---

① 〔美〕梅·弗里德曼：《意识流：文学手法研究》，申雨平等译，张中载校，华东师范大学出版社，1992，第14~15页。
② 〔法〕马塞尔·普鲁斯特：《论福楼拜的"风格"》，载《普鲁斯特随笔集》，张小鲁译，海天出版社，1993，第233页。
③ 鲁迅：《〈黯澹的烟霭里〉译后附记》，载严家炎编《二十世纪中国小说理论资料》（第二卷），北京大学出版社，1997，第218~219页。

而艺术思维的意象化、抽象化恰是现代诗化小说的重要表意特征。

西方小说的观念变革对中国诗化小说的创作产生了持续性的影响。朱光潜、卞之琳、李健吾等人运用西方的文学观念分析诗化小说的文本实践，进一步促进了诗化小说的发展和不断经典化，让诗化小说这一股文学的潜流浮出历史的地表。朱光潜以对英美文学小说新潮的理解，肯定了废名《桥》的"特创"性以及与世界文学的联系，他认为《桥》是中国以前"实未曾有过"的小说，让看惯一般小说的中国人感到"隔阂"，但其撇开"浮面的事态与粗浅的逻辑"揭露"内心生活"的写法颇似"普鲁斯特与伍而夫夫人"。①当沈从文充满牧歌情调的作品、废名晦涩难懂的文风被左翼批评家批评指责时，李健吾充分肯定了沈从文、废名诗化小说的艺术价值，并专门写作《〈边城〉——沈从文先生作》一文为他们进行辩护，肯定沈从文是一个像诗化小说作家福楼拜一样的"走向自觉的艺术的小说家"，他的小说像乔治·桑一样既是"抒情的"，更是"诗的"，是"现今任何作家所缺乏的一种舒适的呼吸"。通过比较废名、沈从文两人作品的不同，李健吾看到了废名作品的独特之处，指出他的作品属于少数"有了福的"的读者。②朱光潜、李健吾等文学批评家对诗化小说中体现出来的世界性因素的把握具有为诗化小说张目的意义，而对中国现代小说作家创新写作手法的肯定则沟通了中国现代诗化小说与世界进步文学潮流的横向联系。他们以世界文学眼光展开的小说批评有力地回击了时人对诗化小说创作守旧的批评，这种慧眼独具的发现并不是一种穿凿附会的虚妄推论，得到了作家本人创作经验和小说文本的有力佐证。

西方诗化小说对现代小说创作的影响是显而易见的，废名、沈从文、师陀、萧乾、汪曾祺、萧红等作家的小说写作都与西方的抒情小说存在或深或浅的联系。鲁迅曾经指出"小说家的侵入文坛"一方面是"社会的要求"，另一方面则是受"西洋文学的影响"。③现代诗化小说是以西方文学

---

① 孟实（朱光潜）：《桥》，载陈振国编《冯文炳研究资料》，知识产权出版社，2010，第179页。
② 李健吾：《〈边城〉——沈从文先生作》，载中国现代文学馆编，李亦飞编选《李健吾文集》，华夏出版社，2000，第422~423页。
③ 鲁迅：《〈草鞋脚〉小引》，载《鲁迅全集》（编年版）（第八卷），人民文学出版社，2014，第60页。

为蓝本的，诗化小说作家在广泛的借鉴中颇为青睐西方一些善于描写自然而又具有诗化风格的作家。废名自述是"从外国文学学会了写小说"，在艺术上借鉴了"外国文学的一些长处"，同时变化了"中国古典的诗"。他私淑英国著名的乡土作家"哈代、艾略特"，对乡村风物风俗的描写就明显受到这两位作家的影响。① 另外废名对法国的象征主义也很感兴趣，小说集《竹林的故事》初版时用波德莱尔的散文诗《窗》作为题记就隐含用象征主义的表现手法来传达神秘理趣的意味。他往往喜欢用隐喻和象征的手法让其作品染上写意的色彩，通过对《桃园》《河上柳》《菱荡》等小说苦心孤诣的命名让小说带上象征的意味，即使在对景物的观照中也不忘追求象征性的意境。他虽然没有创作出具有整体象征主义风格的艺术精品，但其小说之所以能够实现人情、物理和风俗的契合确实是通过象征手法来完成的。沈从文在谈到自己所受的外国文学影响时，也坦陈"较多地读过契诃夫、屠格涅夫作品"，尤其欣赏屠格涅夫《猎人笔记》中"把人和景物相错综在一处"的写作技法。如果说契诃夫对"被压迫者的同情"让沈从文关注小说中小人物的平凡故事和悲剧命运②，那么屠格涅夫在诗意小说中用散文笔调书写自然的手法则为沈从文牧歌情调的创作提供了源源不断的灵感，沈从文用《猎人笔记》的写法为中国现代诗化小说独创一格，以其古朴、优美的湘西世界为我们提供了一个梦幻的小说世界。

　　萧红作为一个个性鲜明的作家，她的文学创作几乎看不到外国文学的明显影响，但在中西文化交流成为常态的20世纪30年代，中国作家对外来思潮的接受普遍经过了一次中国化的变形。萧红的创新性就在于将外来的东西通过自己的过滤而羚羊挂角地内化在自己的作品中，她的小说一直与世界文学的"共同的最新取向"（普实克语）保持一致。萧红作品对"没有事情的悲剧"的冷静客观描写和契诃夫的见解非常合拍，萧红的小说中出色的景物描写和诗意的抒情风格固然属于天赋灵气，但也与夏芒、屠格涅夫、约翰·曼殊斐尔、罗曼·罗兰等外国作家的影响密切相关。其作品的诗情画意和如歌美感尤其与屠格涅夫小说的审美风格相通相合，在

---

① 废名：《〈废名小说选〉序》，载吴晓东编《废名作品新编》，人民文学出版社，2009，第82页。
② 凌宇：《沈从文谈自己的创作——对一些有关问题的回答》，《中国现代文学研究丛刊》1980年第4期。

其不多的文学评论文字中就有对屠格涅夫的正面评价。面对人们对于"屠格涅夫好是好，但，但……但怎么样呢"的"摇头"，萧红却认为他和罗曼·罗兰一样是"合理的、幽美的、宁静的、正路的"，是一个从"灵魂"走向"本能"的作家。① 萧红比较欣赏屠格涅夫小说中流露的诗意和以乐景衬哀情的写法，对此也是心领神会，活学活用，在其笔下，蜻蜓、蚂蚱、蝴蝶、草木等有生命无生命的自然精灵都被描写得活灵活现，花儿睡觉，鸟儿飞翔于蓝天，虫儿在说话……一切"都有无限的本领，要做什么，就做什么，想怎样，就怎样"。她对大自然细微动态的观察和对景物诱人色彩的精细描绘显然取法于屠格涅夫，在《猎人笔记》中，读者不仅能够欣赏一幅幅静态的风景画，而且可以置身其中，聆听到鸟叫虫鸣，静观晨雾缭绕和晚霞美景，触摸森林和草原的呼吸。善于写自然美的屠格涅夫并没有超脱于惨淡的社会现实，他的作品中经常会出现明媚春天里哭泣的穷人、美丽草原上贫苦的农民、大自然美景中农民的非人生活等极不协调的画风。这种通过对比造成场景反差的写法也被萧红娴熟地运用到自己的作品中，读萧红的文章，可以看到热热闹闹的花园、自由自在的生物、生机盎然的花草，但浮上心头的却是与之相左的人间悲剧，感受到的也是凄凉的氛围，赏心悦目的风景与悲哀生命场景间的巨大反差给读者以强烈的心灵震撼。

## 二 现代诗化小说中的传统文学神韵

西方文学观念对中国现代诗化小说的影响是多方面的，但诗化小说并不完全是西方文学影响下的产物，"一个真正有中国色彩"的作家与"中国的传统文化是不能分开的"。② 西方虽有诗化小说的传统，但诗化小说在西方小说传统中并不是主流。瑞士的文艺理论家凯塞尔根据小说的三要素将小说分为人物小说、时间小说和空间小说；英国理论家爱·缪尔从小说结构形式出发将小说分为情节小说、人物小说和戏剧性小说；捷克作家昆德拉依据小说内容将小说分为叙事的小说、描绘的小说和思索的小说。以

---

① 萧红：《无题》，载范桥等编《萧红散文》，中国广播电视出版社，1993，第361页。
② 汪曾祺：《回到现实主义，回到民族传统》，载汪曾祺著，范用编《晚翠文谈新编》，三联书店，2002，第23页。

上划分都没有诗化小说的提法，中国的诗化小说也与以上任何小说类型都不相吻合。从对西方小说发展脉络的梳理中，我们发现在西方虽存在诗化小说的创作实践，也有部分作家试图提炼出关于诗化小说的创作理论，但在主流文学理论界却缺乏对诗化小说理论的体系化总结。在"五四"文学氛围影响下出现的小说诗化现象对西方文学的接受是不言而喻的，但中国的诗化小说写作与西方抒情小说的不同也是有目共睹的。现代诗化小说作家对西方文学的借鉴主要是在抒情的浪漫化和体式的散文化上，废名、沈从文、师陀、萧红等现代作家小说中的诗意和气韵则更多地体现了对于传统诗歌流风遗韵的继承，现代中国作家的诗化小说与西方的诗化小说在精神气质上也有很大的区别。朱光潜就指出废名的《桥》与"西方近代小说在精神上实有不同"，造成这种不同的原因大概要"归原于民族性对于动与静的偏向"。"普鲁斯特与伍而夫夫人借以揭露内心生活的偏重于人物对于人事的反应，而《桥》的作者则偏重人物对于自然景物的反应"。《桥》里面当然也有"人物动作，不过它的人物动作大半静到成为自然风景中的片段"，因为这个缘故，"《桥》里充满的是诗境，是画境，是禅趣"。① 再如师陀的小说集《里门拾记》写人写物深得"中国水墨画的风味"，"所取只在其意境和神韵，和西洋油画之心理人物妙肖浓重纯为两路"。② 沈从文的小说成就也与他对于传统文学的继承密切相关，他认为"明日"的小说是否有成就取决于少数作者是否有勇气从"一个广泛的旧的传统最好艺术品"中来学习"取得那个创造的心"，"我说的传统"主要是"传统艺术空气，以及产生这种种艺术品的心理习惯"，对于小说而言，向传统学习应该"把诗放在第一位"。③

现代诗化小说作家不仅注重诗歌与小说的结合，而且积极从传统诗歌资源中汲取灵感，将传统诗歌艺术与现代小说形式进行融合，创作出具有传统诗歌精神和古典意境的现代新小说。中国小说的现代化"接受新知与转化传统并重"，当评论者试图用古典主义来对现代诗化小说的艺术特征

---

① 孟实（朱光潜）：《桥》，载陈振国编《冯文炳研究资料》，知识产权出版社，2010，第179页。
② 杨刚：《里门拾记》，载刘增杰编《师陀研究资料》，北京出版社，1984，第215页。
③ 沈从文：《短篇小说——五月二日在西南联大国文学会讲》，载李宗纲编《炮声与弦歌——国统区校园文学文献史料辑》，人民出版社，2014，第138~140页。

进行概括时，却发现作者已经将西方小说的最新潮流化用到不着痕迹的地步。所谓诗化小说中的诗化不是浪漫派的直抒胸臆，也不是古人小说中的"以诗为证"，更不是一种具体的表现手法，而是注重"故事情节以外"的渲染，形成具有诗性品格的"情调"、"风韵"或"意境"。[①] 现代诗化小说中"诗趣"主要指唐人绝句和宋词小令的意境，或者带上点陶渊明的隐逸、李商隐的朦胧和晚明小品的清新。

意境既是中国诗歌艺术最基本的审美范畴，也是现代诗化小说内容的主要范畴。中国古典诗文创作将外在自然描摹与主观情感抒发融为一体，追求"意与境会""思与境偕"的审美境界。现代诗化小说作家很少采用袒露直陈的方式来表达主体情思，往往通过创设情景交融、物我合一的意境来烘托人物的精神世界。意境不仅是中国古典文学艺术传统的精髓所在，也构成了现代诗化小说的魅力之源。现代小说的意境营造拉近了与中国古典文学传统的审美距离，重视氛围渲染和场景描写，用富有艺术表现力的语言构成含蓄蕴藉、浑然一体而又深厚隽永的诗境。废名的小说写作受古典文学影响很深，他偏爱温李诗词和明末小品文，自称"像古代陶潜、李商隐写诗"[②]那样写小说，很有"含蓄的古典趣味"[③]。他不仅写诗评诗，而且用写诗的手法将诗词的意境融化到小说中。他的小说常常是叙述点儿女翁媪闲事，辅之以自然风景画做调料，营造出情景交融、物我一如的审美意境。最外在的体现就是对古典诗词的直引与化用。如《桥》中用"哑着绿"来写杨柳，就颇有王安石看到"春风又绿江南岸"的那种惊喜心情。再如《桥》中的小林几乎就是个诗人，不仅出口成诗，而且经常不加掩饰地说些诗话。在写小林对两个女孩微妙的内心活动时，废名就直接借用了古诗词"醉卧沙场君莫笑""人生何处似樽前"。甚至农村妇女史家奶奶也会随口吟出"岁寒然后知松柏之后凋也"的古雅文句。这种极富张力和表现力的语句既能妙传自然景物之美和人心奥秘所在，又营造了古风缭绕的诗意氛围，让人在欣赏的过程中沉思默想而后顿有所悟，周作人

---

[①] 陈平原：《中国小说叙事模式的转变》，北京大学出版社，2010，第 123～130 页。
[②] 废名：《〈废名小说选〉序》，载吴晓东编《废名作品新编》，人民文学出版社，2009，第 80 页。
[③] 周作人：《桃园跋》，载周作人著，止庵校订《苦雨斋序跋文》，北京十月文艺出版社，2011，第 113 页。

就认为废名这种晦涩的文风和明代的竟陵派文学相似。沈从文也是营造意境的高手，其小说《边城》就成功地"融化唐诗的意境"。①在其精心构造的湘西小城中，巍峨挺拔的高山造就了彪悍刚强的汉子，清澈妩媚的流水孕育了痴情灵秀的少女，自然景物与人物心境完美融合，湘西习俗与美好人性浑然一体，真正体现了古典文论中物我交融的审美境界。他虽不像废名那样喜欢借用古典诗词，但对语言的运用也达到了炉火纯青的地步，语言简练却含蓄蕴藉，饱含诗情的句子与缥缈朦胧的意境营造出余味悠长的艺术境界。如《边城》结尾时，写翠翠对傩送的等待就用了"这个人也许永远不回来了，也许明天回来！"这种含蓄不明但又余味悠长的表达，和古典诗歌有相通之处。师陀、萧红、汪曾祺等小说家也将意境构筑作为自觉的艺术追求。他们在古典文学修养上可能不及废名，但他们的审美情趣是"诗文的，而不是白话小说的"，他们的小说"在语言、意境上都体现出古典诗文简淡、隽永、空灵的意味"②，从中可以感受到古典文学艺术的审美情趣与格调。现代诗化小说的精神是中国传统文化的投影，现代作家对中国文学传统中的审美情趣进行了现代性改造，在融合西方元素的基础上成功地实现了传统艺术精神与现代小说形式的完美融合，小说与诗歌的"联姻"催生出一种完全现代的小说新体式。

　　诗化小说不是小说"化"成了诗，而是小说借鉴古典诗歌的艺术精神产生的一种跨文体写作。引诗入小说并非自废名起，在唐传奇、宋话本和明清古典小说中随处可见诗词向小说文体的渗透。"唐人传奇的文采和意想"内蕴着"浓郁的诗的意境"，"诗小说"《红楼梦》"以诗为魂"，为情造文，从普通人的"平凡的生活命运"中发掘"纯朴的诗意"③，小说的诗化倾向构成了中国古典文学的一个传统。在传统小说中小说家使用诗词存有提高小说地位的私心，或是纯属炫耀才情的风雅之举，但小说中夹用诗词并没有将诗渗透到小说的整体中。现代作家对此颇多微词，鲁迅非常不满古典小说乱用诗词的做法，说《梁史评话》"一涉细故，便多增饰，

---

① 汪伟：《读〈边城〉》，载刘洪涛、杨瑞仁编《沈从文研究资料》（上），天津人民出版社，2006，第179~180页。
② 杨联芬：《中国现代小说中的抒情倾向》，北京师范大学出版社，1996，第51页。
③ 宁宗一：《文馨篇》（下），中国青年出版社，1991，第26页。

状以骈俪，证以诗歌，又杂诨词，以博笑噱"；宋元拟话本中的《大唐三藏法师取经记》《大宋宣和遗事》首尾以诗相接，中间缀以诗词也是"近讲史而非口谈，似小说而无捏合"。①茅盾也指出在古典小说的结尾处"附两句诗"或在人物登场时"来一首'西江月'""一篇'古风'"不但毫无"美感"，对小说本身也毫无意义。②诗骚传统为中国文人写作诗化小说提供了可能性，但传统诗化小说的根本改变是在"五四"以后，文体大解放加速了各种文学体裁的互渗。一批作家开始继承并革新传统小说的诗化特征，冲破传统小说孤立引证诗词的初级形态，将诗词融化于故事的自然叙述中，使其成为构建小说体式的重要因素。诗情诗绪的引入改变了小说的板块结构和固定模式，动摇了故事、环境、人物在小说中的中心地位，改变了传统小说的文体预设。当大多数作家都在考虑"写什么"为革命服务时，诗化小说作家却沉迷于"怎么写"，通过淡化情节、虚化人物、美化环境等小说技巧努力探求小说写作方式的创新。

## 三 中国现代诗化小说的文体特征

一是情节结构散文化。传统的小说结构完整，布局严密，情节连贯，通过制造传奇故事和惊悚情节来吸引读者，导致读者沉迷在叙述圈套中不能自拔，无心欣赏故事之外的景致。现代诗化小说毅然抛弃了传统小说泾渭分明的线性叙事，现代诗化小说作家用心灵感受世界，缘情成文，用感情滋润融化世界，让环境、人物、事件都浸染在作者情感之流中。取消了结构线索的诗化小说用情绪和感觉潜隐地调控小说叙事，对抒情的强调稀释了小说的情节性，撑破了小说原本严密的结构框架，情节密度的降低导致了小说结构的散文化。故事精彩不是理解诗化小说的关键，也不是诗化小说作者希望传达给读者的东西，他们念兹在兹的是诗意的情调和情绪的感染，散文诗写作成为诗化小说的普遍性艺术追求。废名借莫须有先生自说自话，指出小说过于"注重情节，注重结构"，显得"不自然"，而散文"不求安排布置"，

---

① 鲁迅：《中国小说史略》，载华山编《鲁迅作品精选·理论》，中国文史出版社，2002，第93、98页。
② 沈雁冰：《自然主义与中国现代小说》，载贾植芳等编《文学研究会资料》（上），知识产权出版社，2010，第96页。

可以写得"有趣""自然"①，他的小说是"没有多大的故事的"②。废名将诗的内容、诗的情绪、诗的意境融化在散文的形式中，造成了小说形式的散文化。而废名本人似乎也无心讲故事，一缕情绪、一个印象、一串画面都可自成一境，敷衍成篇。《河上柳》以"某地一棵杨柳"起兴，《诗人》则由"某地起感"③，长篇小说《桥》上下两卷四十三节，割裂开来皆可独立成篇，整体上给人散漫松弛的印象，每个景物或场景都相对自足，自成一境，境与境之间几乎毫无因果链条和时间延续。

废名的小说散文化写作在"散文以外的领域"实践了"周作人的文艺观念"，"比他稍晚的作家"如沈从文、师陀、何其芳、汪曾祺等都从"他那吸收过养料"④，也将小说写得犹如散文诗一般。沈从文在写作时完全没有"顾全到"一般小说必需的"事物的中心""人物的中心"，甚至连"结构"也"疏忽"了，从未认真写过一篇"所谓小说的小说"。⑤ 他的小说轻情节构造重景物描写和世态人情描摹，在故事的处理方式上，将"人事间的鄙陋猥琐与背景中的庄严华丽相结合，而达到一种艺术上的纯粹"，在景物描写方面，却有"更多的敏慧和细腻设计"。即使写故事，读者也看不到处心积虑的谋篇布局，他总是毫不客气地放弃原本可以精彩演示的故事，用意境连缀法将不同的场景画面组接成一个完整的"风景画集成"。⑥ 他的《边城》在单薄的故事情节中加入大量风土人情、自然风景描写和抒情及议论成分，慢条斯理地启动自己的描写顺序。作者叙事聚焦的是翠翠和天保、傩送的爱情故事，可他却不吝笔墨地从外围的"湘西边界"起笔，由远及近带读者进入沅水边上的这户"单独的人家"，在读者饱览了如画风景后才渐入佳境。当读者看到剧情上演后，他又卖弄玄机，将各种民俗风情、人情世故等先后搬上舞台，不断用一些意外的枝

---

① 废名：《莫须有先生坐飞机以后》，载艾以、曹度主编《废名小说》（上），安徽文艺出版社，1997，第218页。
② 废名：《〈桥〉附记》，载废名《桥》，花城出版社，2010，第216页。
③ 废名：《说梦》，载吴晓东编《废名作品新编》，人民文学出版社，2009，第1页。
④ 张大明主编《中国文学通史·现代文学》（下），江苏文艺出版社，2011，第16页。
⑤ 沈从文：《〈石子船〉后记》，载刘洪涛、杨瑞仁编《沈从文研究资料》（上），天津人民出版社，2006，第29页。
⑥ 沈从文：《〈断虹〉引言》，载《沈从文选集》（第五卷），四川人民出版社，1983，第256～257页。

蔓来滋扰读者对事件的好奇期待。貌似与故事情节无关的景物描写和风俗习惯介绍不断逼停小说的叙事节奏,绵软的叙事让读者在恬淡的意境中留有更多的精力来反思潜藏在事件物象背后的文化韵味,感受沈从文小说不一样的情致,而不是仅聚焦于事件本身。和沈从文一样,汪曾祺的小说也有散文化的倾向,他"不善于讲故事",不喜欢"故事性很强""布局严谨"的小说,而是偏爱"信马由缰,为文无法"的散文笔法,创作了大量的"不太像"或者"根本不是小说"的小说。①

在小说散文化方面,除了废名、沈从文、汪曾祺,师陀与萧红的小说也一样追求散文风。师陀用"旧说部的笔法"写"散文体的小说",虽然没有整一的情节,但"每节都自能独立"。② 他的散文体短篇小说集《果园城记》的景物描写和事件讲述相交织,用十八个独立成章的短篇漫不经心地叙述不同人物的不同故事,剪辑互不相关的场景拼接起小城生活的方方面面。几乎每一篇都只叙述一个人物的某些生活片段,人与人之间、事与事之间缺乏必要的衔接和过渡,用这些富有张力关系的人物和事件构成了与小城风貌相一致的生活流。虽然始终缺乏贯穿前后的情节线索,但作者却用游离的笔调将十八个短篇小说编织成一个互文性整体,共同点染出一个具有浓郁乡土气息的果园城。

萧红也是一个不规范的小说家,她认为小说不必有"一定的写法,一定要具备某几种东西",巴尔扎克、契诃夫虽是小说名家,但也不一定要写得像他们"那样"才叫小说,一个"有出息的作家"应该在创作上"走自己的路",因为作者是"各式各样的",写出来的小说也是"各式各样的"。③ 小说观念的变化必然带来小说写法的创新,萧红不讲规矩的随性写作让她的小说犹如行云流水,根本不具备叙述的连续性。她的《呼兰河传》就是一篇典型的无完整情节、无鲜明主题、无中心人物的"三无小说",她以散文化的方式叙述呼兰河小城的大街小巷、店铺作坊等环境和

---

① 汪曾祺:《〈汪曾祺短篇小说选〉自序》,载邓九平编《汪曾祺全集》(三·散文卷),北京师范大学出版社,1998,第165~166页。
② 师陀:《〈江湖集〉编后记》,载刘增杰编《师陀研究资料》,知识产权出版社,2010,第60页。
③ 聂绀弩:《萧红谈话录(三)——回忆我和萧红的一次谈话》,载章海宁主编《萧红全集·诗歌戏剧书信卷》,北京燕山出版社,2014,第257页。

城内的生活场景，娓娓而谈跳大神、放河灯、娘娘庙大会等各种生活习俗，从祖父的后花园写到家中的厢房院落再到街头巷尾的各种生活现实。风俗人情、自叙传的个人生活以及团圆媳妇、有二伯、冯歪嘴子等小城人物的故事片段取代了传统小说中戏剧性的故事情节，作品中的人、事、物、场景都是零散的。她的力作《生死场》也没将传统的情节因素作为小说的叙述动力，而是由十七个跳跃性极大的生活场面和几个人物零散生活片段拼接组合而成。如第一章作者采取蒙太奇的手法依次展现山羊嚼榆树皮、麻面婆洗衣服、王婆的生活琐事、二里半寻羊以及场上打麦子等生活场景。富有"地方色彩的风光习俗"的描写正是萧红小说的主要特征，其不仅是"增加作品色彩的一种手段"，而且展现了巴尔扎克所说的"民族的生活方式"、"人的心的历史"和"社会关系的历史"等更基础的东西。①

二是人物类型化。诗化小说中人物形象缺乏传统小说中人物那样的立体感，其虽然来自社会的各个层面，却有点超凡脱俗，大多只是一个模糊的侧影或一种流动的气韵，无忧无虑地生活在作家艺术处理过的诗意栖息地，人际关系简单，人物生存活动单一。对于如何塑造人物，废名毫无兴趣，或者说，废名的小说中根本没有人物，其中的人物是一连串蕴含禅道佛理的意境，他所痴迷的是人物身上蕴藏的那种暗香浮动的美质。他在书写女性世界时，总是将女性放在优美的自然环境中，作为自然生态的一部分进行柔情塑造，与平静的生活画面相得益彰。不论是《桥》中的细竹、《竹林的故事》中的三姑娘，还是《桃园》中的阿毛都以美好的形象示人，可又像镜中花、水中月一样模糊不清。读者想用词语对其进行描述时会感到力不从心、词不达意，因为她们只是作者笔下一抹淡淡的绯红，作者已将其长相统统省略了，其性格、品性也被处理到淡如菊的地步。至于何种眉眼、姿色几许、品性几何只能靠想象去补充，这些人与其说"是本然的"，不说是"当然的人物"，给人一种虽然生于人间但又非人间之物的幻化感。她们好像来源于现实生活，又好像不属于这个世界，"老的少的，村的俏的"都在悲哀的"空气中行动"。废名真正关注的"不是所见闻的实人世"，而是"幻景的写象"，人物是为配合世外桃源的意境而按意念虚

---

① 钱理群：《"改造民族灵魂"的文学——纪念鲁迅诞辰一百周年与萧红诞辰七十周年》，载晓川、彭放主编《萧红研究七十年》（上卷），北方文艺出版社，2011，第20页。

构出来的，虽然"充满人情"，但已经沾染些许离合的"神光"。① 这些理想女性成了作者虚妄抵抗男权化社会现实、守护精神家园的重要支撑，女性形象似乎成了废名小说趣味精神的代言人，成了作者审美理想的化身。

废名的小说从观念出发，人物成为作者参禅说道的载体，行走在作品中的都是一些没有个性的人物。沈从文的小说同样存有明显的观念先行的痕迹，人物几乎成了"不悖乎人性的生命形式"的注脚，他完全没有顾全传统小说所谓的"人物中心"。在有些篇章中，人物被降低到"极不重要的一点上"，虽在"背景中凸出"，但终究无法"与自然分离"，以至几乎完全"消失于自然中"。② 作为乡村人物参照的城市人也都有同质化的特点，沈从文"从一个模子里"印就"一切女子的灵魂"，又从"另一个模子"印就"一切男子的灵魂"。③ 人物形象意象化建构是沈从文诗化小说的重要特征，把人物当作意象来经营，人物性格难免普遍呈现静态的扁平化特征。在沈从文笔下，少女、老人、士兵、船夫甚至是妓女和土匪都被简化处理了，无一例外地被忽略掉人性中的假、恶、丑部分，个个如天使般美好、善良。湘西少女是沈从文小说世界里最靓丽的风景，翠翠、萧萧、夭夭则是这些少女中的佼佼者，但阅读文本不难发现，这些少女的形象高度类型化。年龄基本限定在15岁左右，健康美丽，性格天真乖巧，人事宗族关系异常简单，在情窦初开时上演一段黯然神伤的故事。特征趋同、性格扁平、经历相似，让小说中人物失去现实主义小说中"典型人物"的丰富复杂性，"每个人物，仅有一幅模糊的轮廓"，好像是一个灵魂在改名换姓后在不同的文本中反复出现，"血气精魂，声音笑貌，全谈不上"。④ 仅就人物塑造而言，苏雪林的批评确有道理，但沈从文的诗化小说并不以人物塑造取胜，而是腾出更多的空间来凸显意象。他的作品只有一个"人物"——湘西，真正的人物却成了湘西山水人文画卷中的美丽物象，与自然意象、民俗意象、植物意象、动物意象等一起构成了一个风情万种的世

---

① 周作人：《桃园跋》，载周作人著，止庵校订《苦雨斋序跋文》，北京十月文艺出版社，2011，第113页。
② 沈从文：《〈断虹〉引言》，载《沈从文选集》（第五卷），四川人民出版社，1983，第257页。
③ 沈从文：《月下小景·如蕤》，长江文艺出版社，2014，第205页。
④ 苏雪林：《沈从文论》，载刘洪涛、杨瑞仁编《沈从文研究资料》（上），天津人民出版社，2006，第187~188页。

外桃源。

诗化小说作家笔下的人物几乎都表现出一种性格的单纯性，师陀也"不着意写典型人物"①。不求穷形尽相，只求神似，人物具有特征化倾向。这种人物塑造取向让作者放弃塑造血肉丰满的个体性人物，而是努力从社会文化性格无甚本质差别的众多人物身上提取某种规律性的东西。师陀在《〈里门拾记〉序》中就谈及自己塑造人物形象的做法。他在回乡时遇到各种各样的人，有"仇敌与朋友"，也有"老爷与无赖"。这些人物地位不同，身份各异，但由于生活在大致相同的社会空间里，具有大体相似的生活方式及文化环境，形成某种相近的共性。他于是将"各行各流的乡邻们聚集拢来"，从中"选出气味相投，生活样式相近"的人进行集中表现。②在《果园城记》中有"很多典型人物"："'葛天民'扮演着乐天安命的一型；'城主'魁爷，则扮演着出身富贵的门第，直到民国初年，仍然生活在旧式纨绔子弟日子里的另一种人；另外，有败家子弟的小刘爷；有挣扎在生活中，丧失了斗志的贺文龙……"③这些人物被作者处理得性格大同小异，命运遭际大体相仿，行为举止几乎一模一样。作者的类型化处理固然削弱了人物的丰富性，却能抽象出某种共性，从而传达普遍性的社会内容。单个人物代表着生活中某一类人的生活境遇和精神状态，生存样态与心态的人格化让具象的人物承托起抽象的象征意义，从而成为"果园城"这个"有生命，有性格，有思想，有见解，有情感，有寿命"的"活的人"的文化载体。④

萧红本人虽然个性鲜明，但似乎也没有为我们创作出具有典型性格的人物形象。她的人物描写侧重于群像概括，人物众多，但没有一个中心人物。人物性格比较单一，往往简笔轻描人物的轮廓，几乎不见性格复杂的人物形象，人物的个性消融在集体的群像之中。《呼兰河传》中的人物符号化，几乎成了印证作品主题的演绎者，大多数人物姓名缺失，作者直接

---

① 师陀：《〈马兰〉成书后录》，载刘增杰编《师陀研究资料》，北京出版社，1984，第72页。
② 师陀：《〈里门拾记〉序》，载刘增杰编《师陀研究资料》，北京出版社，1984，第46～47页。
③ 尹雪曼：《师陀与他的〈果园城记〉》，载刘增杰编《师陀研究资料》，北京出版社，1984，第253～254页。
④ 师陀：《〈果园城记〉序》，载刘增杰编《师陀研究资料》，北京出版社，1984，第97页。

以养猪的、拉磨的、漏粉的、烧火的、赶车的、小团圆媳妇、王大姑娘等社会职业、家庭角色等来称呼。茅盾在《〈呼兰河传〉序》中就指出《呼兰河传》中人物类型化的特点，人物基本上"缺乏积极性"，是些"甘愿做传统思想的奴隶"的"可怜虫"，他们"愚蠢而顽固"，有时甚至"残忍"，在本质上却是"良善的"，"不欺诈，不虚伪"，也不"好吃懒做"。"有二伯，老厨子，老胡家的一家子，漏粉的那一群"都是些求生存的群像人物。他们中间也有生命力强的，如磨官冯歪嘴子，除了"生命力特别顽强"，似乎也找不出"什么特别的东西"。这些甚至让读者形成了某种阅读成见："除了因为愚昧保守而自食其果，这些人物的生活原也悠然自得其乐。"[1] 萧红小说中人物的动物性生存方式与落后的文化习俗内在同构，萧红写的不是某个具体的人，她的中心是呼兰河小城，是这个小城的所有人和物。人是小城人情风俗的组成部分，本应是呼兰河小城生活主宰的人却淹没在落后习俗和愚昧文化的洪流中，完全丧失了生命的主动性与人类的创造性。萧红用这种类似于动物的生活方式展示了一种违反人性的人生形式，在强烈的同情中包含着无声的抗议。

　　三是环境审美化。环境是所谓的小说三要素之一，而诗化小说作家笔下的环境显然不是传统现实主义小说中的典型环境。由于情节冲突的淡化和典型人物的缺失，环境描写在诗化小说的诗性构成中似乎具有本体性的地位。环境是人物活动的舞台，承担着说明人、完成人物塑造的功能，更是作者理想生命形式和人生形式的投射。环境包括自然环境、人文环境和社会环境，诗化小说中的环境主要是自然环境、人文环境，社会环境则作为一种破坏性力量而存在，环境与人构成了一对互相阐释、互相呈现的矛盾统一体。诗化小说作者坚持主客和谐、物我一体的审美关系，用生命感悟自然，以自然折射人生，人与自然双向融合。自然是宇宙万物的生存空间，人就是环境的一部分，很难将人物与其生活的环境分离开来。在诗化小说中，人实现了与自然的融合，就会返璞归真，一旦社会外在的力量介入，人也就失去了鲜活的生命。为了建构起人物与环境的同质共构关系，诗化小说作家普遍采取回忆视角，用几近失真的笔调营造一个个纯美的艺

---

[1] 茅盾：《〈呼兰河传〉序》，载章海宁主编《萧红全集·小说卷》（三），北京燕山出版社，2014，第259页。

术世界来化解社会现实的困境所造成的不安和焦虑。

　　诗化小说作家大都来自农村，有很深的故乡情结，回眸往事时故乡总是不断浮上心头，但故乡已不是往日的故乡，经过岁月的沉淀后故乡呈现了别样的美感。为了心中的诗意，他们不约而同地采用了艺术化的追忆，让驻留于心灵角落的几缕温馨呈现出恒久的艺术魅力。废名认为文学有"写实的"和"回忆的"两种创作方法。① 他的小说大多是回忆故乡——湖北黄梅，如《柚子》《初恋》《阿妹》等都是通过记忆来诉说悠悠往事的，被称为"十年造一桥"的代表作——《桥》也是典型的回忆性作品。沈从文认为创作是"一切官能的感觉的回忆"②，创作的方法就是去捕捉"在我眼前闪过的逝去的一切"③。萧红在自己的作品中眷恋故土、遥想童年、追忆故人，她的《呼兰河传》也不是"什么幽美的故事"，只不过由于沾染了作者"幼年的记忆"而充满了爱与温暖。④ 师陀也没有摆脱回忆的羁绊，在《果园城记》里深情回眸乡村故土的人情物事，用田园牧歌式的情调诉说现代游子精神返乡时难以名状的思绪。萧乾是北京人，却是一个精神上的流浪汉，他也以"乡下人"的视角在《梦之谷》中写出别样的乡土情趣。

　　梦中的乡土或许已经破败不堪，但并不妨碍小说家对故乡的美化。要实现超越性的文学理想，需要摆脱实境的牵绊。诗化小说作家普遍喜欢悬置故乡的凋敝，"故乡的已不存在的事物"远比"明明存在，而只有自己不能接近的事物"更为令人"舒适"，也更能用来"自慰"。⑤ "记忆"并不是复制过去，再美好的记忆一旦落实到经验上，就会失去完美性，他们的乡村记忆普遍具有经验性虚构特征。沈从文的边城世界民风淳朴、风景秀丽，而记忆的乡村却已现"堕落趋势"，"正直素朴的人情美"几乎

---

① 沈从文等：《【备考】今日文学的方向——"方向社"第一次座谈会纪录》，载《沈从文全集》（第二十七卷），北岳文艺出版社，2009，第295页。
② 沈从文：《〈秋之沦落〉序》，载《沈从文文集》（国内版·第十一卷），花城出版社、三联书店香港分店，1992，第10页。
③ 沈从文：《〈第二个狒狒〉引》，载《沈从文文集》（国内版·第十一卷），花城出版社、三联书店香港分店，1992，第3页。
④ 萧红著，张章主编《呼兰河传》，中国华侨出版社，2014，第190页。
⑤ 鲁迅：《〈小说二集〉导言》，载刘运峰编《1917~1927中国新文学大系导言集》，天津人民出版社，2009，第86页。

"消失无余","做人时的义利取舍是非辨别"也"泯没了"。[①] 沈从文在理性上接受乡村的没落,但为了幻造美好的人生形式却主动放逐了理性,以文人雅趣过滤掉乡野生活中的粗鄙浅陋。众所周知,如果作家的记忆过分拘泥于真实的乡村生存状况,是很难创作出符合牧歌情调和禅意氛围的艺术品的。诗化小说的写实不在具象的真实,而是拟态的现实,是与自己审美理想相一致的合目的性现实,作者营造的艺术世界并不是穷乡僻壤的现实世界,而是诗化的乡土。废名的小说与"当初的实生活隔了模糊的界"[②],他的《桥》是闭起眼睛在幻想中建造的世外桃源。师陀的许多怀乡之作是建立在想象之上的,果园城这个"想象中的小城"几乎与战争绝缘,这个凝聚着美好想象的果园城构成了作者的精神家园。萧红患上了"乡思病",她几乎摒除了战争对家乡的破坏和家庭对自己的伤害,完全沉浸在对故乡温馨往事和北国民俗风情的深情怀想中,借助虚构的文字频频回望故乡,以此来安慰自己寂寞的心灵。诗化小说作家在对故乡的怀念中,将他们精心打造的人间乐园安放在读者无法考证的"过去",时空的阻隔提供了理想的审美距离,前现代的历史场域构成了诗化小说作家铺排理想人性的最好场所。

回忆一方面可以"忘去那些沉杂无意义的东西",另一方面则是"创造幻觉的真实的工作",艺术创作经历这样一个步骤,"印象因之更突出了,更鲜明了",沈从文的作品是个"很好的例子","我猜师陀先生的书也是这样写成的"。[③] 沈从文为了"美"而有意舍弃了宗法乡村社会中真实存在的原始、愚昧、野蛮等落后性因素,抽样选取了乡村社会古朴、良善、仁义、优美的方面。在《三三》《边城》等小说中,我们看到的是青山绿水、丽景美物、情女义男,一切丑陋的社会矛盾和复杂的人事背景皆被作者轻轻荡开。这里的人都是具有人情美、人性美、心灵美、道德美的普通男女。这种至美至善的人物远离动荡社会现实而成了作者"爱与美"理想的外化,小说则以纯美的艺术境界升华了现代文学的审美表现形态。师陀借马叔敖之口,说小说家是和"说书人"一样的"撒谎家",乡村的

---

[①] 沈从文:《〈长河〉题记》,载刘洪涛编《沈从文批评文集》,珠海出版社,1998,第248页。
[②] 废名:《说梦》,载吴晓东编《废名作品新编》,人民文学出版社,2009,第4页。
[③] 唐迪文:《果园城记》(节录),载刘增杰编《师陀研究资料》,北京出版社,1984,第248~249页。

凋零和衰败让师陀如鲠在喉，他对果园城的书写并不全面，只截取了"顶熟悉的一段"，选择了一些"跟一个小城的性格适合"的材料。① 在杂乱的回忆中更多地保留了平和的温馨，想象中的果园城成了师陀文学书写中的一抹艳丽的凝固华彩。萧红在《呼兰河传》中回忆故乡时，故乡带给她的不快、伤害以及自己对故乡的憎厌都被遗忘了，故乡被镀上几许梦幻的光彩，成为自己魂牵梦萦的精神家园。具体文本实践也是叙事、写景远胜人物描写，读者几乎看不到"封建的剥削和压迫"给人们造成的生活苦难和精神贫困，也难见日本帝国主义侵略所造成的"那种血腥"。②

## 第三节　诗化小说边缘写作的内在悖论

多事之秋的中国现代社会并不具备合适的土壤让有纯文学之称的诗化小说自由生长。意外的是，在阶级矛盾尖锐、民族危机深重的时代却出现了以《边城》、《果园城记》和《呼兰河传》等为代表的一大批与时代大环境相背离的诗化小说。这些分属于不同流派的作家以诗化的人生态度、温馨的乡土记忆和审美的个体感性将现代抒情小说推向巅峰，以审美反思的视野突破时代中心话语的规约。在民族危机下，"力的文学"普遍强调创作的时代性和文学的批判精神，与历史进步、社会解放相一致的宏大叙事不仅具有道义上的应当，而且迅速发展为横扫一切的霸权话语。以叙事主体的诗性自觉为创作基础、以艺术自由和生命自由为创作旨归的诗化小说却企图挣脱现实主义主流叙事的规范和话语规约，这样轻松的艺术追求必然与紧张的政治化叙事之间发生持续不断的冲突，不合主流的写作方式让诗化小说陷入书写的困境。诗化小说作家普遍感到沉重的意识形态压力，开始怀疑自己创作的合法性。在文学走向一体化的过程中，这种超然的艺术书写最终难容于时代，在时代潮流的裹挟下，诗化小说作家逐渐放弃原先坚守的艺术阵地，在尽可能保留诗性叙事的基础上加大对社会现实的介入。

---

① 师陀：《〈果园城记〉序》，载刘增杰编《师陀研究资料》，北京出版社，1984，第97页。
② 茅盾：《〈呼兰河传〉序》，载章海宁主编《萧红全集·小说卷》（三），北京燕山出版社，2014，第259页。

## 一 沈从文诗化小说中"梦"与"人事"的纠缠

沈从文认为小说内容包含"社会现象"和"梦的想象"两个部分，单是社会现象容易成为"报纸记事"，单是"梦的想象"则又容易成为"诗歌"，所以理想的小说应该将"人事和梦两种成分相混合"。[①] 在《水云》里，他则表明当别人写"人类行为的历史"时，自己则倾向于用文字"写我自己的心和梦的历史"。[②] 单从创作理念上来看，沈从文似乎偏爱"梦的想象"。以《边城》为代表的一系列小说绘制了一个纯美自然的田园世界，建筑起一座供奉人性的"希腊小庙"。在文学革命化叙事占主流的年代，沈从文的乡村想象过于浪漫，把人性和生命的美变成一种艺术的把玩。在现代工业文明取代前现代文明的历史大势下，沈从文描绘的理想社会明显相悖于人类社会现代化、都市化的潮流，也缺少时代的血肉和现实的批判精神。难怪当时就有人指责他是个"挂着艺术招牌的骗子"[③]，他的作品"大部是内容很空虚的"[④]，这种出于庸俗社会学标准的误读是很难接受沈从文的文学书写的。从时代与文学的关系来看，沈从文的大部分作品游离于时代，确有很强的"梦"的成分。当大部分作家秉持革命理性去反映乡村生活方式的落后和农民精神状态的蒙昧，以乐观的态度讴歌农民在革命进程中的反抗和觉醒时，沈从文却醉心于从野蛮落后的乡土生活中提取诗情，过于珍惜自己那点有限的忧愁，写一些美丽而忧伤的故事来寄托自己苦闷压抑的情绪。他本人也没有加入左翼阵营，在文学大众化的潮流中孤独地坚守文学的本体性立场，做一个"对政治无信仰对生命极关心的乡下人"。"在'神'之解体的时代"，他顶礼膜拜艺术之神，用一支笔来保留"最后一个浪漫派在二十世纪生命挥霍的形式"，"在充满古典庄雅的诗歌失去价值和意义时"写好"最后一首抒情诗"。沈从文也深知"我的妄想

---

[①] 沈从文：《短篇小说——五月二日在西南联大国文学会讲》，载李宗纲编《炮声与弦歌——国统区校园文学文献史料辑》，人民出版社，2014，第129页。
[②] 沈从文：《水云》，载刘洪涛、杨瑞仁编《沈从文研究资料》（上），天津人民出版社，2006，第77页。
[③] 凡容：《沈从文的〈贵生〉》，载刘洪涛、杨瑞仁编《沈从文研究资料》（上），天津人民出版社，2006，第261页。
[④] 贺玉波：《沈从文的作品评判》，载刘洪涛、杨瑞仁编《沈从文研究资料》（上），天津人民出版社，2006，第252页。

在生活中就见得与社会倾向隔阂，在写作上自然更容易与社会需要脱节"。这种自知之明的表述点出了沈从文在文学政治化时代坚守艺术自律的创作立场，研究者也以此认为沈从文的审美选择削弱了他对社会现实的介入深度，使他成为一个只讲艺术而不顾社会的单纯的梦的歌者。

"对政治无信仰"让他的小说与主流话语之间保持着适当的张力，但并不代表他不关心政治，他"虽能将生命逃避到艺术中，可无从离开那个生活环境"。① 生在现代社会的人不可能脱离社会而存在，也根本无法做到彻底忘情于惨淡的社会现实，更不可能完全不食人间烟火。作为人文知识分子，沈从文和大多数人一样关心"人事"、时局和政治，"每天照例阅读报纸，对时事发生愤慨，对汉奸感觉切齿"，和朋友一起讨论"中华民族的出路"。② 他的创作像大多数现代作家一样受到时代社会因素的影响，在沈从文的湘西书写达到艺术巅峰时，也是中国进入全民抗战的历史关头，他的《长河》绝唱也因时代的左右而徐徐落幕，他开始转向直面现实的杂文创作。"沈氏虽号为'文体作家'，他的作品却不是毫无理想的。不过他这理想好像还没有成为系统，又没有明目张胆替自己鼓吹，所以有许多读者不大觉得。"写充满古典韵味的田园抒情诗并不是沈从文的主观理想，从古至今，田园诗都不是绝对逃避现实的产物，而是曲折传达出对社会现实的变相反抗。与现代社会不适应让沈从文退守到蛮荒之地寻找未受现代文明侵染的健全人性和血性道义，"借文字的力量，把野蛮人的血液注射到老迈龙钟颓废腐败的中华民族身体里去使他兴奋起来，年青起来，好在廿世纪舞台上与别个民族争生存权利"。③ 沈从文有自己丰富的人生阅历和对大时代变动的敏锐感知，也清楚地知道文学的时代性，注重文学的社会使命，在多种文章和场合下强调文学的社会作用。在《论冯文炳》一文中，他就委婉批评了废名小说"趣味的恶化"，认为其《莫须有先生传》"情趣朦胧，呈露灰色"，"缺少凝目正视严肃的选择，有作者衰老厌世意

---

① 沈从文：《水云》，载刘洪涛、杨瑞仁编《沈从文研究资料》（上），天津人民出版社，2006，第87~99页。
② 沈从文：《习作选集代序》，载刘洪涛、杨瑞仁编《沈从文研究资料》（上），天津人民出版社，2006，第52页。
③ 苏雪林：《沈从文论》，载刘洪涛、杨瑞仁编《沈从文研究资料》（上），天津人民出版社，2006，第189~190页。

识";他还认为,"新兴文学"主张"各人创作,皆应成为未来光明的歌颂之一页",从而使文学"向健康发展",从"工作意义上"来看,废名创作的"此种作品"不过是"一种糟蹋了作者精力的工作罢了"。① 沈从文认为文学应该密切与社会人生的联系,一切伟大作品"皆应植根在'人事'上面"并"必然贴近血肉人生"。② 由此可见,他并不反对"文学为人生",也肯定文学的社会价值。文学"为对习惯制度推翻、建设或纠正的意义而产生存在"的提法虽然"幼稚",却"明朗健康"。③ 这些文学观念清楚地表明沈从文已经意识到文学的社会价值,不过在工具理性和价值理性之间,他不像左翼作家那样主动追求文学与社会现实的直接对应。他反对"制造饽饽食物"式的纯功利性写作,更不能接受那种将思想直接外化在"故事发展"、"人物语言"乃至书的"目录"中和"封面"上的"载道作品"。④ 他更注重用作家的审美意识去冲淡文学作品中的政治意识形态色彩,在保证文学自立性的基础上适当介入社会现实,实现文学对政治现实的间离性超越。他认为,不能因直接揭露现实而斫伤艺术之美,丑的东西总是让人感到不"愉快",也无从让人产生"那个高尚情操",所以"不管故事还是人生"都应当"美一些",用美的形式加以表现,文学艺术应当在超越生活的本真状态的基础上去追求美,在现实世界中找不到美,也可以写"可能的现实","精卫衔石,杜鹃啼血,情真事不真,并不妨事"。⑤

在乱世中追求唯美的文学理想本是一种奢侈,而在文学政治化、商业化时代,这样的艺术坚守最终只能成为维护艺术纯洁性的无奈之举。其实沈从文和大多数作家一样根本无法进行纯艺术写作,他虽重视人性,但他的人性观中亦有朴素的阶级性内容,他也不是单纯地写梦,而是写充满忧郁色彩的乡土抒情诗。读者在阅读沈从文作品的过程中不难发现,他在不

---

① 沈从文:《论冯文炳》,载刘洪涛编《沈从文批评文集》,珠海出版社,1998,第206页。
② 沈从文:《论穆时英》,载《沈从文全集》(第十六卷),北岳文艺出版社,2002,第233页。
③ 沈从文:《论中国创作小说》,载《沈从文全集》(第十六卷),北岳文艺出版社,2002,第198页。
④ 沈从文:《习作选集代序》,载刘洪涛、杨瑞仁编《沈从文研究资料》(上),天津人民出版社,2006,第53~55页。
⑤ 沈从文:《水云》,载刘洪涛、杨瑞仁编《沈从文研究资料》(上),天津人民出版社,2006,第80~81页。

同"时间"创作的"背景""写作情绪"等方面"大不相同"的作品中，却好像始终保留着一个"共同特征"：几乎所有的作品都一例渗透一种"乡土抒情诗"的气氛，染上一份淡淡的孤独悲哀，让人感觉到所接触的种种人事物都具有一种无可名状的"悲悯感"。[1] 况且时代也不允许他安静地进行悬空的艺术雕琢，"骤然而来的风雨"将"许多人的高尚理想"摧残得"无踪无迹"，"横在我们面前许多事都使人痛苦"。沈从文认为如果"忠忠实实和问题接触"，进行照直书写，不仅破坏艺术美，自己心中也"不免痛苦"。为了让作品发表后不致给读者留下"一个痛苦印象"，在具体文本书写时，他"特意加上一点牧歌的谐趣"，"有意作成""乡村幽默"，"尤其是叙述到地方特权时"更是不忍下笔。痛苦的存在不会因叙事策略的改变而消失，任何外在的写作技巧都无从"中和那点沉痛感慨"。[2] 文学选择的摇摆让沈从文的文学创作陷入一种二律背反的境地，在两难矛盾中，他虽比较倾向于追求审美超越性，但强烈的社会悲悯感的侵入依然让他的大部分小说文本内部隐性存在着现实人事和理想梦境的冲突。诗意的情调根本无法完全稀释掉来自现实的深创剧痛，理想人性的诗意描写中不时散发出对现代文明的批判。作为现代文明的反思者和批判者，沈从文对都市丑陋人性进行无情的嘲讽，竭力在未被现代文明污染的乡村发现人类文明精神的样本，但令人疑惑的却是沈从文本人总在无意中流露出对现代都市文明优势的赞赏。在他的乡村世界里，城市文明的影响因子不断加大，并成为激发乡村文明的源头活水，相反，他的湘西世界却矛盾重重，那些充满雄强气魄的湘西"英雄"根本无法成为现代人的榜样，一旦离开封闭的乡村生存环境就会丧失神力，而那些浸染现代知识的文明人却显得生机勃勃。在《萧萧》中，作为"知识"和"自由"象征的"女学生"对萧萧的成长起到了不可忽视的作用，在萧萧偷情怀孕的时候，女学生甚至成了唯一能够帮助她脱离困境的救命稻草。在《采蕨》中，沈从文让用"城里人腔调"说"城里人的话"的五明与自然之子阿黑在软草上快乐地结合，却让五明无端生出些"无胆量又无学问"的惭愧和惆怅。在《三

---

[1] 沈从文：《〈散文选译〉序》，载《沈从文文集》（第十一卷），湖南人民出版社，2013，第81页。
[2] 沈从文：《〈长河〉题记》，载刘洪涛、杨瑞仁编《沈从文研究资料》（上），天津人民出版社，2006，第59~61页。

三》中，封闭环境中长大的三三对城市有莫名的向往，来乡下养病的城里人完全打乱了她平静的生活，她内心泛起无所来由的烦恼，产生了某种朦胧难言的希冀。在《长河》中，夭夭之所以敢于鄙视保安队长，是因为她有个在外地读书的未婚夫，而且将来还有可能做洋博士。随着沈从文对城市文明体验和现实人事认识的加深，小说中"城""乡"情感天平明显发生了向现代文明的倾斜。在《虎雏》中，他甚至想用现代知识理性和城市文明来改造湘西人的雄强野性，以期教育出符合审美理想的宁馨儿。可那个在野蛮地方长大的勤务兵根本不懂人情世故，也不谙熟都市生活法则，这导致他不断地与现代文明发生各种冲突，竟然用野蛮的杀人方式来解决平常的人事纠纷，最后由于害怕而仓皇逃离城市，教育改造的失败象征着作者试图沟通城乡鸿沟的愿望落空。在沈从文的乡村叙事中，湘西无疑是作者对抗都市喧嚣的情感之源，但在他的湘西世界里，城市文明的正面影响却若隐若现，并导致了作者乡村叙事中的情感游离和都市认同。

在现代文学史上，沈从文倾注全部的情感构筑了一个自然美、人性善、民风淳的世外桃源，但真挚浓厚的乡情终究无法完全融化冰冷的理性。他在建构乡村理想人性的同时，也低吟了一曲凄婉、哀伤的人性悲歌，表面上礼赞湘西社会优美健康的人性和厚道无私的人情，当他用现代启蒙者的眼光去反观乡土时却发现了湘西边地人们"心坎里那一股沉忧隐痛"以及"边城世界"所掩藏的罪恶渊薮。[①] 两种目光的会聚造成了乡土叙事的巨大裂缝，时时透出与田园诗意相反的嘈杂信息，显在的牧歌情调背后掺杂着隐在的不和谐音符，来自现实的悲愤呐喊以复调的形式渗透在字里行间，弥漫在文本深处。其实他笔下的乡村人生形式并不完美，原始人性也不健全，他精心营造的湘西世界几乎没有喜剧性的故事，处处弥漫着挥之不去的忧伤和难以言传的哀痛。初读文本，我们可能惊叹于柏子在吊脚楼上和老相好放肆的撒欢和缠绵的牵挂，赞美乡民能够大度地接受萧萧出轨怀孕，欣赏翠翠顺乎人性的情感爱憎和婚姻选择……其实他们对自己的悲剧命运要么浑然不觉，要么有所察觉但也只能无奈接受，始终无法成为生命的主人。他们生活在自己的"爱憎得失里"，感受着"四时交替

---

[①] 朱光潜：《从沈从文先生的人格看他的文艺风格》，载刘洪涛、杨瑞仁编《沈从文研究资料》（上），天津人民出版社，2006，第407页。

的严肃",然而他们这点"千年不变无可记载的历史"却让人感到"无言的哀戚"。①萧萧与花狗之间的性行为看不出多少爱情的成分,她免于沉潭的处罚无法掩盖湘西世界童养妻制度的落后和残忍(《萧萧》);柏子不愿自己的女人接客但自己却无力供养,只能用冒着生命危险赚来的钱换得一晌贪欢(《柏子》);湘西社会视女子出卖身体为"正常",不可能改变女人因物质贫困而被迫卖身的残酷事实,丈夫虽然有所醒悟后带妻子回到了乡下,但也无法过上人上人的生活(《丈夫》);豆腐店老板通过掘墓"奸尸"来满足自己未尝的爱欲,这样的举动无论多么专情都只能是一种变态的发泄(《三个男人和一个女人》);傩送和翠翠凄美的爱情如不是财富和权势的介入也不会发展为无言的结局,人与人之间多点沟通就会减少许多无端的猜疑(《边城》)……美和爱的故事里充满了生命的异化和人性的丑陋,自然状态下的人性和人生形式只能出现在现代文明尚未出现的前现代社会,甚至沈从文本人都难以接受这样的生命状态和生存方式。他虽然在感情上留恋"这种地方、这些人物",但在理智上却对之忧心忡忡,甚至对之本能拒绝。他们"生活的单纯"与现代文明相隔实在太远,总让人"永远有点忧郁",虽然熟悉"他们","对他们发生特别兴味",可又感觉"与他们那么'陌生',永远无法同他们过日子"。②尽管沈从文把湘西故事叙述得生机盎然,但对之批评甚至排斥的态度也是不言而喻的。

从广阔的历史-文化演变的角度来看,传统文明与生活方式将会无可挽回地失去。在现代文明的侵蚀下,《边城》世界中人情美的堤防已经开始坍塌,唯美的牧歌情调也渐行渐远,淳朴古老的湘西社会必将走向没落,这是不以人的意志为转移的,受过现代文明洗礼的沈从文深知自己魂牵梦萦的湘西不过是一个美丽的梦。"维持在旧有生产关系下而存在的使人憧憬的世界,皆在为新的日子所消灭。农村所保持的和平静穆,在天灾人祸贫穷变乱中,慢慢地也全毁去了。"③战争动乱、经济破产、人性异化是20世纪二三十年代中国社会的现实图景,也是沈从文诗化小说创作的大背景。对现代社会的极端失望让他返回故乡,通过历史回眸来虚构一个辉

---

① 沈从文著,丁文导读《我所生长的地方》,天天出版社、人民文学出版社,2014,第93页。
② 沈从文著,丁文导读《我所生长的地方》,天天出版社、人民文学出版社,2014,第47页。
③ 沈从文:《论冯文炳》,载刘洪涛编《沈从文批评文集》,珠海出版社,1998,第206页。

煌的往昔，让"消灭了"的世界"生存在我那故事中"。[1] 但原始的人情人性毕竟不是理想文明的样板，作者的深情回顾不断遭遇来自冷酷现实的嘲弄，对历史和现实的双重失望造成了文本叙述的巨大裂缝，沈从文无论如何想避开丑恶，都无法做到绝对的纯粹浪漫，在貌似平静的叙事背后隐藏着他虽未明言却无比真实的无奈和伤感。他的歌颂何尝不是一种批判！牧歌如同挽歌，越完美也就越失落。他也无力为萧萧、三三、翠翠们安排好的命运，何况这种理想人性还会因现代社会的到来而发生必然的异化，据此来看，淡定地讴歌美好田园在20世纪三四十年代是个根本不可能完成的美学任务。或许构筑"希腊小庙"是沈从文的创作本意，但他的文明体验却不断打乱他乡土叙事的纯粹性，在文本叙述中屡屡出现现代性对乡土社会的隐形侵略。物质文明的渗透加速了湘西自然状态的社会结构的解体，对淳朴人性造成了毁灭性的冲击，仇杀、童养媳、卖淫等原始蒙昧文化的颓废病态开始显现。在《小砦》中，沈从文对酉水流域人们生活的描写明显趋向反讽和批判，"听来真可说有仙家风味，可是事实上这地方人却异常可怜"——一句话道出了沈从文对这种近乎原始的生活方式的否定——住在洞穴里的大多数人生活穷苦而且愚蠢，住在码头街上的人也鱼龙混杂。诗意的栖息地变得污秽不堪，从前存在于都市中的鸦片、淋病、梅毒、死猪肉等现代性问题在这里已经出现。严酷的竞争法则已将正直朴素的人情美人性美破坏殆尽，人们的"体力和道德"似乎也面临"不可救药"的"崩溃"。[2] 沈从文面对这种"山雨欲来风满楼"的紧张气氛再也无法保持乐观，"一团纠纷"的事实让他难以再像《边城》那样进行"抽象的抒情"，于是他采用"'从深处认识'的情感来写战事"，《长河》《芸庐纪事》就是在这样的情况下"产生"的。[3] 在《长河》中，他虽以一贯的牧歌情调歌咏理想社会与和谐人生，但原先回荡在《边城》世界中的优美旋律已经变成可有可无的背景，而是更深入地去关切人事、审视历史，描绘乡土中国在现代化历史进程中的抗拒及无可挽回的没落，时代的风云

---

[1] 沈从文：《习作选集代序》，载刘洪涛、杨瑞仁编《沈从文研究资料》（上），天津人民出版社，2006，第53页。
[2] 沈从文：《小砦》，载《沈从文文集》（第七卷），湖南人民出版社，2013，第174页。
[3] 沈从文：《水云》，载刘洪涛、杨瑞仁编《沈从文研究资料》（上），天津人民出版社，2006，第93页。

之色跃升为作品的主导色调。从抒情的《边城》到写实的《长河》，表明沈从文的小说创作方向发生了从理想到现实的蜕变，也将读者从梦境带回到现实。

　　沈从文的乡土叙事一直不缺现实的质感，优美的乡村景物遮掩不住湘西社会的藏污纳垢，在前现代情蕴的缅怀中一直存在深沉的现代性忧思。读者可能过于沉迷沈从文笔下那个美善和谐、天人合一的审美乌托邦，忽略了其作品中流露出来的对于湘西前途和民族命运的隐忧。沈从文本人也不"乐意作个漫画家"，更不愿揭露人性的丑恶，而是倾向于用善和美来引导人们进入理想的境界，所以在写作中常常避开"当前社会"，写一些"传奇故事"。[1] 他认为一个聪明的作家不一定非要用一摊"血"、一把"眼泪"来裸现这种"神圣伟大的悲哀"，或许用"微笑"更可以揭露"人类痛苦"。[2] 沈从文的小说追求的就是这种"含泪的笑"的艺术效果，在小说《鸭窠围的夜》中就有这种初读柔软细腻，细读却忧郁感伤的文字。他用生花妙笔雕绘了相当"动人的一幅画"，在灯光掩映之下，不时传来欢声笑语、喁喁情话，水手们和"木筏上的簰头在取乐"，"小商人在喝酒"，妇人戴着情人"带来的镀金戒指"……其实这种其乐融融的场面不过是表象的热闹和快乐而已，沈从文能够分享他们的快乐，也能深味他们的哀愁。"我认识他们的哀乐，这一切我也有份。看他们在那里把每个日子打发下去，也是眼泪也是笑，离我虽那么远，同时又与我那么相近。这正同读一篇描写西伯利亚的农人生活动人作品一样，使人掩卷引起无言的哀戚。"[3] 读沈从文的小说如果只看到表面的清新明丽，看不到底子里的忧郁悲凉，只看到他对"良善的歌颂"，没有发现埋在其中的"凄凉的幽噎"，表明你还不曾真正理解沈氏小说。他能用最美的文字编织迷人的艺术世界，写出一部"人性皆善的杰作"，又能让一切美丽在瞬间化为虚无，刚刚沐浴在"和朝阳一样明亮温煦的"光辉中，接着就体会到"夕阳西下的感觉"，从而形成一种"美丽是忧愁"

---

[1] 沈从文：《黑魇》，载周文彬编《沈从文散文选集》，百花文艺出版社，2009，第264页。
[2] 沈从文：《废邮存底·给一个写诗的》，载《沈从文全集》（第十七卷），北岳文艺出版社，2002，第186页。
[3] 沈从文：《鸭窠围的夜》，载李瑞山编《沈从文代表作》，黄河文艺出版社，1987，第341页。

的美学风格。① 美景增加了湘西的美丽，但美丽的消失却让人倍感失落怅惘。当他建筑"希腊小庙"用来供奉理想人性的文学理想屡屡受到奚落和指责时，他反击说，"你们能欣赏我故事的清新"，却忽略了"作品背后蕴藏的热情"，"你们能欣赏我文字的朴实"，却忽略了"作品背后隐伏的悲痛"。② 作者创作动机和读者阅读发现的错位是文本阅读中的经常之事，但循着沈从文的刻意解释，不难发现他的湘西小说确实大都流贯着一种"世界既变了，什么都得变"的历史哀痛，充斥着"美丽总令人忧愁"的郁郁寡欢，这些桃源叙事背后的悲剧性因素真正构成了沈从文诗化小说叙事的复杂性和小说文本的独特性。他一只眼睛向人类远景凝眸，表现"《边城》中人物的正直和热情"，追求"民族品德"的重造，引导人向上；另一只眼睛向现实凝眸，解剖与描绘"时代大力"对人们性格灵魂的"压扁扭曲"，在"'过去'和'当前'对照"中感受人事哀乐和时代变化。③

## 二　师陀诗化小说中的批判与诗意

和沈从文一样，师陀也是一个出走乡土却以"乡下人"自居的作家，这两个"乡下人"以自己的都市经验和乡村经历写出了"衣装相近而神髓互异"的"故乡"④，以不同精神特征的乡村世界体现不同的文学追求和价值理想。沈从文的原乡神话以柔情笔触构造了一个集自然美、人性美、人情美、生命美等人间美质于一体的梦幻湘西，遵循古典美学的"和谐"理念构筑了一个天人合一的田园诗般的故乡，达到了中国现代文学乡村乌托邦想象的极致。与沈从文自觉皈依于乡村不同，师陀的故乡叙事少了几分虚幻的乡村痴恋，却平添了几抹写实的灰色，少了构建审美乌托邦的冲动，多了一点直观现实的残忍。师陀的小说尽管诗意犹存，但几乎难觅沈从文笔下的那种理想社会和理想人性的痕迹。师陀是一个流淌着乡下人血液的现代知识分子，对于城市来说，他是个"外来人"，只有"在他所丢

---

① 李健吾：《〈篱下集〉——萧乾先生作》，载李健吾《咀华集·咀华二集》，复旦大学出版社，2005，第37页。
② 沈从文：《习作选集代序》，载刘洪涛、杨瑞仁编《沈从文研究资料》（上），天津人民出版社，2006，第52~53页。
③ 沈从文：《〈长河〉题记》，载刘洪涛、杨瑞仁编《沈从文研究资料》（上），天津人民出版社，2006，第57~58页。
④ 杨义：《中国现代小说史》（下），人民出版社，1998，第426页。

开的穷乡僻壤里他才真正是'土著户'",生活在城里的"乡下人"的双重身份让他的乡村书写交织着情感亲近与理性拒绝的矛盾。长期的乡村生活经历作为一种惯性的心理视角让他在情感上很自然地美化那片纯净的乡土,留恋那个"充满着忧喜记忆"的乡村,思慕农家生活"牧歌风味的幽闲"。受过现代文明洗礼的启蒙者身份让他在恋乡中能够保持清醒的理性自觉,在深情回望乡村时夹杂鲜明的批判意识,以现代知识分子的眼光审视乡土,批判那"流播着封建式的罪孽"的旧世界。① 这种清醒让师陀对果园城世界充满了既眷恋又批判的双重情绪,爱之深而眷恋,恨之切而批判,二者互相指涉,形成互文性对话结构。

在师陀的许多作品中,他常常喜欢用逆转性的句式来表达自己对故乡纷乱的情绪。读者在其作品中领略乡村美景时,能分明感受到诗意描绘背后所潜藏的冷峻乡村批判,这种残酷的诗意构成了师陀诗化小说的主要审美取向。对于故乡,他其实并"不喜欢",却"怀念着那广大的原野"。他的"不喜欢"让他毫不留情地批判乡野村夫的愚昧麻木,揭露故乡文化的荒谬愚昧,对不含人事的"原野"的"怀念"促使他创作了以故乡河南村镇为背景的充满诗意情趣的果园城世界。② 对故乡爱恨交织的矛盾纠葛让师陀的小说批判与诗意并存,情感的依恋和理性的背叛共在。在《〈里门拾记〉序》中,他就表达了这种矛盾的心态:如果一个人能在"那样的地方"住上一天,那么世间就再也没有什么"不能忍受"的事了,然而我却住了"将近半年",其间"时时想'远走高飞'却终不曾飞成"。③ 正是这种感情和理智的背反让他的诗化小说在"诗"的"衣饰"下包裹着"讽刺"的"皮肉","同情"才是他真正的"心"。在他的笔下有自然的故乡和人事的故乡之别,他对自然和人事的态度也明显不同,憎恶乡村"人事的丑陋",却留恋故乡的一草一木,所以"把情感给了景色"④,将想象中的果园城织绘得那么富有诗意和情趣,"纯净,凝炼,透明,仿佛闪光的水晶"⑤。这

---

① 孟实:《〈谷〉和〈落日光〉》,载刘增杰编《师陀研究资料》,北京出版社,1984,第233页。
② 师陀:《巨人》,载刘增杰编《师陀作品新编》,人民文学出版社,2011,第30页。
③ 师陀:《〈里门拾记〉序》,载刘增杰编《师陀研究资料》,北京出版社,1984,第45~46页。
④ 刘西渭(李健吾):《读〈里门拾记〉》,载刘增杰编《师陀研究资料》,北京出版社,1984,第208页。
⑤ 唐湜:《师陀的〈结婚〉》,载刘增杰编《师陀研究资料》,北京出版社,1984,第303页。

座中古遗风犹存的小城风景如画，果树成林，"像云和湖一样"装饰着这座古老的小城。在秋天，很远就可以闻到"葡萄酒的香气"，看到"像粉脸一样美丽的果实"（《果园城》）；白塔高耸，这个从"神仙袍袖中落下来"的塔在阳光的照耀下，显得尤其"辉煌""骄傲""尊贵"，"像一位守护神般庄严"（《塔》）；水碧草青，"水是镜一样平"，"油一样深绿"，"三白草抽出它们的小小花穗，辣蓼草是像全身穿红的乡下少女在风中弹抖着笑了"（《阿嚏》）……《果园城记》中几乎每一篇都有令人心醉的景物描写，整个果园城充满无限的生机和活力。生活在小城里的人们淳厚朴实、乐天知命，卖煤油的敲着木鱼赚点微利给各家各户送去夜的光明（《灯》）；说书的拖着病体卖力说书为大家带来快乐享受（《说书人》）；邮差热情地替忘了带钱的人垫付邮费，从不担心别人不还钱（《果园城》）。这个镌刻着作者"童年"、"青春"和"生命"印迹的果园城在作者的寻梦理想中被涂上了一层浪漫的色彩，这种弥合内心创痛的想象性虚构满足了师陀内心深处的情感欲求和还乡渴望。果园城因烙上了"我"的美好回忆，似乎成了一座流光溢彩的神殿，以静谧安详的氛围抚慰着流浪者疲惫的灵魂，不断地以旧时的姿态丰富客居者的梦境。但这里却并非理想的乐土和人间的乐园，充满"花"、"香"、"云"和"阳光"的果园城固然美丽，却不是自己梦想的精神栖居地。师陀渴望返乡，"想看看我们的故土"，寻找少年时期的"甜蜜"旧梦，可世事无常，美丽已逝，踏上的再不是客梦中惯见的故乡，梦在"破碎的冷落的同时又是甜蜜的"，现实的乡土和心中的记忆完全不相符合，涌上心头的都是"故园归去却无家"的凄凉落寞。因为果园城已经成为"失乐园"，"昔日的楼阁业已成一片残砖碎瓦，坟墓业已平掉，树林业已伐去"，曾经充满诗意的故乡现在已经废墟一片，所能感受到的只是"惆怅、悲哀和各种空虚"。[1] 现实的返乡和知识分子的理性让他能够窥破回忆的虚幻，认识到故乡的本真存在，寻梦落空后，作品的氛围也随之由挽歌的悠扬转向深沉的忧愤，作者的情绪从对果园城的眷恋变为对果园城的弃绝，最终只好重新踏上离乡的征程。

师陀似乎在用两支笔进行乡村书写。一支笔调情设色，让整个果园城

---

[1] 师陀：《阿嚏》，载刘增杰编校《师陀全集·短篇小说卷》（下），河南大学出版社，2004，第518页。

笼罩在氤氲诗意中。他喜欢"美丽、和平、单纯",所以把一些"过于悲惨"而又"不想让别人明明白白的看见"的东西"偷偷的涂上笑的颜色",让果园城人沐浴在温暖的人情中。另一支笔却"忍耐不住"地进行无情的"讽刺",在提笔怀念故乡时不断批判故乡人的"弱点和缺限"与"人类的弱点",同情那些在苦难和血泪中挣扎的贫苦老百姓的悲剧命运,反思他们拒绝进步的民族性格。[①] 两支笔之间的裂缝暴露了作者运笔的真正倾向,清新淳厚的诗性叙事终究无法阻止小城的破败和停滞,美丽的果园城也未给人们带来幸福安康的生活,生命的枯萎和悲剧不断上演。作者以解剖般的残忍揭露发生在故乡的一幕幕人生惨剧,情到浓处,作者甚至会无法控制地发表一些锥心之论。果园城几乎没有通常所谓的阶级剥削和阶级压迫,人们也生活得心满意足、恬淡自适,过着日升月落般的有规律的闲适生活,紧紧抓住一点点微薄的财物,甘愿忍受社会的动乱,以为有了"财产"、"儿女"和"好的岁数"就"有了一切"。但师陀却在这种亚细亚的生产生活方式中发现了一种可怕的惰性文化力量,对故乡的态度也由歆羡和留恋变为焦灼的审视和深沉的反思。这种自给自足的自然经济所培育的小国寡民心态磨损了人的战斗意志,吞噬了人的进取之心。他们宁愿忍受屈辱,也绝不铤而走险,处处息事宁人,也绝想不到去反抗。这种人与自然和谐的世界造成了文化的迟滞和时间的静止,养成了一种认命不争、乐天知命的小城性格,任何生命都无法在这个城里健康地生存。

沧海桑田,果园城永远"保持着自己的宁静",景物依旧美丽,但果园城却被遗忘在历史的角落。"我""像一个远游的客人",在"没有人知道"情况下回到了魂牵梦萦的果园城,但回忆与现实的龃龉让"我"只能在失望中,"在没有人知道中走掉"(《果园城》);在这里,"时光是无声的",连时间也似乎不再光临这个小城,"放在妆台上的老座钟"也不知什么时候停了,"小城里的日子"却按"一种规律"按部就班地运行着(《桃红》);甚至景物似乎也是"永恒的,不变的","广野、堤岸、树林、阳光"等自然景物还依然和"许多年前看过的时候一样"(《颜料盒》)。时间永是流逝,果园城依旧"太平"。果园城除了风景美丽,最大的特征就是地老天荒般的静,这种静让人感到恐惧和可怕,它以强大的消化力吞

---

① 师陀:《〈野鸟集〉前言》,载刘增杰编《师陀研究资料》,北京出版社,1984,第 57~58 页。

噬着青春、爱情、反抗和变革,将任何摆脱平庸的努力都化为虚无。这里的人不安于命运,渴望飞翔,到外面的世界去游历,试图改变现状,但尝试的结果却是生活依然如故,被时间所改变的不是冰冷的客观外界而是曾经怀揣梦想的自己。"像春天一样温柔"的素姑在"平静空气中"绣了十七年的嫁妆,消逝了青春,磨损了梦想,结果成了待字闺中的"憔悴了的少女",整日对着窗外的落红尘香空发嗟叹(《桃红》);爱"笑"、心地"善良"的油三妹追求独立自主的婚姻生活,可流言纷扰,积毁销骨,不堪受辱的她最后在谣言中吞颜料盒自尽(《颜料盒》);小学教员贺文龙渴望做一只"生成的野物",却被日常琐细生活所困,投进"没有生命的火海",在日复一日中,"销蚀""腐烂""埋没"了"希望""聪明""忍耐""意志",面对"夹在纪念册里的"青春诗稿而颓唐丧志,想"飞"的希望"一步一步落下去"(《贺文龙的文稿》);性格"乖张"的"大空想家"孟安卿为了不让他的"幻象破碎""偶像跌倒",于是怀揣梦想,开始"生活上的大狩猎",原本希望通过事业的成功来改变命定的一切,到头来自己却被故乡遗弃了,连昔日爱慕的姨表妹也嫁给了"邮政局长"(《狩猎》)。这些人有人生理想和远大抱负,但在静如死水的社会现实面前纷纷败下阵来,在平静而美丽的环境中日日平庸下去,重复着坐以待毙的生命轮回。这些人物的悲剧命运生动地诠释了一个道理:时代在变,但在许多偏僻落后的地区,许多人和事是很难改变的,只要人的思想境界和社会风气不发生根本性的变化,乡村小镇就会永远延续它一贯的愚昧、懦弱和残酷而永无前途。正如马克思在《不列颠在印度的统治》中所提醒的那样,这些"祥和无害"、富有"田园风味的农村公社"能"使人的头脑局限在极小的范围内……表现不出任何伟大的作为和历史首创精神";这种"有损尊严的、停滞不前的、单调苟安的生活"和"消极被动的生存"在另一方面反而"产生了野性的、盲目的、放纵的破坏力量";"这些小小的公社"使人"屈服于外界环境,而不是把人提高为环境的主宰"。[①] 现实的丑恶、百姓的愚昧、人世的无常、生活的无望、人事的荒谬,这一切构成了师陀乡土小说的基本内容,让人读过之后仿佛跌进"一个大泥坑"。难

---

[①] 〔德〕马克思:《不列颠在印度的统治》,载中共中央马克思恩格斯列宁斯大林著作编译局编《马克思恩格斯选集》(第一卷),人民出版社,1995,第765~766页。

怪李健吾感叹,师陀的小说写的是"活脱脱的现实",不是"梦",而是"无数苦男苦女"的"汗泪""血""肉",在某种意义上,"他和《老残游记》的作者近似"。[①]

在故乡风景的描写中,故乡以神奇的魅力使人悠然神往;在人事的观照中,故乡的冷漠和愚昧让人不寒而栗。这种美好自然和丑陋人事的并置形成了师陀小说的文本叙事张力,造成一种令人震惊的审美效果,从而表达出某种深刻的生存悖论。师陀的小说虽写田园美景,但并非以田园牧歌取胜,而是景为人设,以美衬丑,通过景物与人命运的对比来反衬社会的罪恶;在价值取向上反牧歌,重在揭示淳朴民风下上演的悲剧故事和秀美风光中隐藏的落后与愚昧。在《过客》中,我们看到一群人在麻木不仁地观看无名尸体,却无人同情他的遭遇,这与乡村的宁静美丽构成极大的反差;《秋原》中的故事发生在充满一片祥和之气的七月正午,然而村里人却用对待土匪的方式对待一个饥渴的村汉;在《雾的晨》中,生活在幸福、和平村庄里的人们其实一点儿也不幸福,过着食不果腹的贫困生活,"九七"为了打果腹的杨叶而丧失了生命……师陀一方面铺排景物,摄取生活的诗意,另一方面却不断戳破这层浪漫的油彩,揭露生活的困苦和人性的丑陋。然而这种生存状态和灵魂状态却又不止于家乡的一隅之地,从师陀对乡村环境的布设来看,他笔下的美丽乡村显然缺少河南乡村的乡土气息,是非常典型的中国传统小城的写照。看来作者的思考范围已不限于家乡,其叙写的故乡是个既有特定意旨又有泛指性的广义家园。在《〈果园城记〉序》中,他清楚地表明"这小城"是"中国一切小城的代表",这个被剥离地域色彩的小城也是中国无数小城形象的缩影,是无数的在封建宗法统治下的落后小城的代表,是大动荡世界中一个典型的封闭小城。这个"果园城"如同沈从文的"边城"、萧红的"呼兰河小城",但又多了些许现实的投影。师陀心念故乡、情怀祖国,他将民族的忧思、个人的乡愁以及战争的体验都融汇在果园城里,写出了动荡社会现实下一个民族的凄清处境,通过果园城这个小城的前世今生传达了作者对民族性格的批判和对民族命运的忧思。师陀小说的主题取向有明显的时代投影,《果园

---

[①] 刘西渭(李健吾):《读〈里门拾记〉》,载刘增杰编《师陀研究资料》,北京出版社,1984,第204页。

城记》就是中国乡土社会的典型写照，通过对乡村中国老儿女灵魂的解剖，引发读者对阻碍民族前进的落后文化质素的反思，与"五四"以来的启蒙文学的精神指向是一致的。但师陀小说中人物的悲剧命运却又不能仅仅归因于社会时代，在一些悲剧人物的身上几乎看不到社会历史变动对人物施加的影响。如《城主》里的魁爷，农民运动虽然让他遭受了打击但并不致命，给魁爷以致命打击的是那个唱戏女人的偷情。在一般左翼作家的笔下，这本是揭示地主阶级残酷暴虐，激发农民政治义愤的绝佳题材，但在师陀的文本书写中却空留一声叹息。

看来师陀并不是一个善于展现时代画卷的作家，他虽深爱祖国，同情人民，却没有站在时代的前列进行激情的政治化书写。师陀历时八年创作的《果园城记》始于1938年，终于1946年，几乎与中国的全面抗战相始终，但其作品中几乎没有战争的外在痕迹，这点明显不同于20世纪40年代的农村文学。在当时的解放区，农村写作风生水起，出现了以赵树理、周立波为代表的农村小说作家，他们不再写乡愁乡恋，日渐淡化地域色彩，突出时代风云之色，重在表现农民身上的革命性以及农民翻身解放后的幸福喜悦。知识分子为了缩小与农民的距离，提倡文学大众化，从政治的高度讲述革命化故事。若从这样的角度来看，师陀的乡村书写虽然切近现实，但也游离于现实之外，他一直没有放弃自己的启蒙者立场，仍在展示农民的不幸，既未表现出农民在革命运动中体现出来的伟大精神，也没有着墨于农民被黑暗现实挤压而爆发出来的愤怒和反抗。师陀虽在政治上倾向于左翼，但创作上却游离于左翼之外，看来师陀"反对遵从任何流派"的自我强调是有道理的。与沈从文相比，他显然不是一个地道的京派作家，与左翼相比，他又有点偏离现实，两不相属的状态让师陀成为个性独特的作家。在文学强调意识形态书写的战争年代，师陀的写作必然遭到操持意识形态话语进行批评的左翼阵营的不满，创作的转向也势所难免。"跨过了生活的风雨"，师陀开始"用静观的眼睛"去"审察人生的遗憾与缺陷，研究'人'，研究'人性'"，改变对"现实的战斗方式"，在适应时代的需要中悄然改变自己的艺术方向，写出了像《马兰》《掠影记》等富有"现实的战斗的精神"的小说。① 其实这种改变一直在进行中，早

---

① 金丁：《论芦焚的〈谷〉》，载刘增杰编《师陀研究资料》，北京出版社，1984，第216页。

在《百顺街》《女巫》等作品中,他就开始嘲讽庸俗、无聊的村镇古风,批判封闭、落后、愚昧的百顺街文化,流露出"'反牧歌'的苦涩笑影"。① 与以前的"散文式短篇小说"相比,创作于上海沦陷期间的《无望村的馆主》够得上"一片紧凑的戏剧",他自觉加深写实主义的风格,用"优美的文字叙述了一段悲惨、荒唐而又真实可信的历史",认真描绘了"近代中国地主社会和地主家庭的一种类型",对认识"中国近代地主社会"具有一定的历史价值。② 在"民国三十六年"出版的《结婚》已经摆脱田园诗人的气质,洗去"以往的沉思感伤和乡村小说题材",拥抱新的视野与题材,在思想上也发生了"突变",显然是"要走左翼作家的创作路线了"。③ 在以抗战为题材的《无名氏》中,作者淡化原先作品中的泥土气息,贯穿对日作战的创作思想,热情褒赞被压迫者的勇敢无私和反抗,实现了用诗鼓吹"抵抗侵略"的愿望。④

## 三 萧红《呼兰河传》中的叙事交错

萧红对故乡是"不思量,自难忘",她的成功与失败、快乐与痛苦都与生命的母体呼兰河小城联系紧密,可以说,没有故乡,就没有萧红。故乡给予她生命但她却被父亲开除出族籍,从此走上浪迹天涯的人生孤旅,祖父的离世掐断了她与家的亲缘联系纽带,让她失去了对故乡的情感牵挂。"九一八"事变后,东北沦陷,"本不甚切"的家乡"就等于没有了"。⑤ 被家庭和故土双重放逐的萧红对家的感觉是破碎的,"没有家"的温暖,甚至"连家乡都没有"。⑥ 但长期颠沛流离的江湖漂泊、疾病缠身的身心痛苦又让她内心对家充满渴望,渴望在故土得到温暖和亲人的照顾。离开了故乡才知道故乡的美丽和魅力,哪怕踏遍天涯海角也割舍不掉难忘

---

① 杨义:《京派小说的形态和命运》,《江淮论坛》1991年第3期。
② 胡乔木:《序新版〈无望村的馆主〉》,载《胡乔木谈文学艺术》,人民出版社,1999,第302~303页。
③ 尹雪曼:《师陀和他的〈果园城记〉》,载刘增杰编《师陀研究资料》,北京出版社,1984,第259页。
④ 师陀:《〈无名氏〉序言》,载刘增杰编《师陀研究资料》,北京出版社,1984,第61页。
⑤ 萧红:《失眠之夜》,载章海宁主编《萧红全集·散文卷》,北京燕山出版社,2014,第243页。
⑥ 萧红:《梦中的爱人爱不得——黄金时代》,北京理工大学出版社,2015,第140页。

的乡情,所以当别人提起家乡时,她也会"心慌"。家乡像个巨大的磁场吸附着她的情绪和眷恋,特别是当生命将到尽头时,返乡成了她最大的心愿和幸福,"回到家乡去"的想法就特别强烈。①"人类对着家乡是何等的怀恋呀,黑人对着'迪斯'痛苦地向往;爱尔兰的诗人夏芝一定要回到那'蜂房一窠,菜畦九垄'的'茵尼斯'去不可;水手约翰·曼殊斐尔(英国桂冠诗人)狂热地要回到海上。"②

萧红已不属于故乡,故乡对她来说,既没有多少值得反复涵泳的生活景观,也没有太多具体实在的亲人维系,更不具有多少明确的象征意义,但一些看不见的存在却将她与故乡联系起来,无法摆脱。对故乡爱恨交织的双重情感让萧红的乡土叙事充满了矛盾的心理症结,一方面她的内心塞满了不堪回首的创痛,另一方面创痛也阻隔不了对故乡的柔情回忆,她的《呼兰河传》就是这种"心有千千结"的乡愁产物,她的乡村叙事充满了"剪不断理还乱",细思量却又"点点是离人泪"的复杂情绪。当她以少女的纯净目光凝眸远望呼兰河时,重大的政治事件和悲剧的生活场景被推向叙事的边缘,故乡以诱人的光芒融化了恋家者冰冷的心肠,动情地召唤着思乡的游子。对童年时光的温馨记忆让她以极大的耐心来描述故乡的花花草草、人情世故,用甜蜜的记忆来慰藉自己在现实中所饱受的寂寞痛苦。在审美情感的层层过滤下,萧红抓住了内心深处最动情最柔软的感觉碎片来稀释故乡对她的伤害,化解她对故乡的憎恨,经过情感浸泡后,北中国黑土地上的种种污浊不堪也被部分地淡化了,故乡仿佛成了一个清澈明净而又怡然自足的理想乐园。"家乡多么好呀",土地"宽阔",粮食"充足",黄豆潮水似的"在铁道上翻滚";物产丰富,有"顶黄的金子""顶亮的煤";处处呈现一片祥和的气氛,"鸽子在门楼上飞,鸡在柳树下啼着……"。③ 这里有花飞蝶舞、云舞霞落的自然美景,还可以看到扎彩人、跳大神、放河灯等各种各样充满东北地域特色的乡村民俗活动,更有让人听到内心绵软、舌头生香的卖麻花、卖凉粉和卖豆腐的叫卖声。呼兰河人

---

① 骆宾基:《萧红小传》,黑龙江人民出版社,1981,第99页。
② 萧红:《给流亡异地的东北同胞书》,载叶君主编《我们生命中的"九一八"》,北方文艺出版社,2015,第90页。
③ 萧红:《给流亡异地的东北同胞书》,载叶君主编《我们生命中的"九一八"》,北方文艺出版社,2015,第90页。

在这片土地上平静地生生死死,自然地像春种秋收,季节的轮换不过是脱下单衣,换上棉衣,连死亡叙述也消弭了生死界限,小团圆媳妇惨死只是"变成了一只很大的白兔"。"我"与祖父无忧无虑地生活在充满自由和快乐的后花园中,这里景色优美,生气勃勃,天空"又高又远",太阳下的一切都是"健康"的、"漂亮"的;生命自由自在,各种动植物任性生长,楼瓜上房上架,黄瓜开花结果,玉米随意生长,各种蝴蝶、蜻蜓到处翻飞,蜜蜂、蚱蜢跳来跳去;"我"和祖父的生活是怡然自足的,"我"整天跟在祖父身后栽花、拔草、下种、埋种。这种舒心惬意的生活真的有点儿像沈从文笔下的湘西生活,浸润着牧歌般的和平与美好,但萧红又绝不像沈从文那样用文字来构筑一个美丽的乡村世界,作为一个执着于现实的作家,她舒缓的叙述下始终隐藏着一颗焦灼的灵魂。

　　文辞优美的诗化小说《呼兰河传》非常追求诗意氛围的营造,这可能会消解故事的悲剧性,有时因情感的过于浓郁造成叙事态度的暧昧。萧红对呼兰河的感觉有点近乎"病态",描写是"美的",美得令人"炫惑",然而她绝非仅仅用舒缓美丽的文字来构建一个美丽的世外桃源。她对呼兰河人和那片沉睡的土地"有讽刺,也有幽默",在欢快无忧的表象下潜伏着诸多暗流。开始读时,这样的诗意描写可能确让人"有轻松之感",但温情脉脉的叙述难以遮蔽侵入骨髓的悲凉,"愈读下去",读者的心情愈会因呼兰河人的愚昧麻木而变得"一点点地沉重起来"。[1] 表面的温馨和内里的批判形成了小说文本的巨大张力,儿童纯真目光与启蒙者理性视角的交错叙述丰富了这部小说的意义空间。小说尽管充满了儿童式的奇思妙想以及不合逻辑的叙述,但对国民沉默灵魂的刻画、落后习俗的批判却绝不是一个小孩能够做到的。当这个天真活泼的少女睁着好奇的双眼选择重构美丽的故乡时,让人觉得"呼兰河是个了不起的地方",但一个饱经人世沧桑的成年萧红却一直在孩子身后道破真相,"呼兰河这地方,尽管奇才很多,但到底太闭塞,竟不会办一张报纸","文化是不大有的"。[2] 她以过来人的经验告诉这个孩子,现实是破碎的,童年再也无法回去,记忆是不可

---

[1] 茅盾:《〈呼兰河传〉序》,载章海宁主编《萧红全集·小说卷》(三),北京燕山出版社,2014,第259页。
[2] 萧红著,张章主编《呼兰河传》,中国华侨出版社,2014,第128页。

靠的，一切已经物是人非。两种视角间的潜在对话助推了表意的丰富与深刻，两种话语的交错穿插构成了小说文本的复调叙事，两种画面的并置造成一种令人心悸的悲喜剧效果。小说非成人视角的选取可能会隐藏她对故乡的真实态度，如有二伯在成人眼里是个悲剧性人物，但在儿童的眼里却是个好玩儿的人物。成人视角的理性让她无法选择视而不见，成年萧红始终躲在作品的暗处纠正儿童的判断，在文本叙述中不断出现并道出真正要表述的"作家的判断"，从而造成儿童的情感评价和成人的理性判断的距离，并以成人视角的可靠性来左右"读者的判断"。[①] 当作者以现代知识分子的目光审视现实的乡土时，她根据想象、记忆构造的梦中乡土已在残酷现实的撕扯下变得锈迹斑斑，美的自然和真善的人性也笼罩在悲凉的氛围中，故园俨然成为一处充满梦魇的"坟场"，一块麇集痛楚和忧伤的失望之地。

残酷的现实荡涤了美的自然、善的人性，对黑暗现实的憎恶更能激发作家对善和美的追求，他们往往通过想象出一个"合情合理的不可能"世界来弥补现实世界的残缺。[②] 在萧红的童年回想中，贫困的乡村、落后的民俗、愚昧的乡民改换了面貌，凭记忆和想象再造的后花园并非一个真实的存在，而是一个用来补偿还乡渴望的具有美学意义的精神符号。在这种符号性的象征框架下，萧红的精神还乡充满了温情，这种不可求证的记忆虽为萧红的精神活动提供了面壁虚构的可能性，但也让她的还乡愿望落空，从回忆中清醒过来的萧红倍感孤独寂寞，这份清醒让她意识到那个地理意义上的乡土已经没落得面目全非。在小说的结尾，作者有种情感的犹豫，尽管不愿承认，但又不得不承认，构成自己童年生活空间的那些物、那些人、那些事，如"蝴蝶""蚂蚱""蜻蜓""小黄瓜""大倭瓜""早晨的露珠""午间的太阳""有二伯""老厨子""左邻右舍""磨官"等都已经不再一如往昔。萧红最终明白，家已经回不去了，家的破败是一个无法改变的事实，过多的留恋只能带来更大的悲痛。萧红的乡土叙事没有中国现代男性乡土作家的那种"离乡—返乡"模式，没有经历，梦就已经破碎，只能通过文字去靠近，在情感上去留恋，可无法在理智上去接纳故

---

① 〔美〕韦恩·布斯：《小说修辞学》，付礼军译，广西人民出版社，1987，第 24 页。
② 朱光潜：《西方美学史》，人民文学出版社，2002，第 75 页。

乡。原本有机会还乡的萧红离开家乡后再也没有回去过，她用行动表明她永远不能谅解家乡给自己带来的伤害。

萧红的《呼兰河传》并非一部情意缱绻的怀乡作品而是另有寄托，作者想要呈现的不仅仅是作为前景的地域景色和人情风俗，更多的是揭示隐在其后的东北人民的"灵魂的历史"。萧红深知，在优美自然环境和善良人性的衬托下来揭示国民丑陋和人性痼疾更能达到入木三分的表达效果。作为一个深受鲁迅精神影响而又自觉继承鲁迅精神衣钵的作家，萧红的创作始终贯彻鲁迅式的批判国民劣根性的创作路径，始终坚持批判人性蒙昧的文学观念。在1938年召开的抗战文艺座谈会上，许多作家审时度势地调整文学创作方向，她却不改初衷，坚定地指出"现在或是过去，作家们写作的出发点是对着人类的愚昧"。① 1940年创作诗化小说《呼兰河传》时的萧红已经不再是那个在祖父怀里撒娇的女孩，经过战争的洗礼和生活的浸泡，她已经成长为一个有丰富生活阅历的资深作家。如果说萧红的早期作品已经表现出或多或少的反封建主题，那么《呼兰河传》则将这种批判"人类的愚昧"的创作母题引向深入，剖析小城人的国民劣根性，描绘人性的丑陋和阴暗。如果说写《生死场》还多少偏于"经验和感受"的话，那么《呼兰河传》的写作显然更多地注入了"理性"，而且"思路更清楚"，"写作更坚定"。② 她尤其善于以女性的敏感来感知人间的悲剧，在《呼兰河传》中，就通过小团圆媳妇的悲剧故事来批判小城人的愚昧落后。小团圆媳妇本身就是封建陋习童养媳制度的产物，成了小团圆媳妇后还要遭受封建礼教的凌辱，结果成了"无主名杀人团"的牺牲品，小团圆媳妇的被虐杀证明了落后习俗文化的"吃人"，而且这种"吃人"是以爱的名义、帮助的旗号进行的，从而具有更大的迷惑性。小团圆媳妇婆婆的本意当然不是希望她死去，可能只是想在她身上行使一下作为婆婆的威严，在造成严重后果后，她婆婆也想尽办法施救，邻居们更是出谋划策，热心贡献各种民间偏方。结果却是没有科学依据的偏方害死了小团圆媳妇，"善意"制造了恶果，"好心"酿成了悲剧，唯独没有任何人承担悲剧的责任。

---

① 萧红等：《现时文艺活动与〈七月〉——座谈会纪录》，载《萧红全集》（第四卷），黑龙江大学出版社，2011，第460页。
② 林贤治：《漂泊者萧红》，人民文学出版社，2009，第245页。

萧红虽没有直接痛斥这种害人的罪行，却已将这种鄙视憎恨的态度包藏在不动声色的悲凉叙述中。

萧红童年故园的温情重返中隐藏着一颗忧患的灵魂，在儿童视角的回溯性叙事中不断用成人的理性来传达对小城人事的无限感慨，隐含作者态度的声音制造出叙事的裂缝，揭露温馨事象背后的残忍真相，让读者看到呼兰河人在呼兰河小城这个舞台上演出的一幕幕讽刺喜剧。如果说《呼兰河传》的"第一、二两章是全书的序曲"，萧红"用抒情的方法"描写了呼兰河小城的社会环境和人文环境，登上小说舞台的只是一些面目模糊的一般群众，"很少是具体人物"，那么"'我'和老祖父携着手"在第三章里"登场"，则意味着作者开始挥别无忧无虑的童年，"天真无邪的开朗而乐天的性格"将要逐步遭遇"许多悲惨的现实"，预示着悲凉人生的大幕已徐徐张开。到了第四章，"我"终于走出后花园，深入"荒凉的院子里的房客中去"，这时才真正接触到真实的人生和现实的社会。从小说的故事框架来看，萧红的《呼兰河传》开头"似乎是郑重其事地把它当着一篇诗来写的"，但随着写作的推进，她也开始"注意着自己的遣词用语，在不经意间，竟也写出了一些韵语来"。① 例如第四章的第二节以"我家是荒凉的"开始，第三节的开始又是"我家的院子是很荒凉的"，第四节的开始也是"我家的院子是很荒凉的"。悲凉的语调一直存在，而且范围不断扩散，浓度逐渐加重，悲凉感的一再出现和反复渲染说明，从记忆中回到现实的萧红的叙事立场已经转移，开始理性反思故乡的落后和乡民的愚昧。如对故乡民俗文化的认识就非常典型。故土的乡风民俗对于一个孩子来说是让人好奇的，但对于一个接受现代文明洗礼的人来说则显得很是愚昧，所以她一方面回忆故乡风俗给自己带来的快乐，另一方面却不断戳破这套骗人的把戏，在字里行间流露出对传统民俗文化的批判性立场。给死去的人扎的彩旗，表面"看起来真是万分好看"，可不知怎的却又"使人感到空虚，无着无落"。对于生活中司空见惯的跳大神治病，她从鼓声中感到一种莫名其妙的"悲凉的情绪"，禁不住产生"那家的病人好了没有"的疑问。对于七月十五鬼节放河灯这件"善举"，她调侃地指出"七月十

---

① 锡金：《萧红和她的〈呼兰河传〉》，载王观泉编《怀念萧红》，东方出版社，2011，第33~34页。

五这夜生的孩子,怕是都不大好",不过"有钱能使鬼推磨",若男家"财产丰富"、女子是"有钱的寡妇的独养女"则"又当别论"。写到娘娘庙里的女人很"温顺"的泥像,她借题发挥说,"人若老实了,不但异类要来欺侮,就是同类也不同情"。① 一个真正的现实主义作家绝不会只闭着眼睛进行无聊的抒情,按捺不住的尖锐议论才是萧红所要表达的主旨。

在战火纷飞的20世纪40年代,救亡的声音完全覆盖了启蒙的主张,拯救民族危机的使命感让现代作家不再着眼于对民族劣根性的探求,他们几乎不约而同地选择从政治视角去发掘农民身上蕴藏的革命积极性,国民弱点的无情暴露已经违背了时代的写作规约。在众人皆言"一切为了抗战"的时代语境下,萧红放弃了被鲁迅、胡风等左翼文学理论家所称道的在《生死场》中初现的"生存与反抗的主题",也没有在阶级和民族斗争的大框架下来书写中华大地上进行的轰轰烈烈的民族解放斗争和社会革命,而是主动疏离直接的社会关怀,超越急于用世的社会功利心,以温婉细腻的文笔展示国民真实的生命形态和生存样态。她针对大多数作家所谓的留在后方就是和战时生活隔离的论调,认为战时生活无处不在,"譬如躲警报"是"战时生活","房东的姨娘"听到警报"骇得发抖","担心她的儿子"也是"战时生活的现象","作家是属于人类的",应该用自己的眼睛去理解生活、表现生活,而不是用外在的预设理念去演绎生活。②《呼兰河传》就是这种文学实践的产物,小说书写表面上游离于主流意识形态的文学叙事图景之外,既没有明确的政治立场,也不见对时代的歌颂。在她看来描写生老病死的悲剧似乎远重于政治主题的书写,这样的叙事立场在血雨腥风的"大时代"显然是和主流写作相背离的。为此茅盾依照主流文学的政治评价标准批评萧红的文学选择,惋惜萧红没有能够积极"投身到农工劳苦大众的群中","彻底改变一下"自己"狭小的私生活的圈子"。③ 其实萧红并没有也不可能置身于"民族兴亡"之外,而是以女性视角为立足点去观察民族兴亡,以极为个人化的方式融入民族解放的宏大

---

① 萧红著,张章主编《呼兰河传》,中国华侨出版社,2014,第16~52页。
② 萧红等:《现时文艺活动与〈七月〉——座谈会纪录》,载《萧红全集》(第四卷),黑龙江大学出版社,2011,第460页。
③ 茅盾:《〈呼兰河传〉序》,载章海宁主编《萧红全集·小说卷》(三),北京燕山出版社,2014,第260页。

叙事。她也从来没有忘却故乡、民族乃至全人类所遭受的创伤，始终以现代意识悲悯地关注着北方大地上的人和事，以自己的理解介入动乱时代的表现和家国忧思的书写，她对普通个体生存困境和精神创痛的展示正从侧面反映了战争的荒诞和残酷。萧红的人生变故和坎坷命运都笼罩在战争的阴云中，这决定了她的写作是以自身的流亡体验感同身受地检视民族的精神创伤。

在民族大义的层面，萧红的乡村书写在保留女性文本一贯的多元多质时，也很好地履行了民族国家文学的叙事功能，圆融了"女性与民族国家思考中的深刻张力"。"萧红并未将自身局限在女性生活的'琐屑细节'之中，而是触及了民族存亡与反帝斗争的宽广主题"[1]，在总体上非但不违背主流叙事，反而和宏大叙事保持一致。作为一个深受启蒙文化影响的现代作家，萧红确曾努力和鲁迅一样站在高处去"悲悯他的人物"，然而"写来写去，我的感觉变了"，进而发现"我的人物比我高"，"我不配怜悯他们"。国家民族的危机、多舛的人生经历、贫困和死亡的威胁颠覆了萧红作为启蒙者自认优越的叙事立场。在经历过苦痛人生的作者同情、怜悯笔下人物的悲欢离合、人生遭际的时候，她也感受到无法主宰自己命运的无奈。她觉得怜悯不能施于同辈，他们也许很原始，但同样威严而有力，有时甚至会超出作家的认识范围。小说人物有时也会反过来审视作者，恐怕"他们倒应该怜悯我啊"。这个"认识反转"让萧红以女性的目光一次次透视历史，通过呼兰河芸芸众生糊里糊涂的生死来揭示人类精神奴役的沉疴宿疾，塑造一些"自然奴隶"形象，忠实地表现生活中一些阴暗的东西。一个作家必须深刻，才能认识到人生悲剧性的一面，但过分地描写不幸遭遇也会让作品的色彩过于阴暗，不过经过苦难的浸泡后，人性的光辉往往会更加夺目。优秀的作家不仅描绘苦难和邪恶，而且不会丧失坚定的信念。萧红深耕大地，去捕捉那些"比我高"的人物，不致让人感到完全压抑沮丧。如冯歪嘴子就是一个不向命运低头的"活中国人"[2]，他在可怕的灾难面前仍能保持人性的尊严和生命的活力，他天性中的硬气让人肃然起

---

[1] 〔美〕刘禾：《跨语际实践——文学，民族文化与被译介的现代性（中国，1900—1937）》，宋伟杰等译，生活·读书·新知三联书店，2002，第286页。
[2] 聂绀弩：《回忆我和萧红的一次谈话》，载章海宁主编《萧红印象·序跋》，黑龙江大学出版社，2011，第15~16页。

敬，使读者感到的不是灾难的可怕，而是坚韧的反抗。这个有顽强生存意志的人在生活接二连三的打击下，并没有表现出"像旁观者眼中的那样地绝望"，而是在与命运的斗争中体现出蓬勃的生命力。他视左邻右舍的嘲笑如无物，看到两个孩子就如同看到希望般"镇定下来"，"他觉得在这个世界上，他一定要生根的"。① 这种不屈不挠的求生意志体现了鲁迅所说的"北方人民的对于生的坚强"②，我们从中能看到一个民族身上所展示出来的对生存权利的坚守。一个民族只有足够坚强，才能坚忍不屈。在民族精神的开掘上，萧红的《呼兰河传》和所有的抗战作品一样是紧贴抗战的，丝毫不缺乏大时代的民族意识。冯歪嘴子这一形象的出现也改变了萧红居高临下的启蒙写作姿态，使她走出了现代作家要么是启蒙者要么是被改造者的角色自我设置。和鲁迅一样，暴露国民的劣根性绝不是让人失去信心，而是彻底摆脱劣根性获得重生的希望，就创作指向来看，萧红最终异途同归地"站到了与鲁迅同一的高度"，和那个彷徨于明暗之间的鲁迅一起达到了"同一种对历史、文明以及国民灵魂的了悟"。③

通过对沈从文、师陀和萧红等三位的具有典型诗化风格的小说文本的分析，不难发现诗化小说作家在创作态度上只是反对以功利主义为直接前提的文学创作，并不反对文学的功利性质。虽然他们的作品不追求对中国社会现实的客观描写，但漫天的阴霾和艺术家的良心却让他们无法保持纯粹的浪漫，他们的乡村书写更无法避开丑恶的社会现实，在诗意的乡村书写中一直不缺现实主义的底色，即使在那些表现理想人性和优美人生的作品中，读者依然可以感受到来自社会现实的影响。总体来看，中国现代的诗化小说创作在一定程度上呼应了中国的社会现实，但他们所追求的审美境界并不完全符合主流文学所倡导的艺术方向。抗战的爆发进一步压缩了诗化小说的回旋空间，时代的风向迫使作家改变自己的创作风格，开始逐步走向现实主义的广阔道路。在这种情况下，废名在《莫须有先生坐飞机以后》及之后的作品中不断加入关于社会现实问题的评论，大大减弱了小

---

① 萧红著，张章主编《呼兰河传》，中国华侨出版社，2014，第186~187页。
② 鲁迅：《萧红作〈生死场〉序》，载鲁迅《且介亭杂文二集》，万卷出版公司，2014，第146页。
③ 萧红：《萧红小传》，载中国现代文学馆编，刘慧英编选《萧红》，华夏出版社，1997，第408页。

说的诗化精神。沈从文小说的主观抒情色彩也明显淡化，他的小说《长河》在流连《边城》的纯美风格基础上增添了更多的史诗性内容，急遽变化的政治现实让牧歌情调难以为继。师陀虽一直没有放弃《果园城记》的系列创作，但再也无心尽情绘制果园城的美景，最终在时代的召唤下走向了现实主义的创作道路。孤寂的萧红虽远在香港苍凉坚守着自己的艺术道路，创作着怀乡忆旧的《呼兰河传》，但现实的苦痛已经逐渐遮蔽生活的诗意，她本人再也唱不出往昔动人的歌曲。

# 第四章
## 现代美文的发展及合法性危机

新文学运动初期，各体文类竞相发展，散文的写作虽热闹异常，但新文学倡导者将文体建设的目标主要锚定在小说、诗歌上，散文创作的整体艺术成就并不高。1921年周作人提倡美文写作，王统照、朱湘、胡梦华、梁遇春等一些美文作家纷纷著文声援，这一既有强大理论开路又有切实文学实践的纯散文运动对初期白话散文的艺术粗糙起到了补救作用，促进了白话散文的纯文学化。周作人以及受周作人影响的朱自清、俞平伯、废名、林语堂、梁遇春等作家，甚至一些周作人的"圈外人物"如郁达夫、徐志摩等各路散文好手尽骋才情，发表了大量精美的纯文学散文，使20世纪二三十年代的中国文坛上兴起了"繁英绕甸竞呈妍"的美文写作气象。朱自清对此不吝赞美，"种种的形式，种种的流派，表现着、批评着、解释着，人生的各面，迁流曼衍，日新月异"。① 连一向自视甚高的胡适也在1922年以文学史家的敏锐认知断言周作人等提倡的"小品散文"是散文创作的正路，击破了"'美文不能用白话'的迷信"。② 直到20世纪30年代，鲁迅在回顾散文小品的创作盛况时仍称"散文小品的成功，几乎在小说戏曲和诗歌之上"。可惜的是，良好的开局、高端的起步并没有得到光明的未来，散文小品的创作没有继续沿着"挣扎和战斗"的发展道路走下去。③

---

① 朱自清：《论中国现代的小品散文》，载李宁编选《小品文艺术谈》，中国广播电视出版社，1990，第39页。
② 胡适：《五十年来中国之文学》，载洪治纲主编《胡适经典文存》，上海大学出版社，2004，第193页。
③ 鲁迅：《小品文的危机》，载王培元编《鲁迅作品新编》，人民文学出版社，2010，第287页。

在激烈的时代洪流中，美文写作自我隔绝于时代，走上了一条断然否定文艺社会使命的偏至之路，远离喧嚣动乱的社会，削掉美文的社会内容，耕耘着"自己的园地"，躲在"象牙塔"里说着一些嘲笑左翼文学的风凉话。在常态的文学环境下，美文作家的文学选择无可非议，但从当时特定的社会需要来看，在危机四伏、苦难重重的年代，周作人一派美文作家置国家、民族的危亡于不顾，提倡闲适、性灵、幽默，缺乏社会意识和读者观念，这种过分奢华的美文之路注定危机重重。

## 第一节　现代美文的发生及理论建构

中国传统散文创作宏富，似乎应该对文章之道不乏精深见解，但遗憾的是古文作家往往长于散文创作，短于理论提炼，疏懒于散文文体的建构，让散文长期混迹于著述文字中而无法彰显散文的文体个性。传统散文概念的宽泛直接影响了散文创作的质量，"五四"时期的散文创作过于重视思想性，缺乏艺术性。周作人、王统照、胡梦华、梁遇春等一批美文作家借鉴西方的文学观念来构建自己的散文理论，在共同努力下，他们逐渐达成重视散文艺术性的共识。

### 一　散文文体的不独立制约了散文的发展

中国是散文大国，散文构成了"中国古来的文章"之"主要的文体"，前人所谓的文章就是"散文"。[①] 作为文学母体文类的散文的界定是"杂"的，韵文以外的所有文类都可以称为散文，因此形成了传统文章文、史、哲混杂的风貌，学术文、应用文、美术文之间并无泾渭分明的界限，以审美为主的散文虽不断出现，但多混迹于其他散文之中，身居要津、地位显赫的仍是披着文学外衣的学术文、应用文。如姚鼐在《古文辞类纂》中就将散文划分为包括论辩、序跋、奏议等在内的十三个种类，这种分类法虽有文学性的考虑，但更多的则是基于学术、应用等非文学的因素。散文包括的文类如此众多，以至难以分别，古人索性不进行区分，将边界模糊的

---

[①] 郁达夫：《〈散文二集〉导言》，载刘运峰编《1917~1927 中国新文学大系导言集》，天津人民出版社，2009，第 129 页。

所有文类统统纳入散文的口袋。为了将散文与"韵文和骈文"区别开来,"中国六朝以来""把押韵、不重排偶的散体文章"概称为"散文"。[①] 自南宋的《鹤林玉露》把一切无韵的散体文章统称为散文到五四运动的七百多年间,广义散文的概念基本上未发生根本性的变化。20 世纪初,刘师培在《文章源始》中仍认为"韵文完备,乃有散文",在他看来,"散文"是一个与"韵文"对举的概念。从历史上的散文概念来看,散文并不是文学作品的一个类别,不像"诗""词""曲"等文类概念那样有相对明确的界定,而更像是一个由多种写作形式组成的文学总称,成了既包括文学又不排斥非文学的准文学,是空有文学类别之名的非文学范畴。

五四新文化运动打乱了中国文章学的传统格局,小说因其强大的宣传功能而得到文人的垂青,从而率先冲破传统文学观念的束缚自立门户,得到作家、评论家的一致认同,随后白话诗歌、现代戏剧因羽翼丰满获得了在文学家族中的常任席位。剔除了小说、诗歌、戏剧等文类之后的散文概念却依然驳杂不纯,"没有甚高的位置,不比小说,诗歌,戏剧"[②],成为一个从中心滑向了边缘的残存文类。鉴于中国源远流长的散文传统,人们自然不愿这种文学样式就此默默无闻,于是通过改造西方的文体分类方法,借鉴文学四分法将诗歌、小说、戏剧之外的所有文类都归拢在"散文"的名下而使之与其他文体处于分庭抗礼的位置。在"五四"时期,散文和其他文体一样取得了辉煌的成就,成为文学革命的一支劲旅。

文学革命原本只是新文化运动的一个组成部分,在思想革命为主导的五四新文化运动初期,人们非常强调文学的社会功利性。"现代文学中最早出现的散文作品"就是从扫荡旧思想、旧文学的声浪中诞生的,理所当然地承担起"新文化运动和文学革命的任务"。散文作家往往为思想所累,喜欢将各种事物都赋上思想,散文似乎成了思想的容器。《新青年》《晨报副刊》《每周评论》等报纸杂志上发表的文章也主要是评论、随感录和论文等,从内容上看,大多是政论教化方面的文章,从文体上看,以杂文写作为主,议论、说理是其基本话语方式。它们往往以思想启蒙为宗旨,用来"抨击和讽刺旧社会不合理现象",文风倾向于犀利泼辣,因而"战斗

---

① 《辞海》编辑委员会编《辞海》,上海辞书出版社,1999,第 4185 页。
② 傅斯年:《怎样做白话文?》,《新潮》第 1 卷第 2 期,1919 年 2 月 1 日。

的锋芒十分锐利"。① 不可否认，随感录杂文的大量出现促进了现代散文的发展，但由于大多忽视艺术形式，缺乏对散文自身审美属性的关注，其文学价值和历史任务主要在于反叛传统散文的文以载道，所以对散文文体建设的重视明显不够，还没有将散文作为"一种独立的创作"，在中国新文学的各个部门中，"散文的生长"还是比较"荒芜"和"孱弱的"②，至于"纯散文的佳者"直接可以说"少有"③，出现"漂亮、缜密、紧凑的文章"那是"后一阶段的事"④。功利主义的散文观迟滞了散文文体建设的步伐，将散文作为开启民智的工具很容易让散文复归载道的旧途，强调实用性自然会遮蔽散文文体本身应有的艺术性光芒。杂文写作的蔚然成风并没有引起人们的一片叫好，关键在于胡适发动的白话文运动专注于"语言"的白话化，而"无暇及于文学"本身的建设；专注于"实用"的目的，而"无暇及于美术"的文本特性。⑤ 散文范围的宽泛和内质的混乱使其一直徘徊在文学与非文学的两可地带，导致时人对五四新文化运动初期的散文创作的整体评价偏低。林纾就曾批评白话文操引车卖浆者之语，用来记记账还可以，想写美文必须用文言文。朱自清在1928年写的《论中国现代的小品散文》一文中虽然肯定了"这三四年"散文的发展"确是绚烂极了"，但也以"闲话"为例说明散文创作中存在"选材和表现"的"随便"问题，认为杂文是一种适于"懒惰"或"欲速"的人的文体，称不上"纯艺术品"，与"诗、小说、戏剧"等文类相比仍有"高下之别"，"真正的文学发展"只有"散文学是不够的"，应该"从纯文学下手"，"现在的现象是不健全的"，希望不久以后"纯文学便会重新发展起来"。⑥ 在朱自清的纯文学矩矱估量下，白话散文的文学性和艺术价值明显缺失，

---

① 王瑶：《五四时期散文的发展及其特点》，《北京大学学报》（人文科学）1964年第1期。
② 何其芳：《我和散文——〈还乡杂记〉代序》，载易明善等编《何其芳研究专集》，四川文艺出版社，1986，第234页。
③ 剑三：《纯散文》，载沙似鹏编著《中国文论选·现代卷》（上册），江苏文艺出版社，1996，第329页。
④ 钱杏邨（阿英）：《现代十六家小品序》，载王永生主编《中国现代文论选》（第一册），贵州人民出版社，1982，第501页。
⑤ 浦江清：《王静安先生之文学批评》，载浦汉明编，季镇淮审订《浦江清文史杂文集》，清华大学出版社，1993，第11页。
⑥ 朱自清：《论中国现代的小品散文》，载李宁编选《小品文艺术谈》，中国广播电视出版社，1990，第39页。

传统文学观念中位居中心的散文在四分法的文类序列中也是"低人一等"的。散文文体地位的偏低也影响了作家的创作热情,新文学运动以来,无论是"创作者的努力范围"还是"一般论者的注目范围"都集中在"小说、诗歌跟戏剧三件东西"上,并没太将"散文这东西也看做文学",更没有"分一部分心力来对着它"。① 作家大多"拥挤在小说、诗歌、戏曲等大道上",很少有人认真去"开辟"散文("小品文")这条"荆棘丛生的野径"。②

文学革命后,随着"人的文学"观念的确立并成为新文学作家的共识,文坛迫切需要一种以自我表现为特征的文学文类来满足人们传情达意的审美需要。文学散文的出现就是这种自我解放的重要成果,"自我的解放和扩大"促进了"絮语散文"在"质和量上的惊人进步"。③ 散文取材广泛,适于任性而谈的抒情叙事的文体特性自然吸引了人们的注意力,文学散文的文体确认就成为新文学作家自觉关注的课题。人们日益不满于通过将散文与小说、诗歌、戏剧等文学样式进行比较来界别散文的模糊做法,散文的概念不清造成了散文创作的不景气和散文质量的不高。"五四时代的散文,在当时觉得很有意义,写得很起劲,看得很痛快。其实,所布的都是堂堂正正之阵,所说的都是冠冕堂皇的大问题;说得好都是些不着边际的大议论,说得坏,便是千篇一律的宣传八股,久而久之,大家都有些厌倦起来,文坛的风气,着重文艺的,大家走到小说戏曲路上去;写散文的,想望产生一种新的体裁。"④ 要想真正促成散文创作的兴旺必须从理论上确立散文的文学身份,将学术文、应用文挪出现代散文的疆域,明确现代散文的创作规律及内在本质,将散文打造成按"美的规律"进行创造的艺术珍品。散文审美性的自觉追求让"五四"以后的中国现代散文写作出现了"一种将散文精确化的倾向",主要表现为一方面"增

---

① 叶圣陶:《关于小品文》,载周红莉编《中国现代散文理论经典》,苏州大学出版社,2008,第221页。
② 钟敬文:《试谈小品文》,载王永生主编《中国现代文论选》(第一册),贵州人民出版社,1982,第463页。
③ 胡梦华:《絮语散文》,载沙似鹏编著《中国文论选·现代卷》(上册),江苏文艺出版社,1996,第440页。
④ 曹聚仁:《小品散文》,载绍衡编《曹聚仁文选》(上),中国广播电视出版社,1995,第301页。

重了它的文学色彩",另一方面又"将其软化",注重散文的"叙事和抒情的功能"。①

散文创作的繁荣需要散文理论的保驾护航。白话文的倡导者陈独秀、胡适、蔡元培等人已经注意到"应用文"与"美术文"的二分法,并提出了表述各异而实质基本相同的"美文"观念。1917年,刘半农在《我之文学改良观》中明确提出"文学的散文"概念,肯定了散文的文学性和文体自律性,缩小了传统散文概念的外延,将"科学上应用之文字"放逐在散文之外,在一定程度上把"文学的散文"从模糊宽泛的"文字的散文"中独立出来。②尽管刘半农的文学散文的概念仍旧拖泥带水,还包括小说和杂文,其所主张的散文也是一种半文半白的散文,但"文学的散文"的提法已经表明有人开始关注散文的文学性,这种关于现代散文的界说预示着新的散文文体的诞生,为散文理论的现代转型奠定了基础。傅斯年在1919年发表的《怎样做白话文?》是一篇较早地为散文进行正名的理论文献,也在散文理论史上首次提及英语的"Essay"一词,指出"以杂体为限,仅当英文的 Essay 一流"。在该文中,他认为散文与小说、诗歌、戏剧一样都是文学的一个独立部门,并对如何创作散文发表了自己的看法。在方法上,他主张借鉴西洋文法理论,"成就一种欧化的国语的文学",为散文文体指明了建设的途径;在创作中追求艺术个性,"留心自己的说话",取长补短,"留心听别人的说话语言和文章"③,形成了与传统文章论不同的现代文章理论。刘半农、傅斯年的文章并非散文专论,而是在思考如何建设白话文学的大前提下稍带论及散文问题,抛出了问题却没有展开具体论述,对文学散文的内涵和特征也缺乏明确的界定,因此对文学散文创作的指导性意义并不大,也未引起人们的广泛重视。他们对散文文体的关注和散文文学特性的高扬却表明,在"五四"时期已经出现将现代散文从传统文章中剥离出来的呼声,人们开始意识到散文文体独立的必要性,他们对散文理论的探索在促进现代散文文体走向艺术自觉的道路上可以说是先行一步。

---

① 王彬:《水浒的酒店》,中国三峡出版社,1997,第250页。
② 刘半农:《我之文学改良观》,载鲍晶编《刘半农研究资料》,知识产权出版社,2011,第92页。
③ 傅斯年:《怎样做白话文?》,《新潮》第1卷第2期,1919年2月1日。

## 二 现代作家对纯散文理论的建构

新文学运动初期，杂文写作数量众多，但真正的艺术制作却不多见，只有冰心的《笑》和周作人的《苍蝇》等少数篇目，说得极端点，在"现代的国语文学"里，"美文"一类的文章还"不曾见有"。针对杂文重议论轻艺术性的弊端，1921 年 6 月 8 日，周作人发表了《美文》，在唯美主义文学风尚的影响下提出了"美文"的概念，正式标志着现代散文的文体自觉。他指出既不能用"小说"也无法用"诗"来表达的"许多思想"可以用"美文"来"试试"。表面看来，周作人所说的"美文"范围比较广泛，主要指向西方的以爱迭生、兰姆、高尔斯威西、吉欣等散文名家为代表的西方随笔传统，同时也轻描淡写地提及中国古典文学中的"序、记、说"等文章传统。从创作手法来看，周作人提及的西方随笔作家的美文或中国的"序、记、说"等几乎都是兼容叙事、抒情、议论、批评的；从他所举作家和文体类型来看，"美文"应该包括叙事、抒情、说理等或熔几者于一炉的各体散文。实际上周氏对美文虽泛泛而论但其内涵却并不宽广，列举外国的"Essay"和中国的"序、记、说"主要是为了让读者对美文有个清晰的认识而采用的一种对比手法，或者说例证超出了真正的表意范围。在他看来只有"叙事"、"抒情"或者"两者夹杂"的才是真正的美文，他心目中的"美文"是一种区别于"批评的""学术性"论文的"真实简明"的文字，至少在这篇《美文》中是不将"论说文"包括在内的，"美文"主要还是指一种"记述的""艺术性"的"论文"。① 不过他也没有完全忽略掉学术批评类的文章，有许多既不能"为小说"，也不"适于做诗"的思想可以用"论文式去表他"，所以好的文艺批评也应该包括在内。两年后，他在《文艺批评杂话》中就矫正了将"批评"和"议论"排除在美文之外的偏颇，将带有议论性质的"真的文艺批评"纳入"文艺作品"，但入选的前提是批评"写得好时也可以成为一篇美文"。② 在《〈自己的园地〉旧序》中，他又将文艺批评限制性地称为"抒情的论文"③，在他看来也不是

---

① 周作人：《美文》，载张菊香编《周作人代表作》，黄河文艺出版社，1987，第 13~14 页。
② 周作人：《文艺批评杂话》，载张菊香编《周作人代表作》，黄河文艺出版社，1987，第 83 页。
③ 周作人：《〈自己的园地〉旧序》，载中国现代文学馆编《雨天的书》，华夏出版社，2008，第 44 页。

所有的文艺批评都可以称为美文。应该说周氏的"美文"概念并不是一篇《美文》可以说得清的,需要综合他的系列论述才能自洽周延,在不同时期周作人对文学散文的理解也是不同的,尽管不同时期他对文学散文的见解和《美文》一文中关于文学散文的猜想有一定的距离甚至冲突,但对关系着散文生命的文学性的强调却是一直未变的。总的来看,周作人的美文理论有明确的审美取向,美文也有一定的艺术标准,那就是无论是记述性论文还是批评性文章都必须重视散文的艺术性,并不是所有的散文都可以寄存在美文的仓库里。周作人的理论倡导和创作实践可能有落差,可美文要求却是一贯的,其一生所作散文"总量无虑两千篇",真正够得上美文标准的"不会超过四十余篇",正是这些数量不多的美文构成了周作人散文的经典。[①] 他虽也写过很多针对性很强的社会批评和文明批评,却认为《祖先崇拜》之类的文章"只是顽强地主张自己的意见,至多能说得理圆,却没有什么余情","无论一个人怎样爱惜他自己所做的文章",也不能说这样的文章"写得好"[②],所以"知堂美文"主要还是指具有记述性、艺术性或不专以说理为主的小品文。在 1928 年写作的《〈燕知草〉跋》中,周作人以俞平伯的散文为例对这种"论文"进行了说明:这种"论文"具有"文学意味",不专"说理叙事",而是以"抒情分子为主的",可以称之为"小品文"或"'絮语'过的那种散文"。[③] 因此不能以创作来修改其理论,亦不能用理论来捆绑其创作,更不能因其散文实践溢出了美文的边界而扩大其理论倡导的范围,因为文学理想和创作现实是有距离的。再多寻章摘句的爬梳和以文衡理的否定都无法撼动周作人作为小品散文作家的历史定位,胡适在《五十年来中国之文学》一文中就言之凿凿地认定"小品散文"是周作人提倡的,"周作人的名字"也是和小品文一起"被记忆在读者们的心里"。[④] 曹聚仁认为周作人的美文就是"后来盛行的小品文",

---

[①] 郜元宝:《从"美文"到"杂文"(下)——周作人散文论述诸概念辨析》,《鲁迅研究月刊》2010 年第 2 期。
[②] 周作人:《〈散文一集〉导言》,载刘运峰编《1917~1927 中国新文学大系导言集》,天津人民出版社,2009,第 119 页。
[③] 周作人:《〈燕知草〉跋》,载张菊香编《周作人代表作》,黄河文艺出版社,1987,第 270 页。
[④] 阿英:《周作人小品序》,载李春林、王小琪编《名人千字文读后感·观后感卷》,海燕出版社,1991,第 146 页。

并称他为"小品文的第一好手"。① 李素伯认为周作人所谓的"艺术性的散文诗似的美文"就是"小品文"。② 周作人的美文概念虽然并未通行开来，但其因对散文艺术性的重视被许多作家引为同道，他倡导的"美文"奠定了现代文学散文的基础。后来的"纯散文""散文小品""絮语散文"等他称和周作人所说的"美文"几乎是同一个概念。他的美文概念毫无疑问具有开拓性的意义，彻底划清了文学散文与非文学散文的文体界限，促进了白话散文的纯文学化，是散文创作与批评的一次重大变革，实现了散文观念的艺术蜕变。在周作人的倡导和示范下，大量具有特殊美学规范和审美追求的现代抒情叙事散文陆续诞生。

周作人对西方美文的介绍为中国现代作家创作新的语体散文提供了一个可资取法的外来参照体系，将中国现代散文作家的目光吸引到英国的随笔上来。周作人关于美文概念的阐释直接影响了人们对文学散文的认识，他提出美文概念后，许多作家接受了他的美文观，再论及散文时都比较自觉地强调散文的文学性和艺术性。1923年，王统照在《晨报副刊》上发表《纯散文》一文提倡"纯散文"写作与研究，指出"纯散文"虽然没有诗歌的"神趣"、短篇小说的"风格和事实"与戏剧的"结构"，但"除开理论不计"，好的纯散文也可以"使人阅之自生美感"。王统照是在与诗歌、小说、戏剧比较的基础上提出"纯散文"概念的，从中可见他对于散文文体的自觉意识，同时他又指出纯散文带上点"文学的成分"，可以增加"说理、写事的能力"。③ 在《散文的分类》一文中，他指出散文不是"除却韵文之外"的所有散在文字，而是与"诗歌、小说、戏剧"等相并列的一种文学样式，纯散文"并不如我们凭想象所定的他的范围那么宽阔"，这样经过层层限定后的"纯散文"在外延和内涵上几乎和周作人的美文相同。在几种散文样式中，"描写的散文"最注重"艺术之点"，"时代的散文"是杂散文。④ 在纯

---

① 曹聚仁：《小品散文》，载绍衡编《曹聚仁文选》（上），中国广播电视出版社，1995，第301页。
② 李素伯：《什么是小品文》，载周红莉编《中国现代散文理论经典》，苏州大学出版社，2008，第131页。
③ 剑三（王统照）：《纯散文》，载沙似鹏编著《中国文论选·现代卷》（上册），江苏文艺出版社，1996，第329页。
④ 王统照：《散文的分类》，载沙似鹏编著《中国文论选·现代卷》（上册），江苏文艺出版社，1996，第357~364页。

散文的发轫之初,王统照对散文的细致分类以及特征概括,有助于人们加深对散文样式的认识,其见解无疑具有重要的理论价值。1923年,徐志摩盲从汉字罗马化的主张,提出了"纯粹散文"的理论构想,由于"能力"限制,创作出"不凭借符号的帮助的纯粹散文"只是一个理想,"只能提出,不能解决"。① 不过他却一直重视纯粹散文的艺术制作,讲究散文的形式美与语言的音乐性,其散文语言"流丽轻脆,在白话的基本上加入古文方言欧化种种成分,使引车卖浆之徒的话进而为一种富有表现力的文章,这就是单从文体变迁上讲也是很大的一个贡献了"(周作人语)。②

刘半农、周作人、王统照、徐志摩等人对现代新散文文体进行了有意义的探索,而在寻找与文学散文相一致的话语方式方面,现代散文理论家也表现出不凡的眼光,从而将软性小品与硬性杂文区分开来。1926年3月,胡梦华在《小说月报》第17卷第3期上发表短论《絮语散文》,在现代散文文体的建构中,这篇小文的意义不可小觑。它指出了絮语散文的话语方式,"絮语散文"如"家常絮语",不是"长篇阔论的逻辑的或理解的文章",即便有"逻辑的议论"或"激烈的争辩",也是"和颜悦色的唠唠叨叨地说着"。③ 这点和厨川白村的论述很类似,厨川白村认为Essay就是将和好友之间随随便便的"任心闲话"照样地"移在纸上的东西"。在《出了象牙之塔》一文中,厨川白村同样强调,Essay的"比什么都紧要的要件"就是浓厚地表现出作者自己的"个人底人格的色彩"。④ 胡梦华的《絮语散文》也将"个性"和"人格"作为散文的要素,强调散文的个人性,读一篇絮语散文能够洞见作者"人格的动静"、"人格的声音"和"人格的色彩"。如果从理论上追根溯源,胡梦华对"自我"的突出无疑是与周作人"人的文学"的观念一脉相承的,证明了郁达夫所说的"五四运动的最大成功"是"'个人'的发现"的论断。他的"絮语散文"与周作

---

① 徐志摩:《致孙伏庐三封》,载晨光辑注《徐志摩书信》,湖南文艺出版社,1986,第112~113页。
② 转引自钱杏邨《现代十六家小品序》,载王永生主编《中国现代文论选》(第一册),贵州人民出版社,1982,第530页。
③ 胡梦华:《絮语散文》,载沙似鹏编著《中国文论选·现代卷》(上册),江苏文艺出版社,1996,第440页。
④ 〔日〕厨川白村:《出了象牙之塔》,载厨川白村《苦闷的象征·出了象牙之塔》,鲁迅译,人民文学出版社,1988,第113页。

人、王统照对文学散文的认识也有相同之处,那就是强调絮语散文是"美的文学",是"散文中的散文"。① 这篇论文对散文内在美质和外在特征的强调深化了人们对文学散文的认识,为现代散文观念的形成奠定了坚实的基础。评论者也能够自觉地以美文理论来评述散文创作,如1926年徐蔚南在为王世颖的《伧俇》写序时将"美的散文"称为"小品文",总结了小品文写作的基本艺术技巧,主要包括"印象的抒情""暗示的写法""即兴的题材"等三个特色。② 把小品文这一文体真正发扬光大的则是20世纪30年代在上海大肆鼓吹小品文的林语堂。他以"笔调"为主来界定小品文,将西人分法中的"小品文"和"学理文"与中文中的"'言志派'与'载道派'"对应起来。这种分法窄化了小品文体的适用范围,排斥了"载道派"小品文,标榜"以闲适为格调"的"言志派",希图与鲁迅一派的杂感小品文一较高低。他对小品文进行了比较详细的阐释,他申说"宇宙之大,苍蝇之微"皆可入"小品文之范围",这种言说可能不同于周作人等所谓"晚明小品"过于偏重"独抒性灵"的艺术取向,他所说的"小品文"有点大杂烩的性质,内容上可以"说理""抒情",也可以"描绘人物""评论人事",为小品文表现丰富宽广的社会人生预留了一定的理论空间。在写法上更是不拘一格,"凡方寸中一种心境,一点佳意,一股牢骚,一把幽情,皆可听其由笔端流露出来",这样的解释似乎扩大了小品文的表现空间。不过笔锋一转他又特别指出,"余意此地所谓小品,仅系一种笔调",此种笔调,笔墨"轻松",真情流露,达到西文所谓的"衣不扭扣之心境"。理想中之"人间世"专提倡此种如良朋话旧的"娓语式笔调",并使用此种笔调去谈论"人间世之一切","或抒发见解,切磋学问,或记述思感,描绘人情"。③ 经过这样的界说后,他心目中的小品文概念又与周作人等人的论述保持了内在的一致。林语堂的小品文观及其创办的期刊影响甚巨,直接促成了小品文运动,他创办了《论语》、《人间世》和

---

① 胡梦华:《絮语散文》,载沙似鹏编著《中国文论选·现代卷》(上册),江苏文艺出版社,1996,第441页。
② 徐蔚南:《〈伧俇〉序》,载周红莉编《中国现代散文理论经典》,苏州大学出版社,2008,第85~88页。
③ 林语堂:《论小品文笔调》,载刘志学主编《林语堂散文》(一),河北人民出版社,1991,第253~256页。

《宇宙风》等杂志，刘大杰编辑了《明人小品集》，施蛰存编选了《晚明二十家小品》，他们挖掘刊登小品文创作，共同掀起了小品文创作和总结的热潮；鲁迅的《小品文的危机》、朱自清的《论中国现代的小品散文》、钟敬文的《试谈小品文》、梁遇春的《〈小品文选〉序》等都是运用"小品文"这一概念来探讨现代散文理论的重要文章；庐隐的《东京小品》、叶灵凤的《灵凤小品集》、丰子恺的《子恺小品集》、徐懋庸的《懋庸小品文选》等都是以"小品"来命名的作品集。至此，"小品文"取代"美文""纯散文""纯粹散文""絮语散文"等称呼而成为"文学散文"的代名词，在现代文坛上迅速流行开来。在现代散文建构者的努力下，取材广泛、闲话风、个性特质、絮语笔调而又充满知性感悟的文体特征成了现代小品文的形式标签，文学散文也由一个独立的文学部门成长为一种具有鲜明艺术风格的文体类型。

### 三　重视散文艺术性的文学共识

周作人的"美文"、胡梦华的"絮语散文"、王统照的"纯散文"、徐志摩的"纯粹散文"、林语堂的"小品文"等都是对文学散文的命名。这些概念虽小有出入，名称不统一，所指也不断变动，并未形成一个约定俗成的凝固形态，但纷乱的命名中仍有本质上的指向，那就是共同指向现代散文中重视抒情性、艺术性的文学散文，所谓的"文学的散文"就是"小品文"，如果不用"小品文""美文"等名称的话，称"文学的散文也可以"。[①] 周作人的美文是文学散文的滥觞，各种关于文学散文的界说都是从周作人"美文"概念中派生出来的，均指以抒情、叙事为主的散文。命名不过是为了言说的方便，从外来资源看，美文、絮语散文、纯散文、纯粹散文都是西化的说法，或者说是对 Essay 的不同译法罢了，西方的 Essay 才是他们进行散文理论构建的重要参照。散文小品虽为中国固有，但一经重新解释，小品已被注入现代性的内涵，所以"重新启用的小品散文概念"不过是西方"美文"概念的"一个更加中国化的说法"。[②] 新文学作家也

---

① 叶圣陶：《关于小品文》，载周红莉编《中国现代散文理论经典》，苏州大学出版社，2008，第220页。
② 解志熙：《美文的兴起与偏至——从纯文学化到唯美化》，《文学评论》1997年第5期。

将美文和小品文互换使用，如胡适在《五十年来中国之文学》中就言之凿凿地说"周作人等提倡的'小品散文'"彻底打破了"美文不能用白话"的迷信，胡适是将"美文"和"小品散文"当成同一个概念使用的，周作人现代"散文小品之王"的徽号也是胡适奉送给他的。再如朱湘认为周作人成功创作了"西方有而震旦无的 Pure essay"，在他眼里，周作人的美文和"Pure essay"是一样的。① 钟敬文也认为，胡梦华将英文中的"所谓 Familiar essay"译作"絮语散文"不如译作"小品文"更为确切。在他看来，"小品文"和"絮语散文"是同一的概念，是西方的"Familiar essay"的不同译法。② 在现代汉语语境下，这些异名同质的概念基本上没有多大的差别，都是在借鉴西方散文观念的基础上来进行散文理论的现代性建构的。周作人的美文来源于"Essay"，王统照的"纯散文"译自"Pure prose"，胡梦华的"絮语散文"来自"Familiar essay"，林语堂的所谓"个人笔调"指的是"西洋现代文学之散文笔调"，而且他们所标举的西方散文作家也有重合之处，几乎都将英国兰姆的散文奉为美文的经典。"美文""纯散文""絮语散文"的概念最终却都没有通行起来，如周作人虽然提倡美文，但很少使用"美文"概念，到了1926年，就宣称"只想作随笔了"③，其文章和文集也多采用"随笔"之名，如《苦茶随笔》《专斋随笔》等。1928年写作的《〈燕知草〉跋》又将俞平伯称为"近来的一派新散文的代表"，显然有为美文再进行改名换姓的意味。正是在不断命名中，现代散文作家对这种文体的认识趋于统一，周作人作为小品散文的开山鼻祖的地位也得到确立。携着"这种文章""渐渐发达"的东风④，进而在现代文坛上掀起了一场颇有声势的美文运动，周作人始终是这场运动中的主导性力量，他曾经作为文学史现象加以研究却没有刻意提倡的"小品文"成了最为通行的称呼。"就性质、内容和写作的态度上，似乎以小品文三字为最能体现这一类

---

① 朱湘：《〈统一局〉》，载《朱湘散文经典》，印刷工业出版社，2001，第234页。
② 钟敬文：《试谈小品文》，载王永生主编《中国现代文论选》（第一册），贵州人民出版社，1982，第461~462页。
③ 周作人：《〈艺术与生活〉序一》，载张菊香等编《周作人研究资料》（上册），天津人民出版社，1986，第187页。
④ 周作人：《〈散文一集〉导言》，载刘运峰编《1917~1927中国新文学大系导言集》，天津人民出版社，2009，第119页。

体裁的文字。"[1]"小品文"这个更为大家广泛认可的中国化的名称盖过了"美文"等概念的风头,大有将所有追求艺术性和偏于闲适情调的散文都网罗于名下的势头。

各异的提法(包括小品文)却掩盖不了它们的共通性,新文学作家在致力于散文文体建设时都不约而同地强调散文的文学性,以弥补"五四"散文美质的缺乏。继周作人的"艺术性"、王统照的"文学的成分"、胡梦华的"文学上一定的美质"之后,朱自清、梁实秋、梁遇春、何其芳、钟敬文等散文名家也都发表了关于文学散文的意见,从理论上巩固了文学散文的研究成果。周作人、郁达夫编选《中国新文学大系·散文集》更是促进了纯文学散文的迅速经典化。无论是周作人的"凭主观偏见而编"[2]还是郁达夫的选"我所喜欢的文字——不喜欢的就不选了"[3]的任性,两人在编选标准上都是有一定的倾向性的,如偏爱艺术散文。价值的判断决定了材料的取舍,周、郁两人都偏择言志派小品文。周作人依据不选议论文的标准,将蔡孑民、陈独秀、胡适、钱玄同等人的论说性文章排除在文学散文之外,可对自己喜欢的废名作品的选择标准则要宽松得多。"废名所作本来是小说",但"我看这可以当小品散文读"或者"觉得有意味",所以选入了《洲》《万寿宫》等五篇文章,这种选择无疑是与其美文标准相一致的。[4] 郁达夫所选的散文,光周作人的散文就占了近一半,至于其他人的散文也不是没有标准,还是以与周氏冲淡平和的小品文相近的散文为主。如他认为冰心散文"清丽"、丰子恺散文"清幽玄妙"、钟敬文散文"清朗绝俗"、朱自清散文满贮"诗意",郑振铎、叶绍钧、茅盾等作家偏向于写实说理的散文之所以被选,是因为郑振铎散文富有"细腻的风光",叶绍钧散文具备"特有的风致",茅盾散文能够做到"抒情练句,妙语谈玄"。[5] 考虑到《中国新文

---

[1] 李素伯:《什么是小品文》,载周红莉编《中国现代散文理论经典》,苏州大学出版社,2008,第131页。
[2] 郁达夫:《〈散文二集〉导言》,载刘运峰编《1917~1927中国新文学大系导言集》,天津人民出版社,2009,第138页。
[3] 周作人:《〈散文一集〉导言》,载刘运峰编《1917~1927中国新文学大系导言集》,天津人民出版社,2009,第124页。
[4] 周作人:《〈散文一集〉导言》,载刘运峰编《1917~1927中国新文学大系导言集》,天津人民出版社,2009,第125页。
[5] 郁达夫:《〈散文二集〉导言》,载刘运峰编《1917~1927中国新文学大系导言集》,天津人民出版社,2009,第140~142页。

学大系》在文学史上的地位及其对文学经典化的意义，散文集的编选其实就是在为散文立法，周、郁借助强大的文化资本联手将纯文学散文送入文学史，他们的散文史叙述让散文真正获得了与诗歌、小说、戏剧等文学样式并立的地位，导言的权威叙事让纯文学散文的标准成为衡量所有散文好坏的标准。

## 第二节　从美文的源流看现代美文写作的诗学追求

西方 Essay 是触发中国现代美文写作的思想资源，对于一个文章大国来说，中国的散文积淀尤其深厚，在对西方资源的接受过程中并未对其照单全收，而是表现为一种为我所用的择取。为竭力突出中国传统文章中所缺乏的或表现不充分的文艺性小品文，在中西对比中"言志派"小品文作家普遍强调晚明小品文对自己创作的意义。

### 一　现代小品文作家对西方 Essay 的选择性接受

在狭义的散文概念中，"杂文"和"小品文"是两种不同的文体，所谓小品文主要包括以周作人为代表的"性灵小品"、林语堂提倡的"幽默小品"和梁遇春等创作的具有"英国风的小品文"，杂文是不在其列的。特别是《人间世》创刊后，杂文因违反"以自我为中心，闲适为格调"的标准，"仿佛都变做弃婴，被摒绝于小品圈外了"。[1] 在广义的散文概念中，文学散文除了叙事、抒情的散文，还应包括议论说理的散文。不过一些小品文作家更倾向于把杂文和小品文视为同一文体的不同变种。如朱自清在《什么是文学》中认为中国现代"文学型类的发展"经历了从"新诗和小说"——"散文"（美的散文、小品文）——"杂文"的变化轨迹，而"继承随感录"的杂文是"小品文的演变"结果。[2] 王力在《谈谈小品文》中也指出小品文是"篇幅短小，形式活泼，内容多样化的一种杂文"，鲁迅的很多篇"杂文"可以认为是"革命的小品文"[3]，在这里王力将小品文包

---

[1] 唐弢：《小品文拉杂谈》，载李宁编选《小品文艺术谈》，中国广播电视出版社，1990，第145页。
[2] 朱自清：《文艺常谈》，中华书局，2012，第3页。
[3] 王力：《龙虫并雕斋琐语》，北京联合出版公司，2012，第323页。

括在杂文里。小品文和杂文的关系是没有形成共识的,其实小品文和杂文的文类关系也是相当复杂的。就其始源而言,小品文理所当然地包括杂文,不过杂文作为文学散文的地位却随社会对其重视程度的变化而升迁浮沉。新文化运动初期以随感录为主的杂文是新文学作家最为青睐的文体,许多报刊都开设了刊发杂文的栏目。随着美文概念的崛起以及大多数作家的积极响应,"周作人的小品文"似乎成了中国新文化运动中"一个很有权威的流派"①,言志派小品文亦有独占小品文文体名号的倾向,杂文的锋芒被美文的光彩所遮蔽。至少在20世纪30年代初期的小品文论争展开之前,杂文还是一种不受重视的文体。如鲁迅在1932年所写的《〈三闲集〉序言》中就说,所谓"杂感"者"确乎很少见","杂感"两个字也让"志趣高超的作者厌恶",甚至一些人用"杂感家"来奚落别人。② 文学史家唐弢认为,称人为杂文家或杂感家有"轻视"的意思,"早在《现代评论》时期,已经不是一个好名词"。③ 在关于小品文的论争中,由于论争双方政治立场和文学观念的分歧,小品文概念的分裂被彻底坐实,小品文因文人集团的政治站队而正式离析为"晚明风的小品文"和"革命的小品文"(杂文)两种次级文类。特别是随着社会对文学政治功能的重视,杂文的风头盖过了小品文,而"软如棉"的小品文因脱离愁云密布的社会现实而成了杂文的畸型,鲁迅提出要创作出"匕首""投枪"式的"生存小品文",就是希望将小品文作家拉入"杂文"创作的队伍。从小品文的演变不难看出,在现代文学史上小品文是一个浑融的文类,并没有形成一个具有确定本质的凝固形态,杂文和小品文并不存在清晰的"楚河汉界"。杂文、小品文、随笔因文体过于接近而相互纠葛,甚至一度烙上了各派政治力量斗法的痕迹,政治观念的分歧对散文文体的分裂也发挥了重要的作用。但关键还是在于周作人等新文学作家在提倡"美文"时,虽然借助了外国文学散文的权威,却只竭力突出西方散文中的文艺性小品文,杂文是被排斥在小

---

① 钱杏邨:《现代十六家小品序》,载王永生主编《中国现代文论选》(第一册),贵州人民出版社,1982,第507页。
② 鲁迅:《〈三闲集〉序言》,载《鲁迅全集》(编年版)(第六卷),人民文学出版社,2014,第739页。
③ 唐弢:《关于散文写作——答〈文艺知识连丛〉编者问八题·唐弢先生答文》,载周红莉编《中国现代散文理论经典》,苏州大学出版社,2008,第369页。

品文之外的，至少是不被重视的。其实他们对于源自西方的"Essay"有非常理性而全面的认识，不过引进的西方范本与自己设想的现代散文审美规范并不一致，于是为了凸显自己的艺术价值取向，他们对西方 Essay 的理念和精神进行了选择性的接纳，对不合己意的杂文部分进行了刻意的冷处理，这在一定程度上形成了小品文即艺术性散文的公众印象。

作为一个对中西文学有精深了解的学者，周作人对西方散文的历史变迁有清晰的知解。他知道"英国的 Essay 之作，始于 Bacon"①，早在 1912 年他就翻译过培根的 *Essays*，对论文和小品文有清晰的辨识，也知道作为"文艺的少子"的小品文"集合叙事说理抒情的分子"。② 他在写作《美文》时就清楚地知道西方的"Essay"有"批评性的，学术性的"和"记述性的，文艺性的"不同文体风格，后来他本人也创作过大量富有知性特色的"文抄公体"散文，甚至他的大多数文字都是"杂感随笔之类"，而且里面闪射着"道德的色彩和光芒"。③ 不过被周作人所推崇的主要还是介于"诗与散文中间的桥"式的"好的美文"和好的文艺批评，他的"文章之美"在记述抒情类散文中表现得最为充分，读者最激赏的也是以《乌篷船》《故乡的野菜》为代表的意境悠远、质朴清新的叙述抒情类散文。在《美文》一文中，他绝口不提欧美小品文的始祖蒙田、培根，只建议新文学作家向爱迭生、兰姆、欧文等欧美"美文的好手"学习。④ 对于主题严肃、枯燥沉闷的论说性散文（如培根的散文）能否称为"美文"则是不用置喙的，他早就说过"文章者必非学术者也"，"凡学术专业之词，皆足为文章之颣耳"。"倍庚之著《显理七世史》，以文章为地，为大众作也。及著《格致新机》，则唯供学子研治之用。"⑤ 培根是一个"致力于学问"之人，其"又作论文五十八篇"，虽"文句简练"，但"流畅则次之"。⑥

---

① 周作人：《欧洲文学史》，商务印书馆，1918，第 60 页。
② 周作人：《〈近代散文钞〉序》，载北京鲁迅博物馆编，冯英、赵丽霞选《苦雨斋文丛·沈启无卷》，辽宁人民出版社，2009，第 248 页。
③ 周作人：《〈雨天的书〉自序二》，载张菊香编《周作人代表作》，黄河文艺出版社，1987，第 178~179 页。
④ 周作人：《美文》，载张菊香编《周作人代表作》，黄河文艺出版社，1987，第 13~14 页。
⑤ 周作人：《论文章之意义暨其使命因及中国近时论文之失》，载杨扬编《周作人批评文集》，珠海出版社，1998，第 10~11 页。
⑥ 周作人：《欧洲文学史》，商务印书馆，1918，第 28 页。

在周作人"美文"天平中,注重文学性的叙事抒情散文才是衡量文学散文的秤星,这一观点也得到了大多数散文理论家的认可。王统照根据美国文艺学家韩德有关散文的论述,写成了《散文的分类》,他指出"Prose type的名称"是"散文的种类扩大"的产物,杂文是"合诸多形式而创成的新散文",而"论文(Essay)"是"杂散文最普通与最主要的表现",其"形式"包括"描写与批评"两种。王统照对源自西方的散文内涵的认识是很全面的,对散文的分类也是很到位的,他明明知道纯散文是杂散文的一种,散文不只有纯散文一种,但在当时的历史条件下,他提倡的"纯散文的散文并不如我们凭想象所定的他的范围那么宽阔",只是选择其中的艺术性散文(纯散文)来作为中国散文发展的方向。[1] 胡梦华对英国随笔的介绍也是偏于个人的趣味,对过于偏重思想性的散文并不太感兴趣。如他尽管认为"深通哲学"的培根开创了"英国散文之先河",却以其小品文的形式"短而有序"、内容"质而富实"、缺乏"个人的风趣"的理由将其排除在"纯粹的絮语散文作家"的行列之外,他弃培根而不取的意味非常明显。[2] "中国的爱利亚"(爱利亚即兰姆)梁遇春曾翻译过英国多位作家的小品文,对英国散文的历史应该是很熟悉的,却有意忽略了"奸巧利诈的 Bacon(培根),恬静自安的遗老 Izaak Walton(沃尔顿),古怪的 Sir Thomas Browne(布朗)同老实的 Abraham Cowley(考利)",这些人虽是"小品文的开国元勋",但其文章不符合"冲淡闲逸"的标准,所以他着重选译了斯梯尔、艾迪生(爱迭生)、兰姆等小品文家的文笔轻松、真情流露的小品。[3] 林语堂认为,从内容上看,"西洋分文为叙事、描景、说理、辩论四种",若"以笔调为主",西人散文可分为"小品文"和"学理文",他欣赏的只是"闲适""下笔随意"的小品文,反感"庄严""不敢越雷池一步"的学理文。[4] 李素伯在《什么是小品文》中认为"起源于

---

[1] 王统照:《散文的分类》,载沙似鹏编著《中国文论选·现代卷》(上册),江苏文艺出版社,1996,第357~364页。
[2] 胡梦华:《絮语散文》,载沙似鹏编著《中国文论选·现代卷》(上册),江苏文艺出版社,1996,第444页。
[3] 梁遇春:《〈小品文选〉序》,载中国现代文学馆编,吴福辉编选《梁遇春文集》,华夏出版社,2000,第172页。
[4] 林语堂:《论小品文笔调》,载刘志学主编《林语堂散文》(一),河北人民出版社,1991,第253页。

法兰西而繁荣于英国"的 Essay 是一种"专于表现自己的美的散文",好的小品文需"富有艺术性","麻烦的论文,关于学术的零星的杂记,都不能算是小品文"。① 中国小品文作家顺应新旧散文历史转型期对于散文审美品质的急切追求,在借鉴西方的 Essay 文体时只属意于轻松愉快、风趣活泼的闲谈絮语体小品文,自然将 Essay 中深刻严肃、注重教益的议论体散文摒诸门外。他们有意疏远以蒙田、培根之文为代表的以议论为主的经典随笔,在创作上较多地取法于注重个性精神和艺术特质的西方小品文作家,通过提倡美文将中国散文拉进文学散文的轨道。在一大批小品文作家的竞相尝试下,现代小品散文的创作在现代文坛蔚为大观,"几乎在小说、戏曲和诗歌之上"。

英国的小品文在历史的发展中形成了鲜明的特色,在话语方式上,既有自然、闲适、幽默的语言风格,也有议论、说理和富有道德内涵的论说;在文体风格上,既有叙事抒情,也有议论说理,而且各种风格浑然交融,难以分辨。其实西方的"Essay"并非铁板一块的闲适和叙事抒情,说理是西方小品文的题中应有之义。郁达夫认为"英国的 essay 气味"和"公安竟陵的两派""近似得很",但"究因东西洋民族的气质人种不同,虽然是一样的小品文字,内容可终不免有点儿歧异",但无论怎样,"西洋的 Essay"还是"脱不了讲理的 Philoso phising 的倾向",所以"一样的小品文字"就没有"东方人的小品那么的清丽"。② 鲁迅认为随笔是"杂文之一体"③,他所理解的小品文也是以议论、论说为主体的,散文小品常常取法于"英国的随笔(Essay)",为了"对于旧文学的示威",所以带点"幽默和雍容,写法也有漂亮和缜密的","以后的路"明明是"更分明的挣扎和战斗","小品文的生存"也只仗着"挣扎和战斗"。④ 在厨川白村看来,Essay 的始祖是"法兰西的怀疑思想家蒙泰奴",转到英国则为"哲人培根",培根是英国文学中"此种文字"的"始祖"。因"时代""个

---

① 李素伯:《什么是小品文》,载周红莉编《中国现代散文理论经典》,苏州大学出版社,2008,第131页。
② 郁达夫:《清新的小品文字》,载林文光《郁达夫文选》,四川文艺出版社,2010,第138~139页。
③ 鲁迅:《徐懋庸作〈打杂集〉序》,载鲁迅《且介亭杂文二集》,译林出版社,2013,第64页。
④ 鲁迅:《小品文的危机》,载王培元编《鲁迅作品新编》,人民文学出版社,2010,第286~287页。

人"不同,"Essay"具有"不同的体裁",在英国则既有培根散文似的"简洁直捷"的论说,也有像兰勃的《伊里亚杂笔》两卷中所载的那样"明细""滑稽""情趣盎然"的"感想追怀的漫录"。① 综合以上论述不难发现,中国现代小品文作家对西方"Essay"的接受是夹带私货的,用意在于以强势的英美文学为幌子提出自己心目中的理想的散文样式。英国文学中的"Essay"的前身是"Prose",而与"Prose"相对应的概念是"Verse",即韵文以外的小说、散文、戏剧都集结在"Prose"名下,以"Essay"命名的散文似乎才更接近我国文学四分法中的散文概念,但现代作家很少将西方的"Essay"译成散文,而是以随笔、小品等称呼之,可见西方的"Essay"也不能和我国的现代散文概念完全对应,也就是说我们取法的"Essay"的外延小于中国的现代散文概念的外延,而现代小品文作家对"Essay"的借鉴也不是照单全收,而是为我所用地偏心择取,刻意回避掉与自己期待视野对立的内容。中国现代散文建构者对西方 Essay 的含义和范围是有不同理解的,如鲁迅就比较倾向于议论,其杂文就成了"匕首和投枪";周作人的散文冲淡平和,其散文就成了现代美文的典范。前者"凌厉削拔,富于战斗性",后者"闲散飘逸,偏于抒情味"。② 两类散文体式中,在 20 世纪 30 年代之前,周作人风格的散文无疑占据着主导地位,现代文学散文云蒸霞蔚的创作气象也是由美文营造的。大部分研究者对现代小品文的理解也主要来自周作人、王统照、胡梦华等文学散文提倡者的散文观,并有意遗忘了西方散文中重思想和议论的一脉,关于小品文的争论在很大程度上也归因于两种不同艺术观和文学观的分歧。吊诡的是论争非但没有结束分歧,由于双方各以自己的标准来定义小品文,分歧变得更加针锋相对、水火不容。在论争前,小品文一般指艺术性较强的叙事、抒情散文,经过论争,杂感因与社会现实的靠近而地位隆升,也不用攀附小品文的名号来抬高自己,干脆"另起炉灶",完全把小品文三字"送给以闲适为格调的东西了"。③ 由此可见,纯散

---

① 〔日〕厨川白村:《出了象牙之塔》,载厨川白村《苦闷的象征·出了象牙之塔》,鲁迅译,人民文学出版社,1988,第 115 页。
② 唐弢:《关于散文写作——答〈文艺知识连丛〉编者问八题·唐弢先生答文》,载周红莉编《中国现代散文理论经典》,苏州大学出版社,2008,第 369 页。
③ 唐弢:《小品文拉杂谈》,载李宁编选《小品文艺术谈》,中国广播电视出版社,1990,第 145 页。

文概念是美文建构者文学设想的产物，小品文就是美文的观念只是人们的一般印象，经不起学理的检验和历史的考验，也与文学史的真相并不一致。

英国的随笔有记叙型、抒情型的，也有议论型的。培根在英国随笔中的地位是不言而喻的，他是"英国文艺复兴的最全面的代表者"和"当时最伟大的散文作家"，而"他的心思一直在反复考虑真理的性质"。[①] 其散文的学术性、思想性色彩过于浓厚，与中国"载道"气息浓厚的唐宋八大家的古文颇为类似，这显然与中国现代小品文首倡者周作人提倡的"晚明风小品文"的审美风格存有相当的距离。周作人自称是"诗言志派的"，痛恨一本正经地教训的"载道派"，推崇的是注重自我表现的"言志的散文"，认为小品文是"个人的文学之尖端"。[②] 中国现代小品文作家多信奉周作人的"言志"散文观和"文艺只是自己的表现"的创作理念，任心闲谈的絮语笔调更适于作家的自我表现，絮语体散文的文体特征与周作人倡导的文学散文理想不谋而合。在纯文学眼光的过滤下，培根确实算不上一个真正的小品文作家，其实以思想性见长的小品文作家又何尝只有培根呢？思想性已经构成西方小品文不可或缺的一个要素，从蒙田到培根都是以创作议论为主的随笔而成名的，"自 Montaigne 一直到当代，思想在小品文里面一向都占有很重要的位置"。[③] 不过对于急于摆脱载道观束缚的中国现代作家来说，思想性的言说因和载道过于接近是不受欢迎的，这也是尽管"五四"时期随感录杂文创作风生水起，周作人等却一直感叹散文不兴的原因所在。他们对西方小品文是有审美偏好的，自然对于西方"Essay"中的重思想一脉不太重视，现代的纯文学观念才是他们选择外国文学资源的重要尺度，相对来说更具纯文学风格的兰姆更适合他们的审美口味。英国的随笔以蒙田的《随笔集》为滥觞，培根加以发扬光大，他们的随笔作品皆以思想性见长，兰姆既非思想家也非哲学家，却是公认的英国随笔的集大成者，其创作的《伊利亚随笔》议论成分不多，具有浓厚的叙述抒情

---

① 〔英〕艾弗·埃文斯：《英国文学简史》，蔡文显译，人民文学出版社，1984，第347页。
② 周作人：《〈近代散文钞〉序》，载北京鲁迅博物馆编，冯英、赵丽霞选《苦雨斋文丛·沈启无卷》，辽宁人民出版社，2009，第248页。
③ 梁遇春：《〈小品文续选〉序》，载《梁遇春散文》（插图珍藏版），人民文学出版社，2010，第209页。

成分,是英国随笔的典范性作品。他的随笔写作不在于顺应时代精神,探讨宏大的社会主题,而是书写身边琐事,力图传达普通人的思想感情和人生感受,将"七零八杂事情"叙述得"娓娓动听",在"闲话时节"透露出自己的"全性格"。① 周作人称赞兰姆是"美文的好手"②,其小品文是"英国 18 世纪以后散文的美富"③。胡梦华标举兰姆为絮语散文的"中兴大将",其《伊利亚随笔》是"天地间之希有絮语散文",每一篇文章里都"强烈地反射着"兰姆的人格。④ 梁遇春被郁达夫称为"中国的爱利亚",他非常推崇兰姆,毫不掩饰自己对兰姆的欣赏,19 世纪文学中"最出色的小品文家""英国最大的小品文家"⑤ 兰姆是他"十年来朝夕聚首的唯一小品文家"⑥。

思想性是小品文的题中应有之义,粗略划分,小品文可分为两类,但又"不能截然分开"。一是"体物浏亮","偏于情调",多采用"描写叙事的笔墨";二是"精微朗畅","偏于思想",多使用"高谈阔论的文字"。两类之间相互联系,"描写情调时必定含有默思的成分,才能蕴藉,才有回甘的好处,否则一览无余,岂不是伤之肤浅吗?刻划冥想时必得拿情绪来渲染,使思想带上作者性格的色彩,不单是普遍的抽象的东西,这样子才能沁人心脾,才能有永久存在的理由"。这段文字辩证地论述了小品文中思想和情调之间相辅相成的关系,思想性在小品文写作中的作用是不言而喻的,新文学作家对小品文的类型也是了然于胸的。既然如此,他们究竟出于何种原因只称道小品文的"情调方面",而对"思想成分"置之不理呢?梁遇春指出主要原因有两个,一是"作者的性格"和"所爱写题材的关系",小品文娓语漫谈的笔调契合现代小品文作家表现自我、挥

---

① 梁遇春:《查理斯·兰姆评传》,载范桥等编《梁遇春散文》,中国广播电视出版社,1993,第 51 页。
② 周作人:《美文》,载张菊香编《周作人代表作》,黄河文艺出版社,1987,第 13 页。
③ 周作人:《东京的书店》,载范用编《买书琐记》,生活·读书·新知三联书店,2005,第 287 页。
④ 胡梦华:《絮语散文》,载沙似鹏编著《中国文论选·现代卷》(上册),江苏文艺出版社,1996,第 447~449 页。
⑤ 梁遇春:《〈小品文选〉序》,载中国现代文学馆编,吴福辉编选《梁遇春文集》,华夏出版社,2000,第 173 页。
⑥ 梁遇春:《〈小品文续选〉序》,载中国现代文学馆编,吴福辉编选《梁遇春文集》,华夏出版社,2000,第 177 页。

洒个性的需要；二是国人"厌恶策论"，"载道"思想扼杀了散文创作的活力，"谈思想总免不了俨然"，所以作者"把他们拿来归儒归墨"了，无论是编选小品文还是作小品文，梁遇春都多半"偏于情调"。① 前一个原因具有个体性，后一个原因则具有普遍性，而后者才是美文作家接受西方随笔过程中强调个性化色彩的主因。中国传统散文的弊病是载道对言志的排挤，个性主义文学始终缺乏成长的土壤，"五四"散文虽文体自由，思想求新，但多携带启蒙的功利性。西方随笔中自由主义的精神内核和娓娓而谈的笔调自然成为美文作家张扬个性、展现自我的最好借鉴，从而导致随笔小品创作的兴盛。从现代纯文学散文体式的建设角度来考量，他们倾向于用叙事抒情并重又能表现个人情趣的散文小品暗换掉议论性的杂文，舍弃思想性较强的学术性随笔，选择文学性、抒情性较强的闲适小品来纠传统之弊是符合历史逻辑的。受纯文学观念影响的美文作家不愿文学走上载道的老路，恨屋及乌，索性连西方随笔中带有议论色彩的启蒙说教一并排除在外。

## 二 晚明小品文对现代纯散文的影响及意义

在晚清以来的历史文化语境中，作家普遍倾向于以西方文学观念为标准来衡量中国文学，在散文问题上也是如此，西方的"Essay"是中国现代纯散文现代性建构的源头活水。无论是概念生成、外在体式还是内在精神，西方纯文学的滋养对于中国散文的理论建构都具有重要意义，可见谁占主体、谁是标准也是不言而明的。朱自清就说"现代散文所受的直接影响"是"外国的影响"[2]，郁达夫臆断"散文"二字也是"西方文化东渐后的产品"[3]，鲁迅认为散文小品"常常取法于英国的随笔"[4]。周作人在提倡美文时当然也是倚仗西方随笔的势力为自己的散文观念张目，从而确立了现代文学散文的独立地位。在散文小品取得决定性胜利的时候，周作人却一反前论，很少去谈论外国文学的影响，以至径行忽略"外国的影响"，改向从中国

---

① 梁遇春：《〈小品文续选〉序》，载《梁遇春散文》（插图珍藏版），人民文学出版社，2010，第209页。
② 朱自清：《论中国现代的小品散文》，载李宁编选《小品文艺术谈》，中国广播电视出版社，1990，第38页。
③ 郁达夫：《〈散文二集〉导言》，载刘运峰编《1917～1927中国新文学大系导言集》，天津人民出版社，2009，第129页。
④ 鲁迅：《小品文的危机》，载王培元编《鲁迅作品新编》，人民文学出版社，2010，第286页。

丰厚的传统散文资源中寻觅现代散文萌生的灵感源泉。中国的现代散文也没有完全按照西式的散文路线演进，中国的抒情散文在"理学与古文没有全盛的时候"就已经得到"相当的长发"，因此，周作人将现代散文小品的发达归功于晚明小品的历史积淀。① 他对俞平伯、废名等周门弟子作品的分析也多强调他们文本创作中的民族根性，将胡适、冰心和徐志摩等作家都置于源流论的覆盖下，甚至认为胡适的"八不主义"即是复活了公安派"独抒性灵，不拘格套"和"信腕信口，皆成律度"的文学主张。② 他将理论触角伸向传统究竟是因何而生？又体现了怎样的动机呢？

周作人对晚明小品的发现和欣赏对现代美文作家来说具有示范性意义，他的文学源流论构成了 20 世纪 30 年代性灵文学的理论先声。他于 1932 年出版的《中国新文学的源流》影响了一大批作家的文学观和审美观，这些作家与周作人的关系或师徒或朋友，所以解读周作人的文化心理和理论转向是了解现代美文发展进程的一扇窗口。周作人的大多数弟子如林语堂、俞平伯、废名、钟敬文、沈启无等，同盟者如郁达夫、施蛰存等都支持他的"源流论"。在《论文》中，林语堂就说公安、竟陵派虽"成就有限"，却"足以启近代文的源流"；在《〈周作人散文钞〉序》中，废名认为"民国文学革命"是"四百年前公安派新文学运动的复兴"；沈启无为了策应周作人的"源流说"，特地编选《近代散文钞》，该选本成为了解晚明小品的最重要参考文献，为周作人的源流说寻到了文本依据；在《清新的小品文字》中，郁达夫认为周作人的所谓散文小品"肇始于明公安、竟陵的两派，诚为卓见"③。客观地说，周作人的文学源流论确实张大了公安派、竟陵派的文学史意义，混淆了古今两种不同时代文体的本质性差异，抹杀了现代美文写作的先锋性意义，即便如此，也不能断然否定周氏源流论提出的理论和现实意义。

从文学革命的发展脉络来看，"五四"时期，中国知识界经历了一次激烈的反传统，而激烈反传统导致了许多负面效果。当新文学的合法性得

---

① 周作人：《陶庵梦忆序》，载周作人著，止庵校订《苦雨斋序跋文》，北京十月文艺出版社，2011，第 125 页。
② 周作人：《中国新文学的源流》，江苏文艺出版社，2007，第 56 页。
③ 郁达夫：《清新的小品文字》，载王永生主编《中国现代文论选》（第一册），贵州人民出版社，1982，第 594 页。

到历史性确认的时候,知识界开始回过头来对"五四"时期的激烈反传统进行深刻的反思,通过审视旧文学来披拣出被不当否定的合理性成分,造论于文学革命衰落之际的"源流说"就是这种文化反思的产物。周作人希图用晚明小品文作为构建现代散文理论话语的资源和根据,从而将现代散文的精神源头建基在传统文学的土壤。表面看来是解构了先前的西方来源论,实质上是对美文理论的丰富,以复古为革新。废名就道出了周作人"源流说"的玄机是借助"历史上中国文艺的声援"来沟通"古今新的文学一条路"①,对古代散文传统的顺势承传让现代散文成功地接续了千年文脉。20世纪20年代后期,中国社会与晚明的相似让周作人顺理成章地从晚明小品的"性灵""闲适"传统中采撷新文学的渊源,让现代美文获得扎实的传统理论根基,将异域的果汁民族化、中国化,从而创作出既具有现代性色彩又充满中国文化底蕴的美文。周作人辩证地指出"新散文的发达成功"既有"外援",也有"内应",没有"历史的基础",散文的成功"不会这样容易"。② 林语堂说提倡小品文笔调需寻出"中国祖宗",不能"专谈西洋散文",这样,"此文体才会生根"。③ 在强调传统的同时,周作人并没有将西方的渊源完全连根拔除,与其他文体相比,中国现代散文所受外国文学的影响确实最少,但中国新散文的特质仍兼容"公安派和英国小品文"两种文学传统。他所提出的传统源流论带给人们太多的震惊体验,以至有人误以为周氏完全回归到传统。其实"五四"时期学人在内心深处都保留一份不变的传统情结,只不过周作人体现得更为明显而已。周氏本人对晚明小品文的喜欢由来已久,他在身体力行"美文"主张时就看到了这一派文学对载道的反抗,将晚明风内化为自己的审美追求也是顺理成章之事,在其小品文写作中就一直展现出或隐或显的晚明遗迹。1923年,他在论述地域与文艺的关系时就以浙江文风为例论及文艺界"飘逸与深刻"两种潮流在明末时"很是显露",浙江的文人如徐文长、王季重、张宗子都是"做那飘逸一派的诗文的人物……要是不被间断,可以造成近

---

① 冯文炳:《谈新诗》,人民文学出版社,1984,第83页。
② 周作人:《〈散文一集〉导言》,载刘运峰编《1917~1927中国新文学大系导言集》,天津人民出版社,2009,第123页。
③ 林语堂:《小品文之遗绪》,载万平近编选《林语堂选集》(上册),海峡文艺出版社,1988,第499页。

体散文的开始"。① 1926 年，他在写给俞平伯的一封信中也说散文小品"古已有之"，源头可以上溯至"板桥冬心"、"明朝文人"和"东坡山谷"。②

周作人认为孕育现代散文的母体是晚明小品文，有捍卫"人的文学"观念的自觉。在革命化潮流的冲击下，"人的文学"在阶级文学的挤压下已失去当初的锋芒，周作人对历史文化的青睐展现了维护"人的文学"的心机。作为现代纯文学观念的引入者和拥护者，他对文学能否在 1927 年以后复杂的社会政治形势中保持独立地位产生了深刻的怀疑，晚明小品与现代散文情趣的相似性让他强化了对传统文化中非正统文化的认同，借助于对文化传统的再解释来阐扬文学散文中的抒情性、反抗性，进而维护反功利的纯文学观。随着国民党文化专制的加强及革命文学的兴起，新文化阵营陷入了无可挽回的分裂，曾经作为新文化运动先驱的周作人产生了深刻的认同危机，与革命知识分子对未来社会的乐观想象不同，周作人反而奇特地产生了一种文化衰败感和亡国般的幻灭感。在"普罗文学"声势日盛时，周作人坚持文学与政治的分离。他以文学是"苦闷的象征"来着意疏远与革命文学的距离。外在形势的逼仄造成了周作人的心理危机，在革命浪潮冲击下，他转向晚明小品文就传达了某种历史幻灭感和现实恐惧感。在他看来，处于历史乱世的晚明小品是用"独抒性灵，不拘格套"的文学主张来反抗功利化的载道文学的，公安派、竟陵派在周作人眼里就成了在乱世中坚持文学独立的纯文学立场的最好代言人。

周作人将现代小品文的源流上溯至晚明小品文甚至六朝文是确有文本依据的，强调与晚明小品的内在精神联系意在伸张言志派小品文写作的反抗性主题。朱自清也认为外来的影响对于文学的发展固不可小觑，但"历史的背景"也是不容抹杀的，在中国"旧来的散文学里"，"明朝那些名士派的文章"确实"最与现代散文相近"。③ 晚明小品的思致、情趣、文字比较符合言志派以自我表现为中心的创作意向。在一系列序跋中，周作人不

---

① 周作人：《地方与文艺》，载张菊香编《周作人散文选集》，百花文艺出版社，1987，第 80 页。
② 周作人：《与俞平伯君书 三十五通》，载张明高、范桥编《周作人散文》（四），中国广播电视出版社，1992，第 3 页。
③ 朱自清：《〈背影〉序》，载《朱自清散文经典》，晨光出版社，2014，第 204 页。

断指出现代美文与晚明小品文的内在精神联系,论证晚明小品是形成现代美文的思想资源,从而强调了现代散文的独有趣味和风致。在《枣和桥的序》中,他就朦胧地觉得读废名的文章让他"不禁想起明季的竟陵派来"。在《陶庵梦忆序》和《杂拌儿跋》中,他都谈到"明清有些名士派的文章",除了在思想上有"若干距离",几乎与"现代文的情趣"一致。在《〈燕知草〉跋》中,他认为俞平伯散文的"雅致"比较"近于明人",中国的社会现实总让人联想起"明季的样子","手拿不到竹竿的文人"只能在"艺术世界"消极对抗污浊的现实。① 周作人在对晚明小品文的评骘中就特别突出个性对礼法的反抗,不断地申说晚明小品的反抗性主题。在《陶庵梦忆序》中,他认为明人对于"礼法的反动"很有"现代的气息"。在《〈燕知草〉跋》中,他指出"明朝的名士的文艺"在"隐遁的色彩"下潜藏着"反抗"。在《〈近代散文钞〉序》中,他认为"个人的'诗言志'"是对"集团的'文以载道'"的"敌对","言志的散文"是"个人的文学的尖端"。由此可见周作人对晚明文人的言说是他消极对抗社会现实的一个载体,在周作人看来,历史不仅仅是已逝的过去,更表征着现在和将来。在周作人的内心深处有浓厚的历史循环论色彩,在《闭门读书论》中他就不无悲观地说过,历史告诉我们的确是表面的"过去",但"现在"和"将来"就藏在这里面。

晚明小品是在"黑暗的政治和庸俗的市井的夹缝中生长出来的",某一类型的知识分子常以短小的篇幅来描写生活的雅趣,寄托异乎寻常的闲情,表现一种超出日常生活的高雅趣味,通过标榜"闲情雅致"来"逃避(或抗议)令人不满的政治环境","对抗商业气息日渐强烈的市井文化"。周作人将现代散文的渊源追溯至晚明小品文不仅是要赋予中国现代散文追求精神自由的品性,更是要通过晚明小品的反抗精神曲折传达出他对中国社会和现实的批评,无声地抗议来自社会各方的对散文小品过于闲适的指责,这也是周氏一派小品文存在的社会基础和思想基础。因此"小品文在最好的时候,多少还暗含了作者对政治、社会无言的抗议;在最坏的时

---

① 周作人:《〈燕知草〉跋》,载张菊香编《周作人代表作》,黄河文艺出版社,1987,第271页。

候,却不过是在庸俗的商业社会中标榜风雅的一种姿态"①。从一定意义上说,周氏小品文确有某种迂回进攻的迹象,但时代的剧变远超他们的心理预期,精心设计的生存策略在剑拔弩张的时代已无实现的可能。周作人及其弟子和同盟者不管民族存亡,远离时代的苦难和生活在苦难中的中国人民,坚持躲在艺术之塔里诉说人生的艺术,玩味生活的趣味,将文学变成了只有少数人才能享受的贵族文学,小品文成了他们逃避社会责任的盾牌。厌世的情绪和时代的动乱让美文作家失掉了他们原本想要继承的晚明文人身上体现出来的反抗性精神,却蹈袭了需要抛弃的明人的隐遁色彩,"从现实中逃跑",远离时代和人民最终让周作人一派走上了唯美颓废的偏至之途,当文学失去了意义之源,小品文的写作必然陷入深刻的危机之中。

## 第三节　散文小品的分化及美文写作的危机

在现代中国,艺术性的高低不是文学价值的最重要标准,对艺术的执着反而妨碍作品战斗性的发挥。在"匕首"和"投枪"式的文章已占主导的情况下,言志的小品文尽管也曲折传达出对社会现实的关注,但毕竟过于温情婉约,批判力度不够,在与杂文争夺阵地的过程中越来越处于下风,而且动乱现实已经容不得这种软性文章的存在,言志派小品文写作疲态尽显,而杂感派小品文却大放光芒。

### 一　小品文与杂文的共存共荣

美文作家主要选择源于西方的偏于情调的"Essay"以及晚明风小品作为现代散文理论建构的话语资源,倾向于言志。而从纯文学的眼光来看,适应于社会需要的杂文更多地带有载道的意味。言志与载道的天然冲突决定了美文写作在现代中国的困境,同时也决定了现代美文无法完全摆脱与杂文的牵扯,这也解释了为什么散文小品中一直包括杂文。胡适在《五十年来之中国文学》中高度评价了周作人的散文小品,但胡适所谓的文学散文不只是小品散文,至少还包括"长篇议论文"。周作人在《杂拌儿跋》

---

①　吕正惠:《抒情传统与政治现实》,华中师范大学出版社,2011,第42页。

中认为"考据性质的"文章和"别的抒情小品一样是文学的作品",鲁迅在《小品文的危机》中也将"挣扎和战斗"的"生存小品文"看作小品文,到了20世纪40年代,当朱自清、叶圣陶、唐弢等人追认现代文学散文时仍视散文、小品、杂文为"三位一体"。从新文学作家的论述来看,文学散文在文体构建过程中边界是比较开放的,文学散文泛指诗歌、小说、戏剧外那种具有纯文学性质的东西,远非那些"缜密漂亮""冲淡和平"的小品散文所能涵盖,"杂色的散文,都算是小品"。[1] 虽美文写作一枝独秀,但杂文也当仁不让,任何有一定现代文学常识的人都不能视杂文为无物,它在文学散文家族中始终是个重要的存在。

从现代散文的思潮来看,20世纪二三十年代的文学散文既有以鲁迅文为代表的杂文创作,也有以周作人文为代表的小品文创作。《语丝》时代,杂感和美文和谐共存、两体共荣,包括鲁迅、周作人在内的语丝同人在充满热情地创作杂感时,也发表了大量叙事抒情的美文。《语丝》是同人杂志,"各个作者的思想倾向并不相同",但在对待诸如"五卅运动""'女师大'事件""三一八惨案"等"重大事件的态度上",总体倾向"还算一致"。[2] 鲁、周二人基本相安无事,在文学观念上一致大于冲突,鲁迅虽未直接提倡美文,但也热心于美文写作。1925年翻译的厨川白村的《出了象牙之塔》更是风靡文坛,郁达夫就说鲁迅翻译的《出了象牙之塔》中关于"英国 Essay"的介绍是"大家所读过的妙文"[3],其中关于"Essay"的形象化翻译更是被中国散文理论家所广泛称引而成为论述小品散文的经典文句。这对现代作家认识美文文体、进行美文理论建设发挥了重要的作用,间接声援了纯文学散文的写作。林语堂创办《论语》时,鲁迅也给予了实际的支持,在刊物上发表了十多篇文章。1936年5月,鲁迅把"周作人、林语堂、周树人、陈独秀、梁启超"作为"新文学运动以来最优秀的杂文作家"向美国记者埃德加·斯诺进行推荐。[4] 综上不难看出,鲁迅与

---

[1] 钟敬文:《试谈小品文》,载王永生主编《中国现代文论选》(第一册),贵州人民出版社,1982,第461页。
[2] 王瑶:《五四时期散文的发展及其特点》,《北京大学学报》(人文科学版)1964年第1期。
[3] 郁达夫:《〈散文二集〉导言》,载刘运峰编《1917~1927中国新文学大系导言集》,天津人民出版社,2009,第137页。
[4] 斯诺、安危:《鲁迅同斯诺谈话整理稿》,《新文学史料》1987年第3期。

言志派小品文作家群之间并无原则性的矛盾，小品文和杂文之间也不存在大是大非的理念性冲突，两种不同风格的散文文体基本相安无事、和平共处，都是散文园地里绽放出来的灿烂之花。从纯文学的角度来看，两种文体不分轩轾，只是以不同的艺术趣味满足人们不同的审美需要。文学散文不仅包括小品散文也包括杂文，也就是说，散文小品并没有像诗歌、小说、戏剧等文类一样成为唯一的文学散文，这既是常识，也是共识。杂文与小品文之间没有所谓的主角和配角之别，在新中国成立后以及当下的一些文学史叙述中杂文的地位甚至有时遮蔽了散文小品的辉光。在"五四"时期，主导的散文样式是杂文，在《语丝》存续期间，美文类的写作开始受到重视并蔚为大观，但还是以"简短的感想和批评为主"。[1] 即使在20世纪30年代的小品文论争中，鲁迅的杂感文和周氏一派的晚明风小品文也是既有合作也有斗争，提倡闲适、幽默的小品散文是周氏一派文学观念的一贯反映，并没有故意和鲁迅乃至整个左翼文坛对抗的意思，只是失去了早期散文中那种单刀直入的犀利笔调和疾恶如仇的反抗精神。如果说以鲁迅为代表的杂感派小品文的作者是"一群用世的热心肠人"，那么言志派小品文的作者主要是"一群反用世的冷眼人"。[2] 在社会各界尤其是左翼的批评下，林语堂在编辑《人间世》时开始减少幽默气息而趋向严肃，注重发表"开卷有益、掩卷有味"的"议论文及读书随笔"。[3] 在一般读者的印象中，周氏美文在20世纪二三十年代出现了一个写作的黄金时代，在1934年形成了小品文年，以至和以鲁迅为代表的杂感派水火不容，从而造成了"小品文的危机"。而笔者以为两派之间的共通多于对立，既然如此，那么危机又是因何而生的呢？

## 二　紧张而闲适的现代小品文

周作人一派的散文小品有一个逐步形成的过程，在《语丝》阶段，美

---

[1] 周作人：《〈语丝〉发刊词》，载张菊香编《周作人代表作》，黄河文艺出版社，1987，第124页。
[2] 曹聚仁：《人间世》，载姜振昌、王连仲编《"象牙之塔"之恋——三十年代"闲适"派杂文选》，文化艺术出版社，1996，第105页。
[3] 林语堂：《〈人间世〉发刊词》，载朱栋霖主编《中国现代文学经典　1917—2012》（二）（第二版），北京大学出版社，2014，第210页。

文写作卓然可观,以漂亮缜密的体式显示着美文写作的艺术魅力。《语丝》停刊后在北京创刊的《骆驼草》周刊无疑是现代小品散文观念最重要的发酵场,以之为中心形成了一个政治氛围淡化、文学气氛浓厚的纯文学圈子,发表了大量的以趣味为主的精美小品文。20世纪30年代,林语堂创办了《论语》《人间世》《宇宙风》,用来发表小品文创作,提倡以"自我为中心,闲适为格调"的小品文,小品文写作达到了巅峰阶段。20世纪30年代绝对不是一个适宜纯文学发展的时代,美文写作以巨大的能量塑造着文学的审美风尚,却与粗粝的社会现实形成了对峙。不变的文学坚持和变化的时代政治再也难以握手言欢,散文小品对"集团文学"和"尖端题材"的拒绝构成了对左翼文坛的挑战,从政治对文学的要求来看,小品文的写作实属游离于时代。1934年周作人在《人间世》创刊号上发表了受到各方责难的《五秩自寿诗》,让小品文的写作陷入严重的生存危机,林语堂因之出走异国,散文小品写作陷入低潮。从散文史的纵向考察来看,以周氏为首的美文写作并没有发生本质的变异,虽没直接和黑暗社会现实展开肉搏,但也没有绝尘而去,周作人还是那个周作人,以其为精神盟主的文学期刊所坚守的文学立场也是前后相继的。周作人在《语丝》《骆驼草》《论语》等几份刊发美文作品的文学期刊中始终都占据着举足轻重的精神领袖的地位,几份刊物间存在千丝万缕的内在精神联系,周氏一派美文作家坚持文学独立的立场是一贯的,甚至可以说,《骆驼草》《论语》等言志派作家创办的杂志实际上都是《语丝》在不同阶段的延伸和变体。《骆驼草》创刊于《语丝》迁沪、《晨报》《京报》两个副刊停止发行之后,随着大批文人南迁上海,北京文化出现生态危机,呈现出萧瑟的"废都"景象。在这"静止荒凉的气氛中",《骆驼草》虽没有"语丝时候那么活泼"(鲁迅语),但在性质上却"继承《语丝》传统",是一个可以"自由发表意见,谈古论今"的纯文学刊物。① 《骆驼草》继承了《语丝》时期散文谈论文化的传统,声称"不谈国事",与政治保持距离。该刊以创作为主,兼及翻译和文学评论,刊载的文体除了废名的小说、冯至等人的诗歌以及少量的文学论文及外国文学翻译,还是以周作人、俞平伯、梁遇春、何其

---

① 方纪生:《〈骆驼草〉合订序》,载中国中日关系史研究会编,杨正光主编《从徐福到黄遵宪》,时事出版社,1985,第122页。

芳、李广田等人的散文为主。《骆驼草》上刊载的文章延续了《语丝》时期散文的基本品格，多是对人情物理的关心、旧时风物的回忆、民俗掌故的诉说、古典经书诗词的重释。这样的文学选择虽没紧贴社会前进的脚步，但也体现了"言志派"的一贯文学立场。出于对社会现实的逃避和不满，他们通过营造一个与现实隔绝的小天地，坚守个人话语，重新阐释历史传统，建立了一个反抗现实的文学世界。前后对比，作品中雍容淡雅的名士味日益浓厚，尖锐泼辣日渐减少，但《骆驼草》的现实感还是很强的。如有个栏目"闲话"就是延续《语丝》的，讽世的作品并未完全消失，再如周作人的《娼女礼赞》《论八股文》、废名的《孔门之门》《如切如磋》等都是立足于文明批评和社会批评的文字，并没有完全自绝于社会，也没有对政治事件保持缄默。"生在中国这个时代"，对于周作人这样脾气"褊急"的人来说，"实在难望能够从容镇静地做出平和冲淡的文章来"。① 他的战士本色虽没"五四"时期那么张扬，也不像鲁迅的"热辣辣的杂感"那样"富革命性"，但他绝不是为"'太平盛世'做'锦上添花'的人"，其"趣味之文"里仍残留"叛徒"本色，不过由于其"'隐士'气息极其浓厚，'判（叛）徒'面目遂不甚彰罢了"。② 他的小品文在雍容的外衣下仍有遮不住的思想火花，在草木虫鱼的闲适之域仍潜藏着含蓄的批判精神，他的闲适不是流连光景的"小闲适"，而是生于忧患的"大闲适"，以婉而有趣的闲适态度消解乱世之中的感伤、愤懑、焦虑和恐惧。如周作人在生活中经常会遇到经济困扰之忧、蚊虫叮咬之苦、出门之难、风雨摧花之痛等现实苦恼，他却以风雅之举化解生活的烦恼，将它们分别戏称为"绝交"的"孔方"、"攒噬皮肤"的"酷吏"、"败兴"的"雨师"、"致杀风景"的"风姱"，但闲适的姿态终究无法化解生存本身的艰难苦涩，"文章底下的焦躁总要露出头来"。③ 周作人在谈及《谈虎集》命名的由来时就说，《谈虎集》里所收的"关于一切人事的评论"是

---

① 钱杏邨：《现代十六家小品序》，载王永生主编《中国现代文论选》（第一册），贵州人民出版社，1982，第506页。
② 梁实秋：《小品文》，载黎照编《鲁迅梁实秋论战实录》，华龄出版社，1997，第533~534页。
③ 周作人：《自己的文章》，载张菊香编《周作人代表作》，黄河文艺出版社，1987，第300~301页。

"对于许多不相干的事情"的随意"批评或注释",能够让"遇见过老虎的人听到谈虎"而害怕,也可以让"没有遇见过的谈到老虎"感到心惊,"我这些小文,大抵有点得罪人得罪社会"。① 一些人从政治出发,将周作人的散文小品诟病为苦雨斋的小摆设,这是一种对人不对文的误读。他自名"苦雨翁","卜居于一个低洼所在"的苦雨斋,微薄继承了前期作品中的讽刺文风,创作着"出诸反语"的《苦竹杂记》等作品。"这个躲雨的人"其实一直没有"放过雨的美"②,他虽"在苦雨斋里谈狐说鬼",但心中的"炎炎之火"并未熄灭,而且仍在"冷灰底下燃烧着",他的"心境最与陶渊明相近",思想变迁经历着从"孔融到陶渊明的路"③。

《语丝》《骆驼草》《论语》是现代散文小品结集的主要阵地,这三份刊物之间存在一脉相承的精神联系。1932年,参加过"《语丝》杂志"的林语堂"办《论语》,提倡幽默",多少还保持着《语丝》时期的"特色"。④ 苏雪林认为《论语》在"传衍"《语丝》的"个人主义""情趣主义"的基础上更加添了"幽默"。⑤ 严格来说,提倡"幽默"并不是"从《论语》开头",其实"早已见于《语丝》",但正式提出"幽默"旗帜并将之光大则"始于《论语》"。⑥ 在《〈论语〉缘起》中,林语堂以幽默的笔调表明刊物不持"主义"、不设"立场"的中性办刊态度⑦,在《编辑后记——〈论语〉的格调》中又明确设定《论语》的论调不涉"政治",因为"不想杀身以成仁",在杀机四伏的政治环境下,遵循"论事不论人"的原则开展与社会人生相关的文明批评和社会批评。⑧ 这种乱世中求生存的策略与周作人为避免笔祸而闲谈草木虫鱼的做法无二致。坚持纯文学立

---

① 周作人:《〈谈龙集〉〈谈虎集〉序》,载钟叔河编《周作人文选》(1898—1929),广州出版社,1995,第510页。
② 废名:《枣》,载冯健男编《废名散文选集》,百花文艺出版社,2009,第36页。
③ 曹聚仁:《从孔融到陶渊明的路》,载张菊香等编《周作人研究资料》(上册),天津人民出版社,1986,第334~335页。
④ 唐弢:《林语堂论》,《鲁迅研究动态》1988年第7期。
⑤ 苏雪林:《〈语丝〉与〈论语〉》,载沈晖编《苏雪林文集》(第三卷),安徽文艺出版社,1996,第383页。
⑥ 曹聚仁:《文坛五十年》(第二版),东方出版中心,2006,第267页。
⑦ 林语堂:《〈论语〉缘起》,载宋原放主编、陈江辑注《中国出版史料(现代部分)》(第一卷下册),山东教育出版社、湖北教育出版社,2001,第20页。
⑧ 林语堂:《编辑后记——〈论语〉的格调》,《论语》第6期,1932年。

场的《论语》派标榜"闲适",提倡"幽默",企图走出一条远离政治的自由之路,在风雷激荡的中国现实面前,在国且将亡之际追求闲适和幽默绝非当务之急,很容易被解释成逃避现实,有将"屠夫的凶残"转为搏大家"一笑"的嫌疑。① 但从思想史的角度来看,闲适心态又何尝不是对沉重载道的一种叛逆。"在反对方巾气文中,我偏要说一句方巾气的话。倘是我能减少一点国中的方巾气,而叫国人取一种比较自然活泼的人生观",从而"尽一点点国民义务"。② 作反面文章是林语堂主动追求的结果,读者也不能根据幽默小品是从小处着笔就判定作者是狭隘和平庸的,其实"幽默与讽刺极近,却不定以讽刺为目的的",《论语》中的文字许多都是"讽刺性质的"。如《大暑养生》写的是"出汗"和"饮冰"之类的生活小事,林语堂却从"出汗""饮冰"中反思人类命运,指出"人不出汗,有伤天赋","吃冰淇淋,大违养生"。再如《论利》一文围绕"利"字旁征博引,大谈钱的重要性,从经济的角度谈论社会问题,指出"一切的一切"都建立在"工业发达的基础"上。谁能说诸类文章就毫无现实意义呢?他谈的虽不是直接的"政治病",却是比政治病更严重的"社会病",虽不直接抨击政治,但他的小品文却能引发人们对许多社会问题的思考,有益于社会人生的需要,"在当时也是针砭时弊的"。③ 混乱的社会境况并没有为他们提供心灵自由的场域,他们也不是不食人间烟火的超脱一群,中国知识分子经世救国的文学传统让他们根本无法轻松卸下启蒙救亡的担当。"于清淡之笔调之外"时见"独特之见解及人生之观察",面对扰攘浊世,"《论语》若能叫武人政客少打欺伪的通电宣言,为功就不小了"。④

《论语》中格调闲适的小品文固然很多但也并非全都清谈,除闲适小品外还有大量具有鲜明战斗色彩的杂文,幽默也是"不得已而为之",作家总是在难以幽默的时候,将幽默改改样子,从而变为对社会的讽刺,所以读者亦能在《论语》的幽默中不时嗅到浓浓的火药味。在"隐士"和

---

① 鲁迅:《"论语一年"——借此又谈萧伯纳》,载黎照编《鲁迅梁实秋论战实录》,华龄出版社,1997,第524页。
② 林语堂:《方巾气之研究》,载郑家建、林秀明编《林语堂作品新编》,人民文学出版社,2011,第238页。
③ 曹聚仁:《文坛五十年》(第二版),东方出版中心,2006,第268~272页。
④ 林语堂:《论幽默》,载洪治纲主编《林语堂经典文存》,上海大学出版社,2004,第180页。

"叛徒"两重性并存的《论语》派作家的创作中,仍有大量揭示社会矛盾、攻击官场黑暗、批判国民劣根性的醒世之作,他们以幽默的方式开展社会批判,进行文化斗争。如林语堂的《春日游杭记》、章克标的《退一步哲学》、邵洵美的《立志篇》等文章就批判了国民党政府不抵抗的卖国政策;林语堂的《论政治病》、邵洵美的《酸葡萄》、姚颖的《无友不如己者》等则揭露了官场乱象;林语堂的《有不为斋随笔》、徐懋庸的《病》、徐訏的《谈金钱》等不吝针砭社会世相。在王纲解纽的时代,人们对社会现实总有很多不满,"借着笑的幌子,哈哈地吐它出来"既不"得罪别人",又不"非法",所以幽默文学的流行有深刻的客观原因,况且《论语》派的幽默也不是为幽默而幽默,而是"倾向于社会的讽刺,以及身边的琐事"。①

### 三 现代小品文与社会现实的偏离

《骆驼草》是周氏一派倾情打造的一份严肃、高雅的纯文学刊物,如果放在"五四"时期,这种办刊特色是与整个时代的文化氛围相融相合的,它成为像《语丝》一样的美文重镇也未可知。但在革命文学进行得如火如荼的"红色 30 年代"则显得有些另类,所以存在的时间并不长,出了 26 期就停刊了。尽管《骆驼草》受到南京国民政府的严密监控,但周氏一派依然能够在"不谈国事"的前提下,在"有闲之暇"讲讲"闲话",玩玩"古董"。虽不时受到来自普罗文学的攻击,但依然可以保持任人"笑骂"的姿态,毫不介怀地进行美文的写作,沉迷于趣味之谈和古雅之风。②沈启无编印《冰雪小品》为晚明风小品文寻到了深厚的历史根源,俞平伯为之作跋鼓励同人以"勇猛激进的气魄""当仁不让的决心"创作言志派的小品文③,周作人则为散文小品描画出"先叙事,次说理,最后才是抒情"的次级文类进化谱系,称"小品文"为"文学发达的极致"④。

---

① 鲁迅:《从讽刺到幽默》,转引自钱杏邨《现代十六家小品序》,载王永生主编《中国现代文论选》(第一册),贵州人民出版社,1982,第 537~539 页。
② 废名:《(〈骆驼草〉)发刊词》,载《废名集》(第三卷),北京大学出版社,2009,第 1199 页。
③ 俞平伯:《冰雪小品跋》,《骆驼草》第 20 期,1930 年 9 月 22 日。
④ 周作人:《冰雪小品选序》,载张菊香编《周作人代表作》,黄河文艺出版社,1987,第 280 页。

1932 年，周作人在《中国新文学的源流》的讲演中绘制了一幅"载道"与"言志"争立的文学运行路线图，并将这种"言志"潮流上探至晚明小品和六朝时文，考据出言志小品渊源有自，将整个"五四"新文学都放置在"明末公安竟陵派的文学运动"的影响下，为其纯文学观寻找价值支撑。

《骆驼草》在1930 年的文学实践虽让他们陷入左翼和右翼的夹击中，但崇尚公安派、竟陵派的热潮并未散去。林语堂创办《论语》，以西西弗斯的精神积极附和，标举性灵文学观，创作幽默小品文，远离时代的风雨，躲进闲适的巢穴，向人们输送着玩世、避世的"小摆设"。从文学与政治的关系来看，性灵文学观无疑是消极的，如果考虑到当时的文坛大势和文学自身的性质，他们标举个性，提倡性灵和幽默并没有错，事实上他们也获得了某种程度的成功。错的是"这个大地上咆哮着的已经不是'五四'的狂风暴雨了"[①]，多难的国事密切了文学与现实的联系，需要文学暂时牺牲审美的追求而去发挥武器的功能。在"风沙扑面，狼虎成群"的白色恐怖年代，他们却从激烈的政治斗争中抽身撤退，反对文学的过分政治化，回到书斋，闭门读书，走向"为自我而文章"。从文学的精神遗传来看，这种创作姿态延续了"五四"时期的注重自我表现、推崇个性解放的文学传统，也为个性主义文学留下了燎原的火种。他们虽未与鲁迅一起在同一战壕内并肩战斗，但毕竟留下了许多见解独特、充满个性的散文佳作，那些"有风格的精妙作品"中的"若干最佳篇章"就远超那些"粗制滥造、斗气十足的杂文"。周作人、林语堂的文学观大体上也是正确的，抒情小品文作为一种体现个人审美情趣的爱好大可存之，可惜的是他们的创作和他们的文学观出现在一个个性是奢侈品的时代。激烈的阶级斗争没有给他们提供展现个性的舞台，社会解放取代了个性解放，为时代的文学观取代了为自我而存在的文学观。在一个错位的时代，追求个性、自由成为异态，周作人、林语堂等创作的散文小品虽能在"三十年代中期""风行一时"，但他们"追求的那种事业"在"危机的年代"却越来越"落后于时代"。[②] 周作人、林语堂的文学观虽合乎文学规律却未必完全合乎时

---

① 胡风：《林语堂论》，载中国现代文学馆编《人民大众向文学要求什么》，华夏出版社，2009，第 11 页。
② 李欧梵：《现代性的追求》，人民文学出版社，2010，第 275 页。

宜，他们过于沉迷小摆设式的小品文的经营而见不到"万里长城"和"丈八佛像"，"令观者生一种滑稽之感"。① 当林语堂在上海刮起的幽默风风靡全国的时候，也是"长江流域的大水灾之后，日本趁火打劫，侵占我们的东北四省，上海又当淞沪大战之后，内忧外患非常严重，人心正在忧虑不安之时"。在国事蜩螗之际，文学只能叙述这些宏伟的故事，其他任何的故事叙述都将变得索然无味、微不足道，林语堂却"倡导什么幽默文学和讲什么情趣主义，实也不合时宜"。② 在特定的政治文化语境下，民众，特别是青年普遍关注具有进步政治取向的文艺，"二十来岁的读者，活到目前这个国家里，哪里还能有这种潇洒情趣，哪里还宜于培养这种情趣？"③ 性灵文学的价值不仅取决于艺术性，也受制于时代。在政通人和、国泰民安的时代，言志小品文是不可或缺的文化消费品，阅读性灵文学是一种优雅的艺术享受。等"经济充裕""政治澄明""教育进步"的时候，小品文恐怕不仅产量要"增加"，而且"功效还要扩大"，"譬如前人的闲适者坐轿子，今人的闲适者坐黄包车"，"清谈、闲适与幽默"也可以"追随时代而进步"。④ 正如鲁迅所说的灾民看到黄河决口，怎么可能有心情去欣赏《六朝文絜》，在国运多舛、民不聊生的时代里，"宇宙之大"远甚于"苍蝇之微"，人们实在难有余裕和心情平静欣赏"柔性的""和平的""慰藉的"闲适小品，"言志"必须"载道"，无"道"之"志"不如不言，"时代意义太稀薄或几等于无"的作品也可以"不必再写"。脱离社会现实的"止于身边琐事"的"言志"小品文的生存空间越来越狭窄，"刚性的""强力的""鼓舞的"鲁迅式杂文成为中国现代小品散文的主流。⑤

总体来说，周氏一派美文与以鲁迅文为代表的杂文虽有冲突但不直接对抗，由于对"五四遗产"的接受方式不同，他们在人生观、文学观和历

---

① 鲁迅：《小品文的危机》，载王培元编《鲁迅作品新编》，人民文学出版社，2010，第286页。
② 苏雪林：《〈语丝〉与〈论语〉》，载沈晖编《苏雪林文集》（第三卷），安徽文艺出版社，1996，第386页。
③ 沈从文：《谈谈上海的刊物》，载刘洪涛编《沈从文批评文集》，珠海出版社，1998，第28页。
④ 郁达夫：《小品文杂感》，载吴秀明主编《郁达夫全集》（第十一卷），浙江大学出版社，2007，第163页。
⑤ 李广田：《论身边琐事与血雨腥风》，载《李广田文学评论选》，云南人民出版社，1983，第161～163页。

史观等方面确实存在分歧。在文化策略上，鲁迅选择的"匕首式的杂文"暗中赓续了屈原、司马迁和魏晋文章的反抗精神，他欣赏的是晚唐五代皮日休、陆龟蒙、罗隐等人在"没有忘记天下"时所创作的散发着"光彩和锋芒"的"抗争"小品文。① 周作人偏爱的言志小品文则延续了庄周、陶渊明、公安派的性灵一脉，他对张岱的《陶庵梦忆》《西湖寻梦》等小品文集情有独钟。在文化个性上，周作人、鲁迅有外向和内求的方向之别，但的确"共享着'国民性批判'理论"②，这种共同的社会关怀建立在叛逆个性的基础之上。但必须承认，在20世纪30年代，闲适小品、幽默小品的流行在一定程度上消解了左翼文学的严肃性，《骆驼草》《论语》等纯文学刊物的创办也隐秘泄露了闲适小品有与"载道"杂感争夺文坛正统之意，并在事实上与以梁实秋为代表的新月派文人实现了散文文体内部的整合，战斗的小品文面临被逐出"小品散文"的危险。

---

① 鲁迅：《小品文的危机》，载王培元编《鲁迅作品新编》，人民文学出版社，2010，第286页。
② 裴春芳：《"隐士派"还是"酝酿者"：论小品散文初期的分化》，《中国现代文学研究丛刊》2016年第1期。

# 第五章
## 由美与爱的歌唱转向写实的现代唯美剧

中国现代唯美主义戏剧虽没有完全照搬西方的唯美主义，但作为一种源于西方且影响广泛的唯美主义文学思潮确实对中国现代文学的发展发挥着或隐或现的作用。在20世纪二三十年代，前期创造社、弥洒社、浅草－沉钟社、狮吼－金屋社、南国社等一些文学社团都先后标榜过唯美主义，一些中国现代作家都曾接受过唯美主义思想的影响。周作人是中国唯美颓废主义思潮的开山鼻祖，朱自清、俞平伯、废名、沈从文等京派文人自觉过滤掉唯美主义的颓废、肉欲等感性成分而精心调制出一种中庸、平和的中国式唯美主义。唯美主义的颓废一端虽不受欢迎，但其注重感官体验的艺术取向却启迪了中国作家对现代生存体验的思考，这在新感觉派作家身上体现得最为明显，另外在徐訏、张爱玲等作家的都市叙事中也可以清晰地觅得唯美主义的蛛丝马迹。

西方唯美主义在中国现代文坛兴衰起伏的历史，影响了一大批作家的人生观、艺术观，唯美思潮在中国现代文学发展的道路上留下了一串串深浅不一的脚印，在中国现代话剧领域更是形成一股唯美风。王尔德与邓南遮的剧作在中国文坛的大量译介不仅引发了中国戏剧界对西方唯美主义的神往，而且追摹之作大量出现，仅在20世纪20年代初到30年代中期的这段时间内，就有20余部剧作打上了不同程度的"唯美－颓废的烙印"。戏剧创作可能不是所有文学样式中成就最大的，却是受唯美主义思潮影响"最为明显的"[1]，也是研究唯美主义在中国理论旅行的合适样本。种种

---

[1] 解志熙：《"青春，美，恶魔，艺术……"——唯美—颓废主义影响下的中国现代戏剧》（上），《中国现代文学研究丛刊》1999年第3期。

"'世纪末'的果汁"给中国现代剧作家提供了外来思想的新鲜刺激和丰厚的艺术养分，他们开始从艺术的审美理想出发对西方唯美主义思潮进行融化吸收和中国化转换，稳固了话剧在现代文学史上的地位，推动了中国戏剧从自发性创作向自觉阶段的现代转型，提升了戏剧的艺术品质和审美境界。抛开具体的历史语境来看，重视戏剧艺术性的唯美剧不失为中国戏剧的一种正确发展方向，但在艺术的审美需求被艺术的社会需求全面覆盖的时代，坚守戏剧的审美性却在无形中拉开了与时代政治的距离。在提倡文学功利化的政治文化语境下，唯美剧作家成了"站在时代低洼里"孤芳自赏的"多少不合时宜的书生"，要想改变与外在现实语境的隔膜，走向现实主义就成了唯美剧作家的历史选择。

## 第一节　唯美主义与中国现代戏剧的遇合

中国的现代戏剧创作是从模仿易卜生的社会问题剧起步的，随着戏剧创作的深入发展，社会问题剧越来越显示出艺术的粗糙，直接影响了中国现代话剧创作的水平。唯美主义思潮的引入在一定程度上引发了中国剧作家对戏剧艺术的重视，田汉、白薇、郭沫若、向培良等剧作家在创作中自觉借鉴西方唯美剧的创作手法，从形式上丰富戏剧的艺术表现技巧，在内容上接纳唯美主义的理念，从而在中国剧坛掀起一股唯美剧创作的潮流。

### 一　社会问题剧艺术的缺失成就了艺术派戏剧

初创期的中国现代话剧运动主要是以西方现实主义戏剧为参照的，易卜生的社会问题剧则是这一剧型的最佳选择，《新青年》于1918年应时推出的"易卜生专号"让易卜生戏剧风靡"五四"剧坛。"五四"时代是思想启蒙的时代，意识形态的考量压倒了艺术本位的要求，运用文学来助推思想启蒙是时代赋予文学的使命。戏剧以其"实现于剧场，感触人生愈切"的文体优势和宣传功效而成为"现代欧洲文坛第一推重者"[1]，中国现代剧作家也希望将戏剧开发成启蒙民众觉悟的传播工具。敢于面对真实人

---

[1] 陈独秀：《现代欧洲文艺史谭》，载李伏虎编选《民主与科学的呐喊》，甘肃人民出版社，1997，第176页。

生的易卜生戏剧适应了中国剧坛从意识形态领域向旧社会宣战的现实需要，"易卜生热"不仅契合了"五四"时代精神，同时启蒙了陈大悲、熊佛西、欧阳予倩、洪深、徐葆炎、蒲伯英等众多社会问题剧作家。他们十分重视戏剧与时代社会的联系，推崇易卜生"写实主义"的"文学观"和"人生观"。[1] 陈大悲认为，在"旧道德不适用新道德未成立的社会"不应该提倡"'戏剧尚美'的主义"，"我们排演的剧本，是不能不对于民众的道德负责任的"。[2] 蒲伯英主张"艺术上的功利主义"，明确反对引进"外国最新的象征剧、神秘剧"，认为只有"写实的社会剧"才能促进"社会进步"。[3] 他们以思想和问题为戏剧的灵魂，创作了大量注重思想启蒙的社会问题剧，把剧场当成"宣传主义的地方"，追求戏剧批判现实、促进社会变革的轰动性效应，让戏剧成为推动社会前进的"轮子"，搜寻社会病灶的"X光镜"。[4] 这种"为人生"的社会问题剧具有显见的启迪民智的功利色彩，戏剧被当作改良社会人生的工具，它不是用来"专形容社会的"，而是用来"批评社会的"。[5] 他们倾向于利用艺术来"纠正人心，改善生活"，剧作家承担起"演说家""雄辩师""传教师"等社会角色，"政治""家庭""职业""烟酒"等诸多社会问题则成了"戏剧的目标"。[6] 在他们眼里，创作新剧是一项社会性事业，宗旨是"借戏剧输入这些戏剧里的思想"，强调戏剧的社会学意义和文化学价值，绝少关注戏剧的本体与特性。易卜生被视为用剧本来宣传思想的"社会改革家"，并不被视为著作等身的"艺术家"[7]，这种解读毫无疑问遮蔽了真实的易卜生形象，遑论其戏剧的美学特征。出于现实的需要，他们青睐的是易卜生具有写实精神的社会问题剧，希望中国的剧作家能够像易卜生那样睁开眼睛看现实，以至冷落了易卜生早期创作的浪漫主义戏剧（如《觊觎王位的人》）

---

[1] 胡适：《易卜生主义》，载洪治纲主编《胡适经典文存》，上海大学出版社，2004，第111页。
[2] 陈大悲：《爱美的戏剧》，上海书店出版社，2011，第23页。
[3] 蒲伯英：《戏剧要如何适应国情？》，《戏剧》第1卷第4期，1921年8月31日。
[4] 陈寿立编《中国现代文学运动史料摘编》（上册），北京出版社，1985，第59~60页。
[5] 傅斯年：《戏剧改良各面观》，载沙似鹏编著《中国文论选·现代卷》（上册），江苏文艺出版社，1996，第94页。
[6] 余上沅：《〈国剧运动〉序》，载王永生主编《中国现代文论选》（第一册），贵州人民出版社，1982，第280页。
[7] 胡适：《答T. F. C.（论译戏剧）》，载沈寂编《胡适学术文集·新文学运动》，中华书局，1993，第487页。

和艺术上更臻完美的现代主义戏剧（如《海上夫人》），独独推崇易卜生的《玩偶之家》《人民公敌》等"为人生"的现实主义戏剧，造成了中国剧作家艺术眼光的短视，他们也不肯详细参考"外国已有的成绩"，"这样的苍蝇碰天窗，戏剧那有出头的希望"。①

从社会政治学的角度拥抱易卜生戏剧导致中国社会问题剧作家将注意力集中于提出问题和解决问题上，客观来讲，探讨社会问题虽是易卜生戏剧的一个重要特征，但并不意味着易卜生只是一个探索社会问题的剧作家。中国剧作家只是为我所用地截取了易卜生思想的某个侧面，偏于精神的汲取，仅抓住易卜生戏剧的思想，对其艺术上的吸收明显不够，对易卜生戏剧丰富的思想内涵和高超的艺术价值也没有足够的认识。中国剧坛虽然出现了胡适的《终身大事》、熊佛西的《青春的悲哀》、陈大悲的《幽兰女士》、欧阳予倩的《泼妇》等社会问题剧——他们以易卜生戏剧为范本，模仿"易卜生剧中的思想"乃至"故事讲出的形式"②——但由于漠视易卜生社会问题剧的真正内涵和审美资源，导致社会问题剧创作艺术粗劣，远未达到易卜生社会问题剧的艺术水准。中国娜拉剧最能体现出中国社会问题剧作家对易卜生戏剧接受的偏颇。"《娜拉》是易卜生的舞台艺术十分成熟的作品，全剧的结构极精密，对话极巧妙，故事的转变发展极自然，人物的个性刻画入神。"③ 中国剧作家创作了大量的娜拉剧，胡适的《终身大事》、郭沫若的《卓文君》、严棪的《自诀》、熊佛西的《新人的生活》等剧本皆以女性个性解放问题为创作主旨，注重剧本的社会价值，作用在于"解决人生之难问题"，以外国剧本为"模范"，"试行仿制"，故事情节上普遍重复《玩偶之家》离家出走的模式。④ 宣传社会的功利性价值导向抑制了他们对于写实的深度开掘，许多社会问题剧作几乎成了作者观念的"留声机"，所创造的人物"没有个性，没有灵魂"，缺少易卜生

---

① 余上沅：《〈国剧运动〉序》，载王永生主编《中国现代文论选》（第一册），贵州人民出版社，1982，第281页。
② 洪深：《〈戏剧集〉导言》，载刘运峰编《1917~1927中国新文学大系导言集》，天津人民出版社，2009，第194页。
③ 沈雁冰：《谭谭〈傀儡之家〉》，载陈惇等编《现实主义批判——易卜生在中国》，江西高校出版社，2009，第118页。
④ 欧阳予倩：《予之戏剧改良观》，载王永生主编《中国现代文论选》（第一册），贵州人民出版社，1982，第261~262页。

戏剧中娜拉那样的美妙。如胡适《终身大事》中的田亚梅女士就是作者用来解释"什么是健全的个人主义"的道具,"若是人们一定要推崇他的话,很可以叫婚姻解放的宣言",而作为"娜拉底一个极笨拙的仿本"的田女士不过是一个"没有生命的傀儡"。① 戏剧文学是一种审美创作,需要剧作者全身心的情感投入,社会问题剧的作者却以抽象的理性思辨来取代激越的情感抒发,人物成了理念的演绎品。这种被动接受理性枷锁束缚的功利化剧作虽能取得短暂的宣传效果,但由于伤害了戏剧艺术的品格,而且缺乏对"人心的深邃"的探讨和"生活的原力"的表现,对人生社会的深度挖掘不够自然无法达到现实主义戏剧的理想高度。②

社会问题剧过分重视传导社会意识和思想观念,忽略了艺术的审美功能,这种缺乏"美感"的"济用"不能决定"文学的优劣"。重"济用"轻"审美"的社会问题剧问题重重,当时就引起剧作家的不满。社会问题剧作者并非缺乏审美判断力,只是为了让戏剧承担起更多的启蒙现代性功能,他们的戏剧观念在某时某地难免会变得偏颇而激进,但一有机会还是会去认真反思功利戏剧观的弊病。如胡适就清醒地认识到,作文之道在于"能兼两美",启蒙现代性和审美现代性相得益彰才能实现戏剧的健康发展。"专主济用而不足以兴起读者文美之感情者,如官样文章,律令契约之词,不足言文也",社会问题剧的缺陷在于重"济用"而乏"美感"。③在新剧建设时期,光有问题意识,没有戏剧的自觉,抓住了"问题"却忘掉了戏剧是难以创作成功的戏剧的,因为一旦"问题不存在了,戏剧也不存在了"。缺乏戏剧艺术的美感,用逾量的社会现实随意拼凑起来的急就章往往流于表面的口号式叫嚣,更无法创作出能引起审美震撼的剧作。当时的中国剧坛几乎难觅撷取易卜生社会问题剧精华的剧作,"即令有些作品也能媲美易卜生,但这种运动也绝不是'国剧运动',还是停留在'易卜生运动'的层面,"目的错误"导致了"中国戏剧运动之失败"。④ 通性既失,这些戏

---

① 培良:《中国戏剧概评》,上海泰东图书局,1929,第 31~32 页。
② 余上沅:《〈国剧运动〉序》,载王永生主编《中国现代文论选》(第一册),贵州人民出版社,1982,第 280 页。
③ 胡适:《论"文学"》,载沈寂编《胡适学术文集·新文学运动》,中华书局,1993,第 325 页。
④ 余上沅:《〈国剧运动〉序》,载王永生主编《中国现代文论选》(第一册),贵州人民出版社,1982,第 280 页。

剧便不成其为艺术（本来它就不是艺术），自然无法满足人们的审美期待。

　　戏剧光有时髦的题材和现代性的内涵是不够的，缺乏艺术魅力的支撑无法充分彰显题材的深刻性，更无法吸引公众，观众芳信在《看了娜拉后的零碎感想》一文中对教训式的社会问题剧进行了批评。"当第二幕中途时，为什么拿帽子的，戴着帽子的走了？带围巾的披着围巾走了？到了娜拉和郝尔茂对话时，剩下的观众，只寥寥无几！是演者的失败？还是观众自认不配看这出戏呢？"作者认为"习惯了锣鼓声中高声谈话的中国观众"不可能在舞台下静听"伊卜生这样静而偏重理智的社会问题剧"。戏剧创作也是同样的道理，剧作家固然可以在戏剧中运用"哲学的思想"，但"不宜于直接"，"应以情绪当着微风，吹着一湖哲学的水，而发生皱纹，这就不会产出干燥的现象了"。[①] 究其深层原因，社会问题剧过于急切地反映社会问题，缺乏对问题的沉潜揭示和艺术表现，影响了对社会问题的深度勘探，艺术的"贫弱"和现实的"虚弱"使写实主义戏剧根基不稳。对于受众来说，枯燥乏味的抽象训诫并不是最有效果的教化，戏剧艺术往往通过特有的审美机制来提高审美主体的认识水平，促成人的精神变化，从而潜移默化地实现教化的功利目的。在对社会问题剧的认识上，闻一多、余上沅的意见可能更具专业眼光，也更切中社会问题剧的死穴。闻一多认为社会问题剧黏附愈多的哲学、道德、社会问题，"纯形的艺术愈少"，写一些"最时髦的社会问题"，再配上"爱情""命案"等作料，这样写出来的戏虽能"轰动一时"，却"没有人理会"戏剧的"本身"和"艺术"。为"思想"而写戏真是"赔了夫人又折兵"，不但表现不出"思想"，而且戏剧本身也丧失了。对易卜生的戏剧介绍过于"注重思想"，造成了大量"能读不能演的 closet drama"和"不知道怎样在舞台上表现"的剧本。[②] 余上沅也认为对易卜生的介绍在中国"迷入了歧途"，"艺术人生，因果倒置"的戏剧创作造成了戏剧"艺术"的缺失。[③]

---

[①] 芳信：《看了娜拉后的零碎感想》，载陈惇等编《现实主义批判——易卜生在中国》，江西高校出版社，2009，第37～39页。

[②] 闻一多：《戏剧的歧途》，载《闻一多全集》（第二卷），湖北人民出版社，2004，第147～149页。

[③] 余上沅：《〈国剧运动〉序》，载王永生主编《中国现代文论选》（第一册），贵州人民出版社，1982，第280页。

以思想革命为任务而发动的戏剧运动由于漠视戏剧艺术本体的建设而让社会问题剧的创作一味强调思想、道德层面的内容，将戏剧作为宣传思想的容器，导致戏剧艺术个性的缺失和作品内蕴的单薄。对社会问题的过分热心减弱了人们创新戏剧艺术的动力，对启蒙的社会功能的过度强调耽搁了戏剧审美品格的建构，社会问题剧浓重的宣传意识让剧作家无暇顾及剧作的艺术性。社会问题剧的种种问题促使戏剧家在戏剧观念上反思仅持工具理性的不足，寻找新的艺术样本来完善现代话剧自身的审美形式，建设完美内容与完美艺术形式相结合的完美戏剧。越来越多的新文学作家感到"为问题而戏剧"不利于文学整体水平的提高，社会问题剧中艺术品质的缺失更是剧坛所要着力改变的地方。从文学建设的角度来看，因需而入的西方唯美主义就成了中国剧作家建构戏剧审美现代性的重要艺术资源。"为艺术而艺术"的主张恰好能够给文学开辟出一个独立发展的空间，唯美主义这朵"美丽的花"正合于装饰"过于荒凉"的中国剧坛。[①] 20世纪20年代初，一些戏剧家如田汉、余上沅、徐志摩、白薇、向培良等从西方唯美剧那里接受启悟，致力于"使生活艺术化"，将戏剧从对社会活动的依附中解救出来，重形式、轻内容的"为戏剧而戏剧"的创作观念开始崛起于中国剧坛。

## 二 中国现代剧作家对唯美主义的评介和借鉴

唯美主义文艺思潮诞生于19世纪的西方，是"世纪末思想情绪在文学和美学领域里的反映"[②]，主流是法国的颓废主义和英国的唯美主义。作为一种文艺思潮，它超越时空界限，在东西方文坛产生了不同程度的影响，并在主流之外形成了许多支脉。在俄国有以阿·阿·费特为代表的"纯艺术诗派"，在意大利有以邓南遮为代表的"颓废派"，在日本有以永井荷风、谷崎润一郎为代表的"唯美派"。唯美主义把美的追求作为自身最高的文学理想，推崇"艺术至上"，因而也通常被译为"耽美主义"。唯

---

[①] 田汉：《我们的自己批判——"我们的艺术运动之理论与实践"上篇》，载上海戏剧学院戏剧文学系编《中国当代文学研究资料·田汉专集》（上），上海戏剧学院戏剧文学系，1980，第97页。

[②] 徐京安：《唯美主义·序》，载赵澧、徐京安主编《唯美主义》，中国人民大学出版社，1998，第4页。

美主义作家主要有法国的戈蒂耶、英国的王尔德、意大利的邓南遮。1835年，诗人戈蒂耶在《〈莫班小姐〉序言》中阐释了"为艺术而艺术"的审美主义思想内涵，视美为艺术的最高目的，拒绝文学艺术服务于外在的功利目的，声称凡是一切"体现了某种需要"的"有用的东西"都是"丑的"，艺术"不可能、永远不可能、绝对不可能有任何实际用途"。[①] "为艺术而艺术"的唯美口号抛出后很快传遍法国并播撒到欧美世界，英国唯美主义大师王尔德发扬了戈蒂耶唯美主义的艺术精神，更激进更彻底地推行唯美主义运动，成为唯美主义潮流的新领导者。他遵循纯艺术的美学信条，认为艺术高于一切，对"死亡一无所知"，对事实"漠不关心"，甚至可以脱离生活而"撒谎"，它就是"生命本身"和"绝对真理"。[②] 他推崇"形式就是一切"的唯美主义形式论，形式不仅是"万物的起点"，而且通过形式可以窥测到"艺术的奥秘"，真正的艺术家绝不是"先有了一种思想"才注意到形式，而是"从形式到思想和激情"。[③] 王尔德不仅构建了自成体系的唯美主义理论，而且创作了大量的作品来实践自己的理论，他的一系列诗歌、小说和戏剧让他声名鹊起。他不仅是一位"唯美主义的传教士"，而且是个"唯美主义的实行派"，在饮食起居、衣着装扮和行为举止上都坚决实行唯美主义的理论主张，纵情声色，追求享乐人生，通过现身说法来推行"生活艺术化"的理念。在王尔德的带动下，英国的唯美主义运动蔚为壮观，形成了一个有组织、有口号、有刊物、有实绩的文学流派。

　　西方的唯美主义在理论上确认了艺术美的自身价值，在实践上论证了追求形式美的合法性与可行性，彻底使艺术从外在的各种束缚中解脱出来，还艺术以真身，这是一次审美观念的解放，这种审美观念的变革促进了人类对于更高精神生活的追求。西方唯美作家隐身于"艺术之宫"，"绝不错过所有'诗之享乐'的机会"，不屑与"粗鄙之人"为伍，事事皆主张"发挥个性，强调极端的自我"，表面上看来"远离尘世、逃避俗众的

---

[①] 〔法〕戈蒂耶：《〈莫班小姐〉序言》，载赵澧、徐京安主编《唯美主义》，中国人民大学出版社，1998，第41~44页。

[②] 〔英〕王尔德：《英国的文艺复兴》，载赵澧、徐京安主编《唯美主义》，中国人民大学出版社，1998，第90页。

[③] 〔英〕王尔德：《作为艺术家的批评家（节译）》，载赵澧、徐京安主编《唯美主义》，中国人民大学出版社，1998，第174~175页。

生活",实际上是"人生热烈的爱慕者",他们以对社会"反抗的态度"而成为推动人类文明发展的一支潜在力量。① 唯美主义文学思潮漂洋过海传播到中国后,受到了中国现代作家的欢迎,其标榜的艺术自律和反叛精神对中国现代文学尤其是戏剧的创作产生了不容低估的影响。唯美主义戏剧传入中国后,受制于当时的主流文化语境,译介者几乎是将王尔德作为唯美主义的领袖来看待的,对王尔德的生平、创作及理论的介绍也最为系统,当然对邓南遮的戏剧也有重点介绍。王尔德虽是唯美主义的代表人物,但并不是发起人,众多作家的加盟才使西方唯美主义形成浩大声势。波德莱尔对唯美主义影响甚大,中国作家主要把他当成"恶魔诗人"看待,至于英国唯美主义理论家佩特则几乎被译介者忽略了,就此来看,唯美主义在中国的介绍谈不上对西方唯美主义流派的追根溯源及体系化。可以说,我国戏剧作家主要是通过王尔德的戏剧作品和文学主张来理解西方唯美主义戏剧的,限于篇幅,本章的论述也主要集中于王尔德对中国现代戏剧的影响,简略论及其他唯美主义作家对中国现代唯美剧的影响。王尔德是唯美主义的集大成者,早在周氏兄弟1909年合译的《域外小说集》中就收有周作人所翻译的王尔德童话《快乐王子》。1915年,《青年杂志》第1卷第2号上刊登了薛琪瑛所译介的王尔德喜剧《意中人》(又名《一个理想的丈夫》),在译文前还有一段对王尔德戏剧成就比较全面的评介。陈独秀在《现代欧洲文艺史谭》一文中也号召青年向王尔德学习,称颂王尔德是"近代四大代表作家"之一。通过《新青年》这一媒体高地的推介,王尔德及其剧作很快为中国读者所熟悉。对王尔德进行比较全面的介绍是在1919年至1921年间,几乎他所有的小说、散文、戏剧都有中文译本,有的还不止一种,甚至不太出名的诗歌也被翻译过来,但戏剧引起的反响是最大的。其充满唯美主义思想和艺术特色的《莎乐美》尤为中国读者所偏爱,仅从20世纪初到40年代就先后有陆思安(与裘配岳合译《萨洛姆》)、田汉、桂裕、徐培仁等翻译的六七个中文译本,创下了"西方文学名著的中文重译之最"。② 另外他的《温德米尔夫人的扇子》也被译成多

---

① 〔日〕厨川白村:《西洋近代文艺思潮》,陈晓南译,(台北)志文出版社,1982,第374~375页。
② 解志熙:《"青春,美,恶魔,艺术……"——唯美—颓废主义影响下的中国现代戏剧》(上),《中国现代文学研究丛刊》1999年第3期。

个版本，其中洪深改译的《少奶奶的扇子》尤为风行，被搬上舞台后取得了轰动一时的成功。王尔德剧作的翻译与传播，在当时的中国形成一股"王尔德热"。与此同时，中国作家对王尔德的生平介绍、理论文章以及外国作家对王尔德的评介也大量出现，较为重要的有：张闻天和江馥泉的《王尔德介绍》、梁实秋的《王尔德的唯美主义》、茅盾的《王尔德的〈莎乐美〉》、袁昌英的《关于〈莎乐美〉》、梁遇春翻译罗伯特·林德的《王尔德》等。意大利唯美主义文学的代表作家邓南遮在中国现代文坛上也是人尽皆知，被中国知识界所广泛关注，茅盾在《东方杂志》上发表《意大利现代第一文家邓南遮》全面介绍邓南遮的唯美主义文学活动，张闻天翻译了邓南遮的多幕剧《琪珴康陶》，徐志摩撰写长文《丹农雪乌》介绍邓南遮，并翻译了其戏剧代表作《死城》。除了对王尔德和邓南遮的大规模介绍外，西方甚至日本的唯美主义作家和作品也几乎都被介绍到中国来，可见唯美主义文学思潮在当时的影响之大。在西方的唯美主义文学思潮催发下，大量具有唯美主义色彩的创作更是陆续面世，以至在"各种定期出版物"上出现了"多至车载斗量的唯美的作家"①，而唯美主义剧作家则是其中重要的一支力量，他们以大量的唯美剧创作显示了唯美主义中国化的成果。

随着西方唯美主义思潮在中国的传播渗透，西方唯美主义的戏剧观念开始冲击中国剧坛并激起一朵朵唯美主义浪花，中国剧作家对西方唯美主义戏剧的大量评介不仅让中国剧作家全面了解了西方的唯美剧，而且让西方的唯美剧成为激活中国剧作家艺术创作的隐性灵感源泉。许多作家不仅在实践层面自觉地模仿借鉴西方唯美剧，而且也毫不讳言自己与西方唯美主义的内在精神联系。作为王尔德《莎乐美》最流行版本的中国译者，田汉率先在中国剧坛引进并尝试创作唯美剧。早在日本留学期间，他就对日本唯美主义文学的重镇松浦一、谷崎润一郎、上田敏等的作品有所涉猎，直言自己受过"唯美派作家谷崎润一郎氏的影响"，还翻译了谷崎润一郎的《人面疮》。② 随后他又爱上过"王尔德、爱伦·坡、波得莱尔"，甚至

---

① 茅盾：《"大转变时期"何时来呢？》，载《茅盾选集》（第五卷），四川文艺出版社，1985，第83页。
② 田汉：《一个未完成的银色的梦——〈到民间去〉》，载中国电影资料馆编《中国无声电影》，中国电影出版社，1996，第1552页。

将王尔德的《狱中记》作为教妻子学习英文的教材,创作过具有"'新浪漫主义'的标签"的作品,"几乎走上唯美主义、颓废主义的歧途"。① 唯美主义的文学观让田汉早期的戏剧创作打上了鲜明的唯美主义印迹,他的处女作《梵峨璘与蔷薇》描写了柳翠和秦信芳携手追求艺术,甚至为此献出青春和爱情的浪漫传奇史。田汉明知"社会上并不如此",但他依然践行王尔德的"生活模仿艺术"的主张,在唯美精神的指引下创设了剧中所写的人"没有一个没有情"的美好社会,蕴含着作者用爱和美来改造现实社会的创作理想,从而开辟了唯美剧创作的先河。② 田汉的其他剧作也有明显的唯美主义色彩,《名优之死》受到法国颓废诗人波德莱尔散文诗中所写某名优故事的启示,在中心思想上,该剧本"引着唯美主义的系统",奏出了一首唯美主义的挽歌。③《古潭的声音》的创作是偶读日本古诗人松尾芭蕉的名句"古潭蛙跃入,止水起清音"触发的,日本文艺理论家松浦一对诗句的唯美解释进一步激活了原本就"有非常强烈的艺术至上倾向的我"。④ 在结构上,他还沿用了谷崎润一郎《刺青》中男主人公改造风尘女子结果自己却被改造的叙事模式。《咖啡店之一夜》《获虎之夜》《古潭的声音》等剧作在唯美主义思想的支配下,通过主人公对真爱情和真艺术的追求来践行唯美主义理念,《名优之死》中的刘振声、《苏州夜话》中的刘叔康等都是以死来捍卫艺术的唯美人物,他们像《道林·格雷的画像》中的贝泽尔一样具有艺术家的某种特质。白薇走上文学道路与田汉的引导密切相关,她称田汉是"文学上唯一的导师"。⑤ 在日本留学期间,白薇和田汉的爱人易漱渝居住在一起,在田汉的指引下,她广泛阅读了易卜生、史特林堡、梅特林克、霍普特曼、王尔德等不同风格、不同流派的作品。这些作家对于白薇的创作都有不同程度的影响,但从艺术手法来看,她真正

---

① 田汉:《我怎样走上党的文学道路——〈田汉选集〉前记》,载《田汉全集》(第十六卷),花山文艺出版社,2000,第418页。
② 田汉:《致左舜生》,载《田汉全集》(第二十卷),花山文艺出版社,2000,第10页。
③ 田汉:《〈田汉戏曲集〉第四集自序》,载周靖波主编《中国现代戏剧序跋集》(上卷),北京广播学院出版社,2002,第70页。
④ 田汉:《〈田汉戏曲集〉第五集自序》,载周靖波主编《中国现代戏剧序跋集》(上卷),北京广播学院出版社,2002,第49页。
⑤ 白薇:《我投到文学圈里的初衷》,载曾果伟编《白薇作品选》,湖南人民出版社,1985,第4页。

感兴趣的还是唯美主义、象征主义戏剧，她所注重的创作题材主要还是爱情、死亡和命运等具有神秘主义和浪漫主义色彩的内容，不论是其前期的作品还是后期接近现实主义的创作都或多或少地具有一定的唯美倾向。她本人非常欣赏"莎乐美精神"，标榜自己就是"Salome"，甚至比"'Salome'还要毒"，为爱奋不顾身，哪怕"你心里憎恶我到 120 分，我还是要轻轻的吻吻你的心"。① 她以自己亲身经历创作的《琳丽》是一部具有"莎乐美"特色、渗透着爱情至上情调的唯美剧作，莎乐美那种为爱不顾一切的执着直接影响了白薇对琳丽形象的塑造。琳丽是一位唯美爱情的追求者，"爱情"是她人生中最重要的内容，在她看来，一旦"离开爱"，就没有"什么生命"可言，更不可能"创造血和泪的艺术"，即便死后，冰冷的墓碑也要化为"一团晶莹的爱"。这种对爱的极端追求预示着爱之毁灭的惨重代价。她一心一意爱着的艺术家琴澜却背叛了她，转身爱上了她的妹妹璃丽，唯美爱情破灭后，琳丽穿着洁白的绢衣、佩戴着蔷薇花唯美地死在清澈的池水里，以毁灭自己来维护完美的爱情和生命的尊严。

西方唯美主义对 20 世纪 20 年代的戏剧创作产生了不可忽视的影响，许多剧作家的文学思想和创作中都有擦拭不掉的唯美痕迹。中国共产党早期领导人之一张闻天也曾对唯美主义非常感兴趣，在美国留学期间他就选译意大利唯美主义作家邓南遮的《琪娥康陶》，1922 年，张闻天与汪馥泉合译王尔德的《狱中记》并撰写 3 万多字的长文《王尔德介绍——为介绍〈狱中记〉而作》，全面阐述王尔德的唯美主义思想，1924 年的《小说月报》号外"法国文学研究专号"上还刊载了他所翻译的《波德莱尔研究》，可见他对意、英、法三国的唯美主义大师都下了一番功夫进行研究。对唯美主义深有领悟的张闻天在创作上也有唯美主义的特色，在《青春的梦》一剧中，主人公许明心为追求爱、美和自由，达到和徐兰芳相爱的目的，无视父母的阻拦、妻子的死活，将道德、责任和亲情统统抛在一边，视一切道德和习俗为妨碍自己行动的障碍，只推崇爱情对于人生的意义。在许明心看来，没有爱的人生，"一切都是黑暗的"，如果爱的火花熄灭了，"就不能生活下去"。如果说许明心和徐兰芳的关系类似于《琪娥康

---

① 白薇：《给杨骚情书》，载李渔村、彭国梁编《中国文化名人恋情散文选》，湖南文艺出版社，1995，第 113 页。

陶》中吕西荷和琪珴康陶的关系，那么他们对这种唯我的、独占的爱的追求则与莎乐美为了获得疯狂一吻而不惜杀掉约翰的做法极为相近。张闻天曾说郭沫若也是"真懂得王尔德的"①，郭本人在《生活的艺术化——在上海美术专门学校讲》演讲中就提到王尔德是英国19世纪末期的唯美主义运动的"一位健将"②。中国现代作家主要通过日本这个中转站来接受西方文艺思想，西方唯美主义在20世纪初进入日本，在日本留学并爱好文学的郭沫若恰逢唯美主义思潮在日本的流行，非常熟悉西方的唯美主义，周作人就认为日本的唯美主义作家谷崎润一郎"有如郭沫若"③，沈从文在"检查"了"沫若诗与全集之前的一部分"内容后，也将郭氏的位置放在"唯美派颓废派诗人之间"④。郭氏不仅了解西方的唯美主义，而且了解唯美主义在日本的变体，更在创作中践行唯美主义。他初期的文艺思想是在接受唯美主义的过程中形成的，他曾节译佩特的《文艺复兴：艺术和诗的研究》的绪论并把译文附在他写的《瓦特·裴德的批评论》之后。郭沫若的文艺思想虽没照搬王尔德和佩特，但受唯美主义影响的痕迹非常明显，他和王尔德一样排斥功利主义文学，认为艺术如"春日的花草"，本身是"无所谓目的的"。⑤ 在《神话的世界》一文中，他复述王尔德的艺术的真正目的是"撒谎"的说法，提出"艺术的作用可以说完全是欺骗的作用"。⑥ 对唯美主义的服膺自然让他的作品染上唯美的印记，在1925年写作的《〈文艺论集〉序》中，他就说"喜欢和死神接吻的王姬"⑦，在创作唯美剧时，郭沫若就将这种喜欢变成了自己的创作元素，王尔德的唯美主义甚至成为启发郭沫若创作的灵感源泉。精通西洋文学的苏雪林一下子就

---

① 张闻天：《王尔德介绍——为介绍〈狱中记〉而作》，载程中原编《张闻天早年文学作品选》，人民文学出版社，1983，第302页。
② 郭沫若：《生活的艺术化——在上海美术专门学校讲》，载上海社会科学院、上海图书馆主编《郭沫若在上海——纪念郭沫若诞辰一百周年》，上海社会科学院出版社，1994，第113页。
③ 周作人：《冬天的蝇》，载张菊香编《周作人散文选集》，百花文艺出版社，2009，第304页。
④ 沈从文：《心与物游》，红旗出版社，2015，第218页。
⑤ 郭沫若：《文艺之社会的使命——在上海大学讲》，载饶鸿竞等编《创造社资料》（上），知识产权出版社，2010，第90~91页。
⑥ 郭沫若：《神话的世界》，载郭沫若《文艺论集》，人民文学出版社，1979，第161页。
⑦ 郭沫若：《〈文艺论集〉序》，载蔡震编《郭沫若作品新编》，人民文学出版社，2010，第319页。

看出郭沫若的戏剧和王尔德的《莎乐美》具有相关性,《王昭君》中变态的汉元帝捧起毛延寿被王昭君打过的脸并"与之亲吻"以沾美人芳泽,《卓文君》中"秦二为红箫自杀"等情节,《聂嫈》中的"卫士甲乙丙斗争"等人物安排皆有模仿《莎乐美》的痕迹。① 苏雪林本人也是唯美主义的拥趸,她偏爱"唯美文学",爱读"王尔德的莎乐美"。② 这样的文学偏好也影响到《鸠那罗的眼睛》的创作,在"王尔德剧本《莎乐美》的影响"下,她甚至在剧本的开端直接引用《莎乐美》中的两句话——"唉,你总不许我亲你的嘴,约翰,现在我可以亲它了"——来点名题旨。③ 该剧选择了唯美主义者所偏爱表现的病态爱和变态性格作为戏剧主题,《莎乐美》和《鸠那罗的眼睛》中的女主角都追求唯我之爱,为了一己私爱而挑战道德和法律,甚至违背天理良知,即便对方拒绝也改变不了不去爱别人的意志,这种爱虽然伟大而坚贞,却无论如何还是偏执而变态的。《莎乐美》和《鸠那罗的眼睛》在情节上几乎完全相似,只是把约翰的头变成了鸠那罗的眼睛。在《莎乐美》中,莎乐美爱上了约翰但被拒绝,于是以跳七袭面纱之舞为名获得希律王的承诺,假希律王之手杀掉约翰而获得约翰的头。在《鸠那罗的眼睛》中,净容王后喜欢鸠那罗却被他拒绝了,以为国王治病而获得权力,设法挖掉鸠那罗的眼睛。综上来看,《鸠那罗的眼睛》很明显是受到《莎乐美》的影响而改写的"一出唯美主义爱情悲剧",与《莎乐美》相比,虽"不乏创新",局部改变了苏雪林所认为的原著中一些不合理的部分,但还是有很多"相似之处"。④

唯美主义对中国现代戏剧的影响广泛,当时的戏剧创作很少有没受到唯美主义影响的。文学研究会重要成员王统照的七幕剧《死后之胜利》就受到王尔德的《莎乐美》和邓南遮的《死后之胜利》的双重影响。光从剧名来看,人们很容易将《死后之胜利》与邓南遮的同名小说联系起来,其实这种联想是有道理的。王统照精通英文,对欧美文学非常熟悉,对邓南

---

① 苏雪林:《中国二三十年代作家》,(台北)纯文学出版社有限公司,1983,第490页。
② 苏雪林:《我所爱读的书》,载蒋长好、李广宇主编《书迷谈书》,经济日报出版社,1997,第54~56页。
③ 苏雪林:《关于我写作和研究的经验》,载沈晖编《苏雪林选集》,安徽文艺出版社,1989,第622页。
④ 解志熙:《"青春,美,恶魔,艺术……"——唯美—颓废主义影响下的中国现代戏剧》(下),《中国现代文学研究丛刊》2000年第1期。

遮的作品应该不会陌生，在介绍何蜚士的画作时还特意提到画上有一行英文"The Triumph of Death"，大概就暗示读者这副巨画含有源于西方的唯美精神。从创作主题来看，该剧主题是典型的王尔德式的唯美主义主题，以纯粹艺术与庸俗社会的冲突来宣扬"爱"与"美"的力量的伟大。从剧中人物来看，何蜚士和吴珪云身上都体现出某种唯美主义的思想，何蜚士"读过王尔德的《莎乐美》的剧本"，欣赏莎乐美"与死人之头接吻"来偿"对于美的特异的嗜好"的"奇异与庄严"，呕心沥血地创作体现自己艺术理想的画作《死后之胜利》，视之为"新结婚"的恋人。吴珪云狂热地爱上何蜚士的人格之美，向他奉献了一场没有任何杂质的爱情，结尾何蜚士"与吴吻接；吴俯首就之，吻其血唇"，既实现了像莎乐美吻约翰嘴唇那样的世俗愿望，又升华了"爱"与"艺术"完美融合的人生境界。①

同样受西方唯美剧影响的还有新月派的徐志摩，在"生平最重大的一个关节"，他就读过西蒙斯所翻译的邓南遮的《死城》，对邓南遮惺惺相惜，称赞他是个"纯粹的艺术家"，"纯粹的美的寻求成了他的艺术的标的"，认为他接受尼采的"超人的思想"，并将这种超人主义"贯彻了他的作品"，"小说与戏剧里的人物"成了"理想中的超人的化身"，男男女女的超人们"在恋爱的急湍中寻求生命，在现实的世界里寻求理想"。② 徐志摩和陆小曼合著的《卞昆冈》染上了和邓南遮剧作一样的唯美气息，以至有学者认为《卞昆冈》是"徐志摩的'翻译作品'"。③ 仔细阅读文本，把《卞昆冈》看成邓南遮作品的译作是有充分事实根据的。在故事情节上，该剧和邓南遮的《琪珴康陶》非常类似，卞昆冈是艺术家和雕塑家，对阿明的两颗"珍珠"般的眼睛非常着迷，嫉妒阿明的李七妹刺瞎了阿明的眼睛并将其毒害，万念俱灰的卞昆冈只能以自杀来祭奠被摧毁的美。《琪珴康陶》的男主人公吕西荷也是雕塑家和艺术家，特别喜欢妻子西尔薇的双手，满怀妒意的模特琪珴康陶推倒塑像，砸断西尔薇的双手，最后吕西荷

---

① 王统照：《死后之胜利（话剧）》，载张桂兴编选《山东新文学大系：现代部分》（戏剧卷），山东文艺出版社，1999，第17~32页。
② 徐志摩：《丹农雪乌》，载来凤仪选编《徐志摩散文》，浙江文艺出版社，2000，第129~140页。
③ 王炘：《〈卞昆冈〉和〈死城〉是徐志摩的译作吗？》，载重庆出版社编《诗人徐志摩》，重庆出版社，1982，第103页。

以自杀来解决矛盾。在戏剧氛围上，该剧和《死城》一样具有神秘的色彩和诡秘的情调，《卞昆冈》的故事发生在石刻佛像很多的"山西云岗附近的一个村庄"，浓郁的佛教氛围让整个故事充满了"鬼气与邪气"，瞎子老周"下血，下血，下血"的预言让人感觉到罪恶随时都会降临；"邓南遮的《死城》也是如此"，故事发生在具有几分神秘色彩的古希腊，人物的"举止言笑描写得如僵尸活鬼，使观者察觉不到它的人间性"。[①] 在具体细节上，《卞昆冈》也留下了《死城》的影子，如卞昆冈对儿子阿明的眼睛非常着迷，老爱看儿子的眼睛，仿佛儿子的眼睛里"另外有一个花花世界似的"；在《死城》中，玛利亚赞美盲妇人安娜的眼睛"长远是美丽清明的"，而在早上"它们充满了新鲜，好像睡眠就是露水"。[②] 也许是基于以上原因，余上沅在为《卞昆冈》作序时就指出，徐志摩和陆小曼合作的《卞昆冈》有"一点意大利的气息"，也许是受到他们所翻译的《死城》（徐译）和《海市蜃楼》（陆译）的影响，所以比较接近"意大利现代剧"。[③] 大概余上沅本人对邓南遮的戏剧有所偏爱，所以能够看出徐志摩《卞昆冈》剧作的"意大利气息"，他本人创作的《塑像》也明显受到邓南遮的剧作《琪娥康陶》的影响，甚至可以说《塑像》就是《琪娥康陶》的一个转译。该剧和《琪娥康陶》探讨的都是艺术与现实的冲突，而且人物形象也非常一致，男主人公卜秋帆与吕西荷一样是痴迷于艺术的雕塑家，女主人公吴季青身上则集合了琪娥康陶和西尔薇两人的个性。

## 三　唯美主义对中国现代戏剧的影响

"当自然主义横行欧洲的时候，新浪漫主义已孕其间"，而"现在正是新浪漫主义接自然主义的位，而左右世界"之时，"英国的王尔德"和"意大利的滕南遮"就是"新浪漫主义的代表作者"。[④] 滕固在《最近剧界的趋势》中用新浪漫主义来指称唯美主义，将唯美主义作家王尔德、邓南遮说成新浪漫主义者，已经看到了唯美主义与自然主义之间的联系和区

---

① 朱光潜：《孟实文钞》，中国国际广播出版社，2013，第52页。
② 〔意〕丹农雪乌：《死城》，向培良译，上海泰东图书局，1929，第6页。
③ 余上沅：《〈卞昆冈〉序》，载柴草编《陆小曼诗文》，百花文艺出版社，2002，第112页。
④ 滕固：《最近剧界的趋势》，载滕固著，沈宁编《抱芬室文存》，辽宁教育出版社，2003，第274页。

别。"作为浪漫主义发展阶段之一的唯美主义运动"反叛性地承继了浪漫主义的文学理念,既延伸和发展了浪漫主义的某些原则,又高扬了文学艺术的独立性。① 在中国,西方的许多唯美主义作家被归拢在新浪漫派的名号之下,唯美主义戏剧进入中国现代剧作家的视野也和浪漫主义文学的勃兴密切相关,或者说是中国作家在接受浪漫主义文学观念的过程中注意到了唯美主义。唯美主义作为新浪漫主义的一支力量和浪漫主义混在一起被中国现代作家所接受,中国现代作家并没有将之作为一种独立的文学思潮来源来看待,中国的唯美主义运动体现出唯美与浪漫的错合,却通过吸收唯美主义的合理成分完成了"浪漫派的精神"的任务②,并在20世纪20年代在中国文坛刮起了一股股唯美旋风。在"五四"初期的中国文坛,现实主义一统天下,后文学研究会而起的创造社以浪漫主义的激情闯入文坛,两派间由此形成"为人生"与"为艺术"的并立发展,这两种艺术观在戏剧领域的域外代表毫无疑问是易卜生和王尔德。相较于易卜生社会问题剧的启蒙现代性,王尔德唯美剧的精美形式、华美辞藻和唯美艺术表现引发了中国剧作家的审美兴趣,唯美主义重视自我感觉、张扬个性的审美方式成为作家进行社会反叛的利器。

唯美主义"为艺术而艺术"的口号为中国现代作家所认可,唯美主义的文学理念被现代作家所采纳,唯美主义的艺术表现手法被用来反拨现实主义文学创作的某些弊端,从而有效地弥补现实主义创作急于用世和怠慢艺术的问题。唯美主义在艺术精神上是反现实主义的,"一切坏的艺术都是返归生活和自然造成的",就方法而言,"现实主义是一个完全的失败",因为"生活比现实主义跑得快,但是浪漫主义却总是在生活的前头"。③ 文学研究会的重要成员茅盾很早就注意到王尔德的唯美艺术主张对于写实主义的反拨意义,他认为写实主义文学的问题在于"丰肉而枯灵",虽能揭露"社会之黑幕",但无法"放进未来社会之光明"。④ "文学作品

---

① 〔英〕罗吉·福勒:《现代西方文学批评术语》,袁德成译,朱通伯校,四川人民出版社,1987,第4页。
② 滕固:《唯美派的文学》,光华书局,1927,第3页。
③ 〔英〕王尔德:《谎言的衰朽(对话录)》,载赵澧、徐京安主编《唯美主义》,中国人民大学出版社,1998,第143页。
④ 茅盾:《〈欧美新文学最近之趋势〉书后》,载《茅盾全集》(第十八卷),人民文学出版社,1989,第45页。

虽然不同纯艺术品"，反映现实问题固然重要，但艺术问题并非一个可有可无的问题，优秀的文学作品应该具备"艺术的要素"，不能只顾着表现"作品内所含的思想"，将"艺术的要素"弃置不顾。创作文学时必须同时具备"观察的能力与想象的能力"，世间万象和人类生活"莫不有善的一面与恶的一面"，然而"旧浪漫派文学与自然派文学"却是"各走一端的"，这样难免存在创作的偏颇。现实主义偏于"丑恶的描写"，浪漫主义偏于善的表现，虽也有"艺术的价值"，但都不是对于人生的"完满无缺"的"忠实"反映，只有"兼观察和想象"的"西洋写实派后新浪漫派的作品"能够"综合地表现人生"，所以要想创作出更优秀的文学作品，"这进一步的艺术与思想也是创作者不可不时时顾到的"。① 在茅盾看来，作为文学新趋向的新浪漫主义（含唯美主义）不但可以补救写实主义文学的"丰肉弱灵""全批评而不指引""不见恶中有善"的弊病，而且能够达于"艺术之完善"。② 茅盾在分析自然主义和浪漫主义优缺点的基础上指出决不能靠自然主义去创造"最高格的文学"，在中国，新浪漫主义（含唯美主义）是"能引我们到真确人生观的文学"，所以"今后的新文学运动应该是浪漫主义的文学"。③ 茅盾虽非唯美剧作家，也未明确将唯美主义从浪漫主义中区别出来，但在对文学新趋势的分析中已经注意到唯美主义文学的艺术价值及其出现的必然性。现代文学的写作历史也表明，唯美主义文学思潮确实助益了中国的浪漫主义文学运动，并促进了现实主义文学的健康发展，唯美主义具备现实主义所无法比拟的艺术优势，在现实主义独占文坛的年代，它给予中国现代作家坚守艺术本位的自信。

在"政治的愈趋黑暗，民气的日益消沉"的时代，作为"苦闷的象征"的文学成了人们宣泄自我、反叛社会的工具。当人们陷入人生的苦闷和心灵的伤感之际，域外传来的带有浓重世纪末情绪的唯美剧适应了人们倾吐颓唐、失望情绪的内心需要，能够让人们"在所谓唯美主义的文学里

---

① 茅盾：《新文学研究者的责任和努力》，载《茅盾全集》（第十八卷），人民文学出版社，1989，第71页。
② 茅盾：《〈欧美新文学最近之趋势〉书后》，载《茅盾全集》（第十八卷），人民文学出版社，1989，第48页。
③ 茅盾：《为新文学研究者进一解》，载《茅盾全集》（第十八卷），人民文学出版社，1989，第44页。

寻得些精神上的快慰，或求得灵魂的归宿"。① 西方唯美主义兴起于功利主义蔓延、道德堕落的年代，物质的富足难以疗治精神的痛苦和社会的异化。唯美主义者对"科学的勃兴"导致的"唯物的机械观和由这机械观所产生的文明极其憎恶"，于是他们希望通过"另外创造出美的乐园"将这"丑恶的人生美化"，用艺术把人们的精神升华到一个宁静之所。② 在唯美主义者眼中，艺术是生活的最后归宿，"生活艺术化"是他们对抗喧嚣世界的最有力武器，在艺术的纬度，"人生艺术化"的命题格外重视人生与艺术的结合，在捍卫艺术独立的基础上用艺术来促进人生、改造社会，实现生活的审美化，暗含着对文学功利的重视，从而达到既能维护艺术的地位和价值，又能用艺术来拯救堕落世风的崇高目的。在唯美主义者眼中，艺术是可以让人忘却"动荡而纷乱的时代"的"无忧的殿堂"、摆脱"尘世的纷扰与恐怖"的最好慰藉，艺术与其说是"感官专制下的逃避"，还不如说是"灵魂专制下的逃避"。③ 向培良将自己的戏剧集命名为《沉闷的戏剧》就是将"生的苦闷献给人们，请你们在苦闷中抓住并享乐你们的生命。我供给你们以苦闷以及一切阴暗的东西，在里面或将寻见丰富的生命，比一切愉快和幸福所能供给的更多"。④

西方唯美主义者眼中的艺术审美救世之用和中国现代作家所推崇的审美之道有精神相通之处，深刻的现实因由和历史背景让中国作家在"五四"退潮期很自然地和西方唯美主义产生共鸣。中西作家虽处于不同的社会发展形态，却有相似的精神困境，这种相似是中国剧作家拥抱唯美主义的内在原因。在中国，"五四"启蒙运动没有达到预期的效果，中国社会进入革命低潮期，在这样的颓废期就比较适合用艺术来表达人们"对于生活本身的一种审美理解"。⑤ 在西方，面对世风日下、道德堕落和市侩主义

---

① 茅盾：《"大转变时期"何时来呢？》，载《茅盾选集》（第五卷），四川文艺出版社，1985，第82页。
② 张闻天：《王尔德介绍——为介绍〈狱中记〉而作》，载程中原编《张闻天早年文学作品选》，人民文学出版社，1983，第288页。
③ 〔英〕王尔德：《英国的文艺复兴》，载赵澧、徐京安主编《唯美主义》，中国人民大学出版社，1998，第100页。
④ 向培良：《沉闷的戏剧·给读者》，载向培良《沉闷的戏剧》，光华书局，1927，第2页。
⑤ 〔美〕马泰·卡林内斯库：《现代性的五副面孔 现代主义、先锋派、颓废、媚俗艺术、后现代主义》，顾爱彬、李瑞华译，译林出版社，2015，第184页。

盛行的时代，唯美主义的纯美理论包含某种审美救世的气息，艺术可以转移人们纯粹的物欲追求，使人们以艺术精神来对待人生。他们反道德、反传统、反物化本身就是对新价值的追求，希图借助艺术的力量来拯救衰微的人文精神，矫正人间的罪恶。唯美主义"人生艺术化"的主张包含积极的思想内容，王尔德本人自诩提出了"一种从来未被提出"的艺术理论，他指出艺术为生活"提供了某些美的形式"，这些"美的形式"不仅可以为人们提供美的享受，而且能够促成"积极的活动"，进而成为推进生活的动力。① 中国传统文化向来追求人生与艺术的紧密联系，以艺术之美净化人之心灵正是中国诗乐教化的悠久传统，庄子、魏晋名士等都推崇艺术化的人生境界和生存方式。近代已降，王国维的"境界说"、梁启超的"生活的艺术化"论、蔡元培的"以美育代宗教"说也都含有将人生艺术化的旨趣。唯其如此，唯美主义的输入引起中国作家的情感接近自在情理之中。周作人认为，在"颓废时代"自然应有"独创甚或偏至的文艺发生"，"我们看中国现在的情形"便可知，"中国新文学的趋势"将来当分为"革命文学"和"颓废派"二大潮流，"据我看来"，推崇"艺术与美"的颓废派"或要占更大的势力"。② 郭沫若在谈到19世纪末期的英国唯美主义运动时就指出，艺术家用艺术和梦境来美化"我们的日常的生活"，王尔德则是"这项运动的健将"，他由此提出了用艺术的精神来美化"精神生活"，养成"美的灵魂"的主张。③ 田汉在致郭沫若的信中也指出艺术家能够引导人进入"艺术的境界"，使人"忘记现实生活的苦痛"。④

唯美主义具有改造社会、弥补人生之缺、疗治心灵创伤的间接功效，同时也能为处于黑暗时代的人们提供精神自慰的艺术空间。在反抗封建专制的时代，积极唯美主义能够用爱与美从视觉上冲击陈腐的道德规范，在

---

① 〔英〕王尔德：《谎言的衰朽（对话录）》，载赵澧、徐京安主编《唯美主义》，中国人民大学出版社，1998，第143页。
② 周作人：《新文学的二大潮流》，载陈子善等编《周作人集外文》，海南国际新闻出版中心，1995，第347~348页。
③ 郭沫若：《生活的艺术化——在上海美术专门学校讲》，载上海社会科学院、上海图书馆主编《郭沫若在上海——纪念郭沫若诞辰一百周年》，上海社会科学院出版社，1994，第113页。
④ 《田汉致郭沫若》，载郭沫若著作编辑出版委员会编《郭沫若全集·文学编》（第十五卷），人民文学出版社，1990，第90页。

政治生态恶化的年代，唯美主义也可以起到重塑精神生活、美化社会风气的作用。唯美主义的唯美理念和对美之圣境的追求自然引起了中国作家的好感，现代作家对王尔德"生活艺术化"的接受在一定程度上契合了时代精神，他们由对易卜生社会问题剧的热衷转向对王尔德唯美剧的追捧和时代的变化有直接的关系。在"五四"落潮期，颓废、寂寞心境取代了"五四"初期高昂的启蒙情怀，人生和社会的双重危机让中国部分剧作家厌倦了文学的社会使命，文学成了寄托心灵的温馨港湾。唯美主义的颓废倾向正迎合了青年知识分子因前途渺茫而需要慰藉的悲凉心境，唯美的艺术之宫温情抚慰着因溃败而受伤的心灵，唯美剧凄清迷离的主题意蕴拨动了现代剧作家敏感脆弱的神经，唯美主义的思想根基与中国作家对"美"的理想追求产生了内在相合。"各种影响的种子都可能降落"，域外传来的各种文学思潮都可能在颓废的时代找到知音，但只有那些"落在条件具备的土地上"的"种子"才能真正生根"发芽"，而"五四"落潮期的"土壤"和"气候"就是唯美主义产生影响的最好条件。[①] 郭沫若认为，建设新文化"只图介绍外国言论"，而不以"国民情调为基点"，那是"凿枘不相容的。"[②] 唯美主义唤醒了人们的情感之弦，洞开了文学的审美内需，现代作家接受西方唯美主义的思想因素来弥补人生的不足和精神的荒芜具有某种历史必然性，也与其审美理想和"五四"以后的中国现实需求相一致，因为唯美主义本身就内蕴着以艺术之美补救现实人生之缺憾的积极作用。

## 第二节　浸染唯美主义色彩的中国现代戏剧

中国现代唯美剧的创作既有来自西方唯美主义思想的影响，又与中国的社会现实存在千丝万缕的联系。唯美剧作家在对西方唯美主义借鉴的过程中进行了创造性转化，在尊重戏剧创作艺术规律的基础上，努力服务于改造现实社会的目的，导致现代唯美剧不像西方的唯美剧那么正宗。但无论如何，这种借鉴对于萌生期的中国戏剧来说都是必要的，尽管幼稚，却

---

[①] 〔美〕约瑟夫·T. 肖：《文学借鉴与比较文学研究》，载北京师范大学中文系比较文学研究组选编《比较文学研究资料》，北京师范大学出版社，1986年，第119页。

[②] 郭沫若：《论诗三札（节选）》，载李春雨、杨志编著《中国现代文学资料与研究》（下），北京师范大学出版社，2008年，第390页。

最终使中国戏剧史上出现了一些渗透唯美色彩而又具有中国风貌的现代戏剧。

## 一　中国剧作家对西方唯美主义的接受特征

现代中国"为人生"与"为艺术"两种文学观长期处于对峙状态，现代文学承担启蒙任务的基本历史品格决定了"为人生"艺术观的主流地位。现实主义创作的强势将唯美主义文学推向边缘，唯美主义与现实主义的内在分歧让中国现代作家很难完全肯定西方的唯美主义，王尔德的唯美主义也没有与中国现代文学主流发生深度融合。唯美主义戏剧在中国并未像现实主义、浪漫主义和现代主义戏剧那样获得长足发展，但在中国现代文学的初创期，仍有部分作家从外国文学的库藏里遴选出王尔德作为介绍对象，借用"为艺术而艺术"的主张来反拨寓道德教训于文艺的文学观念。唯美主义作为一种文学思潮还是进入了中国作家的接受视野，尽管它不能完全等同于西方的唯美主义思潮，但仍对中国现代文学的发展产生了不同程度的影响。西方的文学艺术思潮在进入中国的过程中似乎都要经过李泽厚所说的那种"实用理性"的过滤，中国知识界对西方唯美主义文学思想的援引常取为我所用的实用主义原则。茅盾认为，"于外面形色上看来"，唯美颓废派文学"似乎不好，但是平心而论，也有可用之处"，因为它们的"奇怪感想""狂言反语"全是"反动的不平的思想所做成"，"对于人类不致有坏的影响"。[①]在本质上是一种"反抗与抗议"的唯美主义运动非常符合受启蒙精神感召的现代剧作家的期待视野[②]，唯美主义的人生观和艺术观颇合中国作家的口味，从而使他们在中国文坛掀起一股传播、借鉴唯美主义的热潮。在经世致用文学观念的影响下，几乎没有一个中国文学家是从纯艺术的角度来接受唯美主义的，许多唯美剧作家在文学观上是唯美主义的，但并不追求纯粹艺术，而是希冀以唯美颓废的艺术来批判改造社会。

《莎乐美》的文体之美是众所周知的，莎乐美是王尔德按照不涉道德评价的唯美理想而创作出来的一个纯美艺术形象。中国剧作家对《莎乐

---

① 沈雁冰：《什么是文学——我对于现文坛的感想》，载唐金海等编《茅盾专集》（第一卷下册），福建人民出版社，1983，第1099页。
② 〔英〕罗吉·福勒：《现代西方文学批评术语》，袁德成译，朱通伯校，四川人民出版社，1987，第4页。

美》的接受却并非出于唯美的立场,对莎乐美形象的理解也有别于王尔德,更多的是妥协于现实的需要。在他们看来,莎乐美的艺术魅力并不在于她所拼力追求的那种畸形变态的爱,而是她在追求爱情的过程中所体现出来的那种任性精神本身,中国剧作家也将这种坚持理想而毫不妥协的精神引为同调。张闻天认为,王尔德的个人主义是"执着自己",莎乐美身上体现出来的那种极端个人主义的爱并不是出于"自私自利主义"的目的,而是充分释放了"自己底个性",她所追求的一己之享乐也不是简单的"官能底享乐",而是对"美的乐园"的坚守。[1] 张闻天的剧作《青春的梦》中传达的思想内容虽与王尔德的"唯美快乐主义"思想很接近,但承袭的主要还是"五四"文学的个性解放主题,反映的主要还是社会问题剧中所涉及的一些老问题——向青年宣传"反抗社会、反抗家庭的福音"。[2] 中国作家在对《莎乐美》的接受过程中毅然舍弃了域外源头中的颓废及悖于中国传统道德的地方,所以在中国剧作家的创作中很少出现直接对官能之乐的单纯描写和对官能之爱的片面猎取,而是努力汲取潜藏于唯美主义思想中的积极营养,对唯美主义进行启蒙化和浪漫化的创造性改写,用美来救世,用爱来启蒙,用艺术来升华人文精神。向培良认为王尔德唯美主义作品真正感动人的地方既不是"凝着紫血的约翰之头底美丽",也不是"娇媚王子不变的颜色",而是莎乐美毅然吻约翰嘴唇以及道林·格雷王子牺牲一切去保持"不变的青春"的过程中所共同展现出来的那种"迈往不顾的苦心"。[3] 田汉对《莎乐美》的演绎主要也是倾倒于莎乐美内心深处的那种"爱而死,被爱而生"的献身精神[4],他翻译排演《莎乐美》不是要在中国普及唯美主义,而是看中这部剧"反抗既成社会的态度最明显",《莎乐美》被他拿来作为反叛传统社会和"文以载道"观念的武器[5]。在他看来,演《莎乐美》这样"艺术味极浓厚的戏"并不"反

---

[1] 张闻天:《王尔德介绍——为介绍〈狱中记〉而作》,载程中原编《张闻天早年文学作品选》,人民文学出版社,1983,第292页。
[2] 培良:《中国戏剧概评》,上海泰东图书局,1929,第64页。
[3] 向培良:《人类——艺术——文学》,《青春月刊》第2期,1929年。
[4] 张闻天:《王尔德介绍——为介绍〈狱中记〉而作》,载程中原编《张闻天早年文学作品选》,人民文学出版社,1983,第300页。
[5] 田汉:《艺术与艺术家的态度》,载《田汉文集》(十四),中国戏剧出版社,1987,第197页。

时代","爱自由平等的民众"反而能够从叙利亚少年、莎乐美和约翰三个人身上学习到"目无傍视,耳无傍听"的"专一的大无畏的精神"。经过这种去颓废化的解读,莎乐美脱尽颓废色情的污垢而成为反抗传统的光辉艺术形象,《莎乐美》这部充满"美丽的官能描写"的唯美剧变成了富有"功利的效果"的道德训诫剧,成了"报告新时代到来和吓退敌人的'红色的号音'",从而用来完成"个性之完成"和"社会之改造"的现实任务。[1] 一些剧作家在《莎乐美》一剧中获得解读历史的灵感,重新审视一些淹没在历史烟尘中的女性人物,赋予她们现代人的思想感情和内心苦闷,将她们塑造成像莎乐美一样的具有个性思想和反叛意识的女性解放先驱。郭沫若的戏剧《三个叛逆的女性》是"一部具着狂暴精神的反抗作",所表现的只是"女性的反抗"的思想[2];王独清抬高歌妓貂蝉的思想境界,使之成为一个"为自由争斗的勇士"和"为自由牺牲的圣者"[3];沾染"日本流行的唯美主义思想"的欧阳予倩则把历史上的恶毒女性潘金莲颠覆性地改写成中国的莎乐美[4],使其成为一个个性强烈的妇女解放的先驱。

在思想解放、收纳新潮的"五四"时期,西方各种文艺思潮流派纷至沓来,"中国文学的进展"也是日新月异,在短短十余年间,中国文坛几乎"匆促地而又很杂乱地"实验了西欧两百年中所经过的"文学上的种种动向"。[5]唯美主义虽是西方现代主义文学思潮的一支劲旅,中国作家也从中获益良多,但在中国文学界却并未获得孑然独立的文学地位,而是和其他文艺思潮一样被现代作家同等看待,与"总称为'现代派'的半打多'主义'"混杂在一起被中国知识界打包接受。[6] 中国剧作家对唯美主义的接受并不专一,终其一生归依唯美主义的作家更是凤毛麟角,多数作家都是在对唯美主义惊鸿一瞥后就掉头转向。

---

[1] 田汉:《我们的自己批判——"我们的艺术运动之理论与实践"上篇》,载上海戏剧学院戏剧文学系编《中国当代文学研究资料·田汉专集》(上),上海戏剧学院戏剧文学系,1980,第96~99页。
[2] 钱杏邨:《郭沫若及其创作》,载黄人影编《郭沫若论》,上海书店,1988,第36~37页。
[3] 王独清:《貂蝉·序》,载王独清《貂蝉》,江南书店,1929,第2页。
[4] 田汉:《他为中国戏剧运动奋斗了一生》,载苏关鑫编《欧阳予倩研究资料》,中国戏剧出版社,1989,第138页。
[5] 郑伯奇:《〈小说三集〉导言》,载刘运峰编《1917~1927中国新文学大系导言集》,天津人民出版社,2009,第96页。
[6] 茅盾:《夜读偶记》,载《茅盾评论文集》(下),人民文学出版社,1978,第2页。

如郭沫若回国时将创造社的办刊方针定为"新罗曼主义"①，在创作主张上持"唯美主义"②，田汉也称自己的处女作《梵峨璘与蔷薇》是"通过了现实主义熔炉的新浪漫剧"③。但在"人生派"文学的影响下，他们又都从唯美主义的创作道路上撤退下来，从而否定和丢弃他们原先信奉的"为艺术而艺术"的文学主张。在文艺思想上更是复杂多变，现实主义、浪漫主义、象征主义、唯美主义等文学思潮在他们的作品中均有不同程度的体现。如田汉自述"两年前服膺美诗人惠特曼"，"然一年以来"又开始研究"爱伦·颇""王尔德""魏尔论"，自己都搞不清是"人道主义者呢，还是恶魔呢"，是"取平民主义呢，还是取贵族主义呢"。④

在如此一团乱麻的文学氛围中，中国作家很难持之以恒地汲取某一文学思潮的宝贵养料，唯美主义只是作家某部剧作或者某一阶段的一个创作元素，甚至还不是主导性的元素，因为思想是共和制的，一个作家所受的影响往往是多元的。

如白薇，从其阅读经验来看，她至少读过易卜生、莎士比亚、史特林堡、霍普特曼、梅特林克诸人的剧本，对许多作家的作品也都是"无秩序、无系统地乱看一场"。⑤ 很难说究竟是哪种"主义"影响了她，也不能说哪种创作方法占据主导地位，而是多种主义与思潮交叉浑融，往往是在唯美主义中包含着现实主义或浪漫主义，或者在现实主义中渗透着唯美主义的气息。即便受到了唯美主义的影响，也不一定会创作出纯真的唯美剧，作家本人还会主动对唯美主义进行选择和改造，往往在唯美的形式外衣下放置现实主义的内容，真正纯粹意义上的唯美主义剧作并不多见。白薇早期的剧作《琳丽》吸收了唯美主义的艺术手法和思想情调，文字优美，文体奢华，爱得狂热，死得唯美，在男欢女爱的剧情中探讨唯美主义热衷的灵肉冲突问题，是一部和王尔德的《莎乐美》一样的"恋爱悲剧底

---

① 杨之华主编《文坛史料》，中华日报社，1944，第408页。
② 郭沫若：《儿童文学之管见》，载郭沫若著，黄淳浩校《〈文艺论集〉汇校本》，湖南人民出版社，1984，第192页。
③ 田寿昌、宗白华、郭沫若：《三叶集》，亚东图书馆，1920，第81页。
④ 田汉：《恶魔诗人波陀雷尔的百年祭》，载《田汉全集》（第十四卷），花山文艺出版社，2000，313页。
⑤ 白薇：《我投到文学圈里的初衷》，载曾果伟编《白薇作品选》，湖南人民出版社，1985，第10页。

妙品"。① 从文学思想的借鉴来看，王尔德的唯美主义对白薇创作《琳丽》的影响不言而喻，但自身的情爱受挫和家庭不幸也是其创作《琳丽》的重要原因。面对亲情和爱情的双重放逐，白薇以戏剧为武器，刻画"我一切的痛苦"和"人类的痛苦"，从此意义上说，以其本人和杨骚悲剧爱情为结构的《琳丽》也是以恋爱、唯美、死亡为主题的现实情爱问题剧，是用来"解剖验明人类社会的武器"。②

田汉的名作《名优之死》受到"唯美主义的系统"的影响，具有明显的唯美感伤的情调，达到了艺术至上主义倾向的新高度，但他也认为"做艺术家的"更应该暴露"人生的黑暗面"。③ 剧中的一代名优刘振声献身艺术的唯美精神固然值得嘉许，但艺术与世俗的对立才真正让人深思，中国艺人在旧社会的悲惨遭遇才真正让人感叹唏嘘，如此之多的人生感慨自然让这部唯美之作平添了许多悲愤深广的社会历史内容。

王统照的戏剧《死后之胜利》有明显的仿唯美主义戏剧的印迹，他借何蜚士之口坦言在学校"曾读过王尔德的《莎乐美》"，并在戏剧情节和主题上靠近《莎乐美》，宣扬了"艺术"和"爱"的力量的伟大和崇高，照搬莎乐美吻约翰带血的人头，以吴珪云吻何蜚士的血唇作为结尾。如果仅以唯美主义的眼光来看这部剧作肯定是不得要旨的，该剧主要还是以成功的写实控诉了邪恶势力对艺术和人才的摧残，实质是借王尔德唯美剧"爱"和"美"的外壳来分析、研究易卜生社会问题剧中的"人生问题"。

苏雪林的《鸠那罗的眼睛》是受《莎乐美》影响而创作的一部"水准相当高的唯美剧"，辞藻丰赡，比喻华美，意境凄美，用唯美主义的审美情趣表现爱与美的主题。④ 就是这样一部公认的"东方《莎乐美》"也难逃诠释社会道德的价值取向，她本人就说《鸠那罗的眼睛》是"不大道德的"，不过在道德和艺术的关系上，美优先于善，为了尽可能消弭不良

---

① 张闻天：《王尔德介绍——为介绍〈狱中记〉而作》，载程中原编《张闻天早年文学作品选》，人民文学出版社，1983，第301页。
② 白薇：《我投到文学圈的初衷》，载曾果伟编《白薇作品选》，湖南人民出版社，1985，第5页。
③ 田汉：《给郭沫若的信》，载上海戏剧学院戏剧文学系《中国当代文学研究资料·田汉专集》（上），上海戏剧学院戏剧文学系，1980，第7页。
④ 苏雪林：《中国二三十年代作家》，（台北）纯文学出版社有限公司，1983，第515页。

道德的影响，她用"美文的体裁"的外衣去冲淡"那不道德的气氛"。①无论如何做艺术处理都无法将不道德的内容连根拔除，在文本缝隙处还是横悬着一把东方道德伦理的度量标尺，并不时影响作者的价值判断，进而削弱了净容王后对美的追求的义无反顾。阿输迦王怒斥净容王后"载覆不容，人神共愤"的恶行，欲以维护"正义人道"的名义杀掉净容王后，净容王后以恶抗恶，以不道德反击不道德，怒斥国王"窃钩者诛，窃国者诸侯"的罪恶行径，鸠那罗王子则以"因爱而生的罪恶可以原谅"的说辞来为净容王后脱罪，该剧的道德训诫色彩显然比《莎乐美》浓郁得多。苏雪林用道德为净容王后稀释罪恶的用意非常明显，但在潜意识中她并不认为净容王后的行为是合乎道德的，也就无法完全清除道德对文艺的干涉。而王尔德是断然否定用道德来裁量文学的，美也是无所谓道德的，文学所需要的不是"增强道德感和道德控制"，在艺术表现中哪怕"隐隐提到善恶标准"也是"艺术创作中和谐之错乱"的表现。② 王尔德塑造的莎乐美是个与善无关的唯美形象，她爱的是约翰的外表，追求的是一吻约翰的瞬间之美，就此来看，《鸠那罗的眼睛》并没有完全贯彻"纯粹的艺术"的写作标准。《鸠那罗的眼睛》与其说是唯美的，不如说是用伦理道德来约束唯美主义自私、唯我的爱，苏雪林质疑"一个生在宫廷的少女"怎会爱上"一个肮脏古怪的苦行僧"就已经清晰表明她按东方人的审美标准来结构剧情其实是忽略了西方唯美主义者对荒诞、畸形、病态等题材的热衷，西方唯美主义者追求的是诉诸感官体验的震惊，而非现实世界的合情合理。

　　唯美主义者对纯粹美持一种极端化态度，认为美本身就是超越性的终极价值，坚决捍卫美的尊严和独立。对于中国剧作家来说，西方唯美主义滋生的那种纯粹、自由的土壤和思想氛围在现代中国并不具备，中国的唯美论者首先需要为不独立的文学争取到独立的地位，西方唯美主义者思考的则是如何保持文学的独立，中国作家自然不可能全盘接受其观点。多变的政治气候让文学过多牵涉政治，苦难与屈辱的时代让文学与国家民族的命运紧紧相联系。王尔德的"艺术不关心事实"的文学观显然不适用于复

---

① 苏雪林：《关于我写作和研究的经验》，载沈晖编《苏雪林选集》，安徽文艺出版社，1989，第622页。
② 〔英〕王尔德：《英国的文艺复兴》，载赵澧、徐京安主编《唯美主义》，中国人民大学出版社，1998，第97页。

杂纷乱的中国现实，他在某些场合虽然也含糊承认过艺术的社会功能，却还是更多地偏重"艺术本身"，始终认为"一切艺术都是毫无用处的"，甚至提出了像"书无所谓道德的或不道德"之类的论调。① 这与中国文学倾向道德主义的传统明显冲突，更是辜负了时代对文学的重托。在这种情况下，中国作家不可能将唯美主义作为艺术的最高目的加以追求，更谈不上确立系统、成熟的唯美理论形态，换言之，唯美主义在中国并没有上升为文学理想和艺术追求的最高范畴，中国作家自然很难创作出超然于世俗人生、专注于形式之美的唯美主义作品。中国作家往往挣扎于时代和艺术之间，在忙碌紧张的战斗间隙才有机会抽身反顾埋藏在内心深处的唯美情结，而且一旦背负上唯美主义的名号，耳边就会响起批评之音，外在的非议使中国剧作家即便有意愿坚持唯美主义的创作，也没有信心将唯美主义进行到底。

在现代中国，典型的唯美主义作品并不多，也没有产生一个地道的唯美剧作家，更谈不上纯粹意义上的唯美剧创作流派，很多中国式的唯美剧作品是调和的产物。如徐志摩的《卞昆冈》原本可以成为"一部充满'热与力'的唯美主义生命悲剧"，然而"古典悲剧的传统"却在牵制着徐志摩的创作，他既无法调停传统的"道德正义"与"唯美快乐主义的生活态度"之间的矛盾，又不忍"割舍"掉其中任何一个，结果"把《卞昆冈》写成了一部四不像之作"。② 有些作家虽然迷恋王尔德的表现手法和艺术主张，但往往是袭其表而舍其里，结果创作出来的是一些与唯美主义异质的作品，只是将唯美主义理想以较为含蓄的方式融合在部分作品中而呈现出几抹唯美主义的色彩，隐约传送出唯美主义进入中国剧坛的点点信息。唯美剧作家多是披着唯美外衣的现实主义者，无论如何倾向于新浪漫主义，艺术血管里流淌的还是易卜生式的现实主义血液，作品真正表达的还是些社会问题剧中没有解决的问题。如田汉的《苏州夜话》的"戏眼"是表现老画师刘叔康期盼爱情而受挫的苦闷，是典型的唯美主义关于"爱"与"艺术"的主题，但随着亲生女儿的出现，剧情很快发生了反转，最后变

---

① 〔英〕王尔德：《〈道连·葛雷的画像〉自序》，载赵澧、徐京安主编《唯美主义》，中国人民大学出版社，1998，第179～180页。
② 解志熙：《"青春，美，恶魔，艺术……"——唯美—颓废主义影响下的中国现代戏剧》（上），《中国现代文学研究丛刊》1999年第3期。

成了一部痛说乱世家史的问题剧。为了强化剧本的社会意义，作者甚至让老画师提出"通过艺术改造中国"的思想，这种将艺术用于功利目的的主张显然相悖于王尔德的艺术至上主义。再如白薇的《访雯》，"美"是该剧的关键字眼，晴雯甚至说"宁愿不生，不愿不美"，宝玉甚至像莎乐美迷恋约翰的头一样，对晴雯美丽身体和性感嘴唇也充满难禁的欲望。晴雯对宝玉也无限依恋，但在宝玉索吻时，晴雯则以不愿做"你奢华的一点装饰品"为由加以拒绝。就是这样一部充满唯美色彩的戏剧也没有领会到王尔德《莎乐美》"为爱而死"的神韵，只是流于表面的模拟，晴雯的性格体现出来的还是易卜生戏剧人物娜拉的特点，作者表现的还是早已确定好的"民权解放、妇女解放"的主题。① 对于中国现代作家来说，现实主义不仅是一种艺术倾向，更是一种深入骨髓的艺术精神，唯美主义要想和中国文学发生共振，必须融入现实主义文学主流。

## 二 中国现代戏剧的唯美风

中国后发现代性的历史境遇和乱世现实限制唯美主义向深度和广度发展，唯美主义没有以一种卓然的姿态傲立于中国文坛，形成像现实主义、浪漫主义、现代主义那样支配文坛方向的文学潮流，也没有使中国出现一位像王尔德那样轰动中国剧坛的唯美剧作家。但作为一种世界性文学潮流的唯美主义还是在现代中国得到了深度回应，无论如何否认中国唯美主义戏剧的纯粹性，都不能否认唯美主义得到了大多数作家的认同，经过本土化的萃取和拒纳，中国剧作家将西方唯美主义的创作元素融入自己的作品中，创作出一批印迹或深或浅、持续时间或长或短的唯美主义剧作。张闻天、田汉、郭沫若、徐志摩、向培良、白薇、杨骚、王统照、袁昌英、苏雪林等剧作家在不同时期从不同方面在不同程度上接受了唯美主义思想的影响，他们有些作品无论在思想上还是在艺术上都浸染了唯美、感伤乃至颓废的"'世纪末'的果汁"。② 西方唯美主义的艺术光辉为中国本土化戏剧平添了一抹玫瑰色的光辉，唯美主义的人生理解和哲理体悟影响了中国

---

① 白薇：《我投到文学圈里的初衷》，载曾果伟编《白薇作品选》，湖南人民出版社，1985，第3页。
② 鲁迅：《〈小说二集〉导言》，载刘运峰编《1917～1927中国新文学大系导言集》，天津人民出版社，2009，第83页。

剧作家的审美视野和人生思考。他们模仿西方唯美剧的格调，借鉴异域唯美剧作家的艺术技巧，创作了诸如《名优之死》《古潭的声音》《死后之胜利》《暗嫩》《青春的梦》《塑像》《鸠那罗的眼睛》等染上唯美色彩的剧作。这些剧作犹如划过黑暗夜空的一道道耀眼的流星，为中国读者留下了关于唯美主义戏剧的深刻印象，也成为现代文学史上中国剧作家模仿借鉴西方唯美剧的典型作品。这些作品尽管存在这样那样的问题，但剧作家积极将西方唯美主义的元素融合在戏剧创作中，从而在情节设置、人物塑造、主题凝聚和唯美情调营造等方面沟通了与西方唯美剧的内在联系。

### (一) 故事新编的艺术手法

《莎乐美》这个剧本取材于《圣经》故事，但却与《圣经》上的记载不同，王尔德在保留"约翰之死"基本情节的基础上进行了大胆的扩充和修改，将一个关于传道者牺牲的故事改造成一部唯美主义的经典戏剧。王尔德对《圣经》故事的大胆改编激发了中国现代剧作家言说历史的激情，他们纷纷从历史故事、文学经典和民间传说中汲取创作题材，启动创作灵感，从而打开了一方全新的艺术天地，使得历史剧创作在20世纪20年代盛极一时。在《中国新文学史》"完成的戏剧"一章中，司马长风列举了有文学史意义的24部戏剧集，其中具有唯美色彩的历史剧就多达1/4。[①]《莎乐美》虽不是触发现代剧作家历史剧写作的直接原因，但其对《莎乐美》艺术手法的借鉴和模拟却是一个无法否定的事实，甚至可以断言《莎乐美》启发了不少剧作家的戏剧创作。郭沫若的历史剧《三个叛逆的女性》就模仿借鉴了王尔德的《莎乐美》，许多细节简直就是照搬《莎乐美》，如《卓文君》中，红箫刺死秦二后一系列动作和台词就和莎乐美手捧约翰头颅抒情有异曲同工之妙；《王昭君》中，汉元帝抱着被王昭君打过的毛延寿的头亲吻显然从莎乐美亲吻约翰的头中派生而来；《莎乐美》中开头有几个兵士的争论，在《聂嫈》一剧中也设计了甲乙丙三个卫士的议论。为了与唯美主义扯上联系，作者还用唯美主义的艺术手法让聂嫈、聂政之间的兄妹之爱打上乱伦的暧昧色彩，使聂嫈之死看起来更像是为情而死。王独清的历史剧创作显然受到郭沫若的影响，他和郭沫若一样借鉴

---

[①] 司马长风：《中国新文学史》（上卷），（香港）昭明出版社有限公司，1980，第226~227页。

唯美主义的艺术手法为古代的女性翻案。作为创造社的成员,他主张"唯美派的艺术"[①],用自己的"情热"把"生命的火力"吹进他所塑造的人物中去[②]。在《杨贵妃之死》一剧中,他摒弃传统的将杨贵妃视为红颜祸水的偏见,从唯美唯爱的观点去阐释人物,淡化杨贵妃与李隆基之间无爱的事实婚姻,凸显她与安禄山之间忠贞不渝的爱情,将一个被缢身亡的女子塑造成一个"为祖国死,为爱情死"的女性模范。[③]

如果说郭沫若、王独清等人的历史剧是为历史上的叛逆女性进行翻案的话,那么欧阳予倩的《潘金莲》、袁昌英的《孔雀东南飞》、白薇的《访雯》等剧则是对文学经典的改写。虽渊源不同,但思路相同,都是通过唯美主义赋予人物新的思想内涵。

在施耐庵的《水浒传》中,潘金莲是为了衬托武松大义灭亲又英武高洁的英雄品质而虚设的一个女性形象;在《金瓶梅》中,兰陵笑笑生主要叙述潘金莲的风流成性;在一代代文人才子的虚构下,"潘金莲"似乎成了"荡妇"的代名词。对这样一个富有争议的人物进行翻案确实不易,欧阳予倩在谈到《潘金莲》的创作时说,他编这出戏并不抱"什么主义",也"不是存心替潘金莲翻案",但这种自辩之词不能掩盖作品的真实指向,其实他对"个性很强"的潘金莲的遭遇是深表同情的,"对于她的犯罪,应加惋惜"。[④] 欧阳予倩本人年轻时也"以唯美主义自命",追求过不涉功利目的的唯美主义,甚至质疑"戏剧艺术除掉以美感人之外能够在何种具体目的之下生存"。[⑤] 即便到了20世纪30年代,他仍强调"艺术的本质就是美和力","若是忘记了这一点,就不成为艺术了"。[⑥] 他的好友田汉也指出"潘金莲的唱念"中含有一些"崇拜力与美的词句",作品的有些地方则表现了"被虐待狂的倾向",由此可见年轻时所受的艺术至上思想的影

---

① 王独清:《再谭诗——寄给木天、伯奇》,载杨匡汉、刘福春编《中国现代诗论》(上编),花城出版社,1985,第110页。
② 王独清:《貂蝉·序》,载王独清《貂蝉》,江南书店,1929。
③ 王独清:《杨贵妃之死》,创造社出版部,1927,第57页。
④ 欧阳予倩:《〈潘金莲〉自序》,载苏关鑫编《欧阳予倩研究资料》,知识产权出版社,2009,第118~119页。
⑤ 欧阳予倩:《自我演戏以来(1907—1928)》,中国戏剧出版社,1959,第75页。
⑥ 欧阳予倩:《怎样完成戏剧运动》,载《欧阳予倩全集》(第四卷),上海文艺出版社,1990,第101页。

响是"很难摆脱的"。① 深受唯美主义影响的欧阳予倩在《潘金莲》一剧中清除掉武松杀嫂的道德正义性，撕掉贴在潘金莲身上的"荡妇"标签，保留其在前文本中的聪明泼辣个性和追求幸福爱情的精神，以封建观念的反抗者和个性自由的追求者形象来重新塑造潘金莲，让重构后的潘金莲成为一个和莎乐美一样美丽而又似乎有点邪恶的艺术形象。

和欧阳予倩的《潘金莲》一样，袁昌英的《孔雀东南飞》也是对文学经典的成功再创造。袁昌英留学英法期间专攻戏剧，不仅对西方的唯美主义非常熟悉，而且对西方唯美主义思潮的来源及师承关系有精准的把握。她认为佩特是正宗的唯美主义者，"在内容方面是完全富于精神的欣赏"，王尔德吸收了"不少培特的学说"，却"误解了培特的原意"，"将这种学说从高尚的精神境界拖移到物质的，肉感的，下流的享乐的地步"。基于此，袁昌英指责《莎乐美》的内容"污秽不堪入目"，但认为以戏剧艺术而论，《莎乐美》实在是"一篇美丽无比的作品"。② 她的《孔雀东南飞》就是借助西方唯美剧的艺术手法而创作的一个典型文本，剧作一问世就被敏感的研究者称为"深山的足音"，在技巧方面"似乎是受着不少王尔德的影响"。③ 应该说，浩文的这种发现是有一定依据的，在文本构思上《孔雀东南飞》至少在两个地方借鉴了《莎乐美》的创作手法。一是相同的题材处理方法。王尔德根据唯美主义的美学原则改编《圣经》故事，袁昌英则剥去传统文本贴在焦母脸上的"恶婆婆"魔鬼面具，运用西方现代派戏剧的最新成果重写了一个流传千年的历史题材，塑造了一个与众不同的母亲形象。二是共同的戏剧主题。在《莎乐美》中，莎乐美爱约翰，约翰爱上帝，热烈的爱情得不到回应，从而上演了一出以生命为代价的极端之爱。在《孔雀东南飞》中，焦母爱仲卿，仲卿爱兰芝，焦母因妒生恨，最终遣退兰芝，导致仲卿殉情，焦母发疯，爱的理想也被残酷的现实击得粉碎。

如果说以上剧作主要是模拟借鉴王尔德唯美剧的艺术手法的话，那么

---

① 田汉：《他为中国戏剧运动奋斗了一生》，载苏关鑫编《欧阳予倩研究资料》，知识产权出版社，2009，第105页。
② 袁昌英：《关于〈莎乐美〉》，载《袁昌英作品选》，湖南人民出版社，1985，第273~276页。
③ 浩文：《孔雀东南飞及其他》，载柯灵主编，倪平编选《豁蒙楼暮色——〈新月〉萃编》，上海古籍出版社，2000，第201页。

向培良的《暗嫩》和苏雪林的《鸠那罗的眼睛》则是直接袭用王尔德的手法，从宗教经典中摄取创作素材，创作出中国版的《莎乐美》。

《暗嫩》大概是中国现代唯美剧中唯一一部取材于《圣经》的作品，向培良将《圣经》"旧约"中《撒母耳记下》第13章——"暗嫩设计强暴他玛"的故事改编成一部出色的独幕剧。该剧主要借鉴王尔德《莎乐美》的取材趣味、艺术技巧和唯美-颓废主题，创作了一部韵味十足的唯美剧。作为《莎乐美》的模仿之作，《暗嫩》和《莎乐美》一样从《圣经》中寻找题材，不过向培良没有像王尔德那样离经叛道地进行断章取义。在语言风格上，该剧流连于王尔德唯美剧的华丽语言和形象比喻，让暗嫩用大段莎乐美式的独白来倾诉对他玛的迷恋。在戏剧主题上，《暗嫩》继承了《莎乐美》中爱欲冲突的不道德主题，对暗嫩和他玛间的兄妹之恋进行了唯美化处理，不过没有把握住《莎乐美》的唯美主义原意。暗嫩对他玛的爱虽也是一种唯美主义的追求完美，却更多地停留在对他玛身体的感官欲望上，失去了《莎乐美》乐而不淫的美感。暗嫩对他玛的占有更像是一次对女性躯体的探秘，对暗嫩来说，他玛富有青春朝气的身体美是神秘的，知道了"一切的秘密"后，美就失去了神秘和奇异，暗嫩最后狠心地赶走了他玛，这样的处理显然难以带来强大的审美冲击。

如果说向培良的《暗嫩》是对《莎乐美》的一次拙劣模仿，那么苏雪林的《鸠那罗的眼睛》则是自铸新词的成功创作，在艺术水平上几乎可与《莎乐美》媲美。与《莎乐美》对《圣经》故事的新解不同，《鸠那罗的眼睛》之灵感来源于唐朝佛典《法苑珠林》中"阿育王夫人恋爱鸠那罗王子的一段悲剧"。[①] 苏雪林本人否认"模仿王剧"[②]，但她虽以东方式的悲剧故事取代《莎乐美》的基督教题材，却并不能掩盖《鸠那罗的眼睛》中的唯美主义倾向。《鸠那罗的眼睛》与《莎乐美》的故事脉络和人物谱系有惊人的相似之处，鸠那罗对应约翰，莎乐美对应净容王后，而首相耶奢则比较像叙利亚少年，都是在两个男人和一个女人之间上演的一出典型的三角恋式的悲剧故事。苏雪林的高明之处在于进行技术创新，使之更符合东方人的审美习惯，由此造成与《莎乐美》的不同。在《莎乐美》中，叙

---

[①] 苏雪林：《我怎样写〈鸠那罗的眼睛〉》，《大公报·文艺副刊》1936年5月6日。
[②] 苏雪林：《中国二三十年代作家》，（台北）纯文学出版社有限公司，1983，第517页。

利亚少年为莎乐美而死,约翰为上帝而死,莎乐美为约翰而死,他们都为了追求心中的爱而主动选择死亡,这种带有悲壮色彩的死亡比较符合西方悲剧的审美观。从中国人的审美心理来看,《鸠那罗的眼睛》的情节安排和人物关系处理则比较符合东方人的情理逻辑,净容王后爱上鸠那罗并不突兀,老夫少妻的搭配本就容易发生婚姻出轨,净容王后不安分的叛逆性格也决定了她一旦爱上鸠那罗就可能会奋不顾身。由此来看,苏雪林的改造只是为了让净容王后爱上鸠那罗比莎乐美爱上约翰更为可信,将人物的偏执特性纳入合情合理的性格轨道。而唯美主义者的耽美诉求决定了人物的非理性的偏执,王尔德意在用一个"美而不真实"的爱情故事来谋杀规则。西方的经典文学作品都喜欢践踏规则,如查泰莱夫人爱上园丁、凯瑟琳爱上希斯克利夫,王尔德让莎乐美爱上约翰并不出格,与其对纯粹美的极致向往是相一致的。在王尔德看来,艺术的世界与生活是不同的,"我就会对一个从未得罪过我的人充满仇恨,或者对一个无缘相见的人激起爱情。没有任何一种情感是艺术所不能提供的"。[①]

(二) 唯美主义的戏剧主题

爱与美具有一体两面的亲缘关系,美从爱而来,爱因美而生。在唯美主义者眼里,爱与美至关重要,爱离不开美,"爱就是美,美也就是爱,美的乐园就是爱的天国"。[②] 爱的最高境界即是唯美的境界,对美的追求和对爱的渴望构成了唯美主义的永恒主题。莎乐美爱上了约翰的美色,为了得到约翰的头进行了不屈不挠的追求,而先知约翰是宗教的象征,连希律王都对之无可奈何。这种不受任何规则约束的唯我之爱本身就是一种叛逆,是无法得到任何回应的一厢情愿,但这种来自感性吸引的青春之爱如此狂热,以至于任何力量都无法控制。强烈的爱欲遇到理性约翰的强硬拒绝后,莎乐美宁可玉石俱焚也要偿一吻约翰的欲望,这样的莎乐美虽然有些野性和变态,但王尔德显然是将莎乐美作为爱与美的象征来塑造的,莎乐美高声吟唱的"爱与死"的赞歌更是成为时代精神的缩影。对于中国现

---

[①] 〔英〕王尔德:《作为艺术家的批评家(节译)》,载赵澧、徐京安主编《唯美主义》,中国人民大学出版社,1998,第166页。

[②] 张闻天:《王尔德介绍——为介绍〈狱中记〉而作》,载程中原编《张闻天早年文学作品选》,人民文学出版社,1983,第293页。

代剧作家来说，莎乐美也许不仅是个充满个性魅力的女性形象，而且成为现代剧作家用来宣泄时代情绪和内心苦闷的精神符号，他们一次次从异国文化体系中汲取灵感，将之形象化，复制出一个个具有现代意识的东方"莎乐美"。《莎乐美》在"五四"时期广受瞩目，王尔德关于"爱与美"这一主题的独特处理对中国剧作家有一种精神感召作用和形式示范效应。他们对唯美之爱情有独钟，纷纷从《莎乐美》中汲取精神养料，痴迷于莎乐美为爱而死的精神，在唯美的外衣下编织凄绝华美的爱情故事，创造了一系列具有莎乐美个性和精神气质的人物形象，在田汉、郭沫若、欧阳予倩、王独清、向培良、白薇等剧作家的作品中都飘荡着莎乐美的影子。

热衷于唯美主义的田汉创作了大量为纯洁爱情而献身的唯美爱情剧，以自己和易漱渝的甜蜜爱情为基础的《梵峨璘与蔷薇》就是这种剧作的典型。蔷薇代表着秦信芳、柳翠二人纯洁的爱情，美丽的大鼓艺人柳翠则是一朵"火中舞蹈的蔷薇"，她像莎乐美一样愿意为爱而死。她牺牲自己的爱情来成全心爱的人的艺术理想，为给穷琴师秦信芳筹一笔款子而甘愿嫁给实业家李简斋，导致秦信芳差点殉情自杀，李简斋为秦、柳二人的爱情所打动，赠以重金，成全了两人的爱情。田汉留日归国后的第一个剧本《获虎之夜》表现的是理想与现实的冲突导致的一场殉情事件，如果说黄大傻是痴情的化身，那么莲姑就是一个为爱殉情的莎乐美，将自己的生命供奉于爱情的祭坛。莲姑爱上了一无所有的黄大傻，受到了来自家庭的强大压力，魏福生想让女儿嫁入大户人家而对他们进行粗暴干涉。外力扯不断坚如磐石的爱情，黄大傻对莲姑痴心不改，每晚都到后山上观望莲姑窗上的灯光，即使"身上给雨点打得透湿也不觉得"，对于能见到莲姑而挨枪一点儿也不后悔。黄大傻对莲姑的爱得到了莲姑的"死，活，我都不离开你"的热烈回应，奏出了一曲超越物欲、泯灭生死的爱情悲歌。《湖上的悲剧》将西方的唯美与东方的浪漫进行了成功融合，创作出一出类似《牡丹亭》的离奇爱情故事。白薇与杨梦梅真心相爱，但有情人难成眷属，白薇为反抗父亲的干涉而投湖自杀，后被渔夫所救而隐居在湖畔庄园。杨梦梅以为白薇已死，顺母意而成亲，却将对恋人的缕缕相思写成杜鹃啼血的爱情小说。一日，四海为家的杨梦梅在西子湖畔的一座破败公馆里投宿，隐居在此处的白薇碰巧翻阅到书案上的手稿，为杨梦梅对自己的真情所打动。时光无法倒转，恋人已有家室之累，自己的爱情幻想已经彻底破灭，她感到生不如死，也不想因为自己的假死使杨梦梅"把严肃的人生看成闹剧"，于是决定让那份圣洁美丽的爱情永驻在艺术的世界里，以自杀来支持恋人完成那部记录他们爱情的悲剧小说。

像田汉一样，郭沫若也是唯美爱情剧创作的主将，他的《卓文君》就借"古人的骸骨"来阐发20世纪的新思想，卓文君那种为了爱情而全然不顾封建道德的叛逆就与唯美主义的思想非常接近。卓文君夜奔的故事往往被传统文人当成风流韵事，以游戏态度视之，郭沫若为之进行了严正的辩护，将卓文君塑造成一个为追求婚姻幸福而反抗封建礼教的烈性女子。按照封建礼教，丧夫的卓文君应该从一而终，守寡而死，改嫁就是大逆不道。司马相如的琴声激活了卓文君枯寂的心灵，为了追求心中的爱情，她反抗父权，追求人格独立，面对父亲的阻挠和怒斥，指出父亲也没有夺儿女生命的权利。她冲撞封建礼教，指出"男人们制下的旧礼教"无法限制"觉悟了的女子"，窥破礼教真相的卓文君毅然抛弃贵族身份，像娜拉一样和司马相如私奔。欧阳予倩在《潘金莲》中一举解构了潘金莲谋杀亲夫的淫妇形象，将其改写为一位敢于正视内心需求、崇尚力和美的莎乐美式的现代女性。她勇于正视自己的内心需要，真心喜欢一表人才、具有英雄气质的武松，一旦爱上就义无反顾，受到武松的严词怒斥仍初心不改，即使面对所爱之人的钢刀也毫不妥协，甘心死在"心爱的人手里"，为此发出了掷地有声的爱情誓言，"你杀我，我还是爱你"。王独清的《杨贵妃之死》将杨贵妃由唐玄宗的玩物改写成一个为爱献身的自主女性。他从唯美的观点出发，将安禄山塑造成一个具有雄伟身材、强健气魄、异族风度、英武雄姿，让人一见就"感着愉快，感着渴慕"的盖世英雄。他从唯爱的观点出发，向世人倾诉杨贵妃对于安禄山的忠贞爱情，在她心中，安禄山就是她的"光明"和"生命的生命"。杨贵妃毕竟不是一个寻常女子，而是一个能改变历史命运的关键人物，当她看到自己热爱的长安城因爱人安禄山而毁灭时，陷入"爱情"与"祖国"的冲突中，决心为情而死。在唐玄宗面对官兵所迫而无计可施时，她主动要求为国牺牲，让在场的所有人肃然起敬。经过王独清唯美又浪漫改造的杨贵妃成了一个为国而死为情而亡的光辉形象。

卓文君之爱司马相如、潘金莲之爱武松、杨贵妃之爱安禄山、貂蝉之爱吕布……中国现代剧作家书写了一段段唯美爱情的历史传奇。也有一些剧作家在现实生活中构建惊心动魄的爱情故事。胡也频在《狂人》中就塑造了一个具有莎乐美个性的新女性曼丽,她大胆追求个人幸福,疯狂地爱上了音乐家丹莱,但丹莱却无视她的这种纯真的爱,钟情于曼丽的妹妹梨娜。在索吻受拒后,曼丽因妒生恨,在痛苦绝望中挥起利刃杀死丹莱以获得心灵的满足。这种唯我之爱丝毫不顾对方的态度,不管对方愿意与否,只要是"我爱的人",我就要"占有他",即便不能占有他,也要"杀死他""和他同死"。狂热的爱情伴随着残忍的暴力之美让人惊悚而又恐惧,主人公的表现也许是病态的、变态的、专断的,甚至不具备道义上的正当性,但在唯美主义者眼里,爱似乎不关乎道德,任性就是个性,对爱情的蛮横坚持是生命力旺盛的表现,也是对极致之美的积极兑现,正是因为对爱情的认真和在乎,才以蛮横无理的态度来追求自己中意的目标。在徐志摩的《卞昆冈》中,卞昆冈对已逝妻子相思成疾,以至于不愿也不能投入另一段爱情中去,而是睹物思人,看到儿子阿明那双酷肖其母的眼睛,就情不自禁地想起妻子青娥,后在母亲的屡次劝说下才勉强娶了富有生命热情的李七妹,但婚后的卞昆冈始终无法从回忆中走出来,李七妹因无法容忍这种心有旁骛的无爱婚姻而进行了疯狂的报复。

爱与艺术具有一致性,二者都是美的具体体现和实现方式,爱具有现实性,艺术具有超脱性,是对现实之爱的弥补和升华,都为人生服务,用人生至爱和艺术至境来臻于人生完善。一个人之所以深爱"有生一切",是因为"在有生中发现了美"①,与美紧密联系并与爱相互补充的艺术追求自然成了唯美剧的另一主题。中国现代唯美剧作家一方面掀起一场场唯美爱情的风暴,另一方面又用艺术来拯救人生、美化人生,他们在浓缩"艺术即生命"旨意的剧作中奉献了一系列身处贫贱却矢志艺术,甚至为艺术献出生命的艺术家形象。这一戏剧主题的出现与意大利唯美剧作家邓南遮密切相关,邓南遮操刀创作的《琪娥康陶》在 20 世纪 20 年代和《莎乐美》一样风靡中国剧坛。《琪娥康陶》是一部艺术与生命水乳交融的典范之作,雕刻家吕西荷与妻子西尔薇和女模特琪娥康陶陷入一场微妙的三角恋爱中。妻子西尔薇是个善良圣洁的女人,无微不至地照顾他的日常生活,代表现实人生中美好的东西,但她却是情场的失败者,因为圣洁的灵

---

① 沈从文:《沈从文读书与做人》,国际文化出版公司,2014,第151页。

魂不是艺术，她也无法理解丈夫所从事的艺术创作的价值。魅力无穷的女模特琪珴康陶是艺术的化身，不断地点燃吕西荷艺术生命的火花，赋予他美的灵感。琪珴康陶同时也是艺术的守护神，非常珍惜艺术家的心血，在吕西荷养伤期间，她每天不断地用水滋润雕像，精心保存吕西荷尚未完工的比生命还重要的斯芬克斯塑像。对于酷爱雕塑的吕西荷来说，他的艺术生命中可以没有西尔薇但绝对不能没有琪珴康陶，现实中再美好的东西在永恒的艺术美面前都是黯淡无光的，他对妻子有敬但无爱，琪珴康陶才是他"生命中的生命"，唯美艺术与平庸生活两难最终导致了一场悲剧性的灾难。《琪珴康陶》形象地阐释了邓南遮的唯美主义思想，艺术家是超人，为了探究艺术的圣境可以不顾常情伦理的束缚和世俗道德的捆绑，艺术就是生命，艺术死亡了，生命也就失去了意义。邓南遮对艺术与美的天才描绘被中国剧作家所广泛借鉴，他们不仅将艺术作为人生的寄托，而且通过塑造一些以艺术为事业的艺术家来传达自己的艺术理想。

主张"为艺术而艺术"的田汉的一系列剧作中充满了对艺术和艺术家的唯美歌颂，《名优之死》可谓这类主题的典范之作。该剧取材于晚清名伶刘鸿声的真实遭遇，作品中的刘振声是一个为真艺术献身的艺术家，他视艺术如生命，即便穷困潦倒也丝毫没有动摇对艺术的执着。唯美的艺术理想难敌冷酷的社会现实，社会恶势力杨大爷践踏艺术，弟子刘凤仙为虚荣背叛师门，刘振声气得坏了嗓子，结果上台演出又被观众喝倒彩，最后因艺术受挫而吐血身亡，用生命捍卫了艺术的尊严，实践了艺术家可以"生得丑"但不能"死得不美"的艺术主张。《苏州夜话》中的刘叔康也是一位像刘振声一样将艺术看得高于一切的画家，长期沉湎在艺术的世界里潜心作画，后因家庭离散而参加革命，失望而返后求诸艺术之复兴。在《梵峨璘与蔷薇》中，柳翠为成就恋人的艺术事业，不惜牺牲自己的爱情；在《湖上的悲剧》中，白薇为使艺术永存，不惜第二次跳湖自杀；在《古潭的声音》中，诗人为体验艺术的美妙，追寻着美人的足迹跃入玄妙的古潭。诸如此类的唯美趣味十足的剧作皆充满理想与现实、精神与物质、灵与肉、艺术与人生的矛盾，田汉利用这些外在冲突为艺术家在动荡时代的不幸遭遇鸣不平，但无一例外，再严重的外在冲突都遮挡不住艺术的光芒，对于忠于艺术的人来说，任何外力都不能阻挡他们满蓄的艺术激情，反而更能唤起他们为实践艺术理想而不惜以生命相搏的抗争精神。

如果说田汉的剧作中对艺术美的追求与《琪珴康陶》中视雕刻如生命的主题神似的话，那么一些以雕刻或神像为主题的戏剧则几乎是照搬邓南遮的《琪珴康陶》，简直就是《琪珴康陶》的戏剧主题在中国剧坛的变形表现。余上沅的《塑像》中的女主人公素华是一位全力支持丈夫秋帆艺术事业的痴情女子。两人因未婚先孕而躲进深山，为免丈夫创作素材单调，素华决定投湖自杀让丈夫能够回归社会，但秋帆认为只有艺术与爱情都完整才有创造力，素华自杀后，他放弃了艺术雕塑而转向佛像雕塑，每次完成后又将其打碎。实际上，投湖后素华为欧善人所救并改名季青，十年后，季青被迫出家，欧善人请来老朋友秋帆为她在白云庵塑一尊观音像，秋帆未曾想到在欧家见到自己日思夜想的爱人，他听从季青的劝说，用三天的时间塑成一座既像季青又酷肖素华的塑像，但又被他摔坏。季青为让丈夫的艺术成就获得社会的认可，决定再次牺牲自己，于是假扮观音像，后被白云庵主持了智发现，她煽动信男信女将季青扔到海里。季青是一位像琪珴康陶一样为艺术献身的女子，是雕刻家的灵感源泉，素华投湖后，秋帆就失去了创作的灵感，她的再次出现，又让秋帆的灵感再现。她也是艺术的呵护者，两次死亡都是为了丈夫的艺术事业，都是为艺术而献身。类似的悲剧同样出现在袁牧之的《生离死别》中，不过自杀者变成了雕刻家，塑像变成石像。雕刻家紫东的女友琇琳投江而死，他将对女友的思念倾注在石像中，石像成了自己最完美的爱人，可石像的原型真的出现在面前时，他却砸碎石像，开枪自杀。紫东是一个为了艺术而放弃生活的极端唯美主义者，完全陶醉在艺术的世界而不可自拔，更无法接受现实对艺术的任何破坏。王统照的《死后之胜利》连名字都是沿用邓南遮的小说，男主人公是个穷困潦倒却专心营造艺术之美的青年画家，呕心沥血完成一幅让人惊艳的唯美主义画作《死后之胜利》，女主人公则是个艺术献身者，用自己的惊世一吻为艺术家的肉体死亡再添唯美的色彩。

（三）唯美主义的艺术情调

西方唯美主义戏剧的动人之处不仅在于唯爱唯艺术的戏剧主题，而且在于华美绮丽的艺术形式。中国剧作家倾倒于王尔德、邓南遮等西方唯美剧大师妙语华章的艺术魅力，先后踏上实验唯美艺术的文学之旅，他们主动将从西方唯美主义那里汲取到的艺术营养注射到自己的艺术创作中，模仿西方唯美剧的艺术格调，创作出一批富有审美价值和唯美风格的中国现代戏剧。

一是神秘的意境。从本质上说，唯美主义是"世纪末"情绪的产物，唯美主义者由于普遍不满社会而造出唯美主义，梦想在艺术的象牙塔中逃避现实。他们的作品表现的虽是对纯粹美的追求，但由于美并不是能够轻易获得的，往往交织着理想与现实的冲突，他们往往将美虚幻化以掩饰内心的失败和颓废。在艺术追求上，他们厌倦"人和物所明显表现的一切"，用文学的非现实性来反对生活的现实性，努力寻求"艺术中的神秘、生活中的神秘、自然中的神秘"①，神秘美是唯美主义理论主张的有机组成部分，神秘化是唯美主义艺术的一个重要特征。王尔德的《莎乐美》全剧都笼罩着一种虚实交错、亦真亦幻的迷离之感，人物命运飘忽不定、人物性格变幻莫测，一切物象都充满暗示、象征的意味。如死神拍翅膀的声音、莎乐美在血泊中舞蹈的情节以及约翰诡秘的预言等似乎都在暗示将会发生一些让人恐惧的事件。其中最神秘的莫过于月亮意象，在侍者的眼里，它像个从坟墓里走出来的死女人；在莎乐美眼里，它像个冷静而又纯洁的处女；而在希律王眼里，它则像个裸体的找情郎的狂女。人物的内在心理活动的不同让同一轮月亮在不同人的眼里呈现出不同的颜色，但月亮的变化却明显暗示了人物的潜意识活动，这轮月亮既让人浮想联翩又让人深感困惑。王尔德充分释放月亮意象神秘、超凡而又兼容各种情绪的象征功能来暗示人物的内心变化，推动戏剧情节的发展，也让全剧笼罩在神秘的氛围中。西方唯美主义戏剧对意境和氛围的刻意营造启发了中国剧作家的艺术探索，田汉的早期剧作《梵峨璘与蔷薇》《古潭的声音》《湖上的悲剧》等都体现出对"看不到的灵的世界"的探知，从而"多少流露出神秘主义的倾向"。②《梵峨璘与蔷薇》是一部具有浓厚象征意味的传奇故事，《湖上的悲剧》中的人物死而复生带有神秘性，而深得唯美主义神秘美精髓的无疑是《古潭的声音》。在《古潭的声音》中，作者营造了一个神秘悠远的意境，如同莎乐美被感官肉欲之美所诱惑一样，"古潭的声音"对美瑛、

---

① 〔英〕王尔德：《自深深处》，叶蔚芳译，陕西师范大学出版总社，2016，第146页。
② 田本相：《试论西方现代派戏剧对中国现代话剧发展之影响》，载马良春等编《中国现代文学思潮流派讨论集》，人民文学出版社，1984，第399页。

诗人来说也是个永远的诱惑。被诗人从"尘世诱惑"中解救出来的舞女美瑛终日与古潭相伴,沉迷于古潭的诱惑力和神秘感,将之视为漂泊者的"坟墓"和"母胎"。那"飘着灵的月光与树叶的古潭"让美瑛产生了投身其中的幻觉,为了听到吻着古潭时发出的声音,她纵身跃入神秘的古潭,痛苦万分的诗人听闻爱人死亡的消息后也以死来捣碎古潭的神秘。田汉在这部精心打造的唯美剧作中建造了一个比现实更真实、更具象征意味的世界,主人公为了体验身体撞击古潭发出的那种"具足了人生之真谛与美底福音"的"悠然之声"而牺牲生命。这种美无涉道德和社会人生,却充分体现了男女主人公对于神秘美和空灵美的追求,其在"跃入水中的一刹那"穿越了生与死的界限,体验到化瞬间为永恒的美感,"悟入文艺与人生的真谛"。[1]

在《莎乐美》中,王尔德通过塑造隐形的死神来渲染神秘氛围,中国现代剧作家也创作了大量以死亡为主题的唯美剧,通过对死亡和神秘氛围的渲染来表现人物内心的焦虑和恐惧。陶晶孙的《黑衣人》剧情扑朔迷离,对死亡进行了唯美化的歌颂,含有对"神秘的美丽的向往的心情"。[2] 全剧始终笼罩在死亡的阴影中,黑衣人的黑衣让人产生寿衣的联想,他居住的幽黑的孤零零的小屋让人觉得就是存放棺材的所在,死神是除了兄弟二人之外的第三个关键主人公,两人的谈话是围绕死亡展开的,在谈话的过程中也不时听到死神的脚步,全剧最终以哥哥打死弟弟后自尽结束。《尼庵》再次演绎一个手足相残的悲剧,兄妹彼此喜欢,但妹妹对哥哥的爱仅停留在灵的层面,排除了性的因素,哥哥的强行接吻让妹妹感到恐惧,为了永远保存这份纯美的恋情,妹妹只有去追随那华美的女神。在陶晶孙的剧作中,美与丑恶的社会现实构成了严重的对立,当主人公的信仰受到威胁时,往往将死亡作为最终的解脱方式。陈楚淮的剧作致力于表现人对死亡的神秘感应,他的《骷髅的迷恋者》和《桐子落》浸淫着凄厉阴森的神秘氛围和死亡气息,两个剧本虽不是纯粹的"为艺术而艺术的唯美之作",但其创作倾向接受了颓废主义文学思潮的影响却是"毋庸置疑

---

[1] 田汉:《〈田汉戏曲集〉第五集自序》,载周靖波主编《中国现代戏剧序跋集》(上卷),北京广播学院出版社,2002,第48~49页。
[2] 培良:《中国戏剧概评》,上海泰东图书局,1929,第89页。

的"。《骷髅的迷恋者》是"一个非常典型的象征剧",作者以荒诞象征的手法写一个老诗人伴着骷髅生活了几十年,在濒临死亡时想等一个美丽的女郎来度过凄冷的夜晚,享受一下人间的乐趣。然而女人爽约,他等来了手持黑纱的死神,死神告诉他必须在十二点钟死去,这时碰巧从远方传来一阵歌声,因此他哀求死神让他在临死前听听流浪歌女的歌声。死神对之迷惑不解,于是开导他要坦然面对死亡,死只是把人从一个世界渡到另外一个"更和平更幽静的世界",死是"温柔的",也是实现人生之美的唯一途径。剧本通过诗人与死神的对话来营造神秘的氛围,具有浓重的象征色彩,作者将灵肉冲突外化为"骷髅"和"女人"之间的选择,《骷髅的迷恋者》构成了诗人"企图超越物欲世界向灵性世界转型"过程中内心冲突的象征性外化。[①] 另一部剧作《桐子落》讲述的是久卧病床的母亲在寒冷冬夜里焦急等待出门抓药儿子回来的悲剧故事。母亲在弥留之际精神恍惚,一会儿觉得死去的女儿在向自己讨棉衣,一会儿听到儿子回家的脚步声。作者以彩云仙女的故事淡化了悲剧成分使该剧具有浓郁的写意味道,将桐子在雨中落地的声音和油尽灯枯的母亲的叹息声,屋内人的焦急恐惧心情与屋外的风声、雨声、神秘灯火结合起来,营造出一种鬼影人影难分的阴森恐怖氛围,传达出一种侵入骨髓的悲凉感。

与西方唯美剧重视构造神秘的意境相似,中国的剧作家也喜欢采用多种方式来构造神秘的氛围,运用梦境和幻觉将人的主观感觉外部化、视觉化是比较常用的一种手段。向培良的戏剧重视表现人的幻觉,按照精神分析的理论,《暗嫩》展示的就是一个男性青春期狂热的性幻想。暗嫩被他玛的女性躯体"不休憩地引诱",想知道"到底女人是什么东西",如不能洞悉这个"极大的秘密",就无法熄灭自己的欲望之火。在力比多的驱使下,他的行动完全失去了理性的控制,在一种迷狂的状态中占有了他玛并将她赶走。他对他玛的始乱终弃与其说是他窥破了美的秘密,还不如说那个迷失的理性又开始发挥了作用,他的颓然倒地说明他已经意识到自己的罪恶,也要承担幻象破灭后的所有悲哀。向培良的另外一部剧作《生的留恋与死的诱惑》写的是人对生命和自身的困惑让人仿佛置身于梦幻般的境地。病人在死亡大限来临时痛苦万分,崇拜他的看护妇同情他的处境并向

---

① 秉钺、秉章、秉鑫资料整理《陈楚淮文集》,浙江大学出版社,2008,第376~378页。

他表示了爱意，但对病人来说，女看护的爱慕非但不能勾起他对往日荣光的回忆，反而加剧了他对空虚生命的厌倦。在病人的眼里一切都是黯淡无光的，他整日抱怨天气不晴朗，两个人的对话也充满了神秘的色彩，好像是一个人在精神恍惚时展开的一场关于生与死的对话。田汉的《灵光》、白薇的《琳丽》、杨骚的《心曲》、袁牧之的《叛徒》等则是借梦境来制造神秘，表现主体心理历程的突出例子。《灵光》是通过梦境来发泄自己对人世的不满之情，表达了用艺术来救国救民的思想。基督徒顾梅俪误以为恋人移情别恋，在心情郁闷的状态下读歌德的《浮士德》而入梦，她在恶魔 Mephistopheles 带领下游历了灾民流离失散、充满卖儿鬻女惨状的"凄凉之境"和富人聚居、到处都是欢歌笑语的"欢乐之都"后，最终明白了恋人选择的苦心，两人消除误会，冰释前嫌。在《心曲》中，旅人在"黑森森幽亮亮的森林"里迷失了方向，林中绿精灵森姬听到旅人幽怨而可爱的呼唤，误以为他就是流星的化身，于是温柔痴情的森姬大胆地向他表白爱意。但旅人心有旁骛，总是牵挂着那个"大眼睛明像黑玛瑙"的美丽女子，备受伤害的森姬唤不回他的爱心，在黎明前黯然离去，旅人追逐着细妹子婉转动人的歌声离开了森林。该剧想象大胆，自始至终飘荡着一股清冷的雾气，"作得鬼都难懂"。[①]《琳丽》的戏剧情境主要是由一个个浪漫诡奇的梦境构成的，不仅人物具有隐喻性，而且出现了像美神、花神、时神、死神、黑猩猩等非现实的形象，全剧笼罩着象征主义所特有的扑朔迷离的气氛。第一幕是实景铺排，另外两幕则以梦境的方式展现主人公在爱情破灭后的心理变化。第二幕的准梦境"古寺之前"写得是琳丽在半清醒的梦境中幻想爱情的实现，却看到一切美好的东西全被摧毁的末日景象，第三幕的真梦境"澄空下之旷野"是对第二幕幻境的具体延伸，梦醒之后的琳丽佩戴蔷薇花溺水而亡。

二是忧伤的氛围。19世纪后期整个资本主义社会陷入一种令人窒息的沉闷状态，一些作家对于资本主义社会的功利主义哲学和文艺商品化的现实感到忧心忡忡。作为西方颓废主义文学浪潮中最有影响的一支的唯美主义，以"为艺术而艺术"的号召来矫正时风，反抗社会，守护精神家园。唯美主义者认为世界是荒诞的，人世是龌龊的，人性是丑恶的，美是"不

---

[①] 白薇、杨骚：《昨夜》，河北教育出版社，1994，第74页。

幸的","'欢娱'是'美'的装饰品中最庸俗的一种",因此拒绝表面的欢娱,将"'美'的灿烂出色的伴侣"——"忧郁"作为表现的对象。①他们喜欢从颓废的情绪、怪异的题材和病态的情感中提取美的对象,"将悲哀当作唯一的真理",用象征、暗示的手法来陈述时代的悲哀,"宣扬悲观颓废的思想情绪"。②悲观颓废是源于对社会、他人以及自身的不满而生的一种精神的外现,唯美理想与平庸现实之间的矛盾纠扯让唯美主义作家的作品染上一种忧郁而感伤的氛围。在《莎乐美》中,莎乐美不顾一切地追求美,得偿所愿地吻到了脱离约翰躯体的头颅,获得了一种残缺的美。作为美的化身的莎乐美同时也是一个"致命的女性",叙利亚少年爱慕莎乐美,却无法忍受莎乐美对约翰的狂热感情,眼见心爱的人爱别人,以自杀结束了自己的生命。希律王垂涎莎乐美的美色,因自己得不到美而嫉妒地将其杀掉。剧中人物在欲望的驱使下不断上演自杀和被杀的悲剧。唯美的爱情虽让人沉醉,但唯我的专横爱情却让一个可爱公主变成了充满戾气的女巫,"美的毁灭"结局让人感到涩涩的酸楚,也使全剧通贯着残忍而又无奈的感伤氛围。在《琪珴康陶》中,吕西荷对于妻子西尔薇怀着深深的内疚之情,但又离不开启发他艺术灵感的模特琪珴康陶;西尔薇想阻止丈夫的精神出轨,但在揭开真相后却又陷入深深的自责;琪珴康陶是艺术的化身,但也面临不被世人理解的悲哀。每个人都踏在艺术与现实的两难中却找不到更好的解决办法,都在寻求问题的合理解决,却发现解决问题比维持现状更糟糕,于是又陷入更大的恐惧和沉重的悲哀之中。

  唯美主义在中国勃兴之际恰逢"五四"退潮之时,激奋张扬的"五四"时代渐行渐远,国内分裂的政治局面依旧,期待中的理想社会依然遥不可及,中国社会进入了一个空前的感伤年代,整个文坛都飘荡着一种"苦闷彷徨的空气"。③鲁迅由时代的"呐喊"转入无声的"彷徨",郭沫若由对"女神"的热情呼唤转向对寂寥"星空"的深沉凝望,"'五四'

---

① 〔法〕波德莱尔:《随笔·美的定义》,载伍蠡甫等编《西方文论选》(下卷),上海译文出版社,1988,第215页。
② 徐京安:《唯美主义·序》,载赵沨、徐京安主编《唯美主义》,中国人民大学出版社,1998,第6~7页。
③ 茅盾:《〈小说一集〉导言》,载刘运峰编《1917~1927中国新文学大系导言集》,天津人民出版社,2009,第61页。

后之中国青年，他们的烦恼悲哀真象火一样烧着，潮一样涌着……他们的心里只塞满了叫不出的苦，喊不尽的哀"。① 苦闷、寂寞、迷惘、失望成为一种普遍的社会心理，描写苦闷彷徨是整个文坛的主导创作倾向，忧郁颓废成了这一时期文学的精神标记。在这种情境下，作家很容易接受西方世纪末的唯美颓废派文学思潮，进而接受唯美颓废文学的悲观意识、反叛情绪以及用艺术来美化生活的理念，王尔德及其《莎乐美》在此一时期大受欢迎有其必然性。中国的唯美主义者普遍追求人生艺术化，信仰爱和美的力量，却发现美与艺术根本无力改造社会、美化人生。他们以纯洁和高尚为追求目标，唯美的愿望撞上衰败的时代注定了美的命运坎坷，他们一次次抗争却又屡战屡败，爱与艺术的理想的实现始终遥遥无期，伴随而来的则是挥之不去的失望和感伤。生的悲哀、爱的苦闷和对现实的愤怒成了中国唯美主义戏剧写作的主要内容，忧郁、感伤、苦闷、失望是剧作中人物的主要精神特征，也是作品的基本情绪基调。如田汉本人就承认"感伤"这一心情是"我曾经一时住过的世界"②，早期的剧作存有很多"幼稚的感伤的地方"③；向培良的《沉闷的戏剧》里充满了"疲倦，忿怒，爱之牺牲，迷罔矛盾，性底苦闷"以及"理想底幻灭"④；白薇的《悲剧生涯》描写了一个从封建社会势力脱离后的"娜拉"所"表现出来的生活，及埋藏在心里不能表现出的苦闷的生活"⑤。

中国现代唯美剧中的感伤主要包括爱情和艺术两个方面，对真爱情和真艺术的追求是中国唯美剧作家笔下人物的人生理想和艺术信条。在莎乐美"为爱而死"的精神感召下，中国现代唯美剧作家无限张扬情欲的意义，爱欲与死亡的悲剧模式也是中国现代剧作家热衷表现的主题。完美的爱情既然无法实现，那么就以彻底的毁灭来捍卫爱的理想与美的纯洁，这种极端化的抗争方式是万般无奈的现代人追求完美的表现，也让作品染上

---

① 闻一多：《〈女神〉之时代精神》，载杨匡汉、刘福春编《中国现代诗论》（上编），花城出版社，1985，第86页。
② 田汉：《〈田汉戏曲集〉第四集自序》，载周靖波主编《中国现代戏剧序跋集》（上卷），北京广播学院出版社，2002，第63页。
③ 田汉：《〈田汉戏曲集〉第二集自序》，载周靖波主编《中国现代戏剧序跋集》（上卷），北京广播学院出版社，2002，第79页。
④ 向培良：《沉闷的戏剧·给读者》，载向培良《沉闷的戏剧》，光华书局，1927，第1页。
⑤ 白薇：《〈悲剧生涯〉序》，载曾果伟编《白薇作品选》，湖南人民出版社，1985，第16页。

了颓废悲观的色调。田汉在《咖啡店之一夜》中就写了两个不同类型的颇有感伤之风的婚恋故事。性格软弱的林泽奇追求现代爱情，却又遵从父命答应娶债主的女儿，违背个人意愿的选择让他陷入既无法爱自己想爱之人又不愿勉强爱自己不爱之人的烦恼中，忧愁像"地狱里的绿火"一样在他的心灵深处燃烧，他却对此无可奈何，只能借酒消愁，在咖啡店向侍女白秋英倾诉无尽的感伤。其实白秋英和林泽奇一样，也是"天涯沦落人"，同样在"忧愁的深渊"里挣扎。漂亮勇敢、追求恋爱自由的她曾经拼力冲破门第观念和李乾卿签订婚约，可家道中衰无法完成学业，因身份悬殊而被嫌贫爱富的负心汉无情抛弃。白薇是一个"色彩很鲜明的感伤作家"，"有一切感伤者必须的条件"，完全具备当一个"感伤者的代表作家"的资格。[①] 她的诗剧《琳丽》就是一部充满了唯美的感伤氛围的爱情梦幻曲，写出了一个尝遍"恋爱的苦痛"的女人的"心的呼声"。[②] 琳丽痴情于艺术家琴澜，在她看来，"离开爱还有什么生命"，但痴情女偏遇负心汉，泛爱的琴澜却爱上了富有青春激情的璃丽——琳丽的妹妹。饱受爱情之苦和流浪之痛的琳丽心灰意冷，黯然神伤，用自己一团"晶莹的爱"雕成一座冷冰冰的"青石墓碑"。"喜欢王尔德这些唯美派"的杨骚在《迷雏》中也体现了和《莎乐美》相似的唯美和颓废倾向。[③]《迷雏》描写了柳湘、莺能、钟琪等一群知识青年在晚秋的一个月明之夜徜徉于西子湖畔，饮酒作诗，畅叙心中的爱情和忧伤。他们普遍认为"青春是一个极短的一刹那"，所以要充分享受青春的美好。柳湘、钟琪都喜欢纯真貌美的莺能，面对两个好青年，莺能难以抉择，三个爱情和人生道路上的"迷雏"上演了一场痛苦的三角恋。在一场柳湘强吻莺能的爱情纠葛中，怒火中烧的钟琪刺伤了"易感多伤，泪水常存眼帘"的诗人柳湘。杨骚在这部剧作中尽情渲染了青年男女在爱情、人生问题中的迷惘、享乐、失望和颓废的思想情绪，使全剧带有一种哀伤的氛围。

艺术家们想通过艺术来实现个人抱负，进而改良社会，但艺术的力量在艰难的现实面前实在太渺小了，根本无力解决任何人生与社会问题。身

---

[①] 培良：《中国戏剧概评》，上海泰东图书局，1929，第83页。
[②] 陈源：《新文学运动以来的十部著作》（下），载吴福辉编《西滢闲话》，海天出版社，1992，第266页。
[③] 杨骚：《我与文学》，载杨西北编《杨骚选集》，厦门大学出版社，1989，第266页。

处乱世无法实现用艺术来美化社会的理想，将艺术作为个人的爱好来用心经营也是一种奢侈的愿望。在社会性理想普遍失落的时代，艺术不受尊重，艺术家一贫如洗，以至对自身的存在价值产生深刻的怀疑。在一些以艺术为主题的戏剧中就叙写了艺术家的追求与失落，充满浓重的感伤的情怀。在《名优之死》中，京剧名优刘振声把艺术看得比性命还重要，尽管生活拮据，但对艺术矢志不移，将全部精力都耗费在京剧艺术上。不仅自己认真演好戏，而且严格要求自己的弟子精益求精，但在艺人地位低下的旧社会，刘振声的艺术理想被以杨大爷为代表的恶势力碾得粉碎，自己最器重的弟子刘凤仙陷入物欲的陷阱不可自拔，眼见艺术和自己精心培育的艺术品被糟蹋而毫无办法，一代名优伤心而死。在《古潭的声音》中，诗人希望借助艺术的力量将美瑛从"尘世的诱惑""肉的迷醉"中解脱出来，但美瑛始终无法在"艺术的宫殿"里获得"灵的满足"，也无法完全拒绝"物的诱惑"，痛苦的她感到生不如死，纵身跳入露台下的古潭，这样的结局对于以艺术来拯救他人的诗人来说是一个残忍的冷嘲。在《苏州夜话》中，老画家刘叔康"长期做着天真的梦想"，坚信"通过艺术改造中国"，经历了战乱和妻离子散的悲剧后终于明白，战争好像让我们的民族成了"破坏狂"，"不知离散多少人家的夫妻父女"，不知破坏多少"美的东西"，艺术并不具有至高无上的魅力，"美的东西的命运总是悲惨的"。① 在王统照的《死后之胜利》中，画家何蕢士呕心沥血完成一副巨作《死后之胜利》，却被有权势者霸占了荣誉与奖赏，自己被人们视为疯子，直至惨死荒郊。何蕢士的惨死说明，爱是受到推崇的，却是无力的，艺术是美好的，却被扼杀了，作者通过爱与艺术在丑恶社会现实面前的幻灭让剧本含着"很重的感伤的分子"。②

三是唯美的艺术形式。在唯美主义者看来，现实生活是丑陋的，人性是压抑的，于是他们通过臆造一个与现实相对立的美的世界来引导人们的生活，"在文学中，我们要求的是珍奇、魅力、美和想象力"。③ 唯美主义

---

① 田汉：《苏州夜话》，载董健、屠岸主编《田汉代表作》（上），中国戏剧出版社，1998，第81页。
② 培良：《中国戏剧概评》，上海泰东图书局，1929，第97页。
③ 〔英〕王尔德：《谎言的衰朽（对话录）》，载赵澧、徐京安主编《唯美主义》，中国人民大学出版社，1998，第113页。

者为了创作动人、好看而又富有激情的"纯粹艺术",不仅塑造完美的艺术形象,而且用优美的语言和精美的艺术形式来表现与之相应的内容,形式与内容的完美融合让读者在获得美的享受的同时,也使自己的精神世界攀升到一个新的高度。王尔德是一个出色的文体学家,他用生动如画的文字描绘各种美好的事物,"从悲哀之中认出美",用艺术的方式表现美,在创作中实践唯美主义的创作理念和艺术追求。[1] 他的《莎乐美》一剧对形式美的追求达到了极致,其工整"殆未有过者",他以"凄惋"的音节、"整洁"的结构、"奇幻"的意象、"凄丽"的词句奏出了"一节完整美妙的音乐",雕琢出"一块美玉无瑕的玛瑙"。[2] 在王尔德看来,戏剧艺术是"装饰性的","而代表了真正的艺术精神的艺术精品,则不过是强调再加强调"。[3] 他用惊人的语句、新颖的意象、奇诡的比喻反复渲染描写对象,创设唯美的艺术情境,从而让《莎乐美》中遍布装饰性艺术描写,以至剧中人物的台词都是以鱼贯而出的形式呈现的,而对约翰之美的咏叹更是美丽得让人窒息。他连续用四个比喻来写约翰黑色的眼睛,从视觉、触觉等方面来反复刻画莎乐美见到约翰时的情感体验,用奢华繁复的意象来不厌其烦地展现约翰洁白的身体、黑色的头发、血红的嘴唇,这样的反复渲染不仅带来强烈的感官刺激,更是莎乐美对约翰产生强烈爱欲的坚实铺垫,从而让莎乐美的行为逻辑获得合理的解释。

莎乐美对约翰身体的迷恋成就了《莎乐美》惊世骇俗的美感,中国现代唯美剧作家同样喜欢用华丽的辞藻来描写人的身体之美,以此燃起人的欲望之念,从而服务于爱与美的艺术主题。在《暗嫩》中,向培良用华丽的语言、大量的比喻和排比来逐一赞美他玛的双脚、美腿、肚腹、软腰、娇乳、嘴唇等身体器官,并让暗嫩在对他玛身体的狂热想象中不断萌生难以遏制的欲念。在苏雪林的《鸠那罗的眼睛》中,我们可以读到净容王后对鸠那罗发自内心的赞美,他"微颤的身体"像"清风摇撼中的妙华树","苍白的脸色"犹如"香象王口中的玉牙","冒火的眼睛"像"被绛红夕阳所燃烧的大海",文辞之美、比喻之丰令人惊叹。在杨骚的《心曲》中,

---

[1] 田汉:《白梅之园的内外》,载《田汉文集》(十四),中国戏剧出版社,1987,第62页。
[2] 袁昌英:《关于〈莎乐美〉》,载《袁昌英作品选》,湖南人民出版社,1985,第273页。
[3] 〔英〕王尔德:《谎言的衰朽(对话录)》,载赵澧、徐京安主编《唯美主义》,中国人民大学出版社,1998,第120页。

森姬赞美旅人的眉间好像"锁着银青色的花心",两颊"好像开着两朵忧愁的白百合",她喜欢欣赏旅人"怪美的鼻梁""漂泊带露的头发""无血色菲薄的白唇"。在白薇的《访雯》中,贾宝玉对晴雯的美也无比欣赏,称赞晴雯的眼睛好像"魅惑的海",朱唇好像"将发蕾的红蔷薇"。在《古潭的声音》里,诗人将美瑛的腿和脚想象成"一朵罪恶的花",能够将人引向"美的地狱"里去。另外在王独清的《貂蝉》、欧阳予倩的《潘金莲》、袁昌英的《孔雀东南飞》、徐志摩的《卞昆冈》等剧作中都存在不同程度的对于人体器官的赞美。

中国现代剧作家不仅用唯美主义的华丽语言描绘人体之美,而且极力渲染唯美主义的戏剧场景,使之与整个剧情融为一体,从而创造出唯美主义的艺术氛围。在《南归》中,田汉就构造了一个让人魂牵梦萦的心灵家园,那里有"深灰的天,黑的森林,终年积雪的山",雪山脚下有"一湖碧绿的水",碧水旁边有"一带青青的草场",一大群小绵羊在草场上自由自在地吃草,心爱的牧羊姑娘悠闲地坐在柳树底下看羊。如此浓艳富丽的风景画不仅能够勾起流浪诗人浓浓的思乡情,同时也映衬了诗人内心深处的感伤。在《琳丽》中,白薇设置了一个又一个奇诡而又唯美的情境,表达了自己对真爱的不倦追求,爱在现实世界中已经破灭,但爱情之旅不会因此而中断,在超自然的世界里也要找到理想的爱人。她希望和"鲜艳的血色蔷薇"一样的爱人生活在一个"幽静嫩绿的绿园",就算得不到真爱,也要让"晶莹的爱"融化"冷冰冰"的青石墓碑。为爱而生、因爱而死的琳丽身穿"洁白的绢衣",佩着"蔷薇花",绝望地跳进"群峰环绕的山谷"中的一个清泉池里,池旁"娇杨媚舞","漫道全是七色的蔷薇",四季"鸟语花香"。这样华丽的语言、美丽的情境像王尔德的《莎乐美》一样奢华。在苏雪林的《鸠那罗的眼睛》中也同样可见富含唯美主义元素的场景描绘,她对"水木清华的御园"的描写尤其让人赏心悦目。这里景色迷人,朗然入目的是奇异的花草、飞溅的喷泉、大自在天石像、浓荫匝地的大树、白云瀁然的蓝天。在这里还可以远眺落日中美丽的恒河,依稀看见澹丽、明秀、流转、幻灭的光和影在宇宙里织成一张梦幻般的网。酣然入梦便有"诗"、"音乐"、"永驻的青春"和"超凡入圣的情爱",梦醒时分,却"只剩下一片永劫漫漫的空虚和黑暗"。此段描写既是对外在景物的出色描绘,也是净容王后悲喜心情的外化,同时预示着其悲剧命运的到来。

唯美理念的表达及唯美画面的营造离不开唯美的语言，唯美主义者非常重视对语言的装饰，将对语言的追求提升到本体的地位，形成华丽典雅的语言风格。他们讲究修辞，借助比喻、排比等手段多方面描写对象的美，张扬情感，使文本具有浓郁的抒情性。中国现代剧作家师承西方的唯美风，尤其对王尔德《莎乐美》一剧的语言艺术进行了借鉴，创作出具有东方风韵的现代唯美剧。田汉早期的剧作中随处可见妙语连篇的比喻、色彩华丽的语言、诗意盎然的抒情。在田汉笔下，不论是画家、诗人、琴师、歌女还是村姑、老妇、农民似乎都具有诗人的气质，他们个个出口成章，常常不经意间道出"人人心中有，他人口中无"的话语来。诗化语言是中国现代唯美剧的一个突出文本特征，一些剧作家如郭沫若、徐志摩、杨骚、白薇等本身就是诗人，对戏剧语言高度重视。他们在进行唯美剧创作时，自然将自身的诗人气质引入戏剧，使戏剧呈现诗化的美学倾向，如郭沫若的卓文君、王昭君，白薇的琳丽，徐志摩的卞昆冈等人物形象都是诗意化的抒情主体。

## 第三节　由唯美走向写实的中国现代戏剧

从西方传入中国的唯美主义促进了中国现代文学的发展，但对文学的非功利性、审美超越性的过分追求及对美的偏执让它忽略了人类文学活动的复杂性，美并非存在于真空之中，审美也无法摆脱与政治、社会、历史、道德的联系。在追求文学济世的年代，中国的唯美主义者用唯美主义理想来改造现实社会注定不会取得成功，激烈动荡的社会环境将他们的唯美理念碾得粉碎，唯美剧作家也在时代的战鼓声中逐步汇入时代的合唱。

### 一　唯美理念的不合时宜

中国现代文学挣扎于"为人生"与"为艺术"之间，沉重的社会现实减弱了作家对文学艺术性和审美性的执着，艺术的缺失和形式的粗劣成了初创期现代文学不容回避的内伤。"五四"初期流行于文坛的社会问题剧奉行政教优先的原则，以至于遗忘了戏剧艺术的审美属性和独立品格，唯美剧对戏剧审美价值的开发在一定程度上提升了戏剧的艺术品质，中国现代唯美剧的艺术实践是中国戏剧发展史上一段弥足珍贵的艺术经验，以富有独特个性的艺术性剧作夯实了中国现代戏剧文学的基础。在戏剧还未被人们认为是文学一部分的时代，田汉、郭沫若等创作的那些"富有诗意的词句美丽的戏剧"能够被人们"像小说诗歌一样"阅读。他们的努力巩固了"戏剧在文学上的地位"，让中国剧坛呈现出别样的缤纷。[1] 毫无疑问，唯美主义适应了中国戏剧的审美内需，唯美思潮提高了剧本的文学性，拓展了中国剧作家的艺术视野，丰富了戏剧的写作领域，促进了中国现代戏剧艺术的成熟。

戏剧原本能够以文学艺术自身发展演变的规律发展，但中国现代文学的发展除了受制于文学氛围外，还受制于中国社会的政治文化氛围。"在现在的丑恶，黑暗的环境中"，"仅仅以纯艺术的东西来取媚于听者，不但是不应该，也是有心肝者所不忍为吧"，"在现在（尤其在中国）"绝不适合演出"纯艺术的戏剧"。[2] 作为一种艺术观，唯美主义并不能满足中国社会的主导性需求。唯美主义推崇"为艺术而艺术"，过分主张艺术的超功利性，否定艺术的思想性及对社会生活的反作用，一味强调美，这就必然颠倒艺术形式与内容的辩证关系，从而产生一些形式华美但内容苍白的艺术作品，这类感伤、颓废、呈现病态之美的作品不但损害了艺术本身的严肃性，而且对社会产生了消极影响。在传统实用主义文学观念的影响下，来源于生活的艺术如果抛开社会去建构自己的海市蜃楼则迟早会被淘汰，现代中国社会的多灾多难让文学别无选择地承担起救国的使命，只有顺应历史的潮流才能使文学之树常青。面对神州陆沉，中国剧作家纷纷开始抛弃曾经短暂坚持的唯美尝试，重新用政治来嫁接文艺，革命现实主义的创作逐步主宰文坛。"为艺术而艺术"的文学偏离了时代的航道，不会因作家的任性坚持而成为社会广泛认同的主流。如果说源于康德美学的唯美主义在20世纪初期由于具有反叛性的主题指向而得到主流文学的宽宥，获得一定的生存空间，那么在"狂风暴雨的"二三十年代，唯美主义与现实主义文学主流的脆弱联系基本上完全断掉了。在阶级矛盾和民族矛盾激化的年代，救亡的文学、反抗的文学、力的文学是时代所需，

---

[1] 洪深：《〈戏剧集〉导言》，载刘运峰编《1917~1927中国新文学大系导言集》，天津人民出版社，2009，第216页。

[2] 郑振铎：《光明运动的开始》，载《郑振铎全集》（第三卷），花山文艺出版社，1998，第411页。

"艺术的完美和心理的深致"是"难以存身"的①，哪还有闲暇在唯美的宫殿里优雅地摆弄纯美的艺术！即便是创作具有艺术美的现实主义作品也是与紧张的时代不相和谐的，出于人类的审美本性，中国的唯美者虽然竭力伸张审美无利害，维护艺术的纯洁和独立，但沉重的社会现实挤压了唯美主义的生存空间。一些现代文艺家试图协调文艺与时代的关系，提出了不走极端的"人生的艺术派"的中庸论调，但这种既维护文学的艺术性又不切断文学的社会性的折中文艺观并没有多大的市场，会被社会斥为打着"为社会"的幌子而贩卖"为艺术"的私货。在现代中国，文学可以选择的生存空间并不大，要么反映现实，承担起救国救民的重责，疏远艺术而亲近时代；要么漠视文学与现实的联系，埋首于艺术之境，将文学的地位置于政治之上。熟悉中国现代文学的思潮论争史的人都知道选择后者会面临极大的风险，一些纯文学作家的历史遭遇一再提醒人们纯文学的艺术道路困难重重。

田汉在20世纪20年代就创作了大量具有鲜明的唯美色彩和沉溺于感官快乐的唯美剧，呈现出浓郁的"新罗曼蒂克"风格，从而招致来自各方面的非议。朱自清在《中国新文学研究纲要》中就认为田汉"第一期"的剧作虽然"感觉敏锐，情感丰富"，但缺少对于人生的观察，"情胜于理"。② 如果说学者的批评还比较谨慎的话，观众的意见就没有那么客气了。南京的一个士兵在通信中批评田汉的《苏州夜话》"背着时代的要求"；《民国日报》上的历厂樵则说田汉的戏"仿佛是超而又超的东西"；《国华报》上的护花长认为"南国的戏"虽有艺术性，却"离开了平民——中国的平民"。这些指责清楚地表明，观众的兴趣和要求已经随着时代的变化而发生相应的变化，时代的审美趣味和观众的民意基础也是决定文学生存的重要依据。如王尔德进入中国先于易卜生，其在1915年就被介绍到中国，而对易卜生的介绍在1918年以后，但易卜生热却早于王尔德热，易卜生对中国文学的影响也是王尔德难望其项背的，而中国文学界相中王尔德也有想以王尔德的长处来弥补易卜生不足的考虑。任何文学现象的流行除了自身的因素外，还要接受时代的挑选，一种外来文学思潮想在

---

① 李健吾：《〈八月的乡村〉——萧军先生作》，载李健吾《咀华集·咀华二集》，复旦大学出版社，2005，第118页。
② 朱自清：《中国新文学研究纲要》，载《文艺论丛》（第十四辑），上海文艺出版社，1982，第40页。

中国文坛立足需历史的契机。唯美剧作家满脑子的爱与美、满脑子的个人忧伤和感官快乐，而在残酷的战争过后，到处充满废墟、死亡，鲜血渗透土地，谁还有心情欣赏这些精雅的戏剧。在民族大义面前，观众对戏剧的政治需求远超对艺术本身的欣赏，戏剧"不必怎样精"，也"用不着什么雅"。① 风格上"更粗野更壮烈的"、政治上更进步的戏剧作品更能煽起人们的救亡情绪，也具有更大的社会影响力，至于艺术上是否"清高，温柔，优美"似乎并不重要。②

唯美主义戏剧迅速削弱乃至消失是势所必至的事情，以美为终极信念的唯美主义在现代中国并非一种合乎时宜的选择。唯美主义的艺术态度可以补偿现实的痛苦，却无法避免现实世界的结局，更无法培育出丰满的唯美之果，因为唯美主义艺术"不可能促进行动，只会打消行动的愿望，艺术绝对不结果实"。③ 为了实现救世的宏大叙事目标，中国的戏剧创作有时不得不"牺牲艺术的完美"和戏剧自身的审美品格来"另求所谓挽狂澜于既倒的入世的效果"，以便直接服务于现实的功利目标。④ 这是中国现代文学对民族解放的一种奉献，也是中国现代文学不得不做出的一种牺牲。作家对美的追求受到社会主题的制约，在人们普遍关注文学社会功用的时代，人们更重视文学的社会动员功能和意识形态整合功能，规劝个人放弃个性而投入集体的怀抱，从个人与社会的斗争转移到阶级斗争上来，形成强大的合力对敌人进行致命的打击，向未来勇敢地进军。究其本质而言，唯美主义要求释放个性，注重个体的利益，美化或扩大个人的社会作用，强调自我精神需要的满足，游离于集体的战斗序列之外，沉湎于为艺术而艺术的纯美"象牙之塔"，"过着过于自我的生活"，其结果自然是"削弱了极其重要的'自我'，精神也就萎缩了"。⑤ 在"五四"时期，唯美主义

---

① 鲁迅：《小品文的危机》，载王培元编《鲁迅作品新编》，人民文学出版社，2010，第286页。
② 田汉：《我们的自己批判——"我们的艺术运动之理论与实践"上篇》，载上海戏剧学院戏剧文学系编《中国当代文学研究资料·田汉专集》（上），上海戏剧学院戏剧文学系，1980，第90~92页。
③ 〔英〕王尔德：《〈道连·葛雷的画像〉自序》，载赵澧、徐京安主编《唯美主义》，中国人民大学出版社，1998，第444页。
④ 李健吾：《〈神·鬼·人〉——巴金先生作》，载李健吾《咀华集·咀华二集》，复旦大学出版社，2005，第20页。
⑤ 〔日〕上田敏：《漩涡》，载赵澧、徐京安主编《唯美主义》，中国人民大学出版社，1998，第558页。

的个性伸张在反对封建文化传统的过程中发挥了积极的作用，但在喧嚣的时代大潮中，这种唯美思想显然不适应将人们联合起来抗击侵略的群体性行动需求，唯美主义观念和唯美作品很难在硝烟弥漫的战乱中立足。为了恰当地发挥文学的社会作用，剧作家逐渐离开西方的唯美主义，重新调整自己的艺术目标，不再"为戏剧而戏剧"，重视发挥戏剧直接与观众面对面的艺术形式的教育功能，至此，中国作家受西方唯美主义文学影响而形成的人生观和艺术观发生了重大的转折。

## 二　唯美剧与社会现实脱节

中国现代文学从诞生的第一天起就肩负着开民智、救国家的时代使命，超功利的唯美纯艺术与追求实用、功利的社会需要是相背离的。长期以来形成的作家忧患意识和经世致用的实用主义思想影响唯美主义向纵深发展，国事危机为唯美主义在中国的深入发展再添沉重障碍，唯美主义的内在缺陷影响了唯美主义在中国传播的深度、广度和长度。当更大的时代风浪席卷而至时，人们必然从唯美之梦中惊醒过来，开始从唯美主义向现实主义转变。出于艺术的本性，现代剧作家会比较多地关注艺术本身，维护文学自律，但在风沙扑面、虎狼成群的时代，"花园是荒废了，酒是酸败了，玫瑰花是凋谢了"，作家应该换下"感伤主义的灰色衣裳"，从"好不漂亮的 important 的颓废派"中清醒过来，提笔"走上理论斗争的战场"。[①] 较早从唯美主义中解脱出来的郭沫若就认为自己"从前是尊重个性，景仰自由的人"，自由地徜徉在幻美的追求和怀古的忧思中，但悲惨的社会现实却将其从象牙之塔赶到十字街头，"思想""生活""作风"全变了。[②] 社会现实的束缚使他们左右失据，只能将自己对审美的偏嗜暂放于心灵的角隅，唯美追求与社会使命的强力拉锯战导致他们往往牺牲艺术的完美来完成文学的宣传，明确提倡"纯艺术"戏剧观念的作家日趋减少，亲近时代和疏远唯美的选择最终引发了剧作家的现实主义转向，以艺术来干预社会的创造理念不断取代艺术本位的戏剧理论。

---

① 麦克昂：《英雄树》，载王训昭等编《郭沫若研究资料》（上），知识产权出版社，2010，第 189～191 页。
② 郭沫若：《〈文艺论集〉序》，载蔡震编《郭沫若作品新编》，人民文学出版社，2010，第 318 页。

20世纪20年代，独具风格的唯美剧成了中国剧坛上一道亮丽的风景线，虽不引人注目，也没有发展成为一种主导性的戏剧流派，但具有合法的生存空间。随着国内阶级矛盾加深、中日民族矛盾突出，社会解放和民族解放成为危急存亡之际的最大政治任务。中国剧作家发现艺术至上、"旨在求美"的艺术主张无法改变中国被霸凌的境遇，也无法真正提高民众的觉悟，唯美剧创作陷入低谷。许多剧作家开始放弃唯美，再度用现实主义的戏剧创作来承担起启蒙民众、动员民众的社会责任，自觉投身于阶级解放和民族解放的大潮中。唯美主义艺术只"表现它自身"，在"现实主义的时代不一定是现实的"，通常还"和时代针锋相对"。① 这样明目张胆的反现实的文学观念背离了"为人生""为社会"的文艺主潮，以艺术存身的唯美剧远离了喧嚣的时代，自然失去了存在的合法性，只能转化成另一种形态，以艺术的方式潜隐地渗入现实主义和浪漫主义戏剧之中。自抗战开始，"书斋读的剧本""文艺化的戏""享乐主义戏剧"都已"降到很低的地位"。② 中国具有唯美色彩的剧作大多远离特定的历史时空，历史剧的创作不必言说，就是现实题材的剧作也少有人间的烟火气，有的故事发生在幽暗神秘的丛林（杨骚的《心曲》），有的将情境设置在神秘岑寂的太湖湖岸弃屋（陶晶孙的《黑衣人》），有的则是虚拟出来的艺术化空间（田汉的《古潭的声音》）……这样小众化的剧作仅能供文人作为案头剧本来自我欣赏，并不适应大众的审美趣味，更不可能产生深刻广远的社会影响。社会的激变让"呻吟自我，歌咏恋爱的作品"成了"苍白无色的东西"，现实的血雨腥风也将唯美的幻境吹得风雨飘摇，要想真正创作出"描写人生，申诉痛苦的作品"就必须"深入到大众中间去"。戏剧创作如果"不站在前进的阶级的立场上，绝对没有发展的可能，若是规避斗争，不敢站在时代的前端，那种艺术一定没落；若是跟着落后的阶级，那种艺术一定流为反动"。这种铿锵有力而又非此即彼的政治断语规劝作家必须做出政治选择，导致中国戏剧"比任何艺术和社会的关系更密切，因而表示更为明显"。中国的社会状况再三地告诉我们，"普罗列塔利亚演剧"才

---

① 〔英〕王尔德：《谎言的衰朽（对话录）》，载赵澧、徐京安主编《唯美主义》，中国人民大学出版社，1998，第142页。
② 胡春冰：《怎样实践抗战戏剧——〈再上前线〉代序》，载周靖波主编《中国现代戏剧序跋集》（上卷），北京广播学院出版社，2002，第169页。

是"中国戏剧运动的进路"①,放弃反映时代而沉迷于审美的艺术是没有前途的。在普罗列塔利亚戏剧标准的过滤下,中国现代唯美剧表现了某种典型的布尔乔亚情调,自然不能算进步的文学艺术,在这样的历史情势下,中国现代唯美剧衰落乃至销声匿迹也就在所难免了。

"红色三十年"的革命浪潮促进了普罗戏剧的迅速发展,促使中国剧坛在创作上形成了现实主义剧作的主导地位,唯美主义赖以生存的社会土壤被激情澎湃的革命浪潮全面占领。随着作家使命意识的增强和剧作现实色彩的加重,极端个人主义、具有颓废倾向的唯美理念被作家抛弃,喧闹一时的具有唯美主义色彩的戏剧作品也逐渐边缘化而走上衰微之路。一般而言,唯美主义往往是作家趋避、逃离现实的产物,唯美倾向的作品往往带有明显颓废的审美偏至,唯美与颓废实为同一文学的两面,"颓废等同于为艺术而艺术、形式主义和唯美主义"。②唯美主义者由于对现实的失望而企图以艺术的"象牙之塔"作为对抗现实的场所,完全不顾社会现实的深渊,将颓废作为一种艺术追求,甚至得出艺术就是谎言的主观唯心主义的文艺论,认为讲述"美而不真"的事物乃是"艺术的本来的目的"。③中国剧作家是在中国革命的低潮时期以及面对社会和人生双重危机的状况下接受世纪末的唯美主义思潮的,自然在接受唯美主义的同时也连带接受了唯美主义的颓废底蕴,作为"苦闷的象征"的文艺自然成为他们倾诉人生苦闷、抒发社会感慨的最好工具,但远离了政治、国民、时代,躲进唯美之塔,现实的苦难不会得到丝毫的减轻。由于极端否认艺术的社会责任,"为艺术而艺术"的唯美主义观念与日益严峻的家国危机产生了对抗性矛盾,笼罩在莎乐美身上的唯美光环因不断暴露唯美颓废的病态而光芒不再,而唯美主义的极端发展形式就是走向颓废。袁昌英在谈及唯美与颓废之间的内在联系时就指出"唯美的形式不一定要颓废的内容,可是颓废的内容似乎不能不有唯美的形式",唯美主义者由于过于注重"唯美主义

---

① 郑伯奇:《中国戏剧运动的进路》,载王延晞、王利编《郑伯奇研究资料》,知识产权出版社,2009,第 225~232 页。
② 〔美〕马泰·卡林内斯库:《现代性的五副面孔 现代主义、先锋派、颓废、媚俗艺术、后现代主义》,顾爱彬、李瑞华译,译林出版社,2015,第 233 页。
③ 〔英〕王尔德:《谎言的不朽(对话录)》,载赵澧、徐京安主编《唯美主义》,中国人民大学出版社,1998,第 144 页。

的形式和皮毛",让唯美主义与颓废派"结上了不解之缘",最终也会失却唯美主义的"高尚精神和内容",所以身披"优美动人的形式"的"颓废的作品"容易将人引入"歧途"。① 张闻天也认为"艺术的艺术"在人生态度上"逃避现实,看轻现实",在艺术上采用"粉饰的技巧"和"官能的热情的基调"。② 唯美剧在吸收唯美主义的艺术技巧时难免染上颓废主义的消极色调,其不良影响也是不争的事实,唯美剧自身的贫弱让坚持唯美创作的作家越来越远离喧嚣的现实而失去大众读者。如田汉就认为"老守在小资产者的生活环境中"不去"亲近大众的生活"是无法写出"大众所需要的作品"的,"太幽静"或"太诗意"的形式也比较不能适合表现"革命群众高涨的情绪",所以在这种"暴风雨的时代"应该到"大众的呼吸里"去寻找"新的戏剧艺术"。③ 内容决定形式,"中国目下新兴文艺运动的重点"是"意识的斗争",一个作家再也不能用"最纯熟的技巧"来掩护自身的"意识之朦胧与错误"。④

## 三 唯美剧作家的创作转向

唯美虽美绝人寰,但毕竟是世俗之物。战端已起,硝烟弥漫,在"大旋风"已经吹打到"关闭上的窗玻璃"的时代,美就像掉进南极的雪一样被湮没了,浸淫在爱与美的天国变得愈发不合时宜,躲进书斋里"制作《珐琅和玉雕》",创作缺少"时代气息"和"社会内容"的唯美之作自然背离了进步文艺的方向。⑤ 连一贯追求纯粹艺术的徐志摩都"不敢附和唯美与颓废",公开排斥"咀嚼罪恶的美艳",声称不能为了"雕镂一只金镶玉嵌的酒杯"而牺牲掉"人生的阔大"。他认为"美"固然值得人们去追求和"尊重",但"时代的变态"让我们负有"创造一个伟大的将来的使命"和"结束这黑暗的现在的责任"。在这个"不是常态"的社会里,

---

① 袁昌英:《关于〈莎乐美〉》,载《袁昌英作品选》,湖南人民出版社,1985,第274~276页。
② 张闻天:《王尔德介绍——为介绍〈狱中记〉而作》,载程中原编《张闻天早年文学作品选》,人民文学出版社,1983,第288页。
③ 田汉:《〈田汉戏曲集〉第二集自序》,载周靖波主编《中国现代戏剧序跋集》(上卷),北京广播学院出版社,2002,第85页。
④ 田汉:《〈田汉戏曲集〉第五集自序》,载周靖波主编《中国现代戏剧序跋集》(上卷),北京广播学院出版社,2002,第46页。
⑤ 黎华编选《世界流派诗选》,青海人民出版社,1989,第235页。

"到海陀罗凹腔里去收集珊瑚色的妙乐还不如置身在扰攘的人间倾听人道那幽静的悲凉的清商"。① 可见一个作家无论多么超脱和标榜纯艺术，都无法脱离他所生活的时代。作家无法超脱时代，作为"现实生活的反映"的文学艺术自然要表达"某时代某社会内一般大众的情绪"。一些曾经在唯美时空里翱翔的艺术之子开始将对欧美最新文学思潮的沉迷转向对苏联现实主义戏剧的关注，强调艺术的团结、教育民众的功能，将话剧作为提高民众"文化水准"，启发民众"救亡意识"的"良好工具"。② 现实主义戏剧创作因与时代的应和而当仁不让地成为戏剧创作的主潮，现实主义剧作家自觉回应时代的呼声，以更大的激情投身于抗战的洪流，用文学喊出时代的呼声。原先信奉唯美主义的剧作家也开始重新看待和调整戏剧与时代的关系，纷纷"改弦更张"，离开西方的唯美主义，不断地用革命情怀置换唯美剧中感伤、浪漫的情调，用现实的社会斗争充实拓展戏剧的审美视野。

曾受唯美主义影响的创造社不再坚持"为艺术而艺术"的信仰，投身于沸腾的时代，成为时代的弄潮儿。作为创造社的主将，郭沫若告别和埋葬了唯美主义的艺术观，在理论上由宣传"文艺无目的论"转向对极端功利的"革命文学"的倡导。南国社演出的剧本虽唯美，但现实感明显增强，在创作中遵循现实主义与浪漫主义相结合的创作手法，在行动上转向普罗话剧的创作。面对时代隆隆的脚步声，中国现代唯美剧的重要作家和南国社的骨干田汉把自己无情地押上审判台，1930 年在《南国》月刊第 2 卷第 1 期上发表了十多万字的长文《我们的自己批判》，全面总结了自己的戏剧创作道路，检讨自己走过的"热情多于卓识，浪漫倾向强于理性"的艺术歧途。随后，田汉加入左翼剧联和中国共产党，全面转向现实主义的戏剧创作。转向后的田汉日益看重文学艺术的社会动员功能，主动丢掉其艺术基因中最独特最迷人的艺术因子，不断加强与时代、民众的联系，从社会解放的角度表现阶级矛盾和阶级斗争。他指出，"伟大的戏曲，无不是时代的反映"③，真正的戏剧家应该拿起戏剧的武器来唤醒民众"急起直追"的自救意识，让中国摆脱"受最凶恶的帝国主义的宰割"的"危险

---

① 徐志摩：《新月的态度》，载伍仁编选《徐志摩散文》，太白文艺出版社，2005，第 158 页。
② 洪深：《最近的个人的见解——〈走私〉自序》，载周靖波主编《中国现代戏剧序跋集》（上卷），北京广播学院出版社，2002，第 26 页。
③ 田汉：《"自救主"》，载《田汉全集》（第十三卷），花山文艺出版社，2000，第 79 页。

的局面"。他认为戏剧家的责任是描画出"中国的现实",使民众"了解并痛感这个现实",紧密团结起来,"为中华民族的独立自由而战"。① 在全民抗战的年代,他清晰地知道感伤的、唯美的戏剧难以救民于水火,时代的高亢旋律让他步调坚定地走向无产阶级文学阵营。在创作上,他则以饱满的政治热情书写了大量的配合政治运动的急就章,全面开启了由"唯美的残梦"书写、"青春的感伤"抒怀向"现实的觉醒集团的吼叫"的创作转型,努力清除掉早期创作中的唯美情调,竭力用"粗野而壮烈的啼声"来报告"东方的晓色"。② 他的《梅雨》《洪水》《乱钟》《暴风雨中的七个女性》等剧作取材于社会重大问题,配合"社会主义的写实主义"进行书写。③ 他的《回春之曲》等剧作借助阶级分析的眼光、采用社会问题的视角展现工农大众的政治觉醒,挖掘蕴藏在他们身上的革命激情,概括地反映了当时"中国政治经济社会的情形"④,呈现了一个个关于抗日救国的动人故事。

田汉的"向左转"影响了"戏剧界的一大片",在当时普遍的政治化文学氛围中,中国的戏剧运动开始担负起"时代的使命和社会责任",逐渐"跳出'唯美'的圈子","向群众艺术的路线迈进"。⑤ 唯美剧作家白薇将自己的创作生涯与政治生涯联系在一起,在环境的驱使下调整自己的创作方向,不再尽写些表现个人悲欢情爱的具有"布尔乔亚"艺术风格的作品。为中国革命的热力所吸引,她顺应着激进的时代潮流,自觉调整自己的艺术方向。在文艺观上也发生了明显的变化,她在《〈悲剧生涯〉序》中就认为"把一个渺小的人生活写成一本书"真的很"无聊","摆着当前现实许多题材不写,来拼命写它"是"我的损失,不该"。《悲剧生涯》过于"集中于悲剧的发展",不去生动描画"社会激流的动态"和"书中

---

① 田汉:《对于戏剧运动的几个信念》,载《田汉全集》(第十五卷),花山文艺出版社,2000,第256页。
② 田汉:《〈田汉戏曲集〉第四集自序》,载周靖波主编《中国现代戏剧序跋集》(上卷),北京广播学院出版社,2002,第66~73页。
③ 茅盾:《读了田汉的戏曲》,载上海戏剧学院、柏彬、徐景东等编选《田汉专集》,江苏人民出版社,1984,第492页。
④ 洪深:《〈回春之曲〉序》,载周靖波主编《中国现代戏剧序跋集》(上卷),北京广播学院出版社,2002,第86页。
⑤ 夏衍:《懒寻旧梦录》,载萧关鸿编《中国百年传记经典》(第四卷),东方出版中心,2002,第498~499页。

主要人物有关的事","在黑压压得不能透气的时候",抛开所有"社会关系",只"以自己的体验,抒写一个苦痛的灵魂",没有"使它像一面时代的镜子",总是"一个缺憾"。① 在革命斗争的推动下,白薇的创作在题材、主题和风格上都发生了很大的变化,如果说《琳丽》是一部用美丽辞藻和唯美内容构成的爱情梦幻剧,那么从唯美转向写实后的剧作在形式上明显缺少《琳丽》中那种瑰丽、奇特的梦境,在内容上也与当时的社会现实比较靠近。以大革命为背景的三幕悲剧《打出幽灵塔》不仅揭露了以胡荣生为代表的封建家庭的腐朽和罪恶,而且展示了以胡巧鸣、郑少梅为代表的觉醒一代打出幽灵塔的过程,更穿插描写了当时社会的矛盾以及农民协会内部的官僚陋习,作品凭借丰富的社会生活内容和独标的审美格调将"二十年代的社会问题剧提高到了一个新水平"。② 20世纪30年代后,加入左翼文化阵营的白薇又相继在《奔流》《北斗》等文学刊物上发表了更具现实内容和无产阶级性质的作品,逐渐抛弃"残余的罗曼蒂克"和"伤感主义的倾向",从"幻想的天上"回到"现实的人间",从一个"艺术至上主义者"变成"同情于'被榨取阶级'的斗士"。她紧跟时代,写作了《假洋人》《北宁路某站》等以抗日救国为题材的剧作,成为最早几位写作抗日宣传剧的作家之一,在"意识形态"、"反抗精神"和"革命情绪"等方面,白薇成为女性作家中"最发展的一个"。③ 在文学政治化氛围的影响下,唯美剧作家创作的社会使命感明显加强,并在创作中自觉不自觉地顺应时代的变化。"经过严重的现实生活的教训",王统照曾经追求的那种"美丽而空洞"的"梦境"破灭了,"花与光的追求"都"消灭于黑暗中去",和"五四"时期许多小资产阶级进步作家一样,他终于从理想步入现实人生,创作出许多具有鲜明政治意识和阶级意识的作品。④ 向培良抛弃了唯美味的《沉闷的戏剧》,在"火与血的时代"描写"所看见的泪和血,炮和火光"以及"父老兄

---

① 白薇:《〈悲剧生涯〉序》,载曾果伟编《白薇作品选》,湖南人民出版社,1985,第13~18页。
② 陈白尘、董健主编《中国现代戏剧史稿》,中国戏剧出版社,1989,第207页。
③ 阿英:《现代中国女作家·白薇》,载《阿英全集》(第二卷),安徽教育出版社,2003,第376~377页。
④ 王统照:《〈霜痕〉叙言》,载冯光廉、刘增人编《王统照研究资料》,知识产权出版社,2010,第92页。

弟姊妹的流亡与死丧"。① 在《黑暗中的红光》中描写了军阀混战中中国农村的破败，号召广大农民奋起反抗不合理的社会现实，该剧也成为"唯一一部阐明中国革命道路的戏剧"。② 在独幕剧集《大时代的插曲》中，作家不再沉迷于个人情绪的书写，而是主动展现抗战中普通人的现实生活，渗透着特定时代的动乱流离之感。抗战的硝烟同样唤醒了陈楚淮的抗战戏剧创作热情，他不再进行唯美剧的写作，在爱国激情的冲击下，他在浙南接连创作出《铁罗汉》《周天节》《黑旋风》《血泪地狱》等与抗战联系紧密的爱国剧，直接推动了战时东南文艺的发展。

中国现代作家的唯美选择是现代知识分子面对人生的矛盾和困境而寻求艺术解决的一种方式，如果抛开具体的时空，唯美剧的创作毫无疑问具有历史的合理性和艺术上的正当性。在政治衰败的年代，文学艺术意外地获得一种政治上的重要性，但这并不意味着文学创作就此进入前所未有的黄金时代，它需要文学承担起教育和救国的责任，而不是用美学的方式来想象性地解决现实的政治问题。在艺术的功利要求远超艺术审美需求的情况下，"愈是纯洁的行为，愈是碎得蠹，断得齐"。③ 在社会普遍黑暗的年代，一切关于爱与美的追踪都不过是镜中花、水中月而已，唯美剧作家以纯洁和崇高为追寻目标，而现实却往往展示其狰狞和丑陋。唯美剧作家笔下的主人公虽在现实中全力拼搏，但依然屡屡受挫，最后搞得伤痕累累，陷入幻灭的悲哀，直至以死抗争。当唯美主义的艺术创作与功利主义的艺术需求拉开距离时，现代唯美剧的创作者也成了时代旋涡中不合时宜的书生，现实的铁锤最终敲碎了艺术家的谜梦，美丽的"梦"的死亡驱赶他们不断掉头转向。现代剧作家由唯美向写实的转变，虽然让文学为中国革命做出了历史性贡献，但也让中国文学蒙受了艺术上的损失，这既是中国现代文学发展的困境，也是中国现代文学必经的历史道路。

---

① 向培良：《〈民族战〉自序》，载周靖波主编《中国现代戏剧序跋集》（上卷），北京广播学院出版社，2002，第 292~293 页。
② 金哲：《20 世纪上半期中朝现代文学关系研究》，山东大学出版社，2013，第 171 页。
③ 王泊生：《〈岳飞〉剧前》，选自周靖波主编《中国现代戏剧序跋集》（上卷），北京广播学院出版社，2002，第 229 页。

# 结　语

从王国维开始，关于"纯文学"的呼声就一直不绝，但作为思维惯性的"载道文学"观从未退出历史的舞台，传统学说的影响力难以遽改并始终阻扼着文学独立的进程。近代以来，启蒙救亡的社会使命与超越性的文学理想之间似乎构成了一个文化怪圈，文学要想获得自持的文学生态就需从"救世神话"中解脱出来，"以趋重哲学文学为是"[①]，但动荡不安的社会现实却让实用主义的文学观念长盛不衰，知识者参政的热情持续高涨，对于"为艺术而艺术"往往"提倡有心，创造无力"，切入口是文学，但着眼点却是"在文艺上替中国政治建筑一个革新的基础"[②]，力图将文学革命与思想革命乃至政治革命结合起来。历史责任与个人审美趣味的两难掣肘纯文学观的正常发展，导致中国现代纯文学一直处于无法完成的焦虑中，更谈不上充分展开。

中国现代文学从诞生到发展壮大一直与动荡不息的社会紧密联系，具有强烈功利性色彩、政治化倾向的启蒙文学、革命文学、抗战文学等交替占据文学的主潮位置。在这种文学语境中，功利性"用"的主导地位局限了纯艺术的审美追求，阶级的集团的厚重政治话语遮蔽了纯文学的话语空间。文学社会功能的极度膨胀压缩了其他功能的生存领地，文学不仅要发挥自身的艺术功能，还要越界承担起其他领域的功能。"文学作品可以是

---

[①] 陈独秀：《陈独秀致胡适、高一涵信》，载王景山《鲁迅书信考释》（增订本），文化艺术出版社，2013，第69页。
[②] 胡适：《要怎么收获，先那么栽》，北京时代华文书局，2015，第37~40页。

政治行动",而且能够产生"真正的后果",知识分子成了"政治知识分子",而且"永远是政治知识分子"。① 大多数现代文学作家受实用观念的纠缠,与时代潮流保持一种若即若离的张力关系,推崇文学的实际效用,这些作家基本上都不能称为"'为艺术而艺术'的纯文学作家"②。如郭沫若兼有作家、革命家、思想家的身份,周作人是作家也是学者,多重身份兼具在现代作家中具有普遍性。他们开展文学活动时如不能协调好各种角色间的冲突,就会不可避免地让非文学的考量渗透到文学中去,在主张文学超功利的同时,几乎无法摆脱现实政治的制约。在启蒙救亡的号召下,他们难免遗忘文学的本性,忽视文学创作过程中必须遵守的基本规律,甚至认为文学的认识价值超越审美价值。实用主义的文学传统和作家身份的多向指涉决定了中国的现代纯文学之路是不纯的,这种不纯不仅体现在作家的创作和理论表述中,而且也屡见于一些新文学作家对"为艺术而艺术"观念的矛盾态度上。1919 年,李大钊在《什么是新文学》中将文学的启蒙功利诉求与纯文学的观念混杂在一起,既强调新文学的社会作用,指出文学是"为社会写实的",又接受了审美独立的现代文学观念,指出新文学是"为文学而创作"的,不是"为文学本身以外的什么东西而创作"。③ 在《新文学之使命》中,成仿吾硬是将几种几乎完全相反的东西捏合在一起。他认为文学创作"不必有什么预定的目的","内心的自然的要求"是一切文学"创作的原动力",随后又说,作为"时代潮流中的一泡"的我们肩负着"一种重大的使命":一是"时代的使命","创造出来的东西"要有"时代的彩色";二是"国语的使命",承担起改变文学的"表现力太薄弱"的任务;三是"文学本身的使命",追求文学的"全"与"美"。④ 周氏兄弟文学思想的变化更是纯文学在现代中国命运的生动写照,在 20 世纪的第一个十年,鲁迅在《摩罗诗力说》中维护文学独立,提倡"纯文学",到了"五四"时期则态度大变,改为"须听将令的了"。

---

① 〔美〕詹明信:《晚期资本主义的文化逻辑》,张旭东编,陈清侨等译,生活·读书·新知三联书店,2013,第 434~436 页。
② 钱理群等:《中国现代文学三十年》,上海文艺出版社,1987,第 13 页。
③ 李大钊:《什么是新文学》,载陈寿立编《中国现代文学运动史料摘编》(上册),北京出版社,1985,第 51 页。
④ 成仿吾:《新文学之使命》,载史若平编《成仿吾研究资料》,湖南文艺出版社,1988,第 169~175 页。

一旦中国现代作家认为文学的社会使命高于文学自身的使命，他们对纯文学的态度就会发生逆转。鲁迅认为小说必须"为人生"时，就把"为艺术而艺术"看作"'消闲'的新式的别号"。① 中国纯艺术论者的主要代表周作人在提倡"平民文学"时，认为"纯艺术品"是"修饰的享乐的游戏的文学"，没有如"盘碗一样实用"，只能"同钟鼎一样珍重收藏"。② 然而当他为自己的隐逸行为寻找理论依据时，又断然否定"文学为人生"的艺术观，认为"文学是无用的东西"。③ 中国的纯艺术论者既有维护艺术独立的一面，"礼赞他们的唯一尊神——美"，也有关心社会现实的一面，认为"伟大的艺术都是人生和社会的返照"。他们几乎都不反对作家承担道义责任，利用文学来改造人生，救赎人性，美化社会，只是反对直接的政治、道德宣传。"文以载道说"虽然显现出"一种浅薄俗滥的气味"，但也反映了"一种意义很深的事实"，这既是中国文学的"长处"，也是"短处"，短处是"阻碍纯文学的尽量发展"，长处则是将"文学与现实人生"紧密联系起来，"专在形式上做功夫"的纯艺术论者"总不免流于空虚纤巧"。④

在社会被扭曲的岁月里，做一名彻底的纯粹的作家是一个白日梦。中国作家面临重重政治和社会压力，深深感受到文学独立与启蒙救亡观念间的内在张力，从而在"为人生"和"为艺术"两条道路上徘徊不定。政治上的危机导致表达的危机和美学的困境。作家们于是折中地将文学的内在要求和外部律令整合起来，从一定意义上说，周作人的"人生的艺术派"的调和之论的提出有历史的必然性。但他弥合"人生派"和"艺术派"间分野的目的并没有实现，在中国当时的文学生态中，合理的文学诉求亦须接受启蒙救亡这一宏伟目标的检验，"人生派"与"艺术派"的互补妥协确切地说是"为艺术"向"为人生"的妥协，"人生的艺术派"最终没有诞生。随着革命形势的发展，后期创造社转向提倡"革命文学"，"为人

---

① 鲁迅：《我怎样做起小说来》，载陈春生、刘成友选编《20世纪中国文学史文论精华：小说卷》，河北教育出版社，2000，第176页。
② 仲密：《平民文学》，载沙似鹏编著《中国文论选·现代卷》（上册），江苏文艺出版社，1996，第117~118页。
③ 周作人：《中国新文学的源流》，江苏文艺出版社，2007，第13页。
④ 郝铭鉴编《朱光潜美学文集》（第一卷），上海文艺出版社，1982，第102、121页。

生"与"为艺术"的矛盾顺理成章地演变为"为艺术"和"为革命"的对立。作家无法抗拒受到的社会制约,与其说是作家选择了写作方式,不如说是社会决定了作家的写作方式。在这个伤痕累累的世界,作家不大可能坚守原先的纯文学创作立场,因为创作一旦"绕开贬黜历史的逻辑,那么它必定会为这个自由付出高昂的代价,其中之一就是难以符合历史逻辑的再生产"。如果从社会中抽身而去,"无效性是艺术为了它的自律性而支付的社会代价",作家也会因"拒绝干预而受到指责"。[1] 大多数作家听从时代的召唤,借助文学创作来宣传自己的政治理念,启蒙救亡的任务远重于对"纯文学"的追求,面对苦难和悲情的中国,超验而唯美的纯文学理想被暂时悬置。在国家存亡攸关的关键时刻,审美的需求滑向了边缘的位置,或放弃或坚守纯文学理想已经不再是作家的个人选择,历史的巨手才是引领文学航向的最终决定力量。随着政治斗争和民族矛盾的激化,纯文学作家开始转变自己的创作风格,调整自己的文艺思想,汇入时代的合唱。

从长远来看,纯文学是文学现代化的重要标志,纯诗、纯散文、纯小说及唯美剧等纯文学样式在现代中国的践行确实对现代文学事业做出了独特的贡献,成为中国传统文学观念解体后文学创作领域的典范,在现代文学的星空图中至今仍闪烁着不可磨灭的艺术光辉。但启蒙救亡对艺术的全面压制让纯文学创作滑向了文学的边缘,中国现代作家很少能够长期坚持某一种艺术主张,艺术流派也很少不受时代潮流的裹挟。纯文学理想遭遇艰难,时世封堵了它本身实现的可能性,文学与时代间过于切近的关系让文学很难保持纯粹性,作家也很难接受将文学与政治功利主义完全隔离的纯艺术倾向,真正认真践行纯文学理想,做到心无旁骛的作家几乎没有。中国的纯艺术论者既想保持艺术家的独立品格,却又不断用文学来介入现实,无法认同"一切有用的东西都是丑的"这一文学观念,更不可能认可西方唯美主义者那种为了一睹"拉斐尔的原画"或"美女的裸体"而不惜放弃"作为法国人和公民的权利"的极端唯美主义态度。[2] 以为创造社的

---

[1] 〔英〕特里·伊格尔顿:《美学意识形态》(修订版),王杰、付德根、麦永雄译,中央编译出版社,2013,第334~337页。

[2] 〔法〕戈蒂耶:《〈莫班小姐〉序言》,载赵澧、徐京安主编《唯美主义》,中国人民大学出版社,1998,第44页。

作家是一群"艺术至上主义者"是明显"不对"的,他们只是"对于写作态度主张得严格了一点",其实一点都没有忘却"一切时代的社会的关心",社会也没有为他们准备"象牙之塔",他们依然是生活在"社会的桎梏之下"的"时代儿"。[1] 一方面,中国作家立场明确地提出"为艺术而艺术"的审美观念,强调艺术的独立,反对文以载道的文学传统;另一方面,经国济世的志向又让他们无法忘怀文学的社会功用,延续着传统士大夫"以天下为己任"的叙事传统,要求文学反映现实,重视文学与时代社会的联系。蔡元培倡导"美育代宗教"意在曲线救国,周作人"卜居"在"十字街头的塔里"去管"社会的事情"[2],沈从文以文学艺术建构"爱与美的新的宗教"目的在于解决"国家民族的重造问题"[3],朱光潜在"危急存亡的年头"谈美是以"出世的精神"做"入世的事业"[4]。在现代中国,功利与超功利的文学观似乎拧成一个难以破解的死结,中国纯文学的诗学主张是有一定限度的,纯文学作家的理论和创作既反对文学的明确功利性,又需要文学产生一定的功利效果,艺术主张的"无目的"隐含着极强的现实目的性。在艺术与人生的关系上,中国的纯文学论者否定艺术与人生的完全分离,造成"为艺术而艺术"理念的成色明显不足,他们服膺于"为艺术而艺术"的美学主张,却又对之进行创造性的转换,一次又一次地偏离"为艺术而艺术"的运行轨道,尽力融洽功利性与审美性的关系,让艺术之美承担起纠人生之弊、美化现实之丑的义务。在启蒙救亡占主导潮流的历史语境中,改造社会的政治需求明确地框定了所谓"无目的"论的限度,纯文学话语并没有足够的生存空间。如果用西方的纯文学观念来描述中国现代文学作家的作品的话,中国现代文坛并没有出现纯粹的"为艺术而艺术"的唯艺术论者,更不可能形成严格意义上的纯艺术派。

---

[1] 郑伯奇:《〈小说三集〉导言》,载刘运峰编《1917～1927 中国新文学大系导言集》,天津人民出版社,2009,第 100 页。
[2] 周作人:《十字街头的塔》,载张菊香编《周作人代表作》,黄河文艺出版社,1987,第 149 页。
[3] 沈从文:《美与爱》,载《沈从文文集》(国内版·第十一卷),花城出版社、三联书店香港分店,1992,第 379 页。
[4] 朱光潜:《〈谈美〉开场话》,载贺照田编《朱光潜学术文化随笔》,中国青年出版社,1998,第 298 页。

# 参考文献

## 一 理论部分

1. 蔡清富等编选《朱自清选集》（第二卷），河北教育出版社，1989。
2. 〔美〕查尔斯·E. 布莱斯勒：《文学批评：理论与实践导论》（第五版），赵勇、李莎、常培杰等译，中国人民大学出版社，2015。
3. 陈白尘、董健主编《中国现代戏剧史稿》，中国戏剧出版社，1989。
4. 陈惇等编选《穆木天文学评论选集》，北京师范大学出版社，2000。
5. 陈平原：《中国小说叙事模式的转变》，北京大学出版社，2003。
6. 陈太胜：《象征主义与中国现代诗学》，北京大学出版社，2005。
7. 陈晓明：《不死的纯文学》，北京大学出版社，2007。
8. 陈晓明：《守望剩余的文学性》，新星出版社，2013。
9. 陈振国编《冯文炳研究资料》，知识产权出版社，2010。
10. 房鑫亮主编《王国维全集》，浙江教育出版社，2010。
11. 傅光明编《萧乾文集·文论卷》，浙江文艺出版社，1998。
12. 高蔚：《"纯诗"的中国化研究》，中国社会科学出版社，2008。
13. 高旭东：《梁实秋 在古典与浪漫之间》，文津出版社，2005。
14. 郭宏安编《李健吾批评文集》，珠海出版社，1998。
15. 郝铭鉴编《朱光潜美学文集》，上海文艺出版社，1982。
16. 贺照田编《朱光潜学术文化随笔》，中国青年出版社，1998。
17. 洪治纲主编《胡适经典文存》，上海大学出版社，2004。
18. 华山编《鲁迅作品精选·理论》，中国文史出版社，2002。

19. 〔美〕勒内·韦勒克、奥斯汀·沃伦:《文学理论》,刘象愚等译,江苏教育出版社,2009。
20. 李健吾:《咀华集·咀华二集》,复旦大学出版社,2005。
21. 李振声编《梁宗岱批评文集》,珠海出版社,1998。
22. 梁宗岱著,卫建民校注《诗与真》,中央编译出版社,2006。
23. 凌宇:《从边城走向世界》(修订本),岳麓书社,2006。
24. 刘洪涛编《沈从文批评文集》,珠海出版社,1998。
25. 刘洪涛、杨瑞仁编《沈从文研究资料》,天津人民出版社,2006。
26. 刘运峰编《1917~1927 中国新文学大系导言集》,天津人民出版社,2009。
27. 刘增杰编《师陀研究资料》,北京出版社,1984。
28. 潞潞主编《准则与尺度——外国著名诗人文论》,北京出版社,2003。
29. 马睿:《未完成的审美乌托邦:现代中国文学自治思潮研究(1904~1949)》,巴蜀书社,2006。
30. 〔美〕马泰·卡林内斯库:《现代性的五副面孔 现代主义、先锋派、颓废、媚俗艺术、后现代主义》,顾爱彬、李瑞华译,译林出版社,2015。
31. 培良:《中国戏剧概评》,上海泰东图书局,1929。
32. 彭亚非:《中国正统文学观念》,社会科学文献出版社,2007。
33. 钱理群等:《中国现代文学三十年》,上海文艺出版社,1987。
34. 钱锺书:《谈艺录》(补订本),中华书局,1984。
35. 〔美〕乔纳森·卡勒:《文学理论入门》,李平译,译林出版社,2013。
36. 沙似鹏编著《中国文论选·现代卷》(上册),江苏文艺出版社,1996。
37. 《沈从文选集》(第五卷),四川人民出版社,1983。
38. 舒舍予:《文学概论讲义》,北京出版社,1984。
39. 苏关鑫编《欧阳予倩研究资料》,知识产权出版社,2009。
40. 孙玉石:《中国现代主义诗潮史论》,北京大学出版社,1999。
41. 〔英〕特雷·伊格尔顿:《二十世纪西方文学理论》,伍晓明译,北京大学出版社,2014。
42. 〔英〕特里·伊格尔顿:《美学意识形态》(修订版),王杰、付德根、麦永雄译,中央编译出版社,2013。

43. 王凤伯、孙露茜编《徐迟研究专集》，浙江文艺出版社，1985。
44. 温儒敏：《中国现代文学批评史》，北京大学出版社，1993。
45. 伍蠡甫等编《西方文论选》，上海译文出版社，1988。
46. 肖同庆：《世纪末思潮与中国现代文学》，安徽教育出版社，2000。
47. 解志熙：《美的偏至：中国现代唯美—颓废主义文学思潮研究》，上海文艺出版社，1997。
48. 徐静波编《梁实秋批评文集》，珠海出版社，1998。
49. 许霆编《中国现代诗歌理论经典》，苏州大学出版社，2008。
50. 薛家宝：《唯美主义与中国现代文学》，中国社会科学出版社，2015。
51. 〔法〕雅克·德里达：《文学行动》，赵兴国译，中国社会科学出版社，1998。
52. 严家炎编《二十世纪中国小说理论资料》（第二卷），北京大学出版社，1997。
53. 杨剑龙：《论语派的文化情致与小品文创作》，上海书店出版社，2008。
54. 杨匡汉、刘福春编《中国现代诗论》，花城出版社，1985。
55. 杨联芬：《中国现代小说中的抒情倾向》，北京师范大学出版社，1996。
56. 杨扬编《周作人批评文集》，珠海出版社，1998。
57. 杨义：《中国现代小说史》（下），人民出版社，1998。
58. 易明善等编《何其芳研究专集》，四川文艺出版社，1986。
59. 张大明编《李健吾创作评论选集》，人民文学出版社，1984。
60. 张菊香等编《周作人研究资料》，天津人民出版社，1986。
61. 赵澧、徐京安主编《唯美主义》，中国人民大学出版社，1998。
62. 周红莉编《中国现代散文理论经典》，苏州大学出版社，2008。
63. 周作人：《中国新文学的源流》，江苏文艺出版社，2007。
64. 朱光潜：《谈文学》，北京大学出版社，2013。
65. 朱光潜：《西方美学史》，人民文学出版社，2002。
66. 朱晓进：《政治文化与中国二十世纪三十年代文学》，人民出版社，2006。
67. 朱自清：《文艺常谈》，中华书局，2012。
68. 〔美〕M. H. 艾布拉姆斯：《镜与灯——浪漫主义文论及批评传统》，郦稚牛、张照进、童庆生译，王宁校，北京大学出版社，2015。

## 二　作品部分

1. 白薇：《琳丽》，商务印书馆，1925。
2. 秉钺、秉章、秉鑫资料整理《陈楚淮文集》，浙江大学出版社，2008。
3. 蔡清富、穆立立编《穆木天诗文集》，时代文艺出版社，1985。
4. 曹聚仁：《文坛五十年》（第二版），东方出版中心，2006。
5. 程中原编《张闻天早年文学作品选》，人民文学出版社，1983。
6. 范桥等编《梁遇春散文》，中国广播电视出版社，1993。
7. 冯健男编《废名散文选集》，百花文艺出版社，2009。
8. 冯乃超文集编辑委员会编《冯乃超文集》，中山大学出版社，1986。
9. 郭沫若：《三个叛逆的女性》，光华书局，1926。
10. 何其芳：《夜歌和白天的歌》，人民文学出版社，1952。
11. 黄建华主编《宗岱的世界·诗文》，广东人民出版社，2003。
12. 黎照编《鲁迅梁实秋论战实录》，华龄出版社，1997。
13. 《李金发诗集》，四川文艺出版社，1987。
14. 梁仁编《戴望舒诗》，浙江文艺出版社，2001。
15. 林文光选编《郁达夫文选》，四川文艺出版社，2010。
16. 林志浩编《何其芳散文选集》，百花出版社，2007。
17. 刘天华、维辛编选《梁实秋散文》，中国广播电视出版社，1989。
18. 刘增杰编校《师陀全集·短篇小说卷》，河南大学出版社，2004。
19. 刘志侠、卢岚主编《梁宗岱早期著译》，华东师范大学出版社，2016。
20. 刘志学主编《林语堂散文》，河北人民出版社，1991。
21. 绍衡编《曹聚仁文选》（上），中国广播电视出版社，1995。
22. 《沈从文全集》，北岳文艺出版社，2009。
23. 沈晖编《苏雪林文集》，安徽文艺出版社，1996。
24. 苏雪林：《鸠那罗的眼睛》，商务印书馆，1946。
25. 《田汉文集》（十四），中国戏剧出版社，1987。
26. 王独清：《王独清诗歌代表作》，亚东图书馆，1935。
27. 王锦泉编《王统照散文选集》，百花文艺出版社，2004。
28. 《闻一多全集》，湖北人民出版社，2004。
29. 吴晓东编《废名作品新编》，人民文学出版社，2009。

30. 向培良：《沉闷的戏剧》，光华书局，1927。
31. 《萧红全集》，黑龙江大学出版社，2011。
32. 《萧乾短篇小说选》，人民文学出版社，1982。
33. 谢燕子编著《戏曲甲选》，群众图书公司，1935。
34. 《徐迟文集》（第一卷·诗歌），作家出版社，2014。
35. 徐志摩、陆小曼：《卞昆冈》，新月书店，1928。
36. 杨骚：《记忆之都》，商务印书馆，1937。
37. 《余上沅戏剧论文集》，长江文艺出版社，1986。
38. 《袁昌英作品选》，湖南人民出版社，1985。
39. 曾果伟编《白薇作品选》，湖南人民出版社，1985。
40. 张大明编《李健吾创作评论选集》，人民文学出版社，1984。
41. 张桂兴编选《山东新文学大系：现代部分》（戏剧卷），山东文艺出版社，1999。
42. 张菊香编《周作人代表作》，黄河出版社，1987。
43. 张菊香编《周作人散文选集》，百花文艺出版社，1987。
44. 张明高、范桥编《林语堂文选》，中国广播电视出版社，1990。
45. 章海宁主编《萧红全集·散文卷》，燕山出版社，2014。
46. 中国现代文学馆编，葛聪敏编选《欧阳予倩代表作·桃花扇》，华夏出版社，2008。
47. 中国现代文学馆编，姜诗元编选《陶晶孙文集》，华夏出版社，2000。
48. 中国现代文学馆编，吴福辉编选《梁遇春文集》，华夏出版社，2000。
49. 周靖波主编《中国现代戏剧序跋集》，北京广播学院出版社，2002。
50. 《朱自清散文经典》，晨光出版社，2014。

## 三　期刊论文

1. 卞之琳：《人事固多乖·纪念梁宗岱》，《新文学史料》1990年第1期。
2. 蔡翔：《何谓文学本身》，《当代作家评论》2002年第6期。
3. 曹万生：《30年代现代派对中西纯诗理论的引入及其变异》，《文学评论》2003年第2期。
4. 陈太胜：《梁宗岱的形式主义新诗理论》，《文艺理论研究》2004年第5期。

5. 陈太胜：《诗观与写作的悖离——穆木天的"纯诗"理论与写作实践》，《北京师范大学学报》（社会科学版）2009年第3期。

6. 段从学：《〈呼兰河传〉的"写法"与"主题"》，《中国现代文学研究丛刊》2014年第7期。

7. 方长安：《由传统题材生出现代诗意——李金发〈题自写像〉和〈弃妇〉中的"西方"》，《学习与探索》2012年第5期。

8. 冯天瑜：《历史文化语义学与文学观念发生史的建构——读王齐洲〈中国古代文学观念发生史〉》，《江汉论坛》2014年第2期。

9. 傅斯年：《怎样做白话文？》，《新潮》第1卷第2期，1919年2月1日。

10. 郜元宝：《从"美文"到"杂文"（上）——周作人散文论述诸概念辨析》，《鲁迅研究月刊》2010年第1期。

11. 郜元宝：《从"美文"到"杂文"（下）——周作人散文论述诸概念辨析》，《鲁迅研究月刊》2010年第2期。

12. 耿庆伟：《论西方纯诗理论与中国现代纯诗写作的和而不同》，《烟台大学学报》（哲学社会科学版）2015年第6期。

13. 韩少功：《好"自我"而知其恶》，《上海文学》2001年第5期。

14. 何休：《个人话语与时代语境的脱离与融合——何其芳前期思想与创作》，《文学评论》2003年第2期。

15. 贺昌盛：《现代性视阈中的汉语"纯诗"理论》，《厦门大学学报》（哲学社会科学版）2006年第1期。

16. 洪宏：《唯美而激越的"情绪表现"——论向培良的戏剧创作》，《戏剧艺术》2003年第1期。

17. 胡有清：《中国现代文学中的纯艺术思潮》，《中国社会科学》1997年第3期。

18. 季桂起：《论李健吾的文学批评》，《文学评论》1992年第3期。

19. 金发：《烈火》，《美育》创刊号，1928年10月。

20. 金宏宇、耿庆伟：《文学文本四维论》，《福建论坛》（人文社会科学版）2016年第2期。

21. 李育中：《玛耶阔夫斯基八年忌》，《文艺阵地》创刊号，1938年4月16日。

22. 林语堂：《编辑后记——〈论语〉的格调》，《论语》第6期，1932年。

23. 凌宇：《沈从文谈自己的创作——对一些有关问题的回答》，《中国现代文学研究丛刊》1980年第4期。
24. 刘洪涛：《沈从文小说的故事形态及其现代文学史意义》，《郑州大学学报》（哲学社会科学版）2006年第4期。
25. 刘继业：《诗人徐迟：积极前行途中的犹疑与反顾》，《中国现代文学研究丛刊》2005年第2期。
26. 刘小新：《"纯文学"概念及其不满》，《东南学术》2003年第1期。
27. 刘中树、吴景明：《废名与中国现代诗化小说传统》，《社会科学阵线》2009年第8期。
28. 龙泉明：《中国现代诗学历史发展论》，《文学评论》2002年第1期。
29. 陆耀东：《王独清：欲推倒诗、画、音乐墙的诗人》，《文艺研究》2005年第11期。
30. 罗钢：《"五四"时期及二十年代西方现代主义文艺理论在中国》，《中国社会科学》1988年第2期。
31. 罗家伦：《什么是文学？：文学界说》，《新潮》第1卷第2期，1919年。
32. 南帆：《论纯文学——在常熟理工学院"东吴讲堂"上的讲演》，《东吴学术》2010年第3期。
33. 欧阳文风：《通向感悟：梁宗岱对西方纯诗理论的醇化》，《中国现代文学研究丛刊》2010年第2期。
34. 逄增玉：《现代文学对五四启蒙现代性的自反性叙事》，《厦门大学学报》（哲学社会科学版）2011年第6期。
35. 裴春芳：《"隐士派"还是"酝酿者"：论小品散文初期的分化》，《中国现代文学研究丛刊》2016年第1期。
36. 蒲伯英：《戏剧要如何适应国情？》，《戏剧》第1卷第4期，1921年8月31日。
37. 祁志祥：《中国文学与美的关系的历时考察》，《人文杂志》2013年第8期。
38. 施蛰存：《文艺独白：又关于本刊中的诗》，《现代》第4卷第1期，1933年11月1日。
39. 斯诺、安危：《鲁迅同斯诺谈话整理稿》，《新文学史料》1987年第3期。

40. 孙玉石：《中国象征派诗歌理论的奠基者——重读穆木天的早期诗论》，《吉林师范学院学报》（哲学社会科学版）1989 年第 3 期。

41. 唐弢：《林语堂论》，《鲁迅研究动态》1988 年第 7 期。

42. 王齐洲：《中国文学观念的符号学探原》，《中国社会科学》1999 年第 1 期。

43. 王瑶：《五四时期散文的发展及其特点》，《北京大学学报》（人文科学）1964 年第 1 期。

44. 文学武：《从人性审美到政治审美——李健吾文学批评历程及其反思》，《社会科学》2014 年第 2 期。

45. 吴晓东：《现代"诗化小说"探索》，《文学评论》1997 年第 1 期。

46. 夏骏：《论王尔德对中国话剧发展的影响》，《戏剧艺术》1988 年第 1 期。

47. 向培良：《人类——艺术——文学》，《青春月刊》第 2 期，1929 年。

48. 解志熙：《美文的兴起与偏至——从纯文学化到唯美化》，《文学评论》1997 年第 5 期。

49. 解志熙：《"青春，美，恶魔，艺术……"——唯美—颓废主义影响下的中国现代戏剧》（上），《中国现代文学研究丛刊》1999 年第 3 期。

50. 解志熙：《"青春，美，恶魔，艺术……"——唯美—颓废主义影响下的中国现代戏剧》（下），《中国现代文学研究丛刊》2000 年第 1 期。

51. 杨联芬：《归隐派与名士风度——废名、沈从文、汪曾祺论》，《北京师范大学学报》（社会科学版）2005 年第 2 期。

52. 杨义：《京派小说的形态和命运》，《江淮论坛》1991 年第 3 期。

53. 俞平伯：《冰雪小品跋》，《骆驼草》第 20 期，1930 年 9 月 22 日。

54. 俞小石：《"纯文学"观念需要反思》，《文学报》2001 年 2 月 22 日，第 1 版。

55. 袁水柏：《战歌月刊》，《文艺阵地》第 2 卷第 11 期，1939 年 3 月 16 日。

56. 查钊忠、钱玄同：《通信：新文体》，《新青年》第 6 卷第 1 期，1919 年 1 月 15 日。

57. 张闳：《文学的力量与"介入性"》，《上海文学》2001 年第 4 期。

58. 张少康：《刘勰的文学观念——兼论所谓杂文学观念》，《北京大学学报》(哲学社会科学版) 2000 年第 4 期。
59. 张永泉:《鲁梁论争史上一篇佚文》,《鲁迅研究月刊》1999 年第 6 期。
60. 赵学勇:《非抒情时代的抒情文学——30 年代抒情小说论》,《文学评论》2010 年第 1 期。
61. 朱寿桐:《田汉早期剧作中的唯美主义倾向》,《文学评论》1985 年第 4 期。
62. 朱希祖:《文学论》,《北京大学月刊》第 1 卷第 1 期,1919 年。

# 后 记

十年磨一剑，甘苦自深知。2014年9月我躲避了纷纷扰扰的世俗缠绕，在武汉大学文学院攻读博士学位，这本书是在我博士学位论文的基础上修改而成的。

"衣带渐宽终不悔，为伊消得人憔悴。"几年的写作与修改，我倾注了不少的时间和精力。从论文选题到搜集材料、从写稿到反复修改，是一个很折磨人的过程，其中的艰辛一言难尽。在专著写作的过程中心情非常复杂，其间经历了痛苦、彷徨、惆怅和喜悦。如今这部专著终于要出版了，复杂的心情烟消云散了，心里反而充满了疲倦和厌烦，因为自己对专著的每个细节实在太熟悉了。尽管这种专题性的写作很累，却让我除去浮躁，经历了思考和启示，更加深切地体会到学术的意义和神圣，所以我依然十分看重这种专业性的学术训练和深度的学术探究。

谢字易写，谢情难言。专著能够顺利出版，感谢所有给我知识给我正能量，引领我心灵成长、生命升华和人生视域不断拓展的人。在此要特别感谢我的导师金宏宇先生，本书的完成离不开他的精心指导。他引领我走上中国现代纯文学的研究之路；正是在他的鼓励下，我顺利完成了《中国现代纯文学的理论建构与创作形态》；书稿出版，他又破例为我写序。师恩浩荡，唯有以后倍加努力以报深恩。同时，知识渊博的於可训教授、责深任重的陈国恩教授、风趣幽默的樊星教授、治学严谨的方长安教授、机智敏锐的叶立文教授，你们的风采和卓越，我将铭记于心。另外，感谢我的家人常年对我的支持和理解！感谢岁月与困难对我的磨砺！感谢泰州学院引进人才科研启动项目提供出版资助。

文章千古事，得失寸心知。从我个人的愿望来说，我希望自己专著的每一观点都能对读者有益，为现代纯文学研究添砖加瓦。不过在荆棘丛生的学术道路上，我也有过犹豫，有过彷徨，甚至是迷失。自己虽然一直努力，然囿于水平，本书存在的不足与疏漏在所难免，祈望方家批评与指正，不胜感激！

耿庆伟<br/>2021 年初夏

## 图书在版编目(CIP)数据

中国现代纯文学的理论建构与创作形态 / 耿庆伟著. -- 北京：社会科学文献出版社，2022.1
ISBN 978-7-5201-9720-5

Ⅰ.①中… Ⅱ.①耿… Ⅲ.①中国文学-现代文学-文学研究 Ⅳ.①I206.6

中国版本图书馆 CIP 数据核字(2022)第 018255 号

## 中国现代纯文学的理论建构与创作形态

著　　者 / 耿庆伟

出 版 人 / 王利民
责任编辑 / 高振华
文稿编辑 / 程丽霞
责任印制 / 王京美

出　　版 / 社会科学文献出版社（010）59367143
　　　　　 地址：北京市北三环中路甲29号院华龙大厦　邮编：100029
　　　　　 网址：www.ssap.com.cn
发　　行 / 社会科学文献出版社（010）59367028
印　　装 / 三河市龙林印务有限公司

规　　格 / 开　本：787mm×1092mm　1/16
　　　　　 印　张：18.5　字　数：304千字
版　　次 / 2022年1月第1版　2022年1月第1次印刷
书　　号 / ISBN 978-7-5201-9720-5
定　　价 / 78.00元

读者服务电话：4008918866

版权所有 翻印必究